Compilation Copyright © 2011 by Kensington Publishing Corp.
Night of the Living Dead Copyright © 1995 by John Russo
Return of the Living Dead Copyright © 1978 by John Russo

All rights reserved. Todos os direitos reservados.
Proibida a venda em Portugal.

Título original: Undead: Night of the Living Dead
& Return of the Living Dead

Tradução para a língua portuguesa
© Lucas Magdiel, 2014

Diretor Editorial
Christiano Menezes

Diretor de Marketing
Chico de Assis

Editor Assistente
Bruno Dorigatti

Assistente de Marketing
Bruno Mendes

Capa e Projeto Gráfico
Retina 78

Designer Assistente
Guilherme Costa

Revisão
Nova Leitura
Retina Conteúdo

Impressão
Gráfica Geográfica

DADOS INTERNACIONAIS DE CATALOGAÇÃO NA PUBLICAÇÃO (CIP)
Angélica Ilacqua CRB-8/7057

Russo, John
  A noite dos mortos-vivos / John Russo; tradução de Lucas Magdiel.
  - - Rio de Janeiro : DarkSide Books, 2014.
  320 p. : 14 x 21cm

  ISBN: 978-85-66636-20-8 (capa dura)
  ISBN: 978-85-66636-21-5 (brochura)

  Tradução de: Undead: Night of the Living Dead & Return of the Living Dead

  1. Terror 2. Suspense 3. Literatura americana 4. Ficção I. Título
  II. Magdiel, Lucas

14-0071   CDD 813.54

Índices para catálogo sistemático:

  1. Literatura americana - terror
  2. Literatura americana - suspense

DarkSide® Entretenimento LTDA.
Rua do Russel, 300/702 - 22210-010
Glória - Rio de Janeiro - RJ - Brasil
www.darksidebooks.com

JOHN RUSSO

TRADUZIDO POR
LUCAS MAGDIEL

A NOITE DOS MORTOS VIVOS

E A VOLTA DOS MORTOS-VIVOS

DARKSIDE

— SUMÁRIO —

06 INTRODUÇÃO
12 A NOITE DOS MORTOS-VIVOS
166 A VOLTA DOS MORTOS-VIVOS

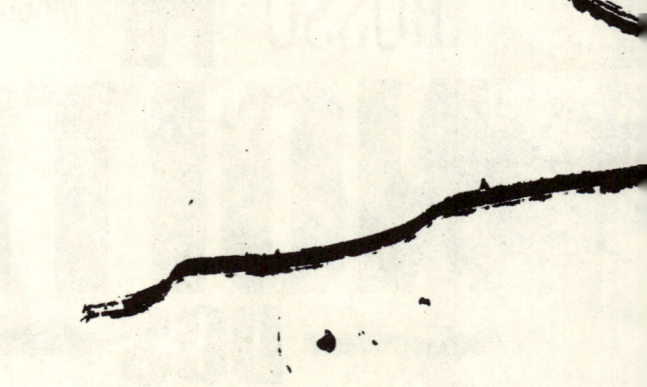

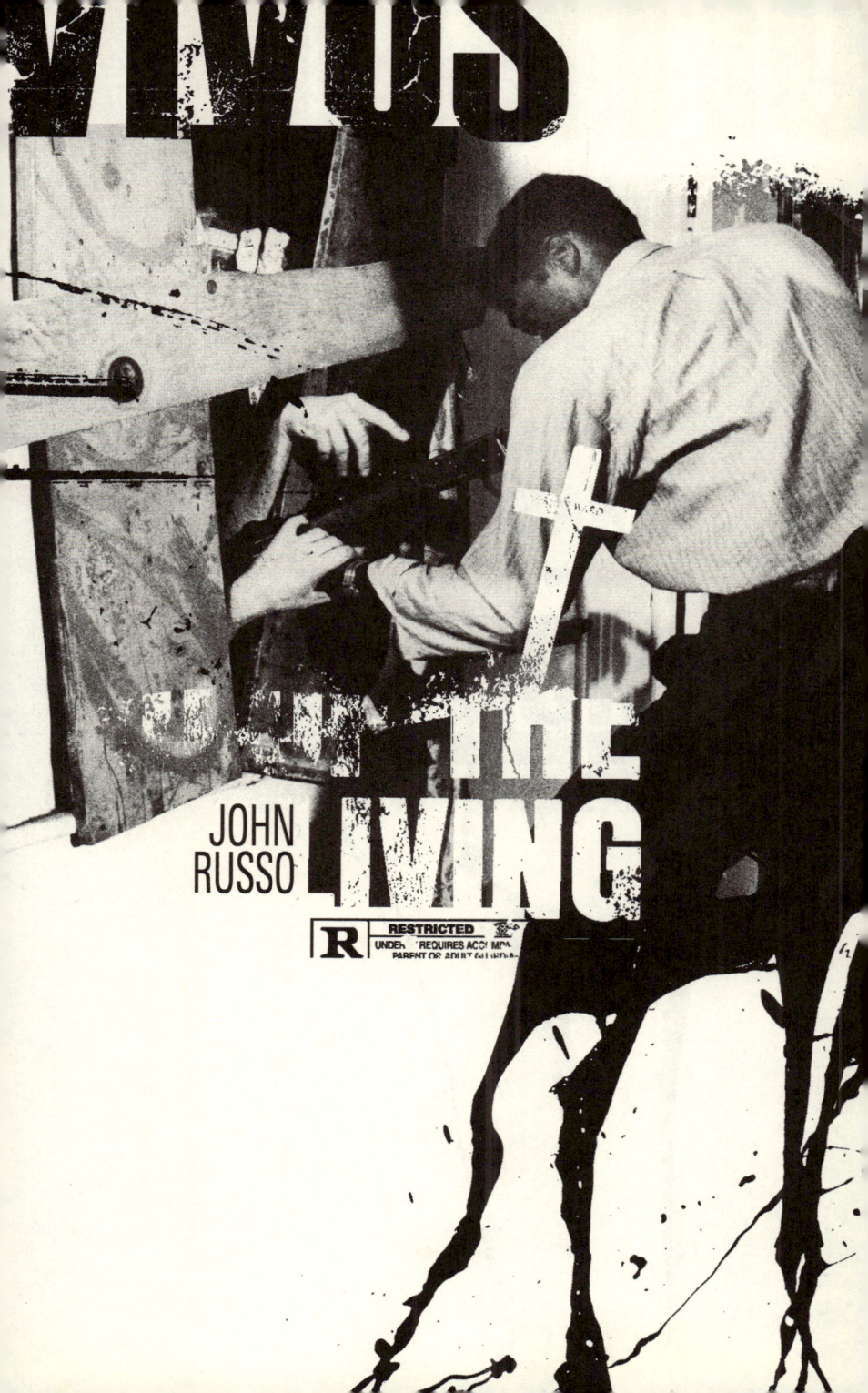

JOHN RUSSO
PITTSBURGH, PA
FEVEREIRO DE 2010

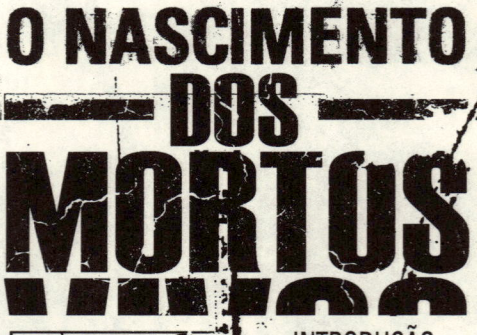

O NASCIMENTO DOS MORTOS VIVOS
— INTRODUÇÃO —

Ao desenvolver os conceitos e escrever os roteiros e os romances para *A Noite dos Mortos-Vivos* e *A Volta dos Mortos-Vivos*, nossa principal preocupação e nosso objetivo era dar aos verdadeiros fãs do terror o tipo de recompensa pela qual eles sempre esperavam, mas que raramente recebiam quando desembolsavam seu dinheiro suado no guichê do cinema ou na livraria. Esse era o princípio norteador que estávamos determinados a não violar. Quando digo "nós", refiro-me a Russ Streiner, George Romero, Rudy Ricci e outros no nosso grupo que contribuíram para o desenvolvimento dos roteiros e dos filmes.

Na minha adolescência, ia ao cinema ver praticamente todos os filmes que passavam na minha cidade natal, Clairton, Pensilvânia, que na época era uma próspera cidade industrial. Havia apenas três cinemas, e os filmes entravam e saíam de cartaz duas vezes por semana. Às vezes havia estreias duplas — e o ingresso custava só cinquenta centavos! Eu adorava os filmes do *Drácula*, do *Frankenstein* e do *Lobisomem* — eternos clássicos que exploravam de maneira culta e sofisticada o medo e o terror ao sobrenatural.

Mas também fui ao cinema para ver dezenas de filmes de terror "B", sempre com a esperança, contra todas as probabilidades, de que um deles acabasse se revelando surpreendentemente bom. Isso quase nunca acontecia. Os enredos eram banais, convencionais, desinteressantes e, certamente, nem um pouco assustadores.

Nos anos 1950, por causa da vaporização de Hiroshima e Nagasaki durante a Segunda Guerra Mundial, todo mundo tinha medo de bombas nucleares e energia nuclear — especialmente a energia nuclear que dava errado. A psicologia generalizada do medo estava pronta para ser explorada, e deu origem ao gênero "monstro mutante" dos filmes de terror. Fomos brindados com *The Attack of the Giant Grasshopper* ("O Ataque do Gafanhoto Gigante"), *The Attack of the Giant Ant* ("O Ataque da Formiga Gigante"), *The Giant Squid* ("A Lula Gigante"), *The Giant Caterpillar* ("A Lagarta Gigante") e por aí vai.

Eu disse que os "enredos" eram banais? Devia ter dito "enredo", no singular, porque o mesmo enredo era usado repetidas vezes com cada um dos diversos seres mutantes. A criatura gigante seria vislumbrada, mas não mostrada por inteiro, em algum ponto durante os maçantes vinte e poucos minutos iniciais do filme. Em um primeiro momento, os espectadores seriam provocados apenas com um vislumbre fugaz de algum aspecto do monstro. Então uma parte maior dele apareceria para o bêbado da cidade, que nunca era levado a sério pelas autoridades. Na maioria dos casos, ele seria morto ou devorado, mas de forma que ninguém importante percebesse. Com o tempo, os atores "B" nos papéis principais — tipicamente um casal — começariam a se tocar, mas no início ninguém acreditaria neles também. Então, durante mais ou menos os últimos vinte minutos do filme, nosso heroi, que era convenientemente um cientista, acabaria descobrindo que a saliva do monstro era idêntica à saliva da lagarta, da formiga, do gafanhoto ou de qualquer outra criatura mutante gigante que precisasse ser enfrentada — e isso culminaria em um "grand finale", com tropas da Guarda Nacional chegando em cima da hora para destruir a horrível criatura com lança-chamas e granadas.

Bem, não queríamos que nosso primeiro filme fosse assim. Como eu disse antes, fazíamos questão de que os espectadores recebessem aquilo pelo qual haviam pagado.

Para fazer isso, tivemos que ser fiéis tanto ao nosso conceito como à realidade. Claro, partíamos da premissa bizarra de que pessoas mortas podiam voltar à vida e atacar os vivos. Mas, sendo esse o caso, percebemos que nossos personagens deviam pensar e agir tal como pessoas comuns, de carne e osso, pensariam e agiriam como caso estivessem de fato nesse tipo de situação.

Como todo mundo já sabe hoje, não tínhamos muito dinheiro para fazer nosso primeiro filme, e estávamos tateando em busca de ideias que talvez fôssemos capazes de executar com um orçamento terrivelmente limitado. Testamos várias ideias que não funcionaram — uma delas foi fazer uma comédia de terror envolvendo adolescentes alienígenas que se juntavam a crianças terráqueas para pregar peças e aterrorizar uma pequena cidade cheia de adultos desavisados. Mas logo percebemos que não poderíamos bancar efeitos especiais de ficção científica e que era melhor nos concentrarmos em algo que dependesse menos desse tipo caro de efeito.

George Romero e eu éramos os dois roteiristas da The Latent Image, nossa produtora na época, e íamos trabalhar cada um em uma máquina de escrever sempre que arranjávamos tempo para isso; em outras palavras, sempre que não estávamos fazendo comerciais de TV sobre ketchup, picles ou cerveja. Eu disse ao George que qualquer tipo de roteiro que bolássemos devia começar em um cemitério, porque as pessoas tinham medo de cemitérios e os achavam assustadores. Comecei a escrever um roteiro sobre alienígenas que espreitavam a Terra em busca de carne humana. Nesse meio tempo, durante um recesso de Natal em 1967, George apareceu com quarenta páginas de uma história que realmente começava em um cemitério e era essencialmente a primeira metade do que viria um dia a ser *A Noite dos Mortos-Vivos*, embora só tenhamos dado esse título à história depois de encerrarmos as filmagens.

Eu disse ao George que gostei muito da história dele. Ela tinha o ritmo e a pegada certa, e fui fisgado pela ação, pelo suspense e pelas voltas e reviravoltas. Mas também fiquei intrigado porque "você tem essas pessoas sendo atacadas, mas nunca diz quem são os agressores... quem são eles?" George respondeu que não sabia. Então eu falei: "Acho que poderiam muito bem ser pessoas mortas".

Ele disse: "Isso é bom". Eu continuei: "Mas você nunca diz o que eles estão buscando. Eles atacam, mas não mordem, então por que estão atacando?"

Ele respondeu que não sabia, e eu sugeri: "Por que não usamos a minha ideia dos devoradores de carne humana?"

Então foi assim que os perseguidores no nosso filme se tornaram zumbis comedores de carne. Em nosso esforço contínuo para encontrar uma premissa boa e original, conseguimos combinar alguns dos melhores elementos dos mitos dos vampiros, dos lobisomens e dos zumbis em uma mixórdia infernal.

Os zumbis não eram pesos-pesados do terror antes de que os transformássemos em comedores de carne. Em todos os filmes de zumbi que eu tinha visto até então — em especial os filmes de Val Lewton, como *I Walked with a Zombie* (*A Morta-Viva*, no Brasil) — os mortos-vivos saíam cambaleando por aí e ocasionalmente esganavam uma pessoa ou atiravam alguém contra uma parede, ou talvez, no pior dos casos, levavam uma heroína a ter algum destino escabroso. Mas eles nunca tinham inspirado tanto medo e assombro como os vampiros ou os lobisomens. Eles eram feitos para serem assustadores, mas sempre acabavam sendo um tanto decepcionantes.

A Noite dos Mortos-Vivos despertava um terror atávico nas pessoas. Era o medo da morte ampliado exponencialmente. Você não apenas tinha medo de morrer, mas também de se tornar um "morto-vivo". Tinha medo de ser atacado por um amigo ou familiar morto; e medo do que poderia fazer ao seu ente querido se, ao ser mordido, você se tornasse um desses temíveis mortos-vivos, famintos por carne humana.

Logo depois das nossas conversas, George Romero ficou ocupado com um cliente importante e eu assumi as tarefas do roteiro. Era assim que trabalhávamos naquela época. A gente se revezava quando necessário. E todos nós sabíamos que precisávamos manter a bola rolando nessa primeira fase para não deixar morrer o sonho de fazer nosso primeiro filme para o cinema.

Para refinar nosso conceito, troquei ideias com George Romero, Russ Streiner e outros do nosso grupo mais próximo. Em seguida, reescrevi as primeiras quarenta páginas do George, colocando-as em formato de roteiro, e continuei até completar a segunda parte do enredo. Queria que nossa história fosse honesta, implacável e contundente. Queria estar à altura do padrão de qualidade ditado por dois dos meus filmes favoritos do gênero — os originais *Invasion of the Body Snatchers* (*Vampiros de Almas*) e *Forbidden Planet* (*Planeta Proibido*), com seus "monstros do id" —, e eu tinha esperança de que pudéssemos fazer com que o público saísse do cinema com as mesmas expressões atordoadas no rosto que as causadas por esses dois clássicos.

Por exemplo, a personagem de "Bárbara", interpretado por Judith O'Dea, sobrevive no roteiro que escrevemos — mas nós decidimos que seria melhor se o irmão dela, "Johnny", voltasse e a arrastasse para fora da casa para ser devorada.

Não foi senão em 1973 — depois que o filme já tinha gozado de mais de seis anos de um sucesso fenomenal — que eu escrevi o romance, inicialmente publicado pela Warner Books. Nos anos que se seguiram, Russ Streiner, Rudy Ricci e eu desenvolvemos um roteiro para uma sequência, *A Volta dos Mortos-Vivos*, que eu mais tarde romanceei. Neste momento você tem em mãos ambos os romances originais, que aparecem juntos pela primeira vez nesta bela edição.

Também romanceei a versão cinematográfica de *A Volta dos Mortos-Vivos*, dirigido e roteirizado por Dan O'Bannon, um sucesso por seus próprios méritos. Mas o romance que você vai ler agora é fruto da nossa primeiríssima concepção de um terror cru; não uma comédia de terror, mas um terror autêntico, na mesma linha de *A Noite dos Mortos-Vivos*.

Se os mortos realmente ressuscitassem, e se eles se tornassem devoradores de carne, talvez pudessem ser temporariamente subjugados —, mas tal como uma doença difícil de erradicar, a possibilidade de uma nova "peste" estaria sempre conosco. Cultos religiosos brotariam no rastro dos mortos-vivos. Talvez eles acreditassem que os mortos ainda precisavam ser queimados ou "perfurados" com estacas. E então o que aconteceria? As macabras expectativas do culto se tornariam realidade? Os devoradores de carne voltariam? Essa foi a pergunta a que procuramos responder de uma forma poderosamente dramática em nossa continuação. O que sem dúvida não é nada engraçado. Em outras palavras, ao contrário do filme, este livro não é uma comédia de terror.

Se você gosta de boas histórias de terror, sólidas e convincentes, dou-lhe boas-vindas ao mundo deliciosamente aterrador, brutal e sem reservas dos originais *A Noite dos Mortos-Vivos* e *A Volta dos Mortos-Vivos*.

CAPÍTULO I

Pense em todas as pessoas que já viveram e morreram e que nunca mais verão as árvores, a grama ou o sol.

Tudo parece tão breve, tão... inútil, não é? Viver um pouquinho e depois morrer? Tudo parece resultar em nada.

Ainda assim, de certa forma, é fácil invejar os mortos.

Eles estão além da vida, além da morte.

Têm sorte de estarem mortos, de terem feito as pazes com a morte e não precisarem mais viver. Estão debaixo da terra, alheios... alheios ao sofrimento, alheios ao medo de morrer.

Não precisam mais viver, nem morrer, nem sentir dor, nem conquistar nada. Ou saber qual é o próximo passo, e se perguntar como seria enfrentar a morte.

Por que a vida parece ao mesmo tempo tão feia, bonita, triste e importante quando estamos vivos, e tão banal quando chegamos ao fim?

A chama da vida arde por um tempo e então se apaga. As sepulturas aguardam pacientemente a hora de serem ocupadas. A morte é o fim de toda vida. Quando sopra a brisa alegre de uma nova vida, ela não sabe nem se se importa com a antiga vida, e quando chega a hora, morre também.

Viver é se remexer constantemente em um túmulo. As coisas vivem e morrem. Às vezes vivem bem e às vezes mal, mas sempre morrem, e a morte é aquilo que reduz todas as coisas ao menor denominador comum.

Por que será que as pessoas têm medo de morrer?

Não é pela dor.

Não sempre, pelo menos.
A morte pode ser instantânea e quase indolor.
A morte em si é um fim para toda dor.
Então por que as pessoas têm medo de morrer?
Que coisas poderíamos aprender com os mortos se eles encontrassem um modo de voltar para nós, de voltar dos mortos?
Seriam nossos amigos? Ou nossos inimigos?
Saberíamos lidar com eles? Nós... que nunca superamos o medo de encarar a morte.

Ao cair da tarde, finalmente avistaram a igrejinha. Estava bem afastada da estrada, quase escondida em meio a uma floresta de bordos, e se não a tivessem encontrado antes de escurecer, provavelmente não a encontrariam nunca.

O destino deles era o cemitério detrás da igreja. E já o perseguiam há quase duas horas, percorrendo uma após a outra aquelas longas e sinuosas estradinhas rurais, cujos leitos possuíam sulcos tão profundos que o fundo do carro raspava no chão e eles eram forçados a se arrastar a menos de trinta quilômetros por hora, ouvindo o rítmico e enervante salpicar do cascalho contra os para-lamas e sufocando em meio a um torvelinho de poeira amarela e quente.

Tinham ido até ali para pôr uma coroa de flores no túmulo do pai.

Johnny estacionou o carro junto à estrada, ao pé de uma pequena encosta coberta de mato. Bárbara, sua irmã, fitou-o por algum tempo, e então soltou um suspiro que parecia expressar um misto de cansaço e alívio.

Johnny não disse nada; limitou-se a repuxar com irritação o nó já frouxo da gravata enquanto olhava fixamente para o para-brisa, que estava quase totalmente opaco por causa da poeira.

Ele não desligara o motor ainda, e Bárbara imaginou logo por quê. Queria que ela sofresse um pouco mais no calor do carro, para lembrá-la que desde o início fora contrário àquela viagem, e que portanto ela era a única responsável por submetê-los a todo aquele tormento. Agora, estava cansado e aborrecido, imerso em um silêncio espectral, embora durante as duas horas em que estiveram perdidos tivesse descontado nela a sua raiva e o seu ressentimento, tratando-a com insistente aspereza e recusando-se a dar uma trégua, enquanto o carro trepidava pela estrada esburacada e ele se controlava a todo custo para não pisar fundo no acelerador.

Ele tinha vinte e seis anos e Bárbara apenas dezenove, mas ela era em muitos aspectos mais madura que o irmão, e durante os anos em que cresceram juntos ela aprendera muito bem a lidar com a rabugice dele.

A garota simplesmente saiu do carro, sem dizer palavra, e deixou-o ali, a contemplar o para-brisa.

De repente o rádio — que estivera ligado porém sem sinal — deixou escapar algumas palavras, que Johnny não conseguiu entender, e então emudeceu de novo. Johnny olhou para o rádio, depois bateu no painel e girou freneticamente o botão de sintonia de um lado para o outro, mas não conseguiu arrancar mais nada dele. Que estranho, pensou. E tão desconcertante, frustrante e angustiante como todas as outras coisas que lhe tinham acontecido ao longo daquela maldita viagem. Seu sangue ferveu. Se o rádio estava quebrado, porque funcionava de vez em quando? Ou estava quebrado ou não estava; mas aquele comportamento bizarro e errático não fazia sentido.

Deu mais algumas pancadas no rádio e continuou girando o botão. Pensou ter ouvido a palavra "emergência" em meio à confusão de frases entrecortadas pelo ruído de estática. Mas suas pancadas não surtiram nenhum efeito. O rádio continuou mudo.

"Droga!", exclamou Johnny enquanto arrancava as chaves da ignição e as enfiava no bolso. Saiu do carro e bateu a porta.

Olhou ao redor à procura de Bárbara. Então se lembrou da coroa de flores que tinham trazido para depositar na sepultura do pai, abriu o porta-malas do carro e apanhou-a. Estava envolta em um saco de papel pardo. Depois de enfiá-la sob o braço e bater o porta-malas, procurou mais uma vez por Bárbara, e então foi tomado por um novo acesso de raiva ao perceber que a garota nem se dera ao trabalho de esperá-lo.

Ela subira a encosta para dar uma olhada na igreja, que estava entocada em uma depressão entre as árvores onde a floresta circundante fora desbastada para abrigá-la.

Sem se apressar, pisando com cautela para não sujar os sapatos de lama, Johnny subiu a encosta coberta de mato e alcançou a irmã.

"É uma bela igreja", ela disse. "Com as árvores e tudo o mais. É um lugar muito bonito."

Era uma típica igreja rural: uma estrutura de madeira, pintada de branco; um campanário vermelho; e janelas com vitrais altos e estreitos à moda antiga.

"Vamos fazer logo o que viemos fazer e vamos embora", disse Johnny impaciente. "Está quase escuro e ainda temos que viajar três horas para chegar em casa."

Bárbara sacudiu os ombros para mostrar seu aborrecimento, e ele a seguiu enquanto os dois contornavam a igreja pela lateral.

Não havia nenhum jardim, nenhum portão, apenas lápides que brotavam do mato alto, à sombra das árvores. Enquanto caminhavam, esparsas folhas mortas rangiam sob seus pés. As primeiras lápides surgiam já a poucos metros da igreja e se espalhavam por todos os lados, em meio ao mato e às árvores, até a orla da floresta circundante.

Havia pedras de todos os tamanhos, de pequenas lápides identificadoras a grandes monumentos de desenho cuidadosamente elaborado, ocasionalmente decoradas com um crucifixo franciscano ou a imagem esculpida de um anjo protetor. As lápides mais velhas, cobertas de nódoas marrons e cinzentas pelo desgaste do tempo, quase não pareciam mais lápides; eram como pedras comuns emergindo do solo da floresta, turvadas pela silenciosa penumbra que envolvia a igrejinha rural.

O sol mal se pusera, e o céu cinzento ainda irradiava uma luz suave cujo brilho parecia refletir na copa das árvores e nas altas folhas de capim conforme a noite se adensava. E sobre todas as coisas reinava um silêncio tranquilo, perturbado e acentuado pelo constante som dos grilos e das folhas mortas agitadas ocasionalmente pela brisa.

Johnny parou e ficou observando enquanto Bárbara caminhava por entre os túmulos. Ela avançava sem pressa, tomando cuidado para não tropeçar no túmulo de ninguém enquanto buscava aquele que pertencia a seu pai. Johnny tinha o palpite de que a ideia de estar no cemitério depois de escurecer a deixava assustava, e tal pensamento o divertiu, pois ainda estava zangado com a irmã e queria que ela sofresse pelo menos um pouquinho depois de obrigá-lo a dirigir por trezentos quilômetros só para colocar uma coroa de flores em cima de um túmulo — um gesto que ele considerava estúpido e sem sentido.

"Você lembra em qual fileira está?", gritou a garota com um tom esperançoso na voz.

Mas ele não respondeu. Em vez disso, sorriu para si mesmo e, sem sair do lugar, continuou a observá-la. Bárbara seguiu de túmulo em túmulo, parando junto àqueles que continham algum traço de familiaridade por tempo o suficiente para ler o nome do defunto. Sabia como era o túmulo do pai, e também se lembrava dos nomes de algumas pessoas sepultadas próximas a ele. Mas à medida que escurecia, era cada vez mais difícil se orientar.

"Acho que estou na fileira errada", ela disse finalmente.

"Não tem ninguém aqui", disse Johnny, enfatizando propositadamente o fato de estarem sozinhos. Depois acrescentou: "Se não estivesse tão escuro, encontraríamos com facilidade."

"Bem, se você tivesse acordado mais cedo...", retrucou Bárbara, deixando a frase em suspenso enquanto avançava em direção a outra fileira de sepulturas.

"Esta é a última vez que desperdiço meu domingo numa coisa assim", disse Johnny. "Ou a mamãe se muda para cá, ou vamos ter que transferir o túmulo para mais perto de casa."

"Às vezes acho que você reclama só pelo prazer de ouvir a própria voz", rebateu Bárbara. "Pare de falar besteira. Você sabe muito bem que a mamãe está doente demais para fazer uma viagem dessas sozinha."

De repente, Johnny avistou uma lápide familiar pelo canto do olho. Depois de examiná-la com mais atenção e concluir que aquele era de fato o túmulo do pai, considerou por um momento guardar a descoberta para si e forçar a irmã a procurar um pouco mais, mas seu desejo de pôr o pé na estrada e voltar logo para casa era maior que seu impulso de atormentá-la.

"Acho que é aquele ali", falou em um tom de voz neutro e distante, e observou enquanto Bárbara se aproximava para dar uma olhada, sempre tomando cuidado para não pisar em nenhuma sepultura no caminho.

"Sim, é ele mesmo", gritou Bárbara. "Você devia estar feliz, Johnny, agora falta pouco para irmos embora."

O rapaz se aproximou do túmulo do pai e deu uma rápida olhada na inscrição antes de tirar a coroa de flores de dentro do saco de papel pardo.

"Nem me lembro de como era meu pai", comentou. "Paguei vinte e cinco dólares por esse troço e nem me lembro direito do cara."

"Eu me lembro dele", disse Bárbara em tom de reprovação, "e eu era bem mais nova que você quando ele morreu."

Os dois olharam para a coroa, feita de plástico e adornada com flores de plástico. E sobre um pedaço de plástico vermelho em forma de fita, amarrada em um grande laço, lia-se as seguintes palavras em letras douradas: "Nunca te esqueceremos".

Johnny conteve o riso.

"Mamãe não quer esquecer... Por isso temos que dirigir trezentos quilômetros para pôr uma coroa de flores em cima de um túmulo. Como se ele estivesse olhando de lá debaixo da terra para conferir se a decoração está satisfatória."

"Johnny, não vamos levar mais que cinco minutos", Bárbara cortou-o exasperada e ajoelhou-se diante do túmulo para rezar, enquanto Johnny pegava a coroa de flores e, aproximando-se da lápide, agachava e fazia força para encravar a base pontuda de arame na terra compacta.

Depois de dispor a coroa, pôs-se de pé, espanou a roupa com as mãos — como se as tivesse sujado —, e continuou a resmungar: "Cinco minutos uma ova. Três horas e cinco minutos. Não, seis horas e cinco minutos. Três horas para vir e três para voltar. Sem contar as duas horas que perdemos procurando esse maldito lugar".

Bárbara interrompeu suas preces e lançou-lhe um olhar furioso. Johnny calou-se.

Olhou para o chão entediado. Depois enfiou as mãos nos bolsos, e, sem conseguir parar quieto, começou a balançar nervosamente para frente e para trás. Bárbara continuou rezando

— uma reza desnecessariamente longa, na opinião dele. Seus olhos começaram a vagar pela escuridão ao redor, contemplando as formas e sombras do cemitério. Poucas lápides ainda eram visíveis, e aparentemente não havia muitas delas; só as maiores eram claramente distinguíveis. E os rumores da noite pareciam mais intensos, graças à ausência de vozes humanas. Johnny fitou a escuridão.

Ao longe, viu uma estranha sombra em movimento, vagamente similar a uma figura curvada caminhando entre os túmulos.

Devia ser o zelador ou algum visitante tardio, pensou Johnny, e deu uma espiada nervosa no relógio. "Ande logo, Barb, não é mais domingo de manhã, a hora da igreja já passou", disse com irritação. Mas Bárbara ignorou-o e continuou a rezar, como se estivesse determinada a enrolar o máximo que pudesse só para irritá-lo ainda mais.

Johnny acendeu um cigarro, soltou vagarosamente a primeira baforada de fumaça e olhou novamente em volta.

Sim, com certeza havia alguém ali, ao longe, caminhando entre os túmulos. Johnny apertou os olhos, mas estava escuro demais para distinguir qualquer coisa além de uma forma indefinida, que frequentemente se confundia com o contorno das árvores e lápides à medida que avançava lentamente pelo cemitério.

Johnny virou para a irmã e começou a dizer alguma coisa, mas ela fez o sinal da cruz e levantou, pronta para ir embora. Virou as costas para o túmulo em silêncio, e então os dois foram se afastando a passos lentos enquanto Johnny fumava e chutava pedrinhas pelo chão.

"Lugar de rezar é na igreja", disse categórico.

"A igreja faria bem a você", retrucou Bárbara. "Você está virando um pagão."

"É, o vovô disse que eu ia para o inferno. Lembra? Foi bem aqui... Eu pulei de trás daquela árvore para assustar você. O vovô ficou todo aborrecido e disse que eu iria para o inferno!"

Johnny caiu na gargalhada, e depois disse com malícia:

"Você costumava ficar assustada aqui, lembra? Foi bem aqui que eu saí detrás daquela árvore e pulei em cima de você."

"Johnny!", exclamou Bárbara aborrecida. E sorriu para mostrar ao irmão que ele não conseguira assustá-la, mesmo sabendo que estava escuro demais para que ele visse seu sorriso.

"Acho que você ainda tem medo", ele insistiu. "Acho que você tem medo dos mortos nos túmulos. E se eles saíssem dos túmulos atrás de você, Bárbara? O que você faria? Sairia correndo? Ou começaria a rezar?"

O rapaz se virou e olhou de soslaio para ela, como se estivesse prestes a atacar.

"Johnny, pare!"

"Você ainda tem medo."

"Não!"

"Você tem medo de gente morta!"

"Pare, Johnny!"

"Eles estão saindo dos túmulos, Bárbara! Olhe! Aí vem um deles agora!"

Ele apontou na direção da figura curvada que vinha caminhando entre os túmulos. O zelador, ou seja lá quem fosse, parou e parecia estar olhando na direção deles, mas estava escuro demais para dizer com certeza.

"Ele está vindo pegar você, Bárbara! Ele está morto! E está vindo pegar você."

"Johnny, pare! Ele vai ouvir você. Não seja grosso."

Mas Johnny correu para longe dela e se escondeu atrás de uma árvore.

"Johnny, você...", ela começou, mas se interrompeu constrangida e baixou os olhos para o chão conforme a figura que se movia ao longe se aproximava e ficava claro que seus caminhos se cruzariam.

Parecia-lhe estranho que outra pessoa além dela ou do irmão estivesse no cemitério a uma hora daquelas.

Devia ser o zelador ou alguém visitando o túmulo de um familiar.

Ela ergueu os olhos, sorriu e abriu a boca para dizer olá.

Johnny, rindo, assistia à cena detrás da árvore.

De repente, o homem agarrou Bárbara pelo pescoço e começou a sufocá-la e a rasgar suas roupas. A garota tentou gritar e se desvencilhar do agressor, mas os dedos apertavam seu pescoço, prendendo sua respiração, e o ataque era tão repentino e feroz que ela estava quase paralisada de terror.

Johnny veio correndo e precipitou-se contra o agressor, agarrando-o. Os três caíram no chão. Johnny acertava o homem com os punhos, e Bárbara esperneava e tentava golpeá-lo com a bolsa. Logo Johnny e o homem rolavam pelo chão, batendo um no outro, enquanto Bárbara — que de tanto se debater conseguira se libertar — gritava em desespero.

Tomada de pânico, a garota quase saiu correndo.

O agressor investia violentamente contra Johnny, golpeando e arranhando freneticamente seu corpo. O rapaz lutava com todas as forças para resistir. Os dois se puseram de pé, ainda lutando, um segurando ferozmente o outro, mas o agressor era como um animal selvagem: combatia com uma ferocidade que não era própria dos homens — esbracejando e batendo em Johnny com uma força descomunal —, chegando a morder suas mãos e pescoço. Johnny atirou-se sobre ele de novo, desesperado, e os dois desabaram no chão.

Em meio à completa escuridão, a forma confusa dos dois parecia a Bárbara uma só coisa a se contorcer pelo chão. Ela temia pelo resultado daquele combate, e era impossível dizer qual deles estava em vantagem, quem iria ganhar ou perder. A garota mal conseguia conter o instinto de fugir e salvar a pele, mas queria salvar o irmão — ainda que não soubesse como.

Começou a gritar loucamente, pedindo ajuda. E seu medo aumentou, enquanto gritava, porque uma parte dela sabia que não havia ninguém por perto, ninguém que pudesse ouvi-la.

Os dois homens continuaram a lutar, rolando pelo chão, agarrando-se e rosnando feito bestas, até que finalmente um dos dois levou a melhor, e quando a silhueta do vencedor recortou-se brevemente contra o céu escuro, Bárbara viu-o bater os punhos com extrema violência contra a cabeça do outro.

Bárbara encontrou um ramo solto de árvore, segurou-o pelo punho e avançou um passo ou dois em direção aos combatentes.

Os punhos baixaram mais uma vez, e dessa vez ouviu-se um baque surdo e um estalo de osso quebrado. Bárbara parou abruptamente. O vulto que estava por cima tinha uma pedra na mão e a usava para esmagar o crânio do adversário.

A luz da lua iluminou o rosto do vencedor, e Bárbara viu, com um arrepio de horror, que não era Johnny.

Mais uma vez a pesada pedra abateu-se sobre a cabeça do seu irmão, enquanto Bárbara continuava paralisada de choque e terror. E então a pedra caiu e saiu rolando pelo chão, e a garota agarrou o pedaço de pau com firmeza, pronta para usá-lo como arma, mas o agressor não levantou. Continuou debruçado sobre o corpo inerte.

Em seguida Bárbara ouviu o estranho som de algo rasgando, e embora não pudesse ver o que o agressor estava fazendo, aquele som horripilante continuou ecoando pela noite... como se o cadáver de Johnny estivesse sendo dilacerado.

O homem não parecia se dar conta da presença de Bárbara enquanto o coração da garota batia descontrolado no peito e ela permanecia ali, petrificada de horror. O som do corpo sendo dilacerado parecia envolvê-la por completo, embotando seu equilíbrio mental, sua razão; tamanho era o choque que ela via-se diante da morte, e tudo que podia ouvir era aquele ruído aterrorizante de carne rasgando, enquanto o agressor continuava a dilacerar o cadáver de seu irmão, e... Sim! Bárbara viu, graças a um raio fresco de luar atravessando uma nuvem, que o ser animalesco cravava os dentes no rosto inanimado de Johnny.

Lentamente, com os olhos esbugalhados, como se estivesse paralisada em um pesadelo, Bárbara começou a se mover em direção ao assassino de seu irmão. Seus lábios se arregalaram e deixaram escapar um gemido involuntário.

O agressor a fitou, e ela se surpreendeu com o som áspero e sobrenatural de sua respiração. O ser horrendo passou por cima do corpo de Johnny e avançou para ela em uma posição semiereta, como um animal prestes a saltar sobre a presa.

Bárbara soltou um grito lancinante de puro terror, deixou o pedaço de pau cair e saiu correndo; o homem a seguiu lentamente, com aparente dificuldade de se movimentar, como se fosse manco ou aleijado.

Ele avançou entre as lápides, perseguindo Bárbara, enquanto a garota corria aos tropeços, ofegante. Mais à frente, caiu e saiu rolando pela encosta coberta de lama e capim até o carro. Abriu a porta com um puxão. Podia ouvir os passos lentos e abafados do seu perseguidor se aproximando cada vez mais enquanto ela saltava para dentro do carro e batia a porta.

As chaves não estavam na ignição. Estavam no bolso de Johnny.

O agressor se aproximava e avançava cada vez mais rápido, mais desesperado para alcançar a garota.

Sentada no banco do motorista, Bárbara agarrou-se ao volante, aos soluços, como se isso bastasse para que o carro desse partida. Foi só então que se deu conta, quase tarde demais, de que as janelas estavam abertas, e apressou-se a subi-las, fechando também o trinco das portas.

O homem agarrou a maçaneta da porta e sacudiu-a, tentando arrancá-la, e depois esmurrou violentamente a carroceria do carro.

Bárbara começou a gritar de novo, mas o homem parecia imune aos seus gritos, e não demonstrava ter medo de ser pego ou surpreendido.

Ele apanhou uma grande pedra do chão e golpeou a janela do lado do passageiro, cobrindo o vidro de milhares de minúsculas fissuras. Mais um golpe e a pedra atravessou a janela, estilhaçando-a por completo. As mãos do agressor invadiram o carro, tentando a todo custo agarrar o cabelo, o rosto ou braço da garota.

Bárbara viu seu rosto de relance. Era branco como a morte e estava terrivelmente contorcido, como que pela loucura ou por uma dor atroz.

A garota socou a cara do intruso, e ao mesmo tempo soltou o freio de mão. O carro começou a descer colina abaixo, seguido pelo agressor, que continuava a golpear a lataria com violência e a agarrar a maçaneta da porta, tentando se segurar.

À medida que a encosta se tornou mais íngreme, o carro ganhou velocidade, repelindo o homem e forçando-o a correr aos trancos atrás do veículo. Quando o carro acelerou ainda mais, o perseguidor perdeu o equilíbrio e agarrou-se ao para-choque, mas não conseguiu firmar as mãos, que escorregaram para o para-lama e depois se soltaram por completo, fazendo com que seu corpo tombasse pesadamente sobre a estrada. Livre do perseguidor, o carro ganhou impulso, mas o homem voltou a se levantar e renovou a investida com estúpida determinação, cambaleando e se arrastando pelo caminho.

Agora o carro despencava por uma colina íngreme e sinuosa. Bárbara estava petrificada no banco do motorista. Agarrava-se ao volante, aterrorizada pela escuridão e pela velocidade, assustada demais para se lembrar de acionar o freio.

Os faróis! Ligou o interruptor com um gesto brusco, e os faróis lançaram feixes oscilantes de luz entre as árvores. Deu uma guinada violenta para não bater quando os faróis revelaram uma curva na estrada. O carro seguiu descendo aos solavancos, e Bárbara viu que a estrada se estreitava a ponto de permitir a passagem de um único carro. Além disso, a cerca de sessenta metros terminava o declive e começava uma subida.

Na subida, o carro foi desacelerando... desacelerando... conforme o impulso lhe permitia avançar por alguns metros ladeira acima. Bárbara olhou para trás, mas não conseguiu ver nada; depois, no contorno indistinto da estrada, a figura do seu perseguidor dobrou a curva, e então a garota soube que ele estava vindo rápido atrás dela.

Por fim, o carro parou totalmente. Com um espasmo de pânico, Bárbara deu-se conta de que o veículo começava a descer de ré, conduzindo-a direto para o agressor, que ainda se aproximava implacável. Nesse momento, o carro pegou impulso, e a garota continuava paralisada de medo diante do volante.

Despertando-se finalmente do torpor, Bárbara agarrou o freio de mão e puxou-o de supetão. O carro parou com um tranco, que a atirou com violência contra o banco. Lutou com a maçaneta, mas não conseguiu movê-la do lugar até se lembrar de levantar o trinco. Enquanto o agressor se aproximava, Bárbara escancarou a porta, disparou para fora do carro e fugiu.

Às suas costas, o homem continuava a avançar, tentando desesperadamente acelerar o passo cambaleante e irregular. Bárbara corria o mais rápido que suas pernas lhe permitiam, subindo pela estrada íngreme e pedregosa. Tropeçou e caiu, esfolando os joelhos. Levantou-se ofegante e voltou a correr, enquanto o homem seguia no seu encalço.

Ao alcançar a estrada principal, no topo da colina, livrou-se dos sapatos com um pontapé e começou a correr mais rápido, agora sobre o asfalto duro e não mais sobre o cascalho. Esperava avistar um carro, um caminhão ou qualquer outro tipo de veículo para o qual pudesse acenar. Mas não havia nada à vista. Então chegou a um trecho de estrada margeado por um muro baixo de pedra, e intuiu que devia haver uma casa em algum lugar do outro lado. Transpôs o muro com dificuldade, e considerou por um instante a possibilidade de se esconder atrás dele; mas podia ouvir a respiração áspera e os passos arrastados do seu perseguidor logo atrás dela, e tinha certeza de que ele a procuraria atrás do muro — era um esconderijo óbvio demais.

A garota parou por um momento, e ao olhar à frente para se orientar, teve a impressão de ver o brilho suave de uma janela ao longe, do lado oposto de um campo, através dos galhos frondosos de árvores esparsas.

Tropeçando em pedregulhos, galhos mortos e raízes nodosas, Bárbara correu no escuro em direção à janela iluminada.

Chegou primeiro a um galpão, à beira de uma estradinha que conduzia até a casa. O galpão era iluminado por uma lâmpada descoberta, rodeada por um enxame de mosquitos, e ao lado dela havia duas bombas de gasolina, do tipo que os agricultores usam para abastecer tratores e outros veículos. Bárbara parou, escondendo-se atrás de uma das bombas, mas percebeu logo que ficaria vulnerável demais sob a luz do galpão.

Quando se virou, a luz revelou seu agressor se aproximando, arrastando-se atrás dela pelo campo escuro, em meio aos arbustos, às árvores e às folhagens suspensas.

Bárbara correu em direção à casa e começou a gritar por socorro com todas as suas forças. Mas nenhuma porta ou janela se abriu. Ninguém saiu para a varanda. A casa permaneceu silenciosa e fria, exceto pelo brilho da luz refletida sobre o vidro de uma janela solitária.

A garota pressionou o corpo contra a lateral da casa, em um canto escuro, tentando espiar através da janela, mas não viu nenhum sinal de vida, e aparentemente ninguém ouvira seus gritos e não viriam ajudá-la.

Com a silhueta recortada contra o fundo do galpão iluminado, o homem que matara o seu irmão estava cada vez mais perto.

Em pânico, Bárbara correu para os fundos da casa e abrigou-se nas sombras de uma pequena varanda. Seu primeiro impulso foi gritar de novo pedindo ajuda, mas sufocou o grito para não revelar onde estava. No silêncio, percebeu que arfava ruidosamente, e tentou prender a respiração. Podia ouvir os sons da noite, as batidas descontroladas do próprio coração e, por último, o rumor dos passos de seu perseguidor, que iam desacelerando aos poucos até pararem por completo.

Bárbara olhou rapidamente em volta. Viu outra janela, ao lado dela, e espiou para dentro, mas estava tudo escuro. Os passos de seu perseguidor voltaram a ressoar, mais fortes e ameaçadores. Apoiou o corpo contra a porta, e sua mão pousou na maçaneta. Baixou os olhos para fitá-la, certa de que estaria trancada, mas, ao girá-la, a porta se abriu.

CAPÍTULO 2

Bárbara entrou depressa, sem fazer ruído, e fechou a porta com delicadeza. Às escuras, tateou a fechadura em busca de uma chave. Encontrou uma chave mestra e girou-a devagar. O trinco rangeu e estalou de modo quase imperceptível. A garota apoiou-se contra a porta, aguçando os ouvidos, e ainda podia escutar os passos distantes do homem a procurá-la do lado de fora.

Tateando no escuro, foi sacudida por um tremor repentino quando sua mão tocou na boca fria de um fogão elétrico. Era a cozinha. Estava na cozinha da velha casa. Apertou um botão e a luz do forno acendeu, dando-lhe iluminação suficiente para explorar o ambiente mas sem — ou ao menos assim ela esperava — denunciar ao seu perseguidor onde estava. Por alguns segundos, permaneceu em completo silêncio, sem mexer um músculo. Então finalmente tomou coragem para se movimentar.

Atravessou a cozinha e entrou em uma grande sala, escura e desprovida de qualquer sinal de vida. Teve o impulso de pedir ajuda de novo, mas se conteve por temor de que o homem lá fora a ouvisse. Correu de volta à cozinha, vasculhou as gavetas e encontrou os talheres. Escolheu uma grade faca de cortar carne e, empunhando-a com firmeza, colou novamente o ouvido à porta. Estava tudo tranquilo. Esgueirou-se de volta para a sala. Distinguiu vagamente, do lado oposto, uma reentrância que continha a porta de entrada. Tomada de pânico, voou até a porta e se certificou de que estava trancada. Depois, puxou cautelosamente uma ponta da cortina a fim de espiar para fora. Viu o extenso gramado e, ao longe, o campo pontilhado de arbustos e grandes árvores sombrias que ela atravessara correndo pouco antes, com o galpão e as bombas de gasolina iluminados ao fundo. Mas não viu nem ouviu qualquer sinal do perseguidor.

De repente, o silêncio foi rompido por um barulho vindo de fora: alguém sacudia e dava pancadas em uma porta. Bárbara baixou a ponta da cortina e seu corpo se retesou. As batidas continuaram. Correu até uma janela lateral, e do lado oposto do gramado viu que o homem estava batendo na porta da garagem. Acompanhou a cena com os olhos arregalados de terror. O homem continuou a golpear selvagemente a porta, depois olhou em volta, pegou algo do chão e atirou com força contra ela. Bárbara se espremeu junto à parede, em pânico.

Então seu olhar recaiu sobre um telefone, do outro lado da sala, em cima de uma prateleira de madeira. Voou até o aparelho e tirou o fone do ganho. Tinha sinal. Graças a Deus. Discou freneticamente o número da central telefônica, mas o sinal cessou de repente e foi substituído por um silêncio mortal. Bárbara apertou os botões do telefone repetidas vezes, mas não conseguiu retomar o sinal. O mais absoluto silêncio. Por alguma razão, o telefone estava escangalhado, assim como o rádio. Nada funcionava.

Bateu com o fone no gancho e precipitou-se para outra janela. Um vulto cruzava o gramado rumo à casa. Parecia um vulto diferente, outro homem. O coração da garota acelerou com um misto de medo e esperança, já que desconhecia a identidade do novo homem e não ousava gritar por socorro.

Correu até a porta e espiou novamente para fora, através da cortina, ansiosa por obter alguma pista que lhe permitisse saber se o intruso no gramado era amigo ou inimigo. Fosse quem fosse, ainda avançava rumo à casa. De súbito, uma sombra projetou-se sobre um trecho da janela, à esquerda da porta, e Bárbara pulou para trás, assustando-se com a aparição inesperada.

Afastou novamente um canto da cortina e viu o primeiro agressor de costas para ela, a menos de três metros de distância. O outro homem vinha a passos rápidos ao encontro dele, e Bárbara, paralisada contra a porta, não sabia mais o que esperar. Seus olhos pousaram por um momento sobre a faca, depois se voltaram para os dois homens no gramado.

Eles se encontraram — aparentemente sem trocar palavras —, sob as árvores altas e sombrias, e ficaram em silêncio um do lado do outro, observando o cemitério ao longe. De dentro da casa, Bárbara forçava os olhos para enxergar melhor o que acontecia. Por fim, o agressor encaminhou-se de volta à estrada, rumo ao cemitério. O outro homem aproximou-se da casa e parou sob a sombra de uma árvore, onde permaneceu à espreita, impassível.

Bárbara sondou a escuridão, mas não pôde ver quase nada. Correu até a prateleira e tentou o telefone novamente: o mesmo silêncio mortal de antes. Frustrada, quase atirou o aparelho no chão.

De repente, foi surpreendida pelo som distante de um carro. Correu de volta à janela e olhou para fora, prendendo a respiração. A estrada parecia vazia, mas após alguns instantes viu uma fraca luz que dançava no horizonte e se aproximava rapidamente. Sim, com certeza era um carro. Bárbara agarrou a maçaneta da porta e abriu-a só um tiquinho, deixando que uma nesga de luz vazasse de fora. A certa distância, sob uma árvore grande e velha, recortava-se a silhueta inconfundível do segundo homem. Bárbara estremeceu: o simples pensamento de sair ao encontro do carro em uma carreira desesperada a enchia de terror. Olhou para o homem sob a árvore: estava imóvel, com a cabeça e os ombros curvados para frente. Não podia ver seus olhos, mas suspeitava que estavam apontados para a casa.

Bárbara deixou que o carro passasse, veloz, enquanto se limitava a fitar a odiosa figura no gramado. Perdera a chance de fugir. Fechou a porta, recuando de volta às sombras. Então ocorreu-lhe que talvez o primeiro agressor tivesse ido buscar reforços, e que eles poderiam voltar em massa para arrombar a porta da casa, estuprá-la e matá-la.

Olhou angustiada em volta. A sala estava bastante silenciosa, e a penumbra dava-lhe um ar lúgubre e opressivo. Entre a sala de estar e a cozinha havia um corredor e uma escada. Bárbara aproximou-se da escada na ponta dos pés e tateou a parede até encontrar um interruptor de luz, que acendeu uma lâmpada no topo da escada. Começou a subir, apoiando-se no corrimão e torcendo desesperadamente para encontrar um lugar onde se esconder. Avançou pé ante pé, agarrando o punho da faca com firmeza. Mas quando chegou ao patamar, não pôde conter um grito — um grito lancinante que explodiu com violência de seus pulmões e ecoou pela velha casa —, pois ali, no topo da escada, iluminado pela lâmpada nua que pendia do teto do corredor, havia um corpo cuja carne fora arrancada dos ossos, com as órbitas vazias, os dentes brancos e as bochechas com os ossos expostos, como se o corpo tivesse sido comido por ratos e depois largado ali, sobre uma poça de sangue seco.

Ainda gritando, em um estado de terror absoluto, Bárbara deixou a faca cair e desceu correndo as escadas, aos tropeços. Em fuga desabalada — sufocando e quase vomitando, com a mente em convulsão, à beira da loucura —, a garota queria sair a todo custo daquela casa, e então precipitou-se para a porta, destrancou-a e lançou-se noite adentro, totalmente alheia às consequências.

De repente, foi inundada por uma luz ofuscante, e ao erguer os braços para se proteger, ouviu um guincho estridente. Preparou-se para correr de novo, mas antes que o fizesse, um homem surgiu repentinamente diante dela.

"Você é um deles?", ele gritou.

A garota fitou-o, petrificada.

Ele tinha saltado de uma caminhonete que parara no meio do gramado, cantando pneus e oscilando a luz brilhante dos faróis.

Bárbara continuou a fitá-lo, mas nenhuma palavra saiu de seus lábios.

"Você é um deles?", ele gritou mais uma vez. "Vi que eles parecem com você!"

Bárbara estremeceu. O motorista da caminhonete estava com o braço erguido, prestes a golpeá-la, e ela não conseguia distinguir suas feições, pois sua silhueta recortava-se contra a claridade ofuscante dos faróis.

Atrás do motorista, o homem sob a árvore deu alguns passos à frente. Bárbara soltou um grito e começou a recuar. O motorista se virou para encarar o homem que avançava em sua direção, mas este parou, olhou e não se moveu mais.

Por fim, o motorista da caminhonete agarrou Bárbara e a empurrou de volta para dentro da casa com tanta violência que ela caiu com o corpo dele por cima. A garota fechou os olhos e preparou-se para morrer.

Mas ele saiu de cima dela, bateu a porta e girou a chave na fechadura. Depois afastou a cortina e olhou para fora. Não parecia muito preocupado com a garota, que, ao perceber isso, finalmente abriu os olhos e o fitou.

O homem empunhava um pé de cabra. Era negro, devia ter uns trinta anos e vestia calças folgadas e um suéter. Não se assemelhava em nada ao seu perseguidor. Na verdade, apesar do semblante carregado, via-se que possuía uma fisionomia simpática e agradável. Também parecia ser um homem forte, com quase dois metros de altura.

Bárbara se levantou e continuou a fitá-lo.

"Está tudo bem", ele disse, acalmando-a. "Está tudo bem. Não sou uma daquelas aberrações. Meu nome é Ben. Não vou machucar você."

Bárbara deixou-se cair sobre uma poltrona e começou a chorar baixinho, enquanto Ben explorava o lugar. Primeiro entrou no cômodo seguinte e conferiu se as janelas estavam trancadas. Depois ligou um interruptor, e quando viu que a luz funcionava, desligou-o.

Então gritou para Bárbara da cozinha:

"Não tenha medo daquela coisa lá fora! Posso cuidar dele sem problemas. Mas é possível que apareçam muitos outros monstrengos como esse quando descobrirem que estamos aqui. Estou sem gasolina, e as bombas lá fora estão trancadas. Você tem a chave?"

Bárbara não respondeu.

"Você tem a chave?", repetiu Ben, tentando conter a irritação.

Mais uma vez, Bárbara não disse nada. O que vivenciara nas duas últimas horas a deixara em um estado quase catatônico.

Ben supôs que a garota não tivesse escutado, então foi até a sala e dirigiu-se diretamente a ela.

"Eu disse que as bombas de gasolina lá fora estão trancadas. Tem alguma comida por aqui? Vou arranjar alguma comida para nós, depois podemos afugentar aquele monstrengo lá fora e procurar algum lugar onde haja gasolina."

Bárbara simplesmente segurou a cabeça entre as mãos e continuou chorando.

"Você deve ter tentado usar o telefone, imagino", disse Ben, sem esperar mais por uma resposta. Pegou o fone e mexeu nele por algum tempo, mas como não obteve nada além de um silêncio mortal, bateu-o de volta no gancho. Olhou para Bárbara e viu que ela tremia.

"O telefone está ruim", concluiu. "Seria mais útil se tivéssemos duas latas e um barbante. Você mora aqui?"

Ela permaneceu calada, com os olhos fixos no topo da escada. Ben seguiu seu olhar e começou a subir os degraus, mas a meio caminho viu o cadáver e parou. Fitou-o por alguns instantes e recuou lentamente de volta para a sala.

Pousou os olhos em Bárbara, e sabia que a garota tremia, visivelmente em estado de choque, mas não havia nada que ele pudesse fazer além de forçar a si mesmo a reagir.

"Temos que dar o fora daqui", disse. "Precisamos encontrar outras pessoas... alguém com armas ou algo do tipo."

Foi à cozinha e começou a revirar tudo atrás de comida, deixando a geladeira e os armários escancarados e jogando tudo que encontrava dentro uma bolsa de compras, às pressas.

De repente, para sua surpresa, deu de cara com Bárbara, que estava parada ao seu lado.

"O que está acontecendo?", ela disse em um fraco sussurro, tão fraco que o homem quase não ouviu. E a garota continuou ali, com os olhos arregalados, como uma criança à espera de uma resposta.

Ben olhou para ela, atônito.

"O que está acontecendo?", ela repetiu, ainda sussurrando, ao mesmo tempo que sacudia a cabeça, com os olhos cheios de pavor e perplexidade.

De repente, sobressaltaram-se ao ouvir um som de vidro partido. Ben largou a bolsa no chão, pegou o pé de cabra e precipitou-se para a janela que dava para a frente da casa. Outro som de vidro partido. Quando olhou para fora, viu que o primeiro agressor se juntara ao outro e que os dois tinham usado pedras para arrebentar os faróis da caminhonete.

"Dois deles", murmurou Ben para si mesmo, e enquanto observava, os dois homens começaram a bater com pedras na carroceria da caminhonete. O ataque, entretanto, não parecia ter um propósito definido para além de satisfazer um mero instinto destrutivo. De fato, à parte de quebrar os faróis, eles não pareciam causar nenhum dano sério à velha caminhonete.

Mas Ben virou-se com uma expressão preocupada no rosto.

"Eles podem acabar quebrando o motor", disse à garota. "Tem quantos deles lá fora? Você sabe?"

Bárbara recuou, afastando-se dele, mas Ben avançou em movimento rápido, agarrou-a pelos punhos e começou a sacudi-la, em uma tentativa de chamá-la à realidade.

"Quantos? Vamos, fale! Eu sei que você está assustada. Mas eu posso cuidar daqueles dois. Agora me diz, quantos outros existem lá fora? Aquela caminhonete é nossa única chance de sair daqui. Quantos? Quantos?"

"Eu não sei! Não sei!", ela gritou. "O que está acontecendo? Não sei o que está acontecendo!"

Enquanto lutava para libertar os punhos, a garota explodiu em um choro histérico e soluçante.

Ben deu-lhe às costas e caminhou de volta à janela. Então suspendeu a cortina e olhou um instante para fora. Os agressores ainda desferiam pancadas violentas contra o carro, tentando desesperadamente reduzi-lo a pedaços.

Ben abriu a porta com ímpeto, saltou da varanda e começou a avançar cautelosamente em direção aos dois homens. Quando eles se viraram para encará-lo, o que viu contra a luz que escapava pela porta da velha casa encheu-o de repulsa.

Os rostos dos agressores eram rostos de defuntos. A carne estava putrefata e gotejava pus em alguns pontos. Os olhos inchados projetavam-se para fora das órbitas profundas. Tinham a pele pálida, branca como o gesso. Moviam-se com dificuldade, como se a força misteriosa que os ressuscitara não tivesse feito um trabalho completo. Eram seres horríveis, demoníacos, mas apesar do terror profundo que lhe inspiravam, Ben continuou a avançar em direção aos dois com o pé de cabra em riste.

"Vamos lá, vamos lá", murmurou para si mesmo enquanto se concentrava no ataque. Seus passos, inicialmente relutantes, ganharam velocidade e determinação, e dentro em pouco ele estava quase correndo.

Mas os dois, em vez de recuarem, partiam para cima do homem, como se fossem impelidos por um impulso incontrolável. Ben lançou-se sobre as criaturas, brandindo vigorosamente o pé de cabra. Mas os golpes que desferia, por mais brutais que fossem, pareciam pouco eficazes. Não conseguia deter as criaturas, ou sequer feri-las. Era como bater em um tapete; toda vez que o impacto de um golpe os empurrava para trás, eles tornavam a avançar, com uma obstinação violenta e brutal. Quando conseguiu finalmente derrubá-los no chão, continuou por um bom tempo a bater em suas cabeças, em seus corpos flácidos estirados no gramado, até que estivesse quase gemendo com cada golpe do pé de cabra, com o qual espancava incansavelmente as criaturas, enquanto Bárbara, em estado de choque, contemplava a cena da varanda. Ben martelava sem parar a cabeça das criaturas prostradas no chão — humanoides, ou o que quer que fossem — até que a crua violência do ato fez com que Bárbara começasse a gritar descontroladamente, ao mesmo tempo que segurava a cabeça entre as mãos e tentava cobrir os olhos. Seus gritos de horror ecoaram pela noite, misturando-se aos gemidos de Ben e ao ruído do ferro chocando-se violentamente contra o crânio das criaturas mortas.

Por fim, Ben recuperou o autocontrole e parou. Pôs-se de pé em meio ao silêncio da noite, respirando pesadamente.

Bárbara parara de gritar e, da soleira da porta, olhava para ele — ou para algo além dele; não sabia dizer ao certo. O homem se aproximou com o intuito de confortá-la, mas não conseguia recuperar o fôlego.

De repente, Ben ouviu um ruído atrás da garota, vindo de dentro da casa. Saltou para a varanda e viu outra daquelas horrendas criaturas mortas avançando da cozinha em direção aos dois. Devia ter conseguido, de alguma forma, quebrar a tranca da porta dos fundos.

"Feche essa porta!", gritou Ben, e Bárbara conseguiu reunir força de espírito suficiente para fechar e trancar à chave a porta da frente, enquanto uma nova luta brutal se desenrolava na sala.

A coisa morta que Ben combatia dessa vez tinha uma aparência ainda mais medonha que as outras duas, como se estivesse morta há mais tempo ou tivesse tido uma morte mais terrível. Bocados de cabelo e carne haviam sido arrancados da cabeça e do rosto da criatura, e os ossos dos braços eram visíveis sob sua pele como uma jaqueta com os cotovelos lisos. Um olho morto pendia parcialmente para fora da órbita, e sua boca estava retorcida e incrustada de sangue e terra.

Ben tentou acertar a criatura, mas ela agarrou-o pelo braço e o pé de cabra escapou-lhe da mão. Os dois se engalfinharam em uma luta feroz, até que Ben conseguiu finalmente dominá-la e puxá-la para o chão, prensando-a contra o carpete. A criatura emitia estranhos sons rascantes com a garganta morta — como aqueles produzidos pela coisa que matara o irmão de Bárbara — e tentava desesperadamente agarrar o pescoço do homem, mas não conseguiu sequer tocá-lo, pois este, tendo recuperado o pé de cabra, enterrou-o com violência no seu crânio.

Ben se levantou. Pressionou o pé contra a cabeça da criatura morta e, usando-o como alavanca, puxou a barra de ferro para fora, fazendo com que a cabeça do cadáver fosse jogada para trás e se chocasse com um baque contra o chão da sala. Da ferida no crânio da criatura escorria uma pequena quantidade de fluido — esbranquiçado e não da cor do sangue, como se poderia esperar.

Mas Ben não teve tempo de refletir sobre o significado daquilo, porque um ruído na cozinha alertou-o da presença de um novo intruso. Topou com a criatura no corredor e, desferindo poderosos golpes com o pé de cabra, forçou-a a recuar até expulsá-la de vez, jogando o corpo contra a porta para mantê-la fechada enquanto recuperava o fôlego.

Depois de um longo silêncio, Ben disse: "Eles sabem que estamos aqui agora. Não é mais nenhum segredo, se é que já foi alguma vez. E se não nos defendermos, eles vão nos matar".

Suas palavras dirigiam-se claramente a Bárbara, como se buscasse um sinal de compreensão da parte dela, um sinal de que entendia a situação e estava disposta a colaborar para a sobrevivência dos dois. Mas Bárbara não o escutava. Tinha o rosto contorcido de medo, e seus olhos permaneciam arregalados, sem piscar.

Ela olhava fixamente para o chão, para o ponto onde jazia a criatura morta. O cadáver estava em uma posição torta, estirado no corredor entre a sala e a cozinha, com o braço direito estendido em um ângulo bizarro na direção da garota, e os dedos contorcidos como se quisessem agarrá-la.

Horrorizada, Bárbara teve a impressão de ver uma leve contração na mão da coisa; na verdade, o corpo inteiro se contraiu de modo quase imperceptível, e o pescoço torcido, quebrado da criatura mantinha sua cabeça virada para cima, com a boca escancarada e uma expressão vidrada no único olho que lhe restara.

Como se estivesse em transe, Bárbara deu alguns passos em direção à criatura; seu rosto, até então transtornado pelo terror, se retorceu em uma expressão de repulsa. A mão do cadáver se contorceu de novo. A garota aproximou-se ainda mais, atraída por aquele corpo monstruoso, fitando-o com uma curiosidade irresistível.

A criatura morta se contorcia no chão e a encarava, com o olho saltado para fora e os primeiros sinais de putrefação no rosto e no pescoço.

Mas Bárbara se aproximou ainda mais, e o cadáver continuou a contrair-se, fitando o teto com seu único olho, vítreo e pálido como o olho de um animal empalhado.

A adrenalina percorreu o corpo da garota, e ela sentiu um impulso irresistível de correr ou gritar; mas permaneceu imóvel, olhando fundo no olho da criatura morta. E de repente o cadáver se moveu com um som sussurrante. Bárbara deu um pulo para trás e gritou, despertando de súbito do transe em que se encontrava, antes de se dar conta de que Ben agarrara a criatura pelas pernas e a arrastava pelo chão.

"Feche os olhos, garota, vou levar essa coisa para fora", disse Ben em um tom de voz austero, e seu rosto revelava a angústia e a repulsa que sentia enquanto arrastava o cadáver pela casa.

O olho da criatura continuava a se contorcer. Ainda cobrindo a boca com as mãos, Bárbara observava a cena com atenção, ouvindo a respiração ofegante do homem conforme se empenhava naquela tarefa macabra. Por fim, ao chegar à porta da cozinha, Ben deixou as pernas do morto caírem com um baque no chão e parou um instante para descansar e pensar.

Mesmo com a fraca luminosidade proporcionada pela luz do forno, Bárbara pôde ver as brilhantes gotículas de suor no rosto de Ben; os olhos do homem estavam ao mesmo tempo atentos e temerosos, e sua respiração rouca e ofegante parecia preencher a sala. Ben virou-se rapidamente para ver através do pequeno painel envidraçado da porta. A criatura morta ainda se contorcia ligeiramente aos seus pés.

E lá fora, espreitando à sombra das grandes árvores, os olhos perscrutadores de Ben distinguiram mais três criaturas, que observavam e esperavam o momento certo, com os braços caídos junto ao corpo e os olhos inchados e obtusos apontados para a casa.

Com um movimento rápido, o homem escancarou a porta da cozinha e se curvou para pegar a criatura morta aos seus pés. Os três seres demoníacos sob as árvores começaram a se arrastar lenta e ameaçadoramente em direção à casa. Em um esforço tremendo, Ben ergueu o cadáver e o atirou para fora de uma só vez. O corpo, caído a alguns passos da soleira, ainda se retorcia.

As criaturas continuaram a avançar pelo gramado, enquanto o canto dos grilos se misturava aos arquejos ásperos e agonizantes de seus pulmões mortos, sobrepondo-se aos demais sons noturnos.

Ben se curvou, e em outro esforço tremendo, ergueu o corpo morto porém convulso e carregou-o até a borda da varanda.

Do interior da casa, Bárbara não conseguia ver com clareza o que Ben fazia. A garota se afastou da porta, tremendo incontrolavelmente enquanto esperava que o homem terminasse o que estava fazendo ou pretendia fazer e voltasse logo para dentro.

Ben estremeceu e tateou o bolso do casaco enquanto as criaturas demoníacas seguiam avançando em sua direção, com os braços esticados para frente como se quisessem agarrá-lo e fazê-lo em pedaços. Por fim, Ben encontrou a caixa de fósforos que procurava; conseguiu acender um e encostou a ponta flamejante nos trapos imundos da criatura morta, e então, com um leve estalo, a roupa pegou fogo.

As criaturas no gramado pararam de repente. O fogo queimava devagar. Tremendo, Ben encostou o fósforo em outras partes da roupa do morto. Atento às criaturas, acabou queimando os dedos e estalou-os rapidamente no ar, atirando o fósforo sobre a forma contorcida no chão. Pôs-se de pé, ofegante, e chutou o cadáver em chamas para fora da varanda. O corpo rolou pelos três pequenos degraus até o gramado, onde ficou imóvel enquanto as chamas lambiam o chão à sua volta.

Ben observou enquanto as criaturas recuavam alguns passos, tentando cobrir os rostos com os braços rígidos, como se tivessem medo do fogo. Agarrou com firmeza o parapeito da pequena varanda, o rosto brilhando com o calor das chamas.

"Vou pegar vocês", murmurou Ben, com a voz trêmula. Em seguida ergueu a voz e gritou para o vazio da noite: "Vou pegar vocês! Todos vocês! Seus malditos!"

Ben postou-se na pequena varanda, em uma atitude desafiadora, enquanto o cadáver à sua frente queimava com um fedor insuportável. Entretanto, as criaturas tinham parado de recuar, e agora mantinham certa distância, observando e aguardando impassíveis.

Ao ouvir um ruído repentino às suas costas, Ben virou-se e deparou com Bárbara junto à porta da cozinha. Quando seus olhos encontraram os dela, ele pôde ler a expressão de assombro em seu rosto, mas não tardou até que a garota recuasse de volta para a sala. Ben voltou depressa para dentro, batendo a porta da cozinha atrás de si. Estendeu a mão instintivamente para trancá-la; mas a tranca tinha sido quebrada pelas criaturas invasoras, então pegou uma pesada mesa de cozinha e arrastou-a até batê-la contra a porta. Continuava ofegando, agora de forma ainda mais frenética e ruidosa, e seus olhos percorriam a sala em busca de alguma coisa que Bárbara não conseguiu entender o que era.

Então correu até os armários da cozinha, abriu as portas e gavetas e começou a vasculhar tudo. Estavam cheios de utensílios e suprimentos comuns de cozinha. Por um longo tempo, Ben não falou nada — e os olhos arregalados de Bárbara o acompanhavam conforme ele esquadrinhava o lugar.

"Vê se acha o interruptor", ele gritou de repente, tão de repente que Bárbara se sobressaltou com o som de sua voz e recuou contra uma parede, cuja superfície tateou nervosamente até encontrar o interruptor. Uma luminária no teto se acendeu, emitindo uma luz brilhante. O homem continuou a zanzar freneticamente pela cozinha, enquanto Bárbara piscava e apertava as pálpebras, aturdida pela súbita claridade. Ela permaneceu encostada na parede, com a mão sobre o interruptor, como se não ousasse se mover um centímetro. Em silêncio, observava

Ben abrir impetuosamente as gavetas e despejar os conteúdos nas prateleiras e no chão.

O homem agarrou a gaveta dos talheres, que Bárbara deixara aberta, e puxou-a para fora até que o trilho travasse com um baque. Depois de revirá-la com impaciência, tirou de dentro uma grande faca de pão e, contraindo o abdome, enfiou-a sob o cinto. Em seguida, meteu novamente a mão na gaveta, apanhou outra faca e, segurando-a pela lâmina, ofereceu o cabo à garota. Pega de surpresa pelo gesto brusco, Bárbara recuou assustada. Isso pareceu acalmar o frenesi de Ben; ofegando pesadamente entre uma palavra e outra, ele falou com uma voz afável, porém imperiosa:

"Vamos... Segure isto... e não solte mais".

Bárbara hesitou por um momento, mas acabou pegando a faca. O homem suspirou aliviado. Ela parecia fraca, quase apática, como se estivesse perdendo o autocontrole — ou como se já tivesse desistido de viver. A garota fitou a arma que tinha na mão, e ao erguer a cabeça seus olhos se depararam com o rosto ardente de Ben.

"Muito bem", ele disse. "Muito bem. Faça o que eu disser, e nós vamos ficar bem. Temos que nos proteger... manter aquelas coisas bem longe da gente, até darmos um jeito de fugir deste maldito lugar."

Ele não sabia se Bárbara tinha absorvido ou não suas palavras, mas torcia para que sim.

Afastou-se e continuou a busca, falando apenas ocasionalmente, e com ninguém em particular, sempre entre grandes arfadas e durante os breves instantes em que sua atenção se voltava totalmente para algum objeto que encontrara e que poderia ser útil como ferramenta de sobrevivência.

Sua busca não era aleatória, tinha um propósito definido; era seletiva, ainda que frenética e desesperada. Procurava pregos e pedaços de madeira ou tábuas que pudesse usar para pregar portas e janelas. Tinha decidido que iam fortificar aquela velha casa de fazenda o melhor que pudessem, para se precaver da iminente ameaça de um ataque em massa das criaturas infernais, que aumentavam em número. Ben agia com certa afobação, sempre visando a esse propósito defensivo. Inicialmente, a busca absorvia toda sua atenção, e era movida pela ansiedade. Mas aos poucos, conforme se deparava com vários itens importantes, seu furor se aplacava, e ele ia procedendo de maneira mais calma e deliberada.

Começou a empurrar pesadas mesas e outros móveis contra as partes mais vulneráveis da velha casa.

Sua tensão diminuía, e ele ia ficando mais calmo, mais racional, conforme aquelas barreiras lhe proporcionavam uma sensação maior de segurança. E a percepção de todos aqueles esforços para protegê-los um pouco começava a surtir efeito em Bárbara, tirando-a lentamente do estado de choque e passividade em que se encontrava.

"Vamos ficar bem!", gritou Ben, tentando parecer corajoso.

Bárbara continuava a observá-lo, enquanto ele andava para lá e para cá, esvaziando as gavetas e os armários. Aparentemente, havia pelo menos uma coisa importante que ele ainda não encontrara e buscava com impaciência. Carretéis de linha, botões, utensílios de manicure, produtos para engraxar sapatos e outros objetos eram atirados para fora das gavetas conforme Ben esquadrinhava a cozinha e corria sem parar de um lado para o outro, com a mesma agressividade e urgência de momentos antes.

Finalmente, em uma caixa de madeira sob a pia, encontrou o que procurava; deu um salto repentino e soltou uma exclamação de triunfo enquanto despejava o conteúdo da caixa no chão da cozinha. Um grande martelo caiu para fora com um baque. E um machado. E uma velha lata de tabaco que Ben pegou com um gesto rápido e virou sobre uma prateleira — estava cheia de pregos, parafusos e arruelas. Alguns saíram rolando e retiniram ao tocar o chão, mas Ben abaixou-se depressa para pegá-los de volta. Examinou a pequena pilha de peças, escolheu os pregos mais compridos e enfiou-os no bolso do suéter. E mesmo ao fazer isso não parava quieto; seus olhos já sondavam o ambiente à procura de outros artigos de necessidade.

Seu olhar recaiu sobre Bárbara.

"Dá uma olhada ali perto da lareira e vê se acha algum pedaço grande de madeira", gritou para ela, e depois se virou para examinar uma caixa de papelão em cima da geladeira. Mas a caixa estava muito leve, e antes de abri-la, Ben sabia que estava vazia. Largou-a no chão, espiando dentro para garantir, depois partiu para um armário metálico no canto da cozinha, que ele apostava estar recheado de gêneros alimentícios. Mas ao se virar deu de cara com Bárbara, ainda imóvel no mesmo lugar. Sua raiva veio à tona de repente, e ele gritou:

"Por que você...?"

Mas ele se interrompeu, depois falou, em um tom ainda exaltado, mas menos ríspido:

"Olhe... Sei que você está assustada. Eu também estou, assim como você. Mas não vamos sobreviver se não nos ajudarmos de alguma forma. Vou cobrir as portas e janelas com tábuas. Mas você precisa cooperar. Temos que ajudar um ao outro, porque não tem ninguém aqui que possa fazer isso pela gente. Vai dar tudo certo... Está bem? Agora quero que você saia daí e veja se tem alguma madeira naquela lareira..."

Ele parou, ainda ofegando. Bárbara mal olhava para ele. Então, depois de vários segundos, a garota começou a se afastar lentamente da parede.

"Tudo bem?", perguntou-lhe Ben, olhando-a nos olhos.

Bárbara continuou imóvel por algum tempo antes de assentir fracamente com a cabeça.

"Tudo bem?", repetiu Ben, quase sussurrando, tentando tranquilizá-la. Quando a garota saiu da cozinha, Ben seguiu-a com o olhar por um momento, e em seguida retomou sua busca.

Bárbara adentrou a sala de estar, onde a escuridão a deteve por um instante, retardando seus passos. Da cozinha, ainda podia escutar os rumores da busca de Ben. A garota olhava à frente, em meio à escuridão, e apertava o cabo da faca sempre que as cortinas brancas das janelas pareciam brilhar ou quando as sombras se moviam de modo suspeito. Naquela sala, atrás dos móveis ou dentro dos armários, podia haver qualquer coisa à espreita.

Bárbara estremeceu.

Sobre a mesa de jantar, no canto oposto da sala, ela viu a silhueta de um vaso com grandes flores arredondadas dentro... e elas se agitaram de repente, sacudidas pela brisa que entrava por uma janela aberta. Em pânico, Bárbara correu até a janela, bateu-a e fechou o trinco, depois ficou ali, ofegando, reparando que parte da cortina branca ficara presa sob o caixilho. Mas não a levantaria de novo, de jeito nenhum. Um arrepio percorreu seu corpo, e ao virar viu Ben, que viera até a entrada da sala para averiguar a origem do barulho. Tinha esperança de que ele ficasse, mas o homem deu as costas para ela e retomou sua ruidosa busca pela cozinha.

De novo sozinha na sala, Bárbara esticou o braço em direção a uma luminária que repousava sobre uma mesinha lateral. Acendeu-a. Uma luz fosca iluminou o espaço ao redor. A sala transmitia uma sensação de vazio. Bárbara avançou lentamente até a lareira. Ao lado dela havia uma pilha de lenha e algumas tábuas, que talvez fossem largas o bastante para pregar nas janelas. Ainda agarrando a faca, a garota se curvou sobre a lenha e pegou uma tábua — mas uma aranha correu pela sua mão e ela gritou, deixando a madeira cair com estrépito no chão.

Ela esperou, torcendo para que Ben não viesse, e, de fato, dessa vez o homem não apareceu para ver o que estava acontecendo. A barulheira incessante na cozinha explicava por que ele não ouvira nada do que ela fazia na sala, às voltas com a lenha. Bárbara se ajoelhou e pegou as tábuas de novo, determinada a não se assustar mais com aranhas.

Cambaleando sob o peso da madeira, a garota precipitou-se para a cozinha e, ao cruzar a porta, encontrou Ben batendo o martelo contra as dobradiças da porta de um alto armário de vassouras. Com um último golpe e um puxão violento, a porta finalmente se soltou, com o ruído dos parafusos sendo arrancados e rasgando a madeira. Ben encostou-a na parede ao lado. Nos recessos do armário, encontrou outros objetos úteis e tirou-os para fora: uma tábua de passar, as três tábuas centrais da mesa de jantar, e outros pedaços velhos de madeira.

Sorriu para Bárbara quando levantou os olhos e viu que ela trazia seu próprio suprimento de madeira e o apoiava com cuidado em um canto. Acenando para que o seguisse, pegou a porta do armário e carregou-a até a porta dos fundos da casa, aquela cuja tranca havia quebrado. Levantando a madeira, prensou-a contra o painel envidraçado da porta, e depois de um rápido exame concluiu que podia usá-la não só para cobrir a porta da cozinha, mas também boa parte da janela, de dimensões modestas e não muito distante da primeira. Escorou a madeira com o corpo e tateou o bolso do suéter em busca de pregos. A porta começou a escorregar de leve. Ela não cobriria totalmente a janela da cozinha: duas faixas de vidro, no alto e embaixo, ficariam descobertas; entretanto, cobriria a parte envidraçada da porta, ajudando a protegê-la. A pesada porta do armário deslizou de novo e ele empurrou-a de volta para o lugar com o cotovelo, enquanto continuava procurando pregos no bolso. Tomando súbita iniciativa, Bárbara adiantou-se para ajudar, pegando a tábua e segurando-a na posição. Ben aceitou mecanicamente sua ajuda, sem dar qualquer sinal de reconhecimento, e examinou por alto a barricada enquanto decidia onde fixaria os pregos. Em seguida, tirando alguns pregos compridos do bolso, colocou-os na posição e pregou-os na madeira com ágeis e poderosos golpes do martelo. Fincou dois do próprio lado, fixando a madeira na porta e na moldura, depois se postou rapidamente ao lado da garota e pregou outros dois. Então, com o peso da madeira sustentado pelos pregos, continuou a martelar até enterrá-los por completo na madeira. Por fim, deu um passo para trás e se preparou para acrescentar outros. Queria usá-los com parcimônia e prudência, fixando-os onde seriam mais eficazes, já que tinha uma provisão limitada.

Para testar, sacudiu a porta da cozinha. Parecia bem presa. Depois de ter tomado e completado com êxito essas primeiras medidas defensivas, Ben começou a ganhar autoconfiança. Continuava assustado, e ainda trabalhava meio às pressas (embora, a seu ver, de maneira sensata), mas o fato de dispor de ferramentas adequadas, bem como de um plano de sobrevivência, dava-lhe a sensação de que não estava totalmente impotente, de que podia agir de modo concreto e positivo para preservar o seu destino e também o da garota.

"Pronto! Graças a Deus!", exclamou finalmente, em uma explosão de autoconfiança. "Isso deve segurar aquelas coisas malditas e impedir que entrem aqui. Eles não são tão fortes... Pronto!"

E enterrou mais dois pregos na moldura da janela. Ao sacudir a barricada, teve mais uma vez a impressão de que estava bem segura.

"Por aqui eles não passam", disse Ben, e para finalizar deu mais algumas marteladas nos pregos, até suas cabeças afundarem na madeira.

Seus olhos examinaram as partes do vidro que continuavam descobertas, mas elas não eram suficientemente largas para que um corpo humano passasse por elas. "Não tenho muitos pregos", disse Ben. "Vou deixar assim por enquanto. O mais importante agora é reforçar outros lugares por onde eles podem entrar."

Bárbara não respondeu a nenhuma de suas palavras, nem para encorajá-lo, nem para aconselhá-lo. Ben lançou-lhe um olhar irritado antes de dar as costas para a barricada e parar por um momento para examinar o ambiente. Não havia outras portas ou janelas, exceto a porta que conduzia à sala.

"Bem... este lugar está bastante seguro", comentou Ben, hesitante, enquanto olhava para Bárbara em busca de algum sinal de aprovação. Mas a garota continuava muda, então Ben continuou, alçando a voz em uma tentativa de deixar bem claro o que queria dizer. "Agora... Se precisarmos..."

A garota simplesmente o fitava, imóvel.

"Se precisarmos... podemos correr aqui para dentro. Mas nada de corpo mole dessa vez, ou vou deixar você lá fora se virando sozinha. Se eles entrarem em alguma outra parte da casa, a gente corre aqui para dentro e bloqueia essa porta com tábuas."

Indicou a porta entre a cozinha e a sala, que estivera aberta o tempo todo. Bárbara observou enquanto ele a encostava, testava sua solidez, fechava-a com firmeza e depois tornava a abri-la.

Escolheu rapidamente várias tábuas e apoiou-as contra a parede, ao lado da porta, onde pretendia deixá-las caso houvesse uma emergência e fosse necessário bloquear a entrada.

Remexeu no bolso e se deu conta de que sua reserva de pregos estava diminuindo. Foi até a prateleira onde havia despejado o conteúdo da lata de tabaco; pegou a lata e esvaziou-a completamente. Então revistou a pequena pilha de objetos, selecionou os pregos mais longos, atirando apenas esses de volta na lata, e depois entregou esta última para Bárbara.

"Fique com estes", disse à garota de maneira incisiva, sem deixar margem para dúvidas ou protestos.

Como se despertasse bruscamente de um sono profundo, Bárbara tomou depressa a latinha de tabaco da mãozorra do homem; depois o observou recolher o máximo de madeira que conseguia carregar nos braços e se encaminhar para fora da cozinha. Ela não queria ficar sozinha, e ele não lhe mandara permanecer ali, então o seguiu em silêncio, trazendo a lata de tabaco à frente do corpo como se não soubesse muito bem o que fazer com aquilo.

Entraram na sala.

"Não vai demorar muito", disse Ben ofegante. "Mais cedo ou mais tarde, eles vão tentar entrar à força. Devem estar com medo agora... Ou vai ver não estão com muita fome ainda..."

Soltou o carregamento de madeira no meio do chão e, sem parar de falar, foi caminhando até as grandes janelas frontais. De repente, seu tom de voz mudou. Era mais enérgico, e ele falava depressa.

"Descobri que eles também têm medo de fogo."

Plantada no meio da sala, completamente muda, com a faca em uma mão e lata de tabaco na outra, Bárbara observava Ben, que estava à sua frente e procurava medir visualmente o tamanho das grandes janelas de fachada. Depois de percorrerem toda a sala, os olhos de Ben finalmente se fixaram na grande mesa de jantar, da qual se aproximou rapidamente, ainda falando e sem perder o fio dos seus pensamentos enquanto o fazia.

"Devia ter umas cinquenta, talvez uma centena dessas criaturas, lá em Cambria, quando a notícia se espalhou."

Bárbara observava, quase petrificada. Ao ouvi-lo mencionar o número de criaturas, seus olhos refletiram um misto de assombro e tímida curiosidade. Ben arrastou a pesada mesa para longe da parede, depois a contornou, avaliando suas dimensões. Por fim, ergueu-a por uma das extremidades e virou-a de lado. Apoiando uma das pernas contra si, jogou o peso do corpo sobre ela, empregando toda sua força para quebrá-la. Após um estalo, a perna da mesa se soltou, e Ben deixou-a cair com um forte baque sobre o tapete. Continuava a falar, ofegando e suando copiosamente enquanto trabalhava, pontuando seus comentários com violentas investidas contra a mesa à medida que arrancava uma a uma suas pernas.

"Vi um desses caminhões-tanque, sabe? Perto do Beekman's, aquela lanchonete. E ouvi o rádio... Tinha um rádio ligado no caminhão..."

Deu um puxão na segunda perna da mesa. Ela estalou ruidosamente, mas não soltou. Ben foi até o meio da sala, onde largara o martelo no chão.

"Esse caminhão-tanque saiu cantando pneu da lanchonete... Devia ter uns dez, quinze daqueles monstrengos atrás dele; mas eu não os vi logo de cara, estavam do outro lado do caminhão. Achei estranha aquela correria toda. O sujeito mal teve tempo de manobrar direito antes de cair na estrada."

BUM! BUM!

Com dois poderosos golpes do martelo, soltou finalmente a segunda perna da mesa, que caiu ruidosamente no chão. Ben arremessou-a para um canto, ocupando-se em seguida da terceira perna.

"De início eu só vi aquele caminhão enorme — e achei curioso ele sair para a rua desembestado daquele jeito. Foi aí que vi aqueles seres bizarros. O caminhão estava desacelerando, e eles já quase o alcançavam... então conseguiram se segurar nele, depois pularam em cima. Não demorou até que agarrassem o motorista pelo pescoço."

Outra perna se soltou e caiu sobre o tapete. Ben respirava pesadamente. Bárbara o escutava com atenção, ao mesmo tempo horrorizada e fascinada com sua história.

"E o caminhão simplesmente cortou a estrada e atropelou a cerca de proteção, sabe? Tive que pisar no freio, acabei perdendo o controle do carro e saí derrapando. O caminhão bateu em um poste e depois nas bombas de um posto da Sunoco. Eu ouvi a batida. Aquele troço enorme começou a queimar, mas mesmo assim não parou; atropelou as bombas e seguiu em direção ao posto. Fiquei parado, sem mexer um músculo. E vi aquelas coisas... Elas começaram a recuar... Algumas delas corriam, ou pelo menos tentavam, porque mancavam como se estivessem aleijadas. Mas continuavam correndo, como se... como se, por alguma razão, precisassem ficar longe do fogo. O motorista não tinha como sair, porque metade da cabine do caminhão estava enterrada no posto da Sunoco, e ele ficou queimando vivo lá dentro, gritando feito louco."

Os olhos de Bárbara se turvaram, e seu rosto se contorceu de angústia. Aquele pesadelo sem fim se tornava cada vez mais complexo para ela.

Ben arrancou a última perna da mesa com uma forte martelada. Sem sustentação, o pesado tampo ameaçou cair, mas Ben voltou a equilibrá-lo, e com grande esforço, começou a arrastá-lo pela sala. Bárbara se aproximou e agarrou uma das extremidades do tampo, mas não pôde ajudar muito, pois o móvel era pesado demais para ela.

"Não sei o que aconteceu depois", continuou Ben. "Quer dizer, não sabia se o posto de gasolina ia explodir... ou voar pelos ares... Não sabia. Simplesmente arranquei com carro e segui em frente, procurando ficar longe caso houvesse uma explosão... E o cara no caminhão gritava, gritava... até que, depois de um tempo, parou."

Apoiou o tampo da mesa no chão e limpou o suor da testa. Ainda ofegava devido ao esforço que acabara de fazer. Limpou a mão na camisa. Seus olhos se arregalavam e se enchiam de cólera ao lembrar-se dos eventos que descrevia para Bárbara, e pareciam a ponto de chorar.

"E aquelas coisas estavam lá... paradas bem no meio da estrada... Parecia que tinham acabado de sair da tumba ou algo do tipo. Estavam perto da lanchonete, e o estacionamento estava cheio de carros e ônibus com os vidros quebrados. Eu sabia que aquelas coisas tinham exterminado todas as pessoas lá dentro, e havia mais delas do lado de fora, por todos os lados, só esperando a chance de entrar. Então eu acelerei e parti para cima daqueles monstrengos. Os faróis estavam ligados, e pela primeira vez consegui dar uma boa olhada nos malditos. Atropelei um monte deles... esmaguei todos que via na minha frente. Arremessei alguns pelos ares, a uns cinco metros de distância. Queria acabar com aqueles animais imundos, fazer picadinho deles. E eles ali, parados. Não corriam, não saíam da estrada, nada. Alguns ficavam com os braços estendidos para frente que nem uns retardados, como se pudessem me pegar. Mas continuavam no mesmo lugar, inertes... e a caminhonete passando por cima deles... como se fossem um bando de insetos..."

Ao topar com o olhar aterrorizado de Bárbara, Ben silenciou. Com as mãos ainda pousadas sobre o tampo da mesa, a garota tinha os olhos arregalados e fitava Ben com uma expressão de repulsa.

Ben voltou a se concentrar no tampo da mesa, fazendo força para erguê-lo. Bárbara estava praticamente imóvel. Quando Ben deslocou a mesa, as mãos dela largaram o tampo e penderam inertes ao lado do seu corpo. Ele arrastou a mesa, sozinho, até a janela que pretendia cobrir.

Olhou para Bárbara. Ela olhou-o de volta, quase inexpressiva.

"Eu... eu tenho filhos", disse Ben, enxugando a testa suada com a manga da camisa. "E... acho que eles vão ficar bem. Eles sabem se virar sozinhos... mas ainda são crianças... e eu estou tão longe, e..."

Sua voz foi sumindo ao perceber que Bárbara não esboçava nenhuma reação; além disso, ele não sabia mais o que dizer. Com um último esforço, puxou a mesa e encostou-a na parede, ao lado da janela.

"Vou fazer tudo ao meu alcance", ele disse, esforçando-se para parecer otimista. "Vou fazer tudo que eu puder, vou voltar para casa e... vou ver minha família. Vai dar tudo certo, e eu... vou voltar logo para casa."

Ben tinha começado a se repetir, e sentiu que já estava balbuciando. Viu que a garota o observava atentamente, então parou um instante para se recompor e começou a falar de modo mais pausado, quase monótono, com uma calma forçada. Mas por trás daquela camada de raiva e medo ele era um homem corajoso, e estava decidido a não perder a autoconfiança. Sabia que a garota precisaria de apoio para enfrentar a situação. Quisesse ou não, sua sobrevivência dependia em certa medida da dela, e do seu sucesso em fazer com que ela superasse o medo e cooperasse.

"Nós também vamos ficar bem", ele disse. "Podemos manter essas coisas longe daqui. Quero dizer... Podemos simplesmente... acabar com elas. Só não podemos perder a cabeça e deixar o medo nos dominar. Somos mais rápidos que eles, e eles são fracos demais em comparação com um homem adulto... e se você não fugir e bater bastante neles, vai conseguir derrotá-los. Somos mais espertos que eles. E mais fortes também. Vamos detê-los. Está bem?"

A garota continuou a fitá-lo.

"Só precisamos ficar calmos", acrescentou Ben.

Os dois se olharam por um instante, então Ben se virou e agarrou novamente o tampo da mesa e começou a erguê-lo. Quando já chegava à altura da janela, a garota quebrou o silêncio e disse em uma voz baixa e fraca:

"Quem são eles?"

Ben parou de repente, ainda segurando o pesado tampo, e fitou com perplexidade o rosto aflito de Bárbara. Lentamente se deu conta de que a garota nunca soubera de fato o que estava acontecendo. Ela não tinha noção do tamanho do perigo, ou de como tinham chegado àquela situação. Ela não tinha ouvido os anúncios ou os comunicados no rádio. Ela estivera vivendo em um estado de choque e ignorância.

Encarando a garota com ar de incredulidade, Ben perguntou num berro: "Você não soube de nada?"

Ela fitou-o com um olhar inexpressivo, sem dizer nada. A resposta dela estava no silêncio.

"Quer dizer que você não faz ideia do que está acontecendo?"

Bárbara esboçou um gesto de cabeça, mas foi tomada por uma onda de tremores: "Eu... Eu..."

Os tremores aumentaram de intensidade, e logo seu corpo sacudia violentamente. De repente, levantou os braços e agitou-os convulsivamente, soluçando de maneira descontrolada. Começou a andar a esmo pela sala, tomada de pânico.

"Não... não... eu não posso... o que está acontecendo... o que está acontecendo com a gente... por que... o que está acontecendo... diz pra mim... preciso saber... preciso..."

Irritado com aquele ataque histérico, Ben agarrou-a pelos ombros e sacudiu-a com força. Os soluços de Bárbara cessaram abruptamente, mas ela mantinha-se estática, com os olhos fixos em algum ponto à sua frente, como se ele não estivesse ali. Suas palavras, entretanto, embora ainda vagas e distantes, pareciam ganhar um pouco mais de coerência.

"Estávamos no cemitério... eu e Johnny... meu irmão Johnny... Tínhamos trazido flores para... e aquele... homem... veio atrás de mim... e Johnny... eles lutaram... e agora ele está... está..."

"Está bem! Chega!", Ben gritou na cara dela. Tinha a sensação que se não conseguisse tirá-la daquele estado mental, ela perderia o juízo e faria uma besteira; podia se matar ou fazer algo que pusesse a vida dos dois em risco. Apertou seus punhos com mais força, e a garota se contorceu, tentando se soltar.

"Tire as mãos de mim!"

Ela pegou-o de surpresa, desvencilhando-se dele com um gesto brusco e batendo em seu peito. Mas acabou tropeçando em uma das pernas da mesa e, depois de recuperar a custo o equilíbrio, jogou-se contra a porta da frente e ficou lá, acuada, como se estivesse prestes a correr noite afora.

Ela falava de modo desconexo, perdendo qualquer traço de racionalidade.

"Temos que ajudá-lo... precisamos ir buscar o Johnny... precisamos sair e encontrá-lo... trazê-lo para cá..."

Ela se afastou da porta e foi se aproximando devagarinho de Ben, implorando com lágrimas nos olhos que a ajudasse, chorando de desespero como uma garotinha assustada.

"Traga-o para cá... estaremos seguros aqui... podemos ajudá-lo... podemos..."

Ben deu um passo adiante. Bárbara retrocedeu, repentinamente assustada, estendendo uma mão para frente, em uma postura defensiva, e levando a outra à boca. "Não... não... por favor... por favor... temos que fazer isso... temos que..."

O homem deu um passo largo e deliberado em sua direção. "Tente se acalmar", ele disse brandamente. "Você está segura aqui. Não podemos correr riscos..."

Ela franziu os lábios, e lágrimas escorreram pelo seu rosto.

"Temos que buscar meu irmão", disse fracamente. Pôs os dedos na boca e fitou Ben com os olhos arregalados, feito uma criança pequena.

"Ei... vamos... acalme-se", ele falou. "Você não sabe do que aquelas coisas são capazes. Lá fora não é como um piquenique de escola dominical..."

Bárbara começou a soluçar de modo convulsivo, histérico. Era evidente que ela estava com os nervos em frangalhos.

"Por favor... por favooor... Não... não... não... Johnny... Johnny... Po-po-por favor!", balbuciou.

Ben tentava a todo custo acalmá-la, fazê-la parar quieta, mas a garota se contorcia toda para se desvencilhar dele. Ele não queria machucá-la, e apesar da força que fazia para segurá-la, Bárbara acabou conseguindo se libertar. Ela o encarou; seus olhares se encontraram e houve um instante de trégua. Então ela deu um grito e começou a dar murros e pontapés nele, e continuou a golpeá-lo sem parar enquanto ele lutava para prender os braços dela junto ao corpo e imobilizá-la contra a parede. Por fim, com um violento empurrão, Ben conseguiu atirá-la sobre uma poltrona, mas Bárbara investiu de novo, gritando e dando tapas no seu rosto. Ele foi forçado a reagir: agarrou a garota em um abraço de urso e jogou-a contra a parede; em seguida, embora detestasse fazer isso, ergueu o punho e desferiu um potente soco no rosto dela, mas ela desviou a cabeça de repente e o golpe atingiu-a apenas em parte, sem nocauteá-la. Porém, bastou para deixá-la paralisada em um silêncio aturdido, e isso lhe permitiu golpeá-la de novo, acertando em cheio dessa vez. Bárbara dirigiu-lhe um olhar aflito, e seu corpo pendeu para frente, ameaçando desabar. Ben avançou para ampará-la, sustentando seu peso com os braços.

Olhou em volta, perdido. Seu olhar recaiu sobre o sofá. Escorando a garota em vez de carregá-la, fez com que ela praticamente caminhasse até o sofá. Em seguida, deitou-a com cuidado e apoiou a cabeça dela em uma almofada.

Deu um passo para trás e olhou para ela. Sentia-se culpado pelo que fora forçado a fazer. Por outro lado, ela parecia tão tranquila deitada ali... como se não corresse qualquer perigo. Mas essa tranquilidade era só aparente, claro. O cabelo loiro estava todo bagunçado. O rosto, úmido de lágrimas. E com certeza ela ganharia um hematoma no queixo, onde ele a atingira.

Ben estremeceu. Torcia, para o bem dos dois, que encontrasse um modo de tirá-los dali. Não seria fácil.

Não seria nada fácil.

CAPÍTULO 3

Ao lado do sofá em que Bárbara jazia inconsciente, havia um velho rádio de madeira, do tipo que as pessoas costumavam comprar nos anos 1930. Ben apertou um botão, e o visor amarelado do rádio emitiu uma luz brilhante por trás da velha placa de vidro. Enquanto esperava o aparelho aquecer, Ben olhou ao redor em busca da latinha de pregos que pouco antes confiara a Bárbara. Encontrou-a no chão, onde a garota a deixara cair; escolheu alguns pregos e meteu-os no bolso. O rádio começou a zumbir e estalar com o barulho de estática. Ben se aproximou do aparelho e começou a girar o botão de sintonia. No início, ouviu apenas estática, mas logo teve a impressão de passar por uma voz, então foi ajustando cuidadosamente o botão, tentando achar o ponto certo. Finalmente, uma voz metálica e monótona saiu do alto-falante:

"...NSMISSÃO DE EMERGÊNCIA. AS TRANSMISSÕES REGULARES FORAM TEMPORARIAMENTE SUSPENSAS. FIQUE SINTONIZADO NESTA ESTAÇÃO PARA OBTER INFORMAÇÕES DE EMERGÊNCIA. A POLÍCIA SOLICITA QUE TODOS PERMANEÇAM EM CASA E MANTENHAM AS PORTAS E JANELAS TRANCADAS OU FECHADAS COM TÁBUAS. USE AS RESERVAS DE COMIDA, ÁGUA E MEDICAMENTOS COM MODERAÇÃO. AS FORÇAS DA DEFESA CIVIL ESTÃO TENTANDO ASSUMIR O CONTROLE DA SITUAÇÃO. FIQUE PERTO DO RÁDIO E CONTINUE SINTONIZADO NESTA FREQUÊNCIA. NÃO USE SEU CARRO. MANTENHA TODAS AS PORTAS E JANELAS TRANCADAS."

Uma longa pausa. Um estalo. E então a mensagem começou a repetir. Era uma gravação.

"NOSSAS EMISSORAS TRANSMITIRÃO AO VIVO AS ÚLTIMAS INFORMAÇÕES RECEBIDAS PELA SEDE DA DEFESA CIVIL. ESTA É UMA TRANSMISSÃO DE EMERGÊNCIA. AS TRANSMISSÕES REGULARES FORAM TEMPORARIAMENTE SUSPENSAS. FIQUE SINTONIZADO NESTA ESTAÇÃO..."

Ben abanou a mão com desgosto e se afastou enquanto o rádio repetia o comunicado. Voltou para o pesado tampo de madeira, ainda encostado na parede ao lado da janela. Oculto em meio às sombras, abriu uma fresta na cortina e espiou para o gramado escuro do lado de fora.

Viu que agora havia quatro criaturas à espreita no quintal.

Às suas costas, a voz metálica da gravação continuava a se repetir no rádio.

E as figuras sinistras — cujas vagas silhuetas revelavam roupas esfarrapadas e cabelos desgrenhados — continuavam lá fora, quietas, com os braços pendendo junto ao corpo. Eram coisas frias, mortas.

De repente, algo que viu ao longe o sobressaltou. Do outro lado da estrada, um vulto se movia em direção à casa. Aquelas criaturas demoníacas aumentavam em número com o passar das horas. Não era nada que Ben não tivesse previsto ou levado em consideração; mesmo assim, ver aquilo acontecer diante dos próprios olhos fazia seu coração bater mais forte, como se fosse saltar pela boca.

Se muitas daquelas coisas se juntassem, era só uma questão de tempo até que começassem a atacar a casa, tentando invadi-la a qualquer custo, investindo contra as portas e janelas até arrombá-las.

Ben se afastou da porta e correu para a lareira. Apanhou os fósforos no bolso. Em uma mesinha, ao lado do sofá em que Bárbara jazia inconsciente, havia um monte de revistas velhas. Pegou-as, rasgou algumas páginas e amassou-as dentro da lareira. Empilhou gravetos e alguns pedaços maiores de lenha, depois acendeu o fósforo, pôs fogo no papel e contemplou a pequena chama se alastrar.

Sobre o console da lareira, viu uma latinha de fluido para acender carvão. "Que sorte", pensou. Apanhou-a e despejou o conteúdo no fogo, que silvou e levantou uma labareda que por pouco não queimou seu rosto. Os pedaços maiores de lenha começaram a queimar. Voltou para a janela.

A mensagem gravada continuava a se repetir.

"...POLÍCIA SOLICITA QUE TODOS PERMANEÇAM EM CASA E MANTENHAM AS PORTAS E JANELAS TRANCADAS OU FECHADAS COM TÁBUAS. USE AS RESERVAS DE COMIDA, ÁGUA E MEDICAMENTOS COM MODERAÇÃO. AS FORÇAS DA DEFESA CIVIL ESTÃO TENTANDO..."

Ben ergueu o tampo da mesa até a altura do peitoril e equilibrou-o com dificuldade enquanto colocava o primeiro prego na posição. Martelou com força, um prego após o outro, movido pelo desespero. Com o tampo preso no lugar, deu uma rápida conferida no resultado e correu para a outra janela. Levantou uma ponta da cortina e espiou para fora.

Agora havia cinco deles no gramado.

Ben soltou a ponta da cortina e deu meia volta, precipitando-se para a lareira, onde os pedaços maiores de lenha tinham começado a queimar. Então rasgou as cortinas da janela bloqueada em tiras, as quais enrolou na extremidade das pernas destacadas da mesa. Em seguida, ensopou o pano com o fluido inflamável e mergulhou as hastes no fogo, obtendo duas tochas flamejantes. Finalmente, com uma tocha em cada mão, dirigiu-se para a porta.

No caminho, usou as pernas para empurrar uma grande poltrona acolchoada até a porta, e, tomando as duas tochas em uma só mão, puxou a cortina para dar mais uma espiada no quintal.

As figuras continuavam lá fora, estáticas, observando a casa.

Ben encharcou a poltrona com o fluido inflamável, depois a tocou com uma das tochas. Ela pegou fogo na mesma hora, e as chamas subiram e lamberam rapidamente o estofado, projetando uma luz cintilante pela casa inteira. Ben sentia o rosto arder com o calor intenso, mas precisava aguentar um pouco mais. Destrancou a porta e abriu-a de supetão, deixando-a escancarada.

Do vão, a poltrona em chamas lançava uma luz sombria e irregular sobre o gramado, e as criaturas recuaram um pouco, como se estivessem com medo.

Ben empurrou a poltrona até a beirada da varanda e atirou-a escada abaixo. A massa flamejante rolou pelos degraus e parou no meio gramado. Com o movimento, as chamas subiram, lançando faíscas no ar; pequenas partículas do estofado, ardentes como brasas, voaram e foram varridas pela brisa noturna.

O fogo alastrou-se pelo capim.

Ben observou as criaturas recuarem ainda mais.

Depois de voltar para dentro, bateu a porta com força e fechou o trinco.

"...ORÇAS DA DEFESA CIVIL ESTÃO TENTANDO ASSUMIR O CONTROLE DA SITUAÇÃO. FIQUE PERTO DO RÁDIO E CONTINUE SINTONIZADO NESTA FREQUÊNCIA. NÃO USE SEU CARRO. MANTENHA..."

Foi correndo até a janela e pôs mais pregos no tampo da mesa, fixando-o com firmeza na janela, depois parou para examinar a sala. Demorava o olhar nas áreas de possível vulnerabilidade. Havia uma segunda grande janela, ainda descoberta, à esquerda da porta; outra janela lateral, menor; uma janela na área de jantar, do lado oposto da sala; e a porta da frente, que fora trancada mas não fechada com tábuas.

Ben se virou, ainda inspecionando a sala, e de repente seus olhos se arregalaram de surpresa.

A garota tinha se levantado e estava sentada no sofá. Entretanto, mais que o fato de que tivesse recobrado os sentidos, era seu modo de agir que surpreendera Ben. Ela tinha o rosto machucado, e fitava o chão em silêncio. O rádio repetia sem cessar a mesma ladainha, envolvendo a garota naquele som monótono e metálico; e o fogo cintilava no seu rosto e refletia nos seus olhos... que fitavam o vazio, quase sem piscar.

Ben se aproximou, tirou o suéter e jogou-o sobre os ombros de Bárbara, encarando-a com um olhar compreensivo. Ela insistia em fitar o chão. Ben sentiu-se tolo e impotente; tinha vergonha do que lhe fizera pouco antes, embora não houvesse outro meio de pôr fim à luta dos dois. Esperou por um bom tempo que

Bárbara esboçasse uma reação qualquer — uma explosão de raiva ou alguma demonstração de rancor, quem sabe —, mas nada aconteceu. Desconsolado, foi até a pilha de madeira no meio da sala, escolheu uma tábua e dirigiu-se para a janela da frente, que ainda estava desprotegida.

"...EMISSORAS TRANSMITIRÃO AO VIVO AS ÚLTIMAS INFORMAÇÕES RECEBIDAS PELA SEDE DA DEFESA CIVIL. ESTA É UMA TRANSMISSÃO DE EMERGÊNCIA. AS TRANSMISSÕES REGULARES FORAM..."

Depois de bloquear as outras duas janelas da sala, Ben seguiu para a porta da frente. Pegou a tábua de passar, colocou-a atravessada contra a porta e, de posse do martelo, pregou-a meticulosamente na moldura. Em seguida, testou para ver se estava bem presa. Parecia forte o bastante para ajudar a manter aquelas coisas do lado de fora. Assim, Ben prosseguiu com seus esforços para proteger a casa de eventuais ataques.

Havia duas portas fechadas na área de jantar. Experimentou uma. Estava trancada. Examinou-a mais de perto, mas não achou nenhum trinco. Pelo visto, alguém a trancara com chave. Devia ser um armário embutido. Agarrou a maçaneta e sacudiu a porta com força, mas por mais que insistisse, ela não saía do lugar, então concluiu que estava bem protegida e desistiu de arrombá-la. Era óbvio que tinha sido trancada pela dona da casa, que jazia morta junto ao patamar da escada, no andar de cima.

Já a outra porta, descobriu Ben, estava destrancada, e dava para um escritório com várias janelas salientes. Contrariado com a vulnerabilidade adicional que aquilo representava, Ben soltou um longo suspiro, depois olhou em volta e refletiu por um instante. Por fim, saiu bruscamente, batendo a porta atrás de si e trancando-a com a chave mestra que descansava no buraco da fechadura. Tinha decidido usar as tábuas para bloquear a porta em vez de tentar tapar todas aquelas janelas.

Mas a chave mestra deu-lhe uma ideia. Arrancou-a da fechadura e correu até a primeira porta, aquela na sala de jantar, que não conseguira abrir antes. Enfiou a chave no buraco e tentou girá-la, mas ela não se movia. Mexeu e remexeu com a chave na fechadura, mas era inútil. Não ia abrir. Guardou a chave no bolso e desistiu da porta.

De longe, Ben viu que o suprimento de madeira no centro da sala estava diminuindo. Enquanto se dirigia para lá, seus olhos se detiveram por um instante na figura inerte e triste de Bárbara. Ela não retribuiu seu olhar. Ben curvou-se sobre a pilha de madeira e escolheu outra tábua para cobrir a porta do escritório. Estava prestes a dar a primeira martelada, quando um pensamento cruzou sua mente. Imediatamente, destrancou a porta e entrou no aposento. Havia cadeiras, uma escrivaninha, um gaveteiro... Aproximou-se da escrivaninha e começou a vasculhar as gavetas, de dentro das quais tirou papéis, uma pilha de lápis e canetas, um compasso e várias miudezas do tipo. Na outra gaveta, encontrou mais uma dezena de itens praticamente inúteis... largou-a aberta, meio dependurada para fora. O gaveteiro continha principalmente roupas; Ben arrancou as gavetas maiores — deixando as roupas caírem —, depois as atirou pela porta, mirando a sala de jantar. Elas aterrissaram com um estrondo e deslizaram ruidosamente pelo chão, esparramando roupas por todos os lados. Olhou novamente para o gaveteiro, e atinando de repente com um possível uso para ele, empurrou o móvel enorme e pesado até a porta, espremendo-o pelo vão estreito até passá-lo para outro lado, deixando sulcos e arranhões na pintura do umbral. Com tremendo esforço, fez o mesmo com a volumosa e antiquada escrivaninha. Sua intenção era retirar do escritório tudo que pudesse ser útil antes de pregar a porta.

O armário estava repleto de roupas velhas; Ben escolheu um grosso casaco e uma jaqueta e jogou-os sobre o ombro. Nas prateleiras mais altas havia um monte de caixas velhas, malas, caixas de guardar chapéus e, por fim, um velho guarda-chuva. Ponderou por um instante se aquelas coisas tinham alguma serventia ou se poderiam conter algo de útil. A seus pés, notou outras bugigangas: mais caixas, guarda-chuvas, e diversos sapatos e chinelos empoeirados. Pegou um par de sapatilhas, examinou-as, pensando na garota descalça no sofá, e meteu-as debaixo do braço. Já ia se afastando, quando algo chamou sua atenção: um brilho nos recessos escuros do armário — o reflexo da superfície lustrosa de um artefato de madeira trabalhada, cuja forma familiar se insinuava sob uma pilha de roupas sujas. Estendeu ansiosamente a mão, que encontrou exatamente o que ele esperava: um rifle. Largou tudo no chão e começou a revirar com impaciência o fundo do armário — dentro das caixas de sapato, debaixo de tudo, enquanto itens variados voavam para fora do armário. Uma das caixas de sapato continha velhas cartas e cartões-postais. Finalmente, dentro de uma caixa de charutos, junto com limpadores de cachimbo e um frasco de solvente, encontrou um manual de operação e uma caixa de munição.

Levantou a tampa da caixa e viu que ainda estava cheia pela metade: vinte e sete cartuchos, contou.

O rifle era um Winchester de acionamento por alavanca, calibre .32. Uma arma boa e potente, de bastante impacto. Ben acionou a alavanca para esvaziar o pente, e um após o outro, sete cartuchos foram ejetados da arma e retiniram ao tocar o chão. Ben abaixou-se para apanhá-los, guardou-os na caixa junto com os demais e enfiou o manual no bolso de trás da calça; em seguida, decidindo levar a caixa inteira de charutos, com tudo que tinha dentro, colocou-a debaixo do braço, recolheu o casaco, a jaqueta e os sapatos e deixou o aposento.

De volta à sala de jantar, começou a largar o carregamento de suprimentos sobre o gaveteiro vazio; mas parou de súbito quando viu a garota: ela continuava sentada como antes, sem mexer um músculo.

Ele a chamou.

"Estamos bem, agora. Este lugar está bem protegido. E encontrei uma arma... uma arma e algumas balas."

Do outro lado da sala, olhou para Bárbara. Ela não parecia prestar atenção a nada do que ele dizia. Virou-se e pegou a tábua e o martelo para vedar a porta do outro cômodo. Continuou falando, na esperança de que alguma palavra sua a tirasse daquele torpor.

"Bem, temos um rádio... e mais cedo ou mais tarde alguém vai aparecer para tirar a gente daqui. E temos bastante comida... para alguns dias, pelo menos — e ah!— arranjei uns sapatos para você; já vamos ver se servem no seu pé, está bem? Também encontrei algumas roupas quentes..."

Ben posicionou a tábua horizontalmente no centro da porta, logo acima da maçaneta, e começou a martelar os pregos. As batidas do martelo e a ladainha do rádio eram os únicos sons que se ouviam na casa. Depois de introduzir o último prego, deu uma sacudida para testar a firmeza da barreira e voltou para onde a garota estava.

"...POLÍCIA SOLICITA QUE TODOS PERMANEÇAM EM CASA E MANTENHAM AS PORTAS E JANELAS..."

A não ser pelo fato de estar sentada com o corpo ereto, a garota não dava nenhum sinal de vida. Apenas fitava o chão com os olhos arregalados, como se enxergasse algo através do piso.

"...TRANCADAS OU FECHADAS COM TÁBUAS..."

"Ei, estão falando de nós", disse Ben. "Nossas janelas estão tapadas. Parece que estamos indo bem..."

Esboçou um sorriso, mas como a garota não olhava para ele, sua tentativa de aliviar o clima surtiu pouco efeito. Em uma só braçada desajeitada, apanhou o rifle, a caixa de charutos, o casaco e as sapatilhas, depois ajoelhou de frente para a garota e largou tudo no chão, junto do sofá. Então pegou as sapatilhas, estendeu-as para ela e disse: "Não são as coisas mais bonitas do mundo, eu acho, mas devem manter seus pés aquecidos..."

Levantou os olhos e encontrou-a catatônica. Era difícil continuar falando com ela nesse estado. Não sabia como lidar com aquela situação. A imobilidade da garota fazia com que ele a tratasse com toda delicadeza que podia, mas ela não esboçava nenhuma reação, e isso o deixava ao mesmo tempo desconcertado e frustrado.

Segurou um dos calçados junto ao pé da garota, esperando que ela o levantasse e enfiasse no lugar. Como ela não se mexeu, Ben suspendeu o pé dela pelo tornozelo e tentou calçá-lo, mas a sapatilha não entrava com facilidade, em parte por ser muito pequena, em parte pela inércia de Bárbara. Quando finalmente conseguiu, colocou o pé dela cuidadosamente no chão e se apoderou do outro.

Concluída a tarefa de calçar ambos os sapatos para ela, Ben inclinou-se para trás, sentando-se sobre os calcanhares, e examinou seu rosto. Ela parecia estar olhando para os próprios pés.

"Exatamente como na história da Cinderela", ele disse, arriscando uma piada.

Nenhuma reação. O homem apalpou instintivamente o bolso, mas lembrou que tinha dado seu suéter a Bárbara.

"Ei... Você ficou com meus cigarros, sabia?"

Tentou sorrir de novo, mas Bárbara continuou sem esboçar qualquer reação. Aproximou-se e enfiou a mão no bolso do suéter que pusera sobre seus ombros. Ao fazer isso, teve a impressão de que a garota olhava diretamente para ele, e isso o deixou constrangido.

"Você ficou com meus cigarros", repetiu em um tom de voz mais suave, como se explicasse algo a uma criança, e enquanto falava, retirou o maço de cigarros do bolso do suéter e se afastou depressa — como se tivesse cometido uma infração ao tocá-la —, sentando-se novamente sobre os calcanhares. Pegou um cigarro, pôs na boca e acendeu, tentando não olhar para a garota.

Teve a impressão de que ela ainda o encarava com insistência.

O rádio repetia a mesma mensagem monótona, e para Ben isso tornava o silêncio de Bárbara ainda mais sinistro. Ficaria feliz de ouvir o som de outra voz humana se sobrepondo aos sons metálicos do rádio.

"...SINTONIZADO NESTA ESTAÇÃO PARA OBTER INFORMAÇÕES DE EMERGÊNCIA. A POLÍCIA SOLICITA QUE TODOS PERMANEÇAM EM CASA E MANTENHAM AS PORTAS E JANELAS TRANCADAS OU FECHADAS COM TÁBUAS..."

Ben tragou a primeira baforada e soltou a fumaça pelo nariz. "Estamos indo bem", repetiu. "Todas as nossas portas e janelas estão protegidas. Ei, você devia deitar e descansar um pouco. Você fuma?", perguntou, oferecendo esperançosamente o cigarro aceso. Bárbara baixou os olhos para o chão. Ele deu outra baforada e soprou depressa a fumaça.

"Talvez você..."

Ele se interrompeu. Não estava chegando a lugar nenhum. Seu tempo seria mais bem empregado se continuasse a reforçar a velha casa contra possíveis ataques.

Pegou o rifle e a munição, sentou em uma cadeira de frente para Bárbara e começou metodicamente a carregar as cápsulas na câmara.

"Bem, não sei se você está me ouvindo ou não, se está inconsciente ou algo assim. Mas estou indo lá para cima agora, está bem? Estamos a salvo aqui. Nada pode entrar aqui dentro, pelo menos não tão facilmente. Quer dizer, eles poderiam até tentar invadir a casa, mas iriam suar bastante, e eu poderia muito bem ouvi-los e impedi-los antes que conseguissem. Mais tarde vou acertar umas coisinhas e aí eles não vão mais poder entrar de jeito nenhum. Mas podemos ficar tranquilos por enquanto. Não se preocupe."

Continuou a carregar o rifle enquanto falava, com o cigarro pendurado nos lábios, apertando os olhos por causa da fumaça que atingia seu rosto em lentas espirais.

"Agora a única maneira de alguém entrar é por cima, então vou subir e dar um jeito nisso."

Ben terminou de carregar a última cápsula e estava prestes a levantar quando seu olhar caiu mais uma vez sobre Bárbara. Fez uma última tentativa de se comunicar:

"Está bem? Você vai ficar bem?"

Bárbara continuou em silêncio. O homem levantou, enfiou o rifle debaixo do braço e, apanhando o máximo de madeira que conseguia carregar, dirigiu-se para a escada.

Quando deu as costas para Bárbara, percebeu que ela levantara o rosto e o acompanhava com o olhar, mas não se virou.

"Estarei lá em cima. Você está segura agora. Estarei por perto, no andar de cima. Se eu escutar alguma coisa, venho correndo."

Começou a subir os degraus.

Ao chegar ao topo da escada, respirou fundo e viu-se novamente diante do cadáver estraçalhado e mutilado. Era o corpo de uma mulher, provavelmente uma mulher mais velha, a julgar pelo estilo das roupas que ainda restavam, rasgadas em pedaços e incrustadas de sangue seco. A maior parte da carne tinha sido arrancada dos ossos. A cabeça fora quase totalmente separada do corpo, e os ossos da coluna vertebral pareciam triturados.

Ben largou o rifle e a madeira no chão. Controlava a ânsia de vômito e tentava não olhar para o cadáver. O corpo jazia sobre um tapete encharcado de sangue; a poucos passos de distância, havia outro tapete, com padrões orientais e uma franja costurada nas bordas. Ben pegou o tapete e rasgou um pedaço da franja. Depois do rasgo inicial, o restante da franja se soltou com facilidade. Destacou-a completamente do tapete e, apoderando-se do rifle, amarrou uma ponta no cano e a outra na parte mais estreita da coronha, improvisando uma correia. Feito isso, pendurou o rifle no ombro, sentindo-se mais confiante agora que podia carregar a arma com ele o tempo todo, mesmo enquanto trabalhava.

Em seguida, debruçou-se sobre a mulher morta, agarrou uma das pontas do tapete sobre o qual jazia o corpo mutilado e começou a arrastá-lo pelo corredor escuro, prendendo a respiração e lutando para não vomitar por causa do fedor de carne podre e do aspecto pavoroso do cadáver. Havia várias portas fechadas ao longo do corredor.

Ben depositou o corpo em um dos vãos, escancarou a porta e pulou para trás com o rifle em punho, como se alguma coisa pudesse sair e saltar em cima dele. A porta bateu na parede, voltou, e rangeu até parar.

Nada saiu do cômodo.

O homem entrou devagar, com o rifle a postos.

Estava vazio. Pelo visto, estava assim há um bom tempo. Havia apenas velhos jornais amarelados no chão e uma teia de aranha em um canto.

Em uma parede, viu um armário embutido. Abriu-o lentamente, apontando o rifle, pronto para atirar se necessário.

Dentro não havia nada além de poeira, que rodopiava pelas prateleiras em montinhos, fazendo-o tossir.

Aproximou-se da janela e olhou para fora. No gramado em frente à casa, sob a copa das árvores, podia distinguir os vultos ameaçadores das criaturas mortas, que observavam e esperavam, movendo-se levemente sob a grossa folhagem. Podia contar seis deles agora.

Eles andavam em volta da caminhonete, mas tinham parado de atacá-la. Pelo visto não se sentiam mais ameaçados por ela, agora que os faróis estavam destruídos. O carro não parecia ter qualquer significado para eles, portanto não lhe davam mais atenção do que dariam a uma árvore ou a uma pilha de tijolos.

Com um arrepio, Ben compreendeu que nada que fosse humano tinha algum significado para aquelas criaturas. Só os próprios seres humanos. Elas estavam interessadas nos seres humanos apenas para matá-los. Para rasgar a carne de seus corpos e transformá-los em coisas mortas... assim como elas.

O homem teve o súbito impulso de quebrar a janela com o cano da arma e atirar de longe nos seres imundos. Mas se conteve e inspirou profundamente, tentando se acalmar. Não fazia sentido desperdiçar munição tolamente; sabia muito bem como ela poderia ser importante na eventualidade de um ataque.

Afastou-se da janela e retornou para junto da porta, onde deixara o cadáver. Agarrou o tapete e, prendendo novamente a respiração, arrastou o corpo para dentro do quarto vazio. Depois saiu e fechou a porta, com a intenção de pregá-la mais tarde. Lembrou-se da porta do armário, que podia ter arrancado e usado para este fim; mas duvidava que voltaria para buscá-la; não queria entrar naquele quarto nunca mais.

Havia mais três portas no corredor manchado de sangue; uma ao fundo e outras duas na parede oposta ao quarto vazio com o cadáver. Aquela ao fundo devia ser um banheiro; Ben constatou em seguida que de fato era. Isso deixava mais duas portas — quartos, provavelmente.

Com a arma em punho, pronto para atirar, Ben abriu lentamente a mais próxima das duas portas restantes. De repente, pulou para trás, surpreendendo-se com o próprio reflexo em um espelho de corpo inteiro afixado atrás da porta. Tateou a parede até encontrar o interruptor. Era um quarto de criança. Os lençóis estavam amarrotados e manchados de sangue, como se alguém os tivesse agarrado em desespero, tentando se segurar enquanto lutava para não ser arrastado para fora da cama. Mas não havia nenhum corpo no quarto. Apreensivo, com medo do que poderia encontrar, Ben olhou ao redor da cama, debaixo dela e depois dentro do armário, que continha roupas de um garoto de uns onze ou doze anos. No chão do armário havia também dois ou três tacos de beisebol e uma bola velha e gasta, com o forro meio rasgado.

Ben deduziu que o garoto estava morto. Provavelmente tinha sido arrastado para fora por uma daquelas criaturas que agora espreitavam a casa. A mulher morta no corredor devia ser avó do garoto.

Esse pensamento renovou o terror que Ben conseguira suprimir enquanto sua mente estava ocupada trabalhando duro, tomando medidas defensivas e se concentrando na própria sobrevivência.

Pensou nos próprios filhos: dois meninos, um de nove e um de treze anos. Não tinha mais mulher; ela estava morta. Tinha morrido muitos anos antes, e o deixara sozinho com os dois filhos para criar. Não era fácil. Ele amava os garotos, mas seu trabalho o obrigava a viajar com frequência para outras cidades, e por isso tinha que deixá-los a maior parte do tempo com a avó enquanto trabalhava fora e tentava ganhar dinheiro suficiente para sustentar os três. Quando foi decretado o estado de emergência, ele estava voltando do trabalho; mas devido à interrupção das linhas de comunicação, o trem que normalmente tomaria não veio. Desesperado para chegar em casa, viu-se forçado a pedir carona. Nenhum carro queria parar, e conforme se deslocava pela periferia da cidade, começou a encontrar sinais de morte e destruição. No início, aquilo o intrigou. Ficou assustado. Então, ao passar por um restaurante e ouvir o noticiário no rádio, soube que precisava voltar imediatamente para junto da família. Não conseguiu pegar nenhum ônibus ou táxi. Chegou a tentar alugar um carro ou simplesmente pagar a alguém para levá-lo até em casa. Por fim, conseguiu pegar carona com um fazendeiro, que depois de percorrer um bom pedaço de estrada, deixou-o em uma área de interior, no meio do nada. Ben pegou a caminhonete que agora trazia consigo no quintal de um homem morto — um homem que fora arrastado para fora do veículo e assassinado à margem de uma estrada de terra. Continuou a ouvir o noticiário pelo rádio da caminhonete, e sabia tanto sobre o que estava acontecendo como qualquer outra pessoa — e isso era bem pouco. Mas sabia que queria sobreviver e voltar para junto dos filhos e da avó deles, embora sua razão lhe dissesse que, no meio daquele caos, eles deviam estar numa situação bem melhor que a dele. Pelo menos estavam em uma cidade, com outras pessoas, proteção policial, comida e atendimento médico caso precisassem. E a avó deles era uma pessoa capaz. Era bem provável que estivessem bem. Entretanto, não era fácil se convencer disso enquanto olhava para os lençóis e para o colchão machados de sangue... Sangue de um garoto que fora assassinado não fazia muito tempo. Aquele velho casario era mais uma prisão do que um refúgio para ele e Bárbara — embora nem sequer soubesse o nome dela e aparentemente não pudesse ajudá-la, já que a garota não estava disposta ou em condições de ajudar a si mesma.

Ben saiu do quarto do menino e experimentou a outra porta fechada. Era o quarto da velha senhora. Não ligou a luz logo de cara. Mesmo na penumbra podia divisar a borda da cama, forrada com lençóis brancos, e o contorno dos móveis maciços que compunham a mobília. Ligou o interruptor. As luzes não revelaram nada fora do comum: uma cama e duas ou três cômodas. Havia um edredom cuidadosamente dobrado sobre os lençóis. Mas a cama não tinha sido usada. Era provável que a velha senhora tivesse acabado de pôr o menino para dormir e estivesse se preparando para deitar também quando os dois foram atacados.

Ben entrou no quarto e começou a arrastar os móveis para o corredor. Seu plano era tirar tudo que pudesse ser útil de dentro do quarto do menino e da senhora e depois pregar as portas com tábuas.

Não sabia se as criaturas podiam escalar paredes ou não; se eram capazes de pensar ou não; ou se tinham como entrar na casa pelas janelas do segundo andar. Na dúvida, preferia não arriscar. Além disso, quando trabalhava, tinha a sensação de que estava fazendo algo importante, e isso o deixava menos preocupado, sem tempo para sentir pena de si mesmo.

A velha casa enchia-se com o rumor do seu trabalho.

CAPÍTULO 4

Bárbara continuava sentada no sofá da sala, aturdida.

A luz do fogo cintilava em seu rosto, e a lenha crepitava ruidosamente na lareira, mas ela parecia alheia a tudo isso. Os objetos na sala projetavam sombras indistintas, e a atmosfera era densa e sombria. Se antes Bárbara se mostraria assustada em um ambiente assim, agora ela era indiferente. Sua capacidade de reagir fora-lhe arrancada à força. Nesse sentido, a garota já era uma vítima das criaturas mortas, que a tinham deixado em estado de choque, incapaz de pensar ou sentir.

"... AS TRANSMISSÕES REGULARES FORAM TEMPORARIAMENTE SUSPENSAS. FIQUE SINTONIZADO NESTA ESTAÇÃO..."

De repente, o rádio soltou um zumbido e começou a estalar com ruído de estática. Depois, ouviu-se um burburinho típico de redação de jornal (como o que Johnny, irmão de Bárbara, ouvira mais cedo no rádio do carro); mas dessa vez os sons eram mais distintos: máquinas de escrever, teletipos com perfuradores de fita, vozes baixas conversando ao fundo.

Bárbara não mexeu um músculo, como se não tivesse percebido a mudança na transmissão. Entretanto, a mensagem repetitiva da Defesa Civil tinha cessado e era óbvio que algo estava prestes a acontecer.

"... HÃ... SENHORAS E SENHORES... O QUÊ?... TÁ, TÁ... HUM... TÁ, EU ENTENDI... O QUÊ?... OUTRO?... PASSE-O PARA A CENTRAL... CERTO, CHARLIE, ESTOU NO AR AGORA... SIM. SENHORAS E SENHORAS,

ESCUTEM COM ATENÇÃO, POR FAVOR. TEMOS OS ÚLTIMOS BOLETINS DA CENTRAL DE EMERGÊNCIA..."

A voz do locutor parecia cansada, mas ele começou a ler o comunicado de forma fria e factual, com o ar de um comentarista profissional que estivesse cobrindo um grande evento há quarenta e oito horas e não estivesse mais impressionado com os últimos acontecimentos.

"... OS ÚLTIMOS RELATÓRIOS CONFIRMAM QUE O... CERCO... INICIALMENTE REGISTRADO NA REGIÃO CENTRAL DO PAÍS, JÁ SE ESTENDE ÀS OUTRAS REGIÕES, E TAMBÉM AFETA O MUNDO TODO. CONSELHEIROS MÉDICOS E CIENTÍFICOS FORAM CONVOCADOS À CASA BRANCA, E CORRESPONDENTES EM WASHINGTON INFORMAM QUE O PRESIDENTE PLANEJA DIVULGAR OS RESULTADOS DESSA REUNIÃO EM UM PRONUNCIAMENTO PÚBLICO QUE SERÁ TRANSMITIDO POR MEIO DA REDE DE EMERGÊNCIA DA DEFESA CIVIL..."

Mas nada disso provocou qualquer reação em Bárbara. Ela não se mexeu. Não se levantou para chamar Ben, no caso de que o rádio transmitisse alguma informação que pudesse contribuir para a proteção dos dois.

"... OS ESTRANHOS... SERES... QUE APARECERAM EM QUASE TODO TERRITÓRIO NACIONAL PARECEM TER CERTOS PADRÕES PREVISÍVEIS DE COMPORTAMENTO. NAS HORAS QUE SE SEGUIRAM AOS PRIMEIROS RELATOS DE MORTE E VIOLÊNCIA, E ATAQUES REPENTINOS E APARENTEMENTE IRRACIONAIS CONTRA PESSOAS ALEATÓRIAS, CONSTATOU-SE QUE OS SERES ALIENÍGENAS SÃO HUMANOS SOB DIVERSOS ASPECTOS FÍSICOS E COMPORTAMENTAIS. ATÉ O PRESENTE MOMENTO, AS HIPÓTESES SOBRE A ORIGEM E OS PROPÓSITOS DESSES SERES SÃO TÃO DIVERSAS E VARIADAS QUE SÓ PODEMOS REPORTAR TAIS FATORES COMO DESCONHECIDOS. EQUIPES DE CIENTISTAS E MÉDICOS DISPÕEM ATUALMENTE DOS CADÁVERES DE DIVERSOS AGRESSORES, QUE ESTÃO SENDO ESTUDADOS EM BUSCA DE PISTAS QUE POSSAM CONFIRMAR OU DESMENTIR AS TEORIAS EXISTENTES. O FATO MAIS... IMPRESSIONANTE... É QUE ESSES... SERES ESTÃO SE INFILTRANDO EM ÁREAS URBANAS E RURAIS POR TODO O PAÍS, EM GRUPOS DE NÚMERO

VARIÁVEL, E SE AINDA NÃO HÁ EVIDÊNCIAS DA PRESENÇA DELES EM SUA LOCALIDADE, POR FAVOR... TOME TODAS AS PRECAUÇÕES POSSÍVEIS. OS ATAQUES PODEM OCORRER A QUALQUER MOMENTO, EM QUALQUER LUGAR E DE MODO INESPERADO. REPETIMOS AGORA OS FATOS MAIS IMPORTANTES DOS ÚLTIMOS BOLETINS: UM VIOLENTO BANDO... EXÉRCITO... DE SERES HUMANOIDES DE ORIGEM E NATUREZA DESCONHECIDA... SURGIU... NO MUNDO TODO... E ESSES SERES SÃO EXTREMAMENTE AGRESSIVOS... E ATACAM COM UMA VIOLÊNCIA IRRACIONAL. A DEFESA CIVIL PLANEJA UMA AÇÃO COORDENADA E JÁ EXISTEM INVESTIGAÇÕES EM CURSO PARA DESCOBRIR A ORIGEM E O PROPÓSITO DOS AGRESSORES. RECOMENDAMOS ENFATICAMENTE A TODOS OS CIDADÃOS QUE TOMEM TODAS AS MEDIDAS POSSÍVEIS DE PRECAUÇÃO PARA SE DEFENDER DESSA... TRAIÇOEIRA... FORÇA... DESCONHECIDA. ESSES SERES NÃO TÊM GRANDE FORÇA FÍSICA, E PODEM SER FACILMENTE DISTINGUIDOS DOS HUMANOS DEVIDO AO SEU ASPECTO DEFORMADO. OS AGRESSORES NORMALMENTE ESTÃO DESARMADOS, EMBORA PAREÇAM CAPAZES DE MANEJAR ARMAS. ELES NÃO SURGIRAM COMO UM EXÉRCITO ORGANIZADO, COM UM OBJETIVO OU PLANO DE AÇÃO APARENTE... NA VERDADE, PARECEM MOVIDOS POR IMPULSO, COMO SE ESTIVESSEM OBCECADOS OU EM TRANSE. AO QUE TUDO INDICA, SÃO INTEIRAMENTE INCAPAZES DE PENSAR. ELES PODEM... EU REPITO: PARA DETÊ-LOS, É PRECISO CEGÁ-LOS OU DESMEMBRÁ-LOS. EM GERAL, SÃO MAIS FRACOS DO QUE UMA PESSOA ADULTA, MAS A FORÇA DELES ESTÁ NA QUANTIDADE, NO FATOR SURPRESA E NO FATO DE QUE ESTÃO ALÉM DA NOSSA ESFERA NORMAL DE COMPREENSÃO. TUDO INDICA QUE SÃO SERES IRRACIONAIS E INCAPAZES DE SE COMUNICAR... NÃO HÁ DÚVIDA DE QUE DEVEMOS CONSIDERÁ-LOS NOSSOS INIMIGOS, E ENQUANTO ESTIVEREM À SOLTA, CONTINUAREMOS EM ESTADO DE... EMERGÊNCIA NACIONAL. SE ENCONTRADOS, ESSES SERES DEVEM SER EVITADOS OU DESTRUÍDOS. NÃO ANDE DESACOMPANHADO E FIQUE JUNTO DE SEUS FAMILIARES ENQUANTO DURAR ESSA AMEAÇA. ESSES SERES SE ALIMENTAM DE CARNE HUMANA. ELES COMEM AS PESSOAS QUE MATAM. ESSA É A PRINCIPAL CARACTERÍSTICA DOS SEUS ATAQUES: UMA COMPULSÃO INSANA E PERVERSA POR CARNE HUMANA. REPITO: ESSES SERES ALIENÍGENAS COMEM A CARNE DE SUAS VÍTIMAS..."

Neste momento Bárbara pulou do sofá e começou a gritar de maneira histérica e selvagem, como se as palavras do locutor tivessem finalmente conseguido arrancá-la do torpor em que estava, obrigando seu cérebro a registrar exatamente o que acontecera com o irmão. Ela ouviu mais uma vez o som de carne dilacerada e viu o espectro da criatura que assassinara Johnny, e com os gritos lutava para suprimir aquelas memórias, enquanto se lançava pela sala, indo chocar-se contra a porta da frente.

Pego de surpresa, Ben tirou o rifle da correia e precipitou-se escada abaixo. A garota agarrava-se às tábuas que bloqueavam a porta e as sacudia violentamente, em uma tentativa desesperada de fugir da casa, soluçando de forma descontrolada. Ben correu em sua direção, mas a garota se esquivou e saiu desabalada pela sala, dirigindo-se ao amontoado de móveis que Ben acumulara desordenadamente na área de jantar, em frente à porta que encontrara trancada.

De repente a porta se abriu, e fortes mãos saíram de trás dos móveis e agarraram Bárbara. Ela gritava aterrorizada, enquanto Ben saltava para frente, brandindo o rifle e desferindo uma coronhada contra o agressor.

O intruso soltou a garota e se esquivou da coronha do rifle, que acabou batendo com estrondo em um dos móveis. Ben ergueu rapidamente a arma e já ia apertar o gatilho e atirar, quando uma voz gritou:

"Não! Não atire! Nós viemos da cidade... Não somos...", começou o homem.

"Não somos como aqueles monstros!", completou uma segunda voz, e Ben viu outro homem saindo de detrás da porta parcialmente aberta, aquela que ele pensara estar trancada.

O primeiro homem, que estava escondido atrás dos móveis, levantou-se lentamente, como se ainda estivesse receoso de que Ben atirasse nele. Não era um adulto, mas um garoto de uns dezesseis anos de idade, vestido com uma calça jeans e uma jaqueta de couro. O homem atrás dele estava na casa dos quarenta, era calvo e vestia uma camisa social branca com a gravata frouxa. Trazia um grande cano de ferro na mão.

"Não somos como aquelas coisas", o homem calvo insistiu. "Estamos na mesma situação que vocês."

Bárbara tinha se jogado no sofá e soluçava de forma esporádica. Os três homens se voltaram para ela, com atitude solícita e preocupada, como se quisessem convencer uns aos outros de suas boas intenções. O garoto foi o primeiro a tomar uma atitude: aproximou-se de Bárbara e fitou-a com uma expressão compassiva.

Ben olhava para os intrusos, ainda atônito com a presença repentina dos dois.

O rádio continuava a transmitir as últimas notícias sobre o estado de emergência.

O homem calvo recuou nervosamente, sem tirar os olhos do rifle de Ben, e se agachou ao lado do rádio para ouvir, ainda segurando o cano.

"...BOLETINS PERIÓDICOS, À MEDIDA QUE CHEGUEM NOVAS INFORMAÇÕES À NOSSA REDAÇÃO, BEM COMO INFORMAÇÕES DE SOBREVIVÊNCIA E UMA LISTAGEM DE POSTOS DE SOCORRO DA CRUZ VERMELHA, ONDE AS PESSOAS SERÃO ATENDIDAS SEMPRE QUE POSSÍVEL E CONFORME A DISPONIBILIDADE DE EQUIPAMENTO E PESSOAL..."

Ben continuava a encarar os dois recém-chegados. Mesmo contra sua vontade, deixava transparecer certo ar de ressentimento, como se a dupla de estranhos tivesse se intrometido em sua pequena fortaleza particular. Entretanto, o que o deixava mais ressentido não era a presença deles em si, mas o fato de que estivessem na casa todo aquele tempo sem nunca dar as caras para ajudá-los. Não sabia ao certo o que os levara a sair da obscuridade agora ou até que ponto podia realmente confiar neles.

O homem calvo desviou os olhos do rádio e dirigiu-se a Ben: "Não precisa nos olhar desse jeito", falou.

"Não estamos mortos, como aquelas coisas lá fora. Meu nome é Harry Cooper. O garoto se chama Tom. Estávamos escondidos no porão."

"Cara, as coisas seriam tão mais fáceis se eu tivesse alguém para me ajudar", disse Ben, mal controlando a raiva. "Há quanto tempo vocês estão lá embaixo?"

"Não existe nenhum lugar mais seguro que o porão", retrucou Harry Cooper em um tom de voz que dava a entender que, para ele, qualquer um que não se escondesse no porão numa situação como aquela devia ser um idiota.

O garoto, Tom, que estivera agachado ao lado do sofá pensando em um modo de confortar Bárbara, levantou e veio se juntar à discussão que se formava.

"Parece que você deu uma boa fortificada aqui em cima", disse Tom amistosamente.

Ben partiu para cima dele.

"Cara, vai me dizer que você não ouviu a barulheira que estávamos fazendo aqui em cima?"

Cooper pôs-se de pé. "Como íamos saber o que estava acontecendo?", retrucou, na defensiva. "Podia muito bem ser aquelas coisas tentando entrar aqui dentro."

"A garota estava gritando", rebateu Ben furioso. "Duvido que você não saiba identificar o grito de uma mulher. Aquelas coisas não gritam. Qualquer pessoa decente saberia que tinha alguém aqui em cima precisando de ajuda."

Tom interveio: "De lá debaixo não dá para saber direito o que está acontecendo aqui em cima. As paredes são grossas. Não dá para ouvir".

"Pensamos ter ouvido gritos", continuou Cooper. "Mas como íamos saber que não eram aquelas criaturas que tinham entrado na casa e estavam atrás dela?"

"E mesmo assim você não subiu para ajudá-la?", disse Ben, virando as costas com desprezo para os dois.

O garoto parecia envergonhado, mas Cooper não se deixava intimidar pelo desprezo de Ben, provavelmente acostumado a uma vida inteira justificando a própria covardia.

"Bem... eu... se estivéssemos em maior número...", o garoto disse, mas desviou o olhar e não teve espírito para continuar procurando desculpas.

Cooper insistiu.

"Aquela barulheira dava a impressão de que a casa estava sendo destruída. Como podíamos..."

Ben o interrompeu.

"Você acabou de dizer que era difícil ouvir alguma coisa de lá debaixo. Agora está dizendo que parecia que a casa estava sendo destruída. É melhor você contar essa história direito, meu chapa."

Cooper explodiu.

"Que merda! Não sou obrigado a aguentar esses insultos e desaforos. Aquele porão é um lugar seguro. E nem você nem ninguém vai me convencer a arriscar a vida depois de termos encontrado um lugar seguro!"

"Está bem... Por que não relaxamos um pouquinho...", começou Tom. Mas Cooper não lhe deu espaço e continuou falando, desta vez com mais calma, expondo seu ponto de vista:

"Seja como for, nós acabamos subindo, não é? Estamos aqui. Agora eu sugiro irmos todos lá para baixo antes que alguma daquelas criaturas descubra que estamos aqui dentro."

"Eles não podem entrar aqui dentro", disse Ben, como se tivesse certeza absoluta disso. Sua cabeça estava cheia de dúvidas, mas não estava a fim de discuti-las em benefício daqueles dois estranhos que eram, pelo que ele tinha visto até então, um garoto e um covarde.

"Você bloqueou todas as portas e janelas?", perguntou Tom. Ele estava um pouco cético em relação à eficácia dessas medidas preventivas, mas estava disposto a suspender o ceticismo em prol da harmonia do grupo.

"A maior parte delas", respondeu Ben num tom calmo e analítico. "Tudo menos o andar de cima. Existem alguns pontos fracos, mas não vai ser difícil dar um jeito nisso. Já tenho o que preciso e..."

Cooper o interrompeu com sua voz estridente.

"Você é louco! Nunca será seguro aqui em cima, não importa o que você faça. De toda essa maldita casa, o porão é o lugar mais seguro!"

"Estou dizendo a você que eles não têm como entrar aqui dentro!", gritou Ben.

"E eu estou dizendo a você que aquelas coisas tombaram nosso carro! Tivemos uma puta sorte de escapar inteiros, e agora você está tentando me dizer que eles não podem derrubar uma barreira tosca de madeira?"

Ben fitou-o por um momento, sem saber o que dizer. Ele sabia que o porão tinha certas vantagens, mas não admitiria que um covarde como Cooper lhe dissesse isso. Ben sabia que tinha se saído muito bem até ali, e não queria pôr tudo a perder ao se aliar com alguém que poderia entrar em pânico ou fugir em uma emergência.

Tom aproveitou o momento de trégua para acrescentar um fato novo, o qual pensava que talvez pudesse amolecer Ben e encerrar a discussão entre ele e Cooper.

"A mulher e a filha de Harry estão lá embaixo. A menina está com ferimentos bem sérios. Harry não quer deixá-las em nenhum lugar onde estejam correndo perigo ou possam ser novamente atacadas por aquelas criaturas."

A revelação pegou Ben de surpresa. Seus nervos relaxaram e ele soltou um profundo suspiro. Por um longo momento, ninguém disse nada, até que Ben finalmente engoliu em seco e voltou a defender seu ponto de vista.

"Bem... eu... eu acho que estamos mais seguros aqui em cima."

Tom deu uma olhada nas barricadas em volta e disse: "Podemos reforçar tudo isso, sr. Cooper". E olhou esperançoso para o homem calvo, torcendo para que ele colaborasse pelo menos um pouquinho com Ben, para que todos se sentissem mais seguros e pudessem tirar o melhor proveito possível das circunstâncias.

Ben continuou, destacando os pontos fortes de sua tese: "Com todos nós trabalhando, podemos reforçar esse lugar de modo que ninguém possa entrar. Além disso, temos comida, um fogão, uma geladeira, uma lareira quente e um rádio".

Cooper fitou-o por um instante, furioso, e então explodiu em um novo acesso de raiva. "Cara, você enlouqueceu. Tudo que está aqui em cima, podemos levar com a gente lá para baixo. Tem um milhão de janelas aqui em cima. Acha mesmo que vai conseguir reforçá-las o suficiente para manter aquelas coisas do lado de fora?"

"Aquelas coisas não têm força nenhuma", rebateu Ben com uma raiva contida. "Eu acabei com três delas... e atirei outra porta afora!"

"Estou dizendo que viraram nosso carro de cabeça para baixo!", berrou Cooper.

"Grande coisa! Bastam cinco homens para fazer isso", retrucou Ben.

"Mas é isso que estou tentando dizer! Só que não serão cinco... serão vinte... trinta... talvez uma centena daqueles monstros! Quando souberem que estamos aqui, este lugar ficará infestado deles!"

Ben ponderou com tranquilidade: "Bem, se forem tantos assim, eles vão nos pegar não importa onde estivermos".

"Fizemos uns ajustes na porta para que pudéssemos trancá-la e bloqueá-la por dentro", disse Tom. "Está bem sólida. Acho que nada conseguiria arrombá-la."

"Seria a única porta que teríamos que proteger", acrescentou Cooper, em um tom ligeiramente menos histérico. "Mas com todas essas portas e janelas... Nós nunca saberíamos por onde eles nos atacariam da próxima vez."

"Mas o porão tem um grande desvantagem", observou Tom. "Não teríamos por onde escapar... Quer dizer, se eles conseguissem entrar... não existe nenhuma saída nos fundos. Estaríamos perdidos."

O homem calvo o encarou boquiaberto. Não podia acreditar que Tom, por qualquer razão que fosse, abandonaria a inviolabilidade do porão, já que ele mesmo se sentia impelido a permanecer ali, como se nada pudesse atingi-lo... como um rato em sua toca.

"Acho que devíamos fortificar a casa inteira o melhor que pudermos, e manter o porão como um lugar seguro para recorrer em último caso", disse Ben de modo decidido. "Assim, se tudo der errado, ainda podemos correr para o porão. Além disso, ficando aqui, não perdemos contato com o mundo exterior, e podemos saber o que está acontecendo lá fora pelo maior tempo possível."

"Isso faz sentido", disse Tom. "Não sei, sr. Cooper. Acho que ele tem razão. Acho que devemos ficar aqui em cima."

"O andar de cima é tão perigoso quanto o porão. Podemos acabar em uma cilada", refletiu Ben. "Há três quartos lá em cima e eles precisam ser reforçados. Mas aquelas criaturas são fracas. Podemos mantê-las longe daqui. Eu tenho essa arma agora;

antes não tinha nada e mesmo assim consegui acabar com três delas. Agora... pode ser que a gente precise arriscar a sorte e fugir daqui por conta própria, porque não temos nenhuma garantia de que alguém virá nos resgatar, e é bem provável que ninguém sequer saiba que estamos aqui. E se alguém realmente vier nos socorrer, e a casa estiver cheia daquelas criaturas, teríamos medo de abrir a porta do porão para que a equipe de resgate saiba onde estamos."

"Quantas dessas criaturas estão lá fora, agora?", perguntou Tom.

"Acho que seis ou sete", respondeu Ben. "Não consigo contar direito por causa do escuro e das árvores no quintal."

"Olha, vocês dois podem fazer o que bem entenderem", disse Cooper com rispidez. "Eu vou voltar para o porão, e é melhor vocês decidirem logo, porque depois que eu pregar aquela porta, não serei louco o bastante para destrancá-la de novo, não importa o que aconteça."

"Espere um pouco", exclamou Tom. "Vamos pensar um minuto sobre isso, sr. Cooper, a vida de todos nós depende do que decidirmos."

"Não. Eu tomei minha decisão. Tomem a de vocês. E podem se remoer à vontade se decidirem ficar aqui em cima."

Aterrorizado, Tom começou a suplicar em tom de desespero: "Espere um pouco, droga... Vamos pensar nisso com mais calma... Podemos descer para o porão caso necessário, e se decidirmos ficar lá embaixo, vamos precisar de algumas coisas daqui de cima. Por que não refletimos um pouco sobre isso?"

Ben acrescentou: "Cara, se você se enfiar naquele buraco, e se um monte daqueles monstrengos invadir a casa, será o seu fim. Pelo menos aqui em cima você tem uma chance de fugir. Afinal de contas, você já conseguiu escapar deles uma vez, ou então nem estaria aqui".

Apreensivo, e ainda não totalmente decidido, Tom avançou até uma das janelas da frente e espiou para fora entre as frestas das tábuas.

"É, parece que tem uns seis ou oito deles lá fora agora", ele disse, e sua voz transparecia uma inquietação ainda maior depois da tentativa de contá-los um a um.

"Estão em maior número que antes", admitiu Ben. "Tem mais alguns atrás da casa, também... a não ser que sejam os mesmos que estão aqui na frente agora."

Ele correu para a cozinha, mas no caminho a correia do rifle arrebentou e a arma começou a escorregar. Ben se contorceu, esticando o braço para trás para tentar agarrá-la antes que caísse. Concentrado no rifle, não viu a janela conforme se aproximava; mas, ao reaver o controle sobre a arma, olhou para cima e estancou o passo de repente. Mãos se enfiavam pelo vidro quebrado, por trás da barricada — mãos cinzentas e putrefatas, que, esticadas para frente, arranhavam o ar como se tentassem agarrá-lo. Ben entreviu, através do vidro estilhaçado, os rostos desumanos por trás das mãos. A barreira passava por uma dura prova, sem dúvida, mas parecia estar resistindo bem ao ataque.

O homem golpeou selvagemente aquelas horrendas extremidades com a coronha do rifle, uma, duas vezes. A coronha batia com força nas mãos decompostas, repelindo uma delas e despedaçando as últimas lascas do vidro através do qual ela se enfiara. A coronha do rifle esmagou uma das mãos com força contra a moldura da janela — mas a mão, insensível a qualquer dor, continuou arranhando o ar, procurando onde se agarrar.

Ben deslizou o dedo para o gatilho e virou o rifle, usando o cano para quebrar alguns pedaços ainda intactos de vidro. Duas das mãos cinzentas agarraram o metal protuberante, e uma face morta apareceu por trás delas: horrenda, inexpressiva, a carne putrefata pendendo dos ossos. Pela abertura na barricada, Ben encarava os olhos mortos do outro lado, e lutava desesperadamente para controlar a arma enquanto o zumbi tentava puxá-la pelo cano. Por um breve instante, a boca do rifle apontou diretamente para o rosto horrendo; e então... BANG! A detonação sacudiu o ar e a criatura morta foi projetada para trás, impulsionada pela violenta explosão. Sua cabeça foi parcialmente arrancada e as mãos ainda estendidas caíram para trás junto com o corpo retorcido.

Mas as outras mãos continuaram se agitando no ar, ávidas, prontas para agarrar.

Tom precipitou-se para a cozinha logo atrás de Ben, e Harry parou cautelosamente a alguns passos do vão da porta. Uma voz distante, que pertencia à mulher de Harry, Helen, começou de repente a gritar do porão:

"Harry! Harry! Harry! Você está bem?!"

"Está tudo bem, Helen. Estamos todos bem!", gritou Cooper de volta em uma voz trêmula que denunciava seu medo e sua ansiedade, e que dificilmente bastaria para tranquilizar a mulher.

Tom correu imediatamente em auxílio de Ben. O homem batia com a coronha do rifle contra a mão morta que tentava forçar a barricada pela parte de baixo. Os golpes não pareciam surtir qualquer efeito sobre ela, que, mesmo sacudida pelo impacto, continuava a arranhar obstinadamente o ar. Tom saltou para junto da barricada e, agarrando os punhos putrefatos com ambas as mãos, tentou torcê-los para trás, para quebrá-los, mas eles pareciam flácidos e quase totalmente maleáveis. Gradualmente, o rosto de Tom se contorceu em uma careta de desgosto. Ele tentou raspar a carne fria contra a borda do vidro quebrado, e a ausência de sangue foi imediatamente evidenciada de forma pavorosa, à medida que a borda afiada do vidro perfurava a carne podre. Outra mão agarrou subitamente a mão de Tom e tentou puxá-la para fora, através do vidro. Tom gritou, e Ben tentava apontar o cano do fuzil para a criatura; mas outra mão agarrou-o pela camisa enquanto ele tentava ajudar o garoto, rasgando-a. Ben conseguiu se desvencilhar e recuou o suficiente para fazer pontaria e atirar. Houve uma nova e forte explosão, e as mãos com as quais Tom lutava foram arremessadas para trás e sumiram na escuridão. Ainda abalado, Tom ficou olhando fixamente para fora através de uma abertura no vidro quebrado, atrás da barricada. Ben mirou com cuidado e puxou novamente o gatilho. O tiro transpassou o peito da criatura, deixando um enorme buraco no lugar, mas ela continuou de pé, limitando-se a recuar alguns passos.

"Meu Deus!", exclamou Tom, tomado de pânico ao ver o rifle falhar, enquanto a criatura morta se recuperava e voltava a avançar, indiferente ao fato de que metade do seu tórax tinha sido destroçado pelo tiro.

Ben ergueu a arma e disparou de novo, produzindo outro estrondo. Dessa vez a bala perfurou a coxa da criatura, logo abaixo da pélvis. Ela recuou, mas quando tentou apoiar o peso na perna esquerda, caiu pesadamente no chão. Tom e Ben olhavam para a cena, atônitos. A criatura ainda se movia, arrastando-se com os braços e usando a perna ainda funcional para empurrar o corpo para frente.

"Deus do céu! Que diabos são essas coisas?"

Tom recuou, encostando-se na parede. Seus olhos recaíram sobre Harry, e ele viu a inconfundível expressão de medo no rosto do homem calvo, que mal conseguia esconder a própria covardia.

Ben umedeceu os lábios, respirou fundo, e segurando o ar nos pulmões, mirou cuidadosamente antes de puxar o gatilho. A bala pareceu partir ao meio o crânio da criatura rastejante, e ela caiu para trás.

"Maldita... maldita criatura dos infernos!"

A voz de Ben tremia enquanto soltava o ar dos pulmões.

Do lado de fora, a criatura que caíra inerte no chão, agora privada dos olhos, tateava às cegas, e com os braços esticados agarrava o vazio, aparentemente ainda tentando arrastar o corpo dilacerado.

Do porão, a mulher gritava:

"Harry! Harry!"

Depois de um momento de silêncio, Ben finalmente deu as costas para a janela coberta de tábuas, com o vidro todo estilhaçado. "Precisamos dar uma boa reforçada neste lugar", murmurou. Então, ainda esbaforido, pôs-se a trabalhar, quando Harry falou: "Você está louco! Aquelas coisas estarão em cada porta e janela desta casa! Precisamos descer para o porão!"

Ben se virou e encarou Harry, com uma fúria gélida no olhar. Tomado de raiva, sua voz assumiu um tom profundo e imperioso.

"Vá para o seu maldito porão! Dê logo o fora daqui!"

Aqueles gritos enfurecidos calaram Harry por um instante, mas depois sua obstinação retornou com toda força. Como já tomara sua decisão, sabia que teria que ir para o porão sem os outros se necessário. Era melhor, portanto, que pegasse logo todos os suprimentos que pudesse levar consigo sem que eles interferissem. Talvez, na confusão do momento, ele pensou, conseguisse apanhar um monte de coisas sem criar caso. Com esse pensamento, dirigiu-se para a geladeira, mas Ben o deteve.

"Não ouse tocar nessa comida", advertiu Ben.

Ele agarrou o rifle com força, e embora não o tenha apontado para Harry, o homem sabia muito bem o poder que a arma implicava, e deixou que seus dedos soltassem a maçaneta da geladeira.

"Como vou ficar aqui em cima", continuou Ben, "vou lutar por tudo que está aqui, incluindo a comida, o rádio e tudo o mais. Tudo isso faz parte daquilo pelo qual estou lutando. E você está muito enganado se acha que pode pegar o que quiser. Se quer ficar no porão, mexa logo sua bunda, suma daqui e não se meta mais comigo."

Harry virou-se para Tom.

"Este homem é louco, Tom! Ele é louco! Vamos precisar de comida lá embaixo! É nosso direito!"

Ben também confrontou Tom: "Você vai descer com ele?"

"Deixe de rodeios. Você vai ou não? Essa é sua última chance."

Depois de um longo silêncio, Tom se virou para Harry e encarou-o com ar de desculpa, pois havia se decidido a favor de Ben.

"Harry... eu acho que ele tem razão..."

"Você está louco."

"Eu realmente acho que estaremos mais seguros aqui em cima."

"Você está louco. Tenho uma criança lá embaixo. Ela não suportaria toda essa confusão aqui em cima, com aquelas coisas metendo os braços pelo vidro. Teremos sorte se ela sobreviver, do jeito que as coisas estão agora."

"Está bem", disse Ben. "Você é o pai da menina. Se você é burro o bastante para morrer naquela armadilha, azar o seu. Mas eu não sou burro de ir com você. A menina não tem culpa de ter um pai tão estúpido. Agora, vá logo para o maldito porão. Lá você pode mandar à vontade. Mas aqui em cima quem manda sou eu. E você não vai levar comida nenhuma daqui, e nem vai tocar em nada do que está aqui."

"Harry, podemos levar comida para você", disse Tom, "se você quiser ficar lá embaixo e..."

"Seus filhos da puta!", disse Harry. Do porão, sua mulher ainda gritava.

"Harry! Harry! O que está acontecendo, Harry?"
Ele se dirigiu para o porão, mas Tom o deteve.
"Mande Judy para cá", disse Tom. "Ela vai querer ficar aqui em cima comigo."
Ben olhou para Tom com uma expressão de surpresa. Ninguém lhe dissera que havia outra pessoa no porão além da mulher e da filha de Harry.
"Minha namorada", explicou Tom. "Judy é minha namorada."
"Você devia ter me contado que ela estava lá embaixo", disse Ben.
Nesse meio tempo, Harry se virara e já descia as escadas do porão, pisando forte nos degraus. Então, um ruído leve de passos os informou que a garota estava subindo.
Ela abraçou Tom e olhou timidamente para Ben. Tinha mais ou menos a mesma idade de Tom, e estava vestida do mesmo modo que ele, com calças jeans e uma jaqueta de couro. Era uma garota bonita, loira, assustada, e sua presença, pensou Ben, provavelmente representaria um problema tão grande quanto a de Bárbara. Ao lado de Tom, ela aproximou-se da porta do porão, agora fechada, atrás da qual se podia ouvir as marteladas de Harry conforme pregava as tábuas no lugar.
"Vocês sabem que não vou abrir essa porta de novo!", gritou Harry. "E estou falando sério!"
"Podemos arrumar as coisas aqui em cima!", Tom gritou de volta. "Com sua ajuda poderíamos..."
"Deixe-o para lá", disse Ben. "Ele já se decidiu. É melhor você se esquecer dele."
"Aqui em cima é melhor!", gritou Tom. "Temos para onde fugir se eles atacarem a gente!"
De trás da porta, não houve nenhuma resposta, apenas o som dos passos de Harry descendo as escadas.
Ben amarrou a correia arrebentada de volta no rifle, depois começou a recarregá-lo, substituindo os cartuchos usados. Quando terminou, jogou novamente a correia por cima do ombro e se dirigiu às escadas. Enquanto subia, viu Bárbara de relance; desceu alguns degraus e pôs-se a fitá-la.
O rádio voltara a repetir a monótona mensagem gravada.

Tom não tinha desistido e ainda dirigia súplicas a Harry, gritando para a porta fechada do porão.

"Harry, vai ser melhor para todos nós se trabalharmos juntos! Vamos deixar você pegar comida quando precisar...", ele falou, ao mesmo tempo que olhava apreensivo para Ben, como se esperasse alguma represália por aquela oferta de comida, contrária à sua vontade. "E se batermos na porta, aquelas coisas podem estar atrás de nós, e você pode deixar a gente entrar."

Ainda nenhuma resposta da parte de Harry.

Tom aguçou os ouvidos e esperou mais um pouco, depois se afastou da porta, desapontado e preocupado com a cisão que ocorrera no grupo. Aos poucos, dava-se conta de que, se acontecesse o pior, eles podiam acabar dependendo fortemente uns dos outros.

Judy mantinha-se calada. Sentara-se em uma cadeira, e lançou um olhar preocupado para o namorado quando ele se aproximou e acariciou sua bochecha.

Ben estava curvado sobre Bárbara, que continuava deitada no sofá. Seus olhos fitavam o vazio. Ben sentia pena da garota, mas não havia nada que pudesse fazer por ela.

"Ei, ei... querida?"

Ela não esboçou nenhuma reação. Ben afastou-lhe o cabelo do rosto. Bárbara estremeceu. Por um momento, pareceu que a garota corresponderia ao seu gesto de ternura, mas ela não o fez. Ben se sentia angustiado de vê-la assim, quase como se sentiria caso um de seus filhos estivesse doente. Massageou sua testa e seus olhos, cansados pelo medo e pelo esforço contínuo das últimas horas. Por fim, curvou-se para cobrir a garota com o casaco que trouxera da sala anexa, e em seguida afastou-se do sofá, jogou um pouco de lenha na fogueira e atiçou o fogo para manter a chama alta e quente. Ao fazer tudo isso, pensava sobretudo no bem-estar de Bárbara. Sentiu Tom se aproximar por trás dele e percebeu que o garoto ainda estava preocupado com Harry Cooper.

"Ele está errado, cara", disse Ben de forma categórica.

Tom continuou em silêncio.

"Não vou me trancar lá embaixo", prosseguiu Ben. "Talvez tenhamos que ficar aqui por vários dias. Vamos fortificar bem a casa, e ele vai subir e se juntar a nós. Não vai continuar lá embaixo por muito tempo. Vai querer saber o que está acontecendo... ou talvez, se tivermos uma chance de fugir daqui, ele vai subir para ajudar a gente. Tenho uma caminhonete lá fora... só preciso de gasolina. Se eu conseguisse chegar até uma daquelas bombas nos fundos da casa... talvez tivéssemos uma chance de nos salvar."

Dito isso, Ben se virou e começou a subir os degraus para finalizar o trabalho no andar de cima, convencido de que Tom estaria disposto e apto a tomar conta do térreo.

CAPÍTULO 5

O porão, com suas paredes cinzentas e objetos entulhados e empoeirados, era frio e úmido. O interior era mal iluminado por duas lâmpadas nuas. Em meio à penumbra, espalhavam-se caixas e mais caixas de papelão amarradas com barbantes. Do teto pendia um emaranhado de canos de tubulação. Tudo parecia muito sujo. As caixas, que ocupavam a maior parte do espaço, tinham dimensões variadas, de pequenas caixas de supermercado com nomes de marca e logotipos desbotados a grandes embalagens para o transporte de móveis. Uma máquina de lavar antiga, a rolos, estava abandonada em um canto do refúgio subterrâneo, ao lado de uma cabine improvisada de banho. Cordas para pendurar a roupa estavam esticadas entre os canos de tubulação, mas tão baixas que Harry foi obrigado a se abaixar ao passar das escadas para o lado oposto.

Duas banheiras fixas no chão e um velho armário de metal ocupavam uma das paredes. A mulher de Harry, Helen, estava debruçada sobre a torneira de uma das banheiras, molhando um pano com água fria. Ela levantou os olhos quando Harry entrou, mas continuou concentrada em sua tarefa. Torceu o pano, apalpando-o para garantir que estivesse úmido, mas não encharcado. Em seguida, dirigiu-se até uma bancada improvisada de trabalho, sobre a qual uma menina, filha deles, jazia imóvel. Em um quadro organizador sobre a bancada estavam pendurados cabos e ferramentas, e embutidas na própria bancada havia gavetas para guardar artigos menores, como parafusos, porcas, arruelas e coisas do tipo.

Helen se movia com certa dificuldade, com os músculos enrijecidos pelo frio do porão. Trajava um vestido e um suéter, enquanto um casaco mais quente estava estendido na bancada, sob a garota, com os lados dobrados sobre ela, cobrindo suas pernas e seu peito. A mulher se debruçou sobre a filha e passou o pano frio e molhado em sua testa.

Harry aproximou-se silenciosamente por trás de Helen enquanto ela se concentrava em cuidar da garota, envolvendo o casaco mais estreitamente ao redor dela. Sem olhar para Harry, ela disse: "Karen está com uma febre alta".

Harry suspirou, preocupado com a filha. Então comentou: "Tem mais duas pessoas lá em cima".

"Duas?"

"Sim", confirmou Harry, e em seguida, um tanto na defensiva, disse: "Eu não tinha a intenção de correr nenhum risco à toa".

Helen continuou em silêncio, enquanto Harry esperava um sinal qualquer que indicasse que ela aprovava sua decisão. "Como íamos saber o que estava acontecendo lá em cima?", ele disse finalmente, erguendo os braços e dando de ombros. Levou nervosamente a mão ao bolso da camisa para pegar um cigarro, mas descobriu que o maço estava vazio, então amassou-o e jogou-o no chão. Aproximou-se da bancada e apanhou outro maço, mas esse também estava vazio. Harry amassou-o e descartou-o como fizera com o outro, dessa vez com tanta violência que seu corpo girou, indo parar bem diante de sua mulher e sua filha. Helen continuava a umedecer a testa da menina, enquanto Harry fitava a cena por um momento.

"Você acha que ela está bem?", perguntou Harry ansioso.

Helen não respondeu. A filha deles, Karen, estava imóvel.

Harry estava suando tanto que gotas de suor escorriam pelo seu rosto. Depois de esperar em vão por uma resposta, mudou de assunto:

"Eles resolveram ficar todos lá em cima... Idiotas! É melhor continuarmos juntos. Aqui embaixo é mais seguro".

Foi até onde a mulher deixara a bolsa e remexeu por um bom tempo dentro dela, até encontrar um maço de cigarros. Rasgou o plástico que envolvia o maço, levantou a tampa e tirou um cigarro de dentro. Nervosamente, levou-o aos lábios, acendeu-o e inspirou fundo, tossindo de leve.

"Eles não vão ter nenhuma chance lá em cima. Não dá para evitar aqueles monstrengos para sempre. Há portas e janelas demais na casa. Eles vão acabar conseguindo entrar."

Helen continuou calada, como se seu respeito e sua tolerância em relação às ideias do marido tivessem se dissolvido há muito tempo.

No chão, junto à bancada, havia um pequeno rádio à válvula. Ao se deparar com o aparelho, Harry se curvou, apanhou-o e ligou-o com um clique.

"Tinha um rádio ligado lá em cima, transmitindo uma gravação. Acho que era a Defesa Civil. E pelo entendi não é só com a gente, isso está acontecendo em todo lugar."

Apesar dos esforços de Harry, o rádio não captava nenhum sinal, apenas estática. O homem girava o botão de sintonia para frente e para trás, escutando ansiosamente, mas ao longo de toda a banda receptora o transistor continuava a chiar. Harry levantou o aparelho e testou-o em diversas posições conforme girava o botão de sintonia, mas não ouviu nada além de chiado. Começou a andar de um lado para o outro, levantando e abaixando o aparelho, virando-o de um lado para o outro, sem nenhum resultado.

"Este troço maldito..."

Nada além de estática.

Helen parou de esfregar a testa da filha, dobrou cuidadosamente o pano e estendeu-o sobre a fronte da menina inerte. Depois de pousar delicadamente a mão sobre o peito da filha, voltou-se para o marido, que ainda andava nervosamente pelo porão, com o cigarro pendurado nos lábios e agitando o minúsculo rádio no ar.

O rádio continuava a emitir nada além de estática em intensidades variadas.

"Harry..."

Ele ainda brigava obstinadamente com o rádio. Postara-se junto à parede ao pé da escada, e segurava o aparelho no alto enquanto girava o botão de sintonia. Estava ofegante e suava em bicas.

"Harry... Esse troço não vai captar nada neste buraco dos infernos!"

Seu tom elevado de voz fez com que Harry parasse de repente; ele se virou e fitou a mulher: Helen levou às mãos ao rosto, prestes a chorar. Então, balançou a cabeça, mordeu o lábio e ficou olhando para o chão.

Harry sentiu a raiva crescer e tomar conta de si, deixando-o sem fala por alguns instantes; seu rosto se contorceu, suas emoções buscavam um modo se expressar. Por fim, girou bruscamente o corpo e atirou o rádio com violência contra a parede do outro lado do porão. Depois explodiu em uma gritaria desenfreada.

"Eu odeio você, não é mesmo? Odeio nossa filha? Quero que vocês morram aqui dentro, certo? Nesse porão fedorento! Meu Deus, Helen, você não percebe o que está acontecendo? Aquelas coisas estão por toda parte... Vão matar todos nós! Por acaso eu gosto de ver minha filha sofrendo desse jeito? Gosto de ver tudo isso acontecendo?"

Helen virou a cabeça abruptamente para ele. Seus olhos o fitaram com uma expressão ao mesmo tempo aflita e suplicante.

"Karen precisa de ajuda, Harry... ela precisa de um médico... Ela... ela pode morrer aqui. Temos que sair daqui, Harry. Temos que sair."

"Ah, claro, vamos simplesmente sair andando. Podemos arrumar as malas agora mesmo e partir; vou chegar lá fora e dizer para aquelas coisas: 'Desculpe, minha mulher e minha filha estão se sentindo desconfortáveis aqui, então vamos para a cidade'. Pelo amor de Deus! Deve ter pelo menos umas vinte daquelas coisas lá fora. E a cada minuto que passa chegam mais."

O sarcasmo de Harry não o ajudava a comunicar seu ponto de vista à mulher; em vez disso, só a deixava mais angustiada e aumentava seu desgosto em relação ao marido. Mas ela sabia que gritar também não serviria de nada. Chamá-lo à razão era a única maneira de fazer com que ele mudasse de ideia depois que tivesse se convencido de alguma coisa. Para isso, entretanto, era preciso que ele acreditasse que tinha pensado na nova ideia sozinho, dando-lhe a oportunidade de desistir do seu posicionamento anterior de maneira elegante.

"Tem gente lá em cima", disse Helen. "É melhor ficarmos juntos, você mesmo disse isso. Essas pessoas não são nossos inimigos, são? Em cima, embaixo... Que diferença faz? Talvez eles possam nos ajudar. Vamos sair daqui..."

De repente, um som de batidas secas e repetidas ecoou pelo porão, interrompendo a fala da mulher.

Tanto ela quanto Harry prenderam a respiração e aguçaram os ouvidos. O som se repetiu: vinha da porta no topo da escada. Os dois olharam apreensivos para a filha indefesa. Por um bom tempo, ficaram quase convencidos de que estavam sendo atacados. Mas então ouviram a voz de Tom.

"Harry!"

E mais uma série de batidas. Harry limitou-se a olhar para a porta, sem responder ao chamado. Mantinha-se firme em sua decisão de não abrir a porta de novo e de não se misturar de jeito nenhum às pessoas de cima. Os olhos de Helen se encheram de lágrimas, enquanto a frustração e o desapontamento pelo comportamento do marido cresciam dentro dela, até inundá-la completamente. Mais batidas. Helen olhou para Harry. Sabia que ele era um covarde. Mais batidas; depois uma pausa: parecia que Tom estava quase desistindo. Helen se levantou de um salto e correu para o pé da escada.

"Sim... sim, Tom!"

Harry correu atrás dela e agarrou-a pelos ombros, forçando-a a parar. Ela contorceu o corpo e lutou para se desvencilhar.

"Harry! Me solte! Me solte!"

Helen se debatia violentamente, e a força de sua determinação, mais do que sua força física, foram um choque para Harry. Intimidado, ele recuou e ficou olhando para a mulher — ela nunca o desafiara de maneira tão clara antes.

A voz de Tom repercutiu de novo através da porta obstruída:

"Harry... Helen... Nós temos comida, alguns remédios e outras coisas aqui em cima..."

Harry olhou para a porta, mudo.

"E o rádio vai transmitir uma coisa importante daqui a dez minutos, Harry... Algum comunicado da Defesa Civil... para nos dizer o que fazer!"

Helen olhou novamente para a porta e gritou: "Estamos subindo, Tom! Já vamos subir em um minuto!"

Harry virou-se para ela e encarou-a com fúria nos olhos.

"Você perdeu a noção, Helen? Em menos de um minuto aquelas coisas te agarram e te matam. Se elas entrarem na casa, vai ser tarde demais para mudar de ideia, não percebe? Será que você não entende que só estaremos seguros enquanto aquela porta estiver bloqueada?"

"E daí? Não estou nem aí!", ela rebateu. "Não me importa, Harry. Para mim já chega; quero sair daqui, ir lá para cima, ver se alguém ajuda a gente. Pode ser até que Karen fique bem."

De repente, ela se acalmou e parou de gritar. Recuperando o autocontrole, avançou para Harry e falou em um tom de voz mais suave:

"Harry, por favor... vamos subir um minutinho e ver como está a situação lá em cima. Ouvimos o rádio e quem sabe não pensamos em um jeito de sair desse lugar. Se nós nos juntarmos, pode dar certo, Harry".

Harry, cuja obstinação já enfraquecera um pouco, tirou o cigarro da boca, deu uma última baforada e jogou-o no chão, pisando na ponta para apagar o fogo enquanto o fumo escapava em uma longa espiral por entre seus lábios franzidos.

A voz de Tom chegou novamente até eles, fazendo com que tivesse um sobressalto.

"Harry! Ei, Harry! Ben encontrou uma televisão no andar de cima! Subam... Aí podemos ver a transmissão da Defesa Civil na TV."

Harry estava hesitante. Helen falava cheia de dedos com o marido, buscando o melhor jeito de acalmá-lo e dissuadi-lo de sua decisão original, sem deixá-lo ainda mais angustiado. "Vamos... Vamos lá para cima. Com certeza vão dizer na TV o que a gente tem que fazer. Você pode dizer para eles que fui eu quem quis subir."

"Está bem", disse Harry. "Está bem. A decisão é sua... Vamos subir... mas não jogue a culpa em mim se acabarmos todos mortos."

Helen desviou os olhos do marido e começou a subir os degraus, tomando a dianteira enquanto ele se limitava a segui-la. Desse modo, as pessoas na casa saberiam que tinha sido ela quem decidira subir.

Juntos, Helen e Harry começaram a retirar as tábuas que cobriam a porta do porão.

CAPÍTULO 6

Harry retirou a última tábua pesada de madeira, e a porta se separou do umbral com um forte rangido. Helen perscrutou a área de jantar, e, pouco além dela, a sala de estar envolta na penumbra. Harry, atrás da esposa, sentia-se tenso e hostil, e com raiva de si mesmo por renunciar à sua decisão sobre o porão. Helen também estava com os nervos à flor da pele, devido ao desgaste emocional advindo da discussão com Harry e pelo fato de que estava prestes a conhecer pessoas estranhas em circunstâncias nada amigáveis.

Mas apenas Tom e Bárbara estavam na sala de estar. Bárbara, vencida pelo esgotamento nervoso e pelo choque, dormia um sono agitado no sofá, em frente ao fogo.

Em um esforço para se mostrar amigável, Tom disse: "Podemos ver a transmissão, eu acho, se a TV estiver funcionando. Tenho que ajudar Ben a carregá-la aqui para baixo. Judy está na cozinha; vou chamá-la, assim ela pode cuidar da Karen enquanto vocês estão aqui em cima vendo a televisão".

Helen conseguiu esboçar um sorriso para expressar sua gratidão, e Tom girou imediatamente nos calcanhares e foi buscar a namorada na cozinha.

Helen se aproximou do fogo, tentando se aquecer, e baixou os olhos para Bárbara, fitando-a com compaixão; em seguida, afastou-lhe delicadamente os cabelos do rosto e ajeitou o casaco sobre seus ombros.

"Pobrezinha... ela deve ter sofrido muito", comentou Helen, sem se dirigir a ninguém em particular.

Harry, enquanto isso, estivera andando nervosamente pela casa, das portas às janelas e da cozinha à sala, avaliando o grau real de segurança do lugar — que julgou praticamente nulo — e alimentando o temor de um ataque iminente, que para ele podia acontecer a qualquer momento.

Tom e Judy saíram da cozinha. Tom viu que Helen olhava para Bárbara, e indicando a garota com um gesto de cabeça, disse: "Acho que o irmão dela foi assassinado lá fora". Bárbara gemia suavemente em seu sono agitado, como se tivesse ouvido seu comentário.

Ben veio até o topo da escada, e começou a gritar:

"Tom! Ei, Tom! Você não ia me dar uma mãozinha aqui? Cadê você?"

Tom, pego de surpresa, percebeu sua demora e disparou escada acima para ajudar Ben enquanto Judy abria a porta do porão e descia para assistir Karen.

Harry, que ainda vagava apreensivo pela casa, aproximou-se a passos rápidos de sua mulher, que tomava conta de Bárbara.

"O irmão dela foi assassinado", disse Helen, como se contar esse fato trágico ao marido fosse amolecê-lo e despertá-lo de seu egoísmo.

"Esse lugar é ridículo", exclamou Harry. "Há um milhão de pontos fracos aqui em cima."

Um barulho repentino o assustou, fazendo-o parar quieto por tempo o suficiente para que aguçasse os ouvidos e se certificasse, com alívio, de que se tratava apenas de Tom e Ben carregando a TV com certa dificuldade enquanto desciam as escadas.

Helen se voltou furiosa para Harry. "Você é um pé no saco", disse. "Por que não faz as coisas direito e ajuda um pouco em vez de ficar reclamando o tempo todo?"

Harry não escutava a mulher. Estava absorvido olhando por uma fresta entre as tábuas que bloqueavam a janela da frente, tentando enxergar alguma coisa na escuridão do quintal.

"Que droga! Não consigo ver nada", ele exclamou. Pode haver cinquenta milhões daquelas coisas lá fora, mas não dá para ver nada... Essas janelas não estão ajudando em nada!"

Ben, que com o auxílio de Tom alcançara o patamar da escada carregando o pesado aparelho de televisão, chegou a tempo de ouvir a última parte da observação de Harry; olhou-o furioso conforme avançava com o peso, mas não disse nada enquanto ele e Tom arrastavam duas cadeiras com os pés, posicionando-as uma do lado da outra, e depositavam a TV cuidadosamente sobre elas, no centro da sala. Procuraram uma tomada, então arrastaram as duas cadeiras com a TV em cima para mais perto da parede.

Enquanto Ben se agachava atrás da televisão e esticava o fio do aparelho para plugá-lo na tomada, Harry disse: "Acorde a garota. Se tiver alguma coisa na TV, é melhor que ela esteja a par da situação. Não quero me responsabilizar por ela".

Chocada, Helen falou impulsivamente: "Harry, pare de agir como uma criança!"

Ben se levantou; seus olhos lampejavam de raiva. "Não quero ouvir nem mais um pio seu", disse a Harry. "Se pretende ficar aqui em cima, vai ter que obedecer as minhas ordens... e isso inclui deixar aquela garota em paz. Ela está meio fora de órbita agora. Vamos deixá-la dormir um pouco. E ninguém vai tocar nela a menos que eu diga para fazer isso."

Ben encarou Harry com firmeza, garantindo que ele parasse de encher o saco, pelo menos por algum tempo. Então baixou a mão para ligar o aparelho. Os ocupantes da sala se moveram, procurando a posição mais favorável em frente à TV, e houve alguns minutos de silêncio mortal enquanto todos esperavam para ver se o aparelho realmente ligaria. Todos os olhos estavam fixos na tela. Ouviu-se um chiado, cada vez mais alto. Ben colocou o volume no máximo. Uma faixa luminosa apareceu e se espalhou, preenchendo a tela.

"Está ligada! Está ligada!", gritou Helen.

Houve murmúrios de excitação e expectativa... mas a tela não mostrou nada. Nenhuma imagem, nenhum som. Apenas o brilho da tela e o chiado. Ben estendeu a mão e girou o botão de sintonia, que estalava ao passar de um canal para o outro.

Harry se levantou de repente, torcendo nervosamente as mãos: "Dá uma mexida na antena. A gente devia conseguir sintonizar alguma coisa..."

Ben regulou o posicionamento vertical e horizontal, o brilho e o contraste. Então finalmente conseguiu captar o som de um canal, e ajustou o volume. A imagem estava tremida; mexeu mais um pouco e finalmente conseguiu estabilizá-la. O rosto de um comentarista se destacava em primeiro plano, no meio de um noticiário.

Em silêncio, as pessoas se acomodaram em seus lugares para ver e escutar.

"... DÃO POUCO CRÉDITO À TEORIA DE QUE ESSE ATAQUE SEJA FRUTO DE UMA HISTERIA DE MASSA..."

"Histeria de massa!", resmungou Harry. "O que eles acham? Que estamos imaginando tudo isso?"

"Cale a boca", berrou Ben. "Quero ouvir o que está acontecendo!"

"AS AUTORIDADES ACONSELHAM A TOMAR O MÁXIMO DE CUIDADO ENQUANTO A AMEAÇA NÃO ESTEJA SOB ABSOLUTO CONTROLE. DEPOIMENTOS DE TESTEMUNHAS OCULARES FORAM INVESTIGADOS E DOCUMENTADOS. OS CORPOS DE AGRESSORES CAPTURADOS ESTÃO SENDO EXAMINADOS NESTE MOMENTO POR MÉDICOS PATOLOGISTAS, MAS OS RESULTADOS DAS AUTÓPSIAS TÊM SIDO PREJUDICADOS DEVIDO AO ESTADO MUTILADO DOS CORPOS. AS MEDIDAS DE SEGURANÇA INSTITUÍDAS EM ÁREAS METROPOLITANAS INCLUEM A IMPOSIÇÃO DO TOQUE DE RECOLHER E A ORGANIZAÇÃO DE PATRULHAS DE SEGURANÇA ARMADAS. RECOMENDAMOS AOS CIDADÃOS QUE PERMANEÇAM EM SUAS CASAS. AQUELES QUE IGNORAM ESSA ADVERTÊNCIA ESTÃO SE EXPONDO A GRAVES PERIGOS, SEJA DA PARTE DOS AGRESSORES, SEJA DA PARTE DE CIDADÃOS ARMADOS CUJO IMPULSO PODE SER ATIRAR PRIMEIRO E FAZER PERGUNTAS DEPOIS. RESIDÊNCIAS RURAIS, OU EM ÁREAS ISOLADAS, TÊM SIDO COM MAIS FREQUÊNCIA OBJETO DE ATAQUES VIOLENTOS E CONCENTRADOS. FAMÍLIAS ISOLADAS ESTÃO EM EXTREMO PERIGO. TENTATIVAS DE FUGA DEVEM SER FEITAS APENAS EM GRUPOS FORTEMENTE ARMADOS E COM UM VEÍCULO MOTORIZADO SE POSSÍVEL. AVALIE SUA SITUAÇÃO COM CUIDADO ANTES DE OPTAR POR UMA ESTRATÉGIA DE FUGA. O FOGO É UMA ARMA EFICAZ. ESSES SERES SÃO ALTAMENTE INFLAMÁVEIS. GRUPOS DE FUGA DEVEM SE DIRIGIR PARA A COMUNIDADE URBANA MAIS PRÓXIMA. POSTOS AVANÇADOS DE DEFESA FORAM INSTALADOS NAS PRINCIPAIS VIAS QUE DÃO ACESSO ÀS COMUNIDADES. ESSES POSTOS AVANÇADOS ESTÃO EQUIPADOS PARA DEFENDER OS REFUGIADOS E PARA OFERECER ASSISTÊNCIA MÉDICA E CIRÚRGICA. PATRULHAS DE POLICIAIS E VOLUNTÁRIOS ESTÃO SE

ORGANIZANDO PARA FAZER UMA VARREDURA NAS ÁREAS MAIS ISOLADAS COM O INTUITO DE ENCONTRAR E DESTRUIR TODOS OS AGRESSORES. ESSAS PATRULHAS ESTÃO TENTANDO EVACUAR FAMÍLIAS ISOLADAS, MAS OS ESFORÇOS DE RESGATE ESTÃO AVANÇANDO LENTAMENTE, DEVIDO À INTENSIFICAÇÃO DO PERIGO DURANTE A NOITE E À PRÓPRIA ENORMIDADE DA EMPREITADA. A POSSIBILIDADE DE RESGATE PARA AQUELES QUE SE ENCONTRAM EM CONDIÇÕES ISOLADAS É BASTANTE INCERTA. NESSE CASO, NÃO ESPEREM POR UMA EQUIPE DE RESGATE A NÃO SER QUE NÃO HAJA NENHUMA POSSIBILIDADE DE FUGA. SE FOREM POUCOS CONTRA MUITOS, SERÃO CERTAMENTE SUBJUGADOS CASO SE CONCENTREM EM UM SÓ LUGAR. ESSES AGRESSORES SÃO LOUCOS E IRRACIONAIS. A ÚNICA COISA QUE OS MOVE É A COMPULSÃO POR CARNE HUMANA. O XERIFE CONAN W. MCCLELLAN, DO DEPARTAMENTO DE DEFESA DO CONDADO, FOI ENTREVISTADO POUCOS MINUTOS DEPOIS QUE ELE E SUA PATRULHA TINHAM SAÍDO VITORIOSOS DE UM COMBATE CONTRA UM GRUPO DE AGRESSORES. VAMOS TRANSMITIR AGORA O RESULTADO DAQUELA ENTREVISTA..."

    Na tela da TV, a imagem do comentarista foi substituída pela entrevista gravada mais cedo naquela noite. As imagens mostravam uma floresta densa, uma estrada de terra batida e as luzes dos refletores que dançavam entre as árvores enquanto homens se moviam em meio à escuridão e gritavam uns com os outros. De tanto e tanto, o som distante de tiros se sobrepunha às vozes. Então a câmera mostrou sentinelas que guardavam o perímetro de uma pequena clareira. Ao longe, ainda se podia ouvir o som de tiros. Alguns homens estavam fumando, outros tomando café em copos plásticos ou falando entre si, reunidos em pequenos grupos. A área era iluminada por uma grande fogueira. Uma tomada mais fechada revelou o xerife McClellan, a figura central da cena, que gritava ordens e supervisionava as medidas defensivas ao mesmo tempo que tentava responder às perguntas do repórter. Ele não parava de andar, mas o cabo e o microfone pendurados em volta de seu pescoço impediam que se afastasse demais.

    McClellan era um homem corpulento e grosseirão; estava acostumado a comandar seus homens e a mandar que fizessem o que dizia mesmo que não fosse uma ordem direta. Estava vestido à paisana, mas carregava um enorme rifle de mira telescópica e um cinto com munições de grosso calibre.

No momento, alguns de seus homens se dedicavam a arrastar corpos até a fogueira e atirá-los ao fogo. O crepitar do fogo, os gritos e a agitação constante serviam de pano de fundo para a fala de McClellan, que tentava responder da melhor forma possível ao que lhe era perguntado, embora sua principal preocupação fossem seus esforços para enfrentar os agressores e manter o controle da equipe de resgate.

"Até que as coisas não estão indo mal", disse McClellan. "Nossos homens estão se virando bem. Matamos dezenove daquelas coisas hoje, bem aqui nas redondezas. Encontramos esses últimos três tentando entrar à força em uma barraca de mineração abandonada. Não tinha ninguém dentro, mas eles estavam esmurrando e arranhando a porta, tentando arrombá-la. Deviam ter pensado que tinha gente lá dentro. Ouvimos o barulho, chegamos de surpresa e os abatemos."

"Qual é sua opinião, xerife? Podemos derrotar esses monstros?"

"Isso não é problema: só temos que chegar a tempo, antes que matem todas as pessoas que estão encurraladas. Mas eu e meus homens podemos cuidar deles sem problemas. Nenhum homem nosso foi morto ou ferido. Para acabar com eles, basta mirar no cérebro. Pode dizer para todos que estão escutando: basta fazer uma boa pontaria e atirar no cérebro; ou derrubá-los no chão e arrancar a cabeça deles. Eles não vão a lugar nenhum depois que você corta a cabeça deles fora. Aí então é só queimá-los."

"Então eu teria uma boa chance de me safar, mesmo que estivesse cercado por dois ou três deles?"

"Se você tivesse um porrete ou uma boa tocha, poderia mantê-los longe ou queimá-los até a morte. Eles pegam fogo à toa... ardem que nem papel encerado. Mas o melhor é atirar no cérebro. Não é bom se aproximar demais, se você puder evitar. Não espere nossa ajuda, porque se eles estiverem em maior número, você está frito. A força deles é numérica. Estamos dando nosso melhor, mas não dispomos de muitos homens e temos uma área imensa para cobrir."

"Mas você acha que vão conseguir assumir o controle da situação?"

"Pelo menos no nosso condado. As coisas estão ao nosso favor agora. É só uma questão de tempo. Não sabemos ao certo quantos eles são... mas sabemos que quando os encontramos conseguimos matá-los. Então é uma questão de tempo. Eles são fracos, mas são muitos. Não espere pelo nosso resgate. Armem-se até os dentes, unam-se em grupos e tentem chegar a um posto de resgate; esse é o melhor caminho. Mas se você está sozinho, é melhor ficar sentado e esperar ajuda... Nós vamos fazer de tudo para chegar até você antes deles."

"O que são essas coisas, xerife? Em sua opinião, o que são elas?"

"São... são mortos. São seres humanos mortos. Só isso. Agora, como foi que ressuscitaram e por que são desse jeito, só Deus sabe..."

A transmissão televisiva mudou de volta para o apresentador ao vivo, que retomou sua fala em um tom pragmático:

"VOCÊS OUVIRAM O XERIFE CONAN W. MCCLELLAN, DO DEPARTAMENTO DE PROTEÇÃO PÚBLICA DO CONDADO. ESTA É A REDE DE EMERGÊNCIA DA DEFESA CIVIL, COM BOLETINS PERIÓDICOS DE HORA EM HORA, ENQUANTO DURAR ESTE ESTADO EMERGÊNCIA. PERMANEÇAM EM SUAS CASAS E MANTENHAM TODAS AS PORTAS E JANELAS TRANCADAS. EM NENHUMA CIRCUNS..."

Ben estendeu a mão e desligou a televisão.

Agitado, Tom disse: "Por que você desligou?"

Ben deu de ombros: "O homem disse os boletins são transmitidos apenas de hora em hora. Ouvimos tudo que precisávamos saber. Agora temos que tentar dar o fora daqui".

Helen assentiu. "Ele disse que nos postos de resgate há médicos e suprimentos. Se conseguíssemos chegar até lá, eles podiam ajudar minha filha."

Harry deu uma risada zombeteira. "Como vamos fazer para fugir daqui? Temos uma menina doente, uma garota que perdeu a noção da realidade e este lugar está infestado daquelas coisas."

"A cidade mais próxima é Willard", disse Tom, ignorando as objeções de Harry. "Eles devem ter um posto desses lá. Fica a uns trinta quilômetros daqui."

"Você é de lá? Conhece a área?", Ben perguntou empolgado.

"Claro", respondeu Tom confiante. "Judy e eu estávamos indo nadar. Ouvimos as notícias no rádio portátil dela, então entramos aqui e encontramos a mulher morta lá em cima. Pouco depois chegaram Harry, a mulher e a menina, fugindo daquelas coisas. Eu estava assustado, mas abri a porta do porão e deixei-os entrar."

"Bem, eu acho que devemos ficar aqui e esperar uma equipe de resgate", disse Harry. "Aquele cara na TV disse que se formos poucos contra muitos não teremos nenhuma chance. Não podemos percorrer trinta quilômetros a pé com aquele exército de monstros lá fora..."

"Não precisamos caminhar", disse Ben. "Minha caminhonete está bem aqui na frente."

Isso fez com que Harry se calasse. Houve um longo momento de silêncio enquanto a constatação da existência da caminhonete se enraizava na cabeça de todos.

"Mas estou praticamente sem gasolina", acrescentou Ben. "Tem duas bombas de gasolina perto do galpão nos fundos, mas as duas estão fechadas à chave."

"A chave deve estar por aqui em algum lugar", disse Tom. "Tem um chaveiro grande no porão. Vou lá dar uma olhada."

Tomado de entusiasmo, agora que a fuga parecia possível, ele se precipitou para a porta do porão e desceu os degraus correndo.

Ben se virou para Harry. "Tem alguma despensa de frutas em conserva no porão?"

"Tem. Por quê?"

"Vamos precisar de um bocado de potes. Podemos preparar coquetéis molotov... para espantar aquelas criaturas, forçá-las a recuar... e depois abrir caminho até as bombas e abastecer a caminhonete."

"Vamos precisar de querosene, então", disse Harry. "Tem uma lata no porão, também."

Helen se ofereceu: "Judy e eu podemos ajudar. Podemos rasgar lençóis e outras coisas". Depois acrescentou, quase num sussurro: "Eu não acho que Bárbara vá poder ajudar grande coisa".

"Como você sabe o nome dela?", perguntou Ben com assombro.

"Ela estava murmurando enquanto dormia... alguma coisa sobre o irmão, que repetia sem parar: 'Bárbara, você está com medo?' Isso deve ter acontecido pouco antes de ele morrer."

Houve um ruído repentino, e Tom se precipitou pela porta do porão. "Aqui está o chaveiro!", ele disse. "A chave da bomba de gasolina está marcada com um pedaço de fita. Falei com Judy. Ela concorda em tentar fugir."

"Ótimo", disse Ben. "Então não há nada nos impedindo. Se alguém estiver em dúvida, é melhor decidir agora. Se essa é mesmo a chave da bomba, estamos com sorte, mas é melhor levarmos um pé de cabra por via das dúvidas, para o caso de a chave não funcionar. O pé de cabra também pode servir como arma para quem vier comigo. Mas não quero chegar lá fora e descobrir que não podemos destrancar a bomba de gasolina."

"Eu vou", disse Tom. "Nós dois podemos ir até a bomba. As mulheres podem ficar no porão e tomar conta da menina. Devíamos ter uma maca... talvez Helen e Judy possam fazer uma."

Ben virou-se para Harry e falou em tom severo, enfatizando bem as palavras:

"Harry, você terá que tomar conta da casa. Depois que tirarmos as tábuas da porta, aquelas criaturas podem entrar facilmente aqui dentro. Mas ela tem que ficar destrancada, para que eu e Tom possamos entrar depois que voltarmos com a caminhonete. Você vai precisar vigiar a porta e ficar de prontidão para destrancá-la depressa, porque provavelmente vamos chegar correndo com um bando daquelas criaturas atrás de nós. Quando estivermos a salvo dentro de casa, vamos pregar a porta de novo o mais rápido que pudermos. Se não voltarmos, bem, então você vai ver o que aconteceu olhando lá de cima, e então vai poder bloquear a porta de novo e descer para o porão com as mulheres, onde devem aguentar firme e torcer para que a equipe de resgate venha logo".

Harry retrucou, encarando Ben: "Quero ficar com a arma então. É a melhor coisa que posso usar. Você não vai ter tempo de parar para mirar e..."

Ben cortou-o sem deixar margem a protestos.

"Eu fico com a arma. Ninguém mais põe as mãos nela. Fui eu que a encontrei, então ela é minha."

Harry insistiu: "Como vamos saber que você e Tom não vão abastecer o carro e dar no pé?"

Ben fechou a cara, tentando controlar a raiva. "Isso é um risco que você vai ter que correr", retrucou com uma voz deliberadamente calma. "Se a gente der no pé, pelo menos você vai ter o maldito porão todo para você... exatamente como fez tanta questão esse tempo todo."

"Nós vamos morrer aqui", disse Helen em tom de súplica, "a não ser que trabalhemos todos juntos."

Ben olhou para a mulher, avaliando-a. Chegara à conclusão de que ela não era covarde como o marido, e quase preferia deixá-la encarregada de tomar conta da porta, mas Helen não era tão forte como Harry, isto é, contanto que ele não se acovardasse e abdicasse da tarefa.

Ben dirigiu-se a todos, falando em tom de comando:

"Mãos à obra. Quanto mais o tempo passa, mais criaturas aparecem. Elas estão nos cercando. Temos muito a fazer se quisermos fugir daqui. Se tudo der certo, daqui a duas ou três horas estaremos tomando um banho quente no Hotel Willard".

Ninguém achou graça.

Eles se separaram, cada qual se dedicando à tarefa que lhe fora designada.

Ben ligou o rádio, que começou a repetir a mesma mensagem gravada de antes. Era aproximadamente 23h30. Faltava meia hora para meia-noite, quando haveria outra transmissão com as últimas notícias.

Ela aconteceria bem no meio dos preparativos de fuga. Caso houvesse informações novas, que pudessem ser úteis de alguma forma, eles podiam então parar para acompanhar o noticiário pela televisão.

Enquanto isso, não havia nada mais o que fazer além de trabalhar duro... e esperar.

NOITE DOS MORTOS VIVOS
JOHN RUSSO

CAPÍTULO 7

Helen e Harry Cooper desceram para o porão e encontraram Judy tomando conta da menina adoentada, Karen, que agora parecia um pouco delirante. Ela tossia e se debatia, gemendo ocasionalmente, ainda deitada sobre a bancada improvisada.

"Ela me chamou?", indagou Helen ansiosa. "Chegou a dizer alguma coisa?"

Harry esticou a mão e cobriu a filha, já que em meio à agitação de seu delírio ela empurrara o casaco que a cobria para longe.

"Ela tem gemido e gritado o tempo todo", disse Judy, com o rosto vincado de preocupação.

"Pobrezinha!", suspirou Helen, e apoiou a mão na testa de Karen, constatando que a febre aumentara.

"Pegue outro pano úmido", disse Harry. "Enquanto isso vou começar a fazer uma maca. Judy, vou pegar aquela caixa cheia de frascos de frutas em conserva e você pode levá-las para Tom. Ele terá que vir aqui embaixo pegar o querosene. Nós vamos fabricar coquetéis molotov."

Judy estranhava a ideia de fabricar algo assim... Parecia uma dessas coisas que tinha visto no cinema, sem entender direito do que se tratava. Ela sabia que um coquetel molotov era algo que pegava fogo quando você o atirava em um tanque, mas não tinha a menor ideia de como fazer um. Esperou pacientemente enquanto Harry tirava a velha e empoeirada caixa cheia de frascos de vidro para conserva e a colocava em seus braços. Não era pesada, mas era volumosa, e não deixava espaço para que carregasse mais nada.

"Você vai ter que mandar Tom vir aqui embaixo para pegar o querosene", repetiu Harry. "Helen e eu vamos tomar conta de Karen e tentar improvisar uma maca. Peça a Tom para trazer alguns lençóis ou cobertores velhos."

Harry a seguiu com os olhos enquanto ela subia os degraus rumo ao andar de cima, como se não fosse fazer as coisas do modo certo se ele não a estivesse vigiando. "Vai ser uma baita sorte se conseguirmos", ele disse, voltando-se para Helen. "Já seria bem difícil para uma meia dúzia de homens se aventurar no meio daqueles monstros."

Helen ergueu os olhos por um breve momento enquanto pousava o pano úmido sobre a testa de Karen. Ela não disse nada para combater o pessimismo do marido; em vez disso, simplesmente estremeceu. Enquanto seus olhos fitavam o rosto febril e angustiado de sua filha, ela prendeu a respiração e quase não ousava mais acreditar que eles fossem conseguir.

"Que Deus nos ajude", ela murmurou ao recuperar o fôlego.

Harry, ao lado da bancada, tinha começado a martelar alguma coisa, empenhado em fabricar uma maca rudimentar.

CAPÍTULO 8

Ben tinha voltado para o quarto vazio onde largara o corpo mutilado da velha que um dia morara ali. Esse quarto era o único que dava para a parte frontal da casa, e Harry teria que se postar junto à janela para atirar os coquetéis molotov no gramado.

Ben prendeu a respiração e tentou não olhar para o cadáver, mas sabia que teria que tirá-lo do quarto. Era justamente o tipo de coisa que encheria Harry de pavor, fazendo com que sua covardia eclodisse com toda a força. Ele se deixaria tomar pelo pânico e sairia correndo, sem fazer aquilo que dele se esperava.

O quarto estava totalmente impregnado com o cheiro nauseante de carne putrefata, depois que o cadáver ficara confinado ali por algumas horas. Ben se viu forçado a sair para o corredor para deixar o quarto arejar um pouco. Foi até o banheiro e ergueu a janela alguns centímetros, inspirando avidamente o ar fresco da noite; mas o cheiro das coisas mortas lá fora o alcançou, ainda que um tanto fracamente, misturado com os odores normais da umidade, da grama recém-cortada e dos campos arados. Por fim, fechou a janela do banheiro e retornou ao maldito quarto no qual tanto relutava entrar.

Começou a arrastar o corpo para fora do quarto. Pretendia levá-lo para o quarto do garoto, do lado oposto do corredor. O cadáver deslizava facilmente sobre o chão descoberto, em cima do tapete incrustado de sangue, mas quando chegou ao piso com carpete do outro quarto, ele emperrou e ficou bem mais difícil arrastá-lo. Ben grunhiu, quase sufocando com o fedor da mulher morta que se acumulara em seus pulmões, e com um último puxão desesperado conseguiu entrar com o cadáver no quarto e largou-o ao lado da cama beliche. Por fim, saltou depressa sobre o corpo e disparou para o corredor, batendo a porta ao sair.

Então foi novamente até o banheiro e abriu a janela o suficiente para inalar mais um pouco de ar fresco.

Quando voltou ao quarto vazio, ele ainda cheirava mal, mas não tanto quanto antes. Aproximou-se da janela, esforçando-se para manter o corpo pressionado rente à parede, onde não poderia ser facilmente visto. Com uma mão limpou uma pequena área da vidraça empoeirada, desprovida de cortinas.

Agora havia pelo menos trinta daquelas criaturas aglomeradas no gramado em frente à casa. E mais adiante ele podia entrever muitos outros, caminhando lentamente pelos campos em direção à casa.

CAPÍTULO 9

Bárbara estava sentada perto do fogo. Seu rosto tinha uma expressão taciturna, quase vazia, como se não lhe importasse mais se estava viva ou morta.

No canto da sala onde um dia estivera a área de jantar, Tom e Judy estavam preparando os coquetéis molotov. Judy usava uma tesoura para cortar em tiras um velho lençol, enquanto Tom enchia os frascos de vidro com o querosene da lata. Depois, juntos, começaram a embeber as tiras de tecido no querosene derramado em um prato, empurrando esses pavios improvisados pelos furos que fizeram nas tampas dos frascos.

Trabalharam em silêncio por um longo tempo, mas quando Judy olhou para Bárbara — sentada inerte no sofá, com o reflexo sinistro do fogo em seu rosto —, sentiu-se impelida a puxar alguma conversa para romper o silêncio angustiante.

"Tom... você acha que estamos fazendo a coisa certa?", ela perguntou de repente, desviando os olhos dos pavios improvisados e fitando as próprias mãos, impregnadas com o forte odor do querosene.

Tom olhou para ela e sorriu um sorriso um tanto tenso, porém reconfortante. "Claro, amor. Acho que não teremos nenhuma chance se ficarmos aqui. A cada minuto que passa há mais daquelas coisas lá fora. O noticiário que vimos na televisão aconselhou quem tivesse numa situação como a nossa a tentar fugir."

"Mas... e as equipes de resgate?"

"Não podemos correr o risco de esperar. Pode ser que ninguém venha nos ajudar. Pense em quantas pessoas devem estar encurraladas como nós."

Judy se calou enquanto retomava seu trabalho com os pavios.

"Eu acho que vamos conseguir", disse Tom. "Não estamos tão longe das bombas de gasolina. E Ben disse que já abateu sozinho três daqueles monstros antes. E agora temos o rifle."

Ele fitou-a intensamente, notando a expressão alarmada em seu rosto, a qual ele nunca vira antes durante o pouco tempo em que estavam juntos.

"Mas... por que tem que ser justo você a ir lá fora?", ela disse finalmente.

"Meu amor, você está falando como o Harry Cooper agora. Alguém tem que ir. Não podemos simplesmente ficar sentados aqui e esperar que aquelas coisas nos matem. Além do mais, nós vamos ficar bem. Aguarde e confie. Nós vamos conseguir."

Judy inclinou o corpo para frente e abraçou-o desajeitadamente, tentando não tocá-lo com as mãos sujas de querosene.

Estavam prestes a se beijar, quando foram surpreendidos pelo pesado rumor dos passos de Harry, que subiu quase correndo as escadas e se precipitou para fora do porão. Trazia a fisionomia carregada. Olhou para o casal e falou com irritação: "O que está havendo? Todo mundo perdeu o juízo nessa casa? Está quase na hora do próximo noticiário!"

"Ainda faltam cinco minutos", retrucou Tom, olhando para seu relógio de pulso.

"Bem, é melhor irmos esquentando logo aquela joça", disse Harry, e se adiantou para ligar a TV no mesmo instante que Ben chegava ao pé da escada.

"O que está acontecendo", perguntou Ben.

"O noticiário já vai começar", explicou Tom, e para mostrar a Ben que não estivera jogando tempo fora continuou a trabalhar nos pavios, ensopando-os no querosene e forçando-os para dentro dos frascos.

Ben aproximou-se de Bárbara e contemplou-a por um instante, sacudindo tristemente a cabeça.

"Maldita televisão", praguejou Harry. "Demora um século para esquentar. Poderíamos todos morrer enquanto esperamos."

Ele riscou nervosamente um fósforo e acendeu um cigarro enquanto a imagem se formava na tela e o som começava a funcionar.

"Precisamos levar essa garota para o porão", acrescentou Harry, olhando na direção de Bárbara. "Ela não faz bem nem a si mesma nem a ninguém ficando aqui em cima."

Ninguém esboçou uma resposta ao comentário de Harry, e todos ficaram calados conforme o noticiário começava. Era um comentarista diferente, mas a sala de redação era a mesma, com a parede coberta de relógios que indicavam a hora exata em diversas partes do país, e o mesmo burburinho de vozes humanas ao fundo misturadas ao som dos teletipos.

"BOA NOITE, SENHORAS E SENHORES. AGORA É MEIA-NOITE NA HORA PADRÃO DA COSTA LESTE. ESTA É A REDE DE EMERGÊNCIA DA DEFESA CIVIL, COM BOLETINS PERIÓDICOS DE HORA E HORA ENQUANTO DURAR ESSA... EMERGÊNCIA. FIQUEM SINTONIZADOS NESTA ESTAÇÃO PARA RECEBER INFORMAÇÕES DE SOBREVIVÊNCIA.

SENHORAS E SENHORES... POR MAIS INACREDITÁVEL QUE POSSA SER... O ÚLTIMO RELATÓRIO DA EQUIPE DE PESQUISA DESIGNADA PELA PRESIDÊNCIA E ALOCADA NO HOSPITAL WALTER READE CONFIRMA O QUE MUITOS DE NÓS JÁ ACEITARAM COMO FATO CONSUMADO ANTES MESMO DE RECEBER A CONFIRMAÇÃO OFICIAL. O EXÉRCITO DE AGRESSORES QUE TEM FECHADO O CERCO SOBRE BOA PARTE DA PORÇÃO LESTE E CENTRAL DO PAÍS É FORMADO DE SERES HUMANOS MORTOS."

O comentarista fez uma pausa, e Judy estremeceu enquanto tentava digerir aquela revelação bombástica. A expressão no rosto do apresentador mostrava que ele próprio mal acreditava no que estava dizendo.

"Eu não precisava que ele me dissesse isso", falou Ben.

"Quieto!", gritou Harry.

"TODOS AQUELES QUE MORRERAM RECENTEMENTE TÊM RETORNADO À VIDA PARA SE ALIMENTAR DE CARNE HUMANA. PESSOAS MORTAS EM NECROTÉRIOS, HOSPITAIS, CASAS FUNERÁRIAS... BEM COMO MUITOS DAQUELES MORTOS DURANTE OU EM DECORRÊNCIA DO CAOS GERADO NESTA EMERGÊNCIA... TÊM VOLTADO A VIVER DE UMA FORMA DEGENERADA E INCOMPLETA... COM UMA ÂNSIA IRRESISTÍVEL DE MATAR OUTROS SERES HUMANOS E DEVORAR SUA CARNE.

A CASA BRANCA E OUTRAS AUTORIDADES NÃO TÊM FORNECIDO EXPLICAÇÕES PARA AS CAUSAS DESSE INCRÍVEL FENÔMENO, MAS AS ESPECULAÇÕES TÊM SE CONCENTRADO NO RECENTE E MALSUCEDIDO LANÇAMENTO DE UMA SONDA A VÊNUS. AQUELE FOGUETE, COMO SABEMOS, PARTIU PARA VÊNUS HÁ MAIS DE UMA SEMANA... MAS NUNCA CHEGOU LÁ. EM VEZ DISSO, RETORNOU PARA A TERRA, TRAZENDO CONSIGO UMA MISTERIOSA RADIAÇÃO DE ALTO NÍVEL. PODERIA ESSA RADIAÇÃO SER A RESPONSÁVEL PELO ASSASSINATO EM MASSA QUE ESTAMOS TESTEMUNHANDO AGORA? AQUI EM WASHINGTON E EM OUTROS LUGARES CHOVEM HIPOTÉTICAS RESPOSTAS A ESSA PERGUNTA, ENQUANTO A CASA BRANCA TEM MANTIDO UMA CORTINA DE SILÊNCIO, TENTANDO ABORDAR O PROBLEMA POR MEIOS PURAMENTE FÍSICOS, OU SEJA, ORGANIZANDO UM MOVIMENTO DE RESISTÊNCIA ARMADA E MISSÕES COM O INTUITO DE ENCONTRAR E DESTRUIR OS AGRESSORES. OS JORNALISTAS TÊM SIDO DEIXADOS DE FORA DE REUNIÕES NA CASA BRANCA E NO PENTÁGONO, E MEMBROS DO CONSELHO MILITAR E CIVIL TÊM SE NEGADO A DAR ENTREVISTAS OU A RESPONDER A QUAISQUER PERGUNTAS FEITAS POR JORNALISTAS, QUANDO ESTÃO A CAMINHO DESSAS REUNIÕES.

ENTRETANTO, O ÚLTIMO COMUNICADO OFICIAL DO PENTÁGONO CONFIRMOU QUE OS AGRESSORES SÃO SERES HUMANOS MORTOS. NÃO SÃO INVASORES DE OUTRO PLANETA. SÃO PESSOAS QUE MORRERAM RECENTEMENTE AQUI NA TERRA. NEM TODOS QUE MORRERAM HÁ POUCO TEMPO RESSUSCITARAM, MAS EM CERTAS ÁREAS DO PAÍS, ESPECIALMENTE NO LESTE E NO MEIO-OESTE, ESSE FENÔMENO É MAIS DIFUNDIDO QUE EM OUTRAS PARTES. POR QUE O MEIO-OESTE SERIA UMA ÁREA TÃO GRAVEMENTE ATINGIDA NÃO É ALGO FÁCIL DE EXPLICAR, ATÉ MESMO DE ACORDO COM AS ESPECULAÇÕES MAIS RACIONAIS. COMO VOCÊS LEMBRAM, A SONDA DE VÊNUS CAIU NO OCEANO ATLÂNTICO, POUCO ALÉM DA COSTA LESTE.

TALVEZ NUNCA SAIBAMOS AS CAUSAS EXATAS DESSE TERRÍVEL FENÔMENO QUE ESTAMOS TESTEMUNHANDO.

AINDA EXISTE A ESPERANÇA, ENTRETANTO, DE QUE A AMEAÇA POSSA SER POSTA SOB CONTROLE, TALVEZ EM UMA QUESTÃO DE DIAS OU ALGUMAS SEMANAS. OS... AGRESSORES... PODEM SER MORTOS POR UM TIRO OU UM GOLPE VIOLENTO NA CABEÇA. ELES TÊM MEDO DE FOGO, E QUEIMAM COM FACILIDADE. ELES POSSUEM TODAS AS CARACTERÍSTICAS DE PESSOAS MORTAS... EXCETO PELO FATO DE QUE

NÃO ESTÃO MORTOS, POR RAZÕES QUE FOGEM À NOSSA COMPREENSÃO, SEUS CÉREBROS FORAM ATIVADOS E ELES SÃO CANIBAIS.

ALÉM DISSO, QUALQUER PESSOA QUE MORRA EM DECORRÊNCIA DE UM FERIMENTO INFLIGIDO POR ESSES DEVORADORES DE CARNE PODE RETORNAR À VIDA DA MESMA FORMA QUE OS AGRESSORES E SE TRANSFORMAR EM UM DELES. A DOENÇA DA QUAL ESSAS CRIATURAS SÃO PORTADORES É TRANSMITIDA POR FERIDAS ABERTAS OU ARRANHÕES NA PELE, E SURTE EFEITO MINUTOS DEPOIS DA MORTE APARENTE DA PESSOA FERIDA. QUALQUER PESSOA QUE MORRA DURANTE ESSA EMERGÊNCIA DEVE SER IMEDIATAMENTE DECAPITADA OU CREMADA. OS SOBREVIMENTES PODERÃO ACHAR ESSAS MEDIDAS DIFÍCEIS DE ASSIMILAR E EXECUTAR, MAS ELAS DEVEM SER TOMADAS MESMO ASSIM, OU ENTÃO AS AUTORIDADES DEVERÃO SER ALERTADAS PARA TOMÁ-LAS EM SEU LUGAR. AQUELES QUE MORREREM DURANTE ESTA EMERGÊNCIA NÃO SÃO CADÁVERES NO SENTIDO USUAL DO TERMO... SÃO CARNE MORTA, MAS ALTAMENTE PERIGOSOS E CONSTITUEM UMA AMEAÇA À TODA VIDA EM NOSSO PLANETA. EU REPITO, ELES DEVEM SER QUEIMADOS OU DECAPITADOS..."

Um arrepio percorreu o corpo de Harry, e todos os olhos na sala se voltaram para ele.

"Como a sua filha se machucou?", perguntou Ben.

"Uma daquelas coisas conseguiu agarrá-la enquanto tentávamos fugir. Não tenho certeza, mas acho que ela foi mordida no braço."

Todos olharam para Harry, compadecidos de seu sofrimento, ao mesmo tempo que se davam conta da ameaça que Karen representaria para todos se morresse.

"É melhor você e Helen ficarem com ela o tempo todo", advertiu Ben. "Se ela não se recuperar... bem..."

Sua voz sumiu.

Harry cobriu o rosto com as mãos, enquanto tentava aceitar a ideia do que ele teria que fazer. Saber que sua filha podia morrer já era ruim o suficiente, mas agora...

Outro arrepio percorreu seu corpo.

Todos na sala tinham os olhos fixos na tela e evitavam olhar na direção de Harry.

"Você terá que dizer a Helen o que esperar", disse Ben. "Do contrário, ela não vai saber como lidar com a situação, caso aconteça."

Ben pensou nos seus próprios filhos, e estremeceu de angústia e saudades. Então se forçou a voltar a atenção para a televisão, na esperança de aprender algo que pudesse ser útil na tentativa de fuga.

Mas a luz da tela se reduziu a um fraco brilho.

A transmissão estava encerrada.

Tom se levantou de repente, afastando sua cadeira com ruído. "É melhor começarmos logo", ele disse. "Não há nada mais que possamos fazer aqui."

Ben pôs sua arma a tiracolo enquanto se inclinava para pegar o martelo e o pé de cabra. Encarou Harry e disse: "Você terá que ficar a postos no quarto vazio do andar de cima. Todas as mulheres permanecerão no porão. Assim que Tom e eu liberarmos a porta da frente, você pode começar a lançar os coquetéis molotov. Assegure-se de que peguem fogo direitinho, e jogue todos eles, um por um, com cuidado para não acertar a caminhonete. Se conseguiu incendiar uns dois monstros daqueles, melhor ainda. Quando ouvirmos você subindo a escada, eu e Tom vamos sair. A casa vai ficar por sua conta, Harry... e você terá que defender a porta da frente. Conseguiu arranjar um bom pedaço de cano ou algo assim?"

"Arranjei uma forquilha."

"Certo... ótimo."

Enquanto Ben dava as últimas instruções, Tom se ajoelhava perto do fogo e mergulhava uma perna de mesa no querosene para fazer uma boa tocha.

Judy, depois de muito teimar e suplicar, conseguiu persuadir Bárbara a levantar e descer para o porão. Mas como Tom só ouvisse os passos de uma pessoa descendo os degraus, virou-se para ver o que tinha acontecido. Judy estava parada atrás da porta entreaberta do porão, e olhava para ele com uma expressão angustiada no rosto. Mas Tom não lhe deu atenção, e foi ajudar Ben a liberar a porta da frente enquanto Harry se dirigia ao andar de cima com sua caixa de coquetéis molotov.

Judy continuava a observar Tom em silêncio, visivelmente preocupada, enquanto ele e o outro homem desfaziam a barricada com todo cuidado, tentando não fazer nenhum ruído para não chamar a atenção das criaturas à espreita do lado de fora.

Tom e Ben trabalhavam lenta e meticulosamente com o pé de cabra e a orelha do martelo, removendo um pedaço de madeira de cada vez. Cada prego rangendo representava uma ameaça. Eles procederam dessa forma, atentos ao constante perigo, até desfazer completamente a barricada.

Tom acendeu a tocha e entregou-a para Ben. Os dois se postaram junto à porta, esperando Harry lançar os primeiros coquetéis molotov.

Ben afastou a cortina e espiou para fora, avaliando a situação na qual estavam prestes a se meter. No gramado, sob as árvores, muitos vultos indistintos espreitavam a casa, silenciosos e ameaçadores em meio à escuridão. Várias das criaturas mortas estavam paradas perto da caminhonete... Tom e Ben sabiam que teriam uma dura luta pela frente antes de conseguir subir a bordo. E do outro lado do campo, ao longo da rota que a caminhonete teria que percorrer para chegar às bombas de gasolina, vários outros devoradores de carne estavam à espera, observando.

Se algo desse errado, eles nunca voltariam vivos para a casa.

Judy ainda não tinha descido para o porão. Tinha os olhos fixos em Tom, como se quisesse vê-lo até o último momento para gravar bem sua imagem na memória, já que uma vez que ele saísse noite afora ela poderia nunca mais voltar a vê-lo.

De repente, ouviram um grito vindo do andar de cima. Uma janela se abriu abruptamente, e a primeira bomba flamejante iluminou o gramado.

Ben escancarou a porta, e no clarão produzido pelo querosene em chamas viu as criaturas gemendo com seus horrendos sons rascantes e guturais, agitando os braços e arranhando estupidamente o ar enquanto recuavam lentamente. Outros coquetéis molotov se seguiram, estilhaçando-se ruidosamente no gramado enquanto as chamas se elevavam e iluminavam a velha caminhonete e os seres monstruosos que a rodeavam.

Várias criaturas mortas pegaram fogo e, envoltas em chamas, cambalearam sem rumo; suas carnes mortas estalavam e crepitavam, queimando e exalando um terrível fedor. Por fim, consumidos e abatidos pelo fogo, já não podiam mais andar, mas ainda se debatiam e emitiam sons rascantes, até que não restasse mais carne em seus corpos para que continuassem se mexendo...

As bombas não paravam de chover. Agora o campo para além da casa estava vagamente iluminado; as sombras das árvores e dos arbustos se agitavam sinistramente e mudavam de forma cada vez que uma nova mancha de fogo surgia, irrompendo em uma cascata de chamas.

Ben e Tom estavam na varanda, com as armas em punho, observando enquanto as criaturas mortas queimavam e recuavam. Preparavam-se para se defender caso algum dos seres tentasse atacá-los antes que conseguissem alcançar a caminhonete.

"Já usei tudo, Ben! Corram!", gritou Harry do andar de cima, batendo a porta do quarto vazio e precipitando-se pela escada.

Sua voz ainda ecoava quando Tom e Ben dispararam pelo gramado, entre as manchas de fogo que se espalhavam por todo lado e os vultos ameaçadores dos mortos-vivos, alguns dos quais já tinha começado a avançar; o medo que tinham do fogo era grande, mas não tanto quanto o apetite por carne humana.

Tom golpeou um dos atacantes com o pé de cabra e ele desabou, mas continuou se debatendo no chão. Ben atingiu-o com a tocha, e o corpo do monstro se incendiou e explodiu em chamas, finalmente destruído conforme suas mãos mortas se retorciam em desespero.

Harry tinha chegado à porta da frente, mas tarde demais para impedir Judy de sair correndo para o quintal. "Eu vou com eles!", ela gritou. Harry tentou segurá-la, mas ela passou correndo por ele e depois parou, pega de surpresa, quando ouviu a porta bater atrás dela.

Dois mortos-vivos avançaram em sua direção; ela não podia voltar para dentro da casa, e o caminho até o carro estava bloqueado.

Ela gritou. Ben virou para trás e a viu enquanto Tom saltava para dentro da caminhonete, no banco do motorista. Uma das criaturas tentava agarrá-lo, mas ele empurrou-a para trás com um violento chute no peito.

Ben agiu depressa e golpeou os dois monstros que estavam de frente para a garota. A coronha do rifle bateu com um baque surdo em seus crânios mortos e jogou-os no chão, produzindo um nauseante ruído de ossos se despedaçando.

Ben agarrou a garota aterrorizada, empurrou-a para dentro da caminhonete e depois subiu na caçamba. Tom e Judy trocaram um breve olhar, e o garoto arrancou bruscamente com o carro, que derrapou, deu uma guinada de cento e oitenta graus e seguiu veloz em direção ao velho galpão e às bombas de gasolina do lado oposto do campo. Com a violenta manobra, diversas criaturas — que arranhavam e esmurravam o carro, desesperadas para pegar os humanos dentro — foram jogadas para longe. Ben conseguiu pôr fogo em outra delas com a tocha, espancando-a conforme ela teimava em se segurar no carro, mesmo enquanto queimava... Por fim, ela se soltou e caiu com a cabeça sob uma das rodas do veículo.

Com o caminho momentaneamente liberado, Tom cruzou o campo a toda velocidade, enquanto numerosos mortos-vivos os seguiam, cambaleando estupidamente, porém sempre incansáveis e determinados a alcançar seu objetivo. Ben fez pontaria e disparou vários tiros em sequência, mas só conseguiu desperdiçar munição, já que a maior parte dos projéteis errava o alvo conforme o carro passava aos solavancos sobre os sulcos do campo relvado; uma criatura, entretanto, desabou depois que metade do seu crânio explodiu pelos ares.

As outras continuavam a seguir a caminhonete, conforme ela parava com uma freada estridente em frente ao galpão e às bombas de gasolina. Tom e Ben saltaram para fora. Mais criaturas se aproximavam, e muitas outras atravessavam o campo em bandos. Tom se atrapalhou com as chaves. Ben empurrou-o para trás, apontou apressadamente a arma e atirou, explodindo a fechadura em pedaços e fazendo esguichar gasolina por todos os lados. Ben entregou a tocha para Tom, para que ele tivesse algo com o que se defender, já que deixara o pé de cabra na caminhonete.

Com os olhos arregalados de medo, Judy acompanhava tudo pelo para-brisa; primeiro olhou para Tom, depois para o campo, conforme as criaturas continuavam a avançar. Várias delas já estavam a menos de trinta metros de distância.

A gasolina continuava a vazar da bomba. Tom enfiou a pistola da mangueira no bocal do tanque de gasolina da caminhonete; ao fazer isso, a tocha escorregou de suas mãos e caiu sobre o chão encharcado de gasolina. Línguas de fogo se ergueram de repente e atearam fogo no carro.

Com o canto do olho, Ben viu que o para-lama traseiro começava a queimar, enquanto se agachava para se equilibrar e atirar. Conseguiu abater um dos agressores, mas ele se levantou de novo, com um imenso buraco no peito, logo abaixo do pescoço.

Em vantagem numérica, os seres continuavam a avançar.

Tom fitava a caminhonete enquanto as chamas começavam a lamber a lataria e se espalhar. Ben também olhou para o carro por um instante, mas não sabia o que fazer. Então se virou de repente e gritou, vendo que Tom saltava para dentro do veículo em chamas e, arrancando em disparada, saía derrapando pelo campo, atropelando alguns dos agressores pelo caminho. Tom queria levar a caminhonete para longe das bombas de gasolina, para evitar que explodissem. Ben gritou de novo, mas foi em vão. O carro em chamas ia ganhando velocidade, guiado pelo rapaz em pânico, com Judy sentada ao seu lado, muda de terror.

Várias criaturas se atiraram sobre Ben, e ele as golpeava freneticamente com a tocha e o fuzil. Concluiu que não podia mais contar com Tom, e sabia que teria que dar um jeito de voltar sozinho para casa.

Ben conseguiu pôr fogo em duas das criaturas que o atacavam e derrubou uma terceira no chão.

Ele saiu em desabalada carreira pelo campo, balançando a tocha e a arma e fazendo ziguezagues para impedir que os monstros o derrubassem por trás. O fedor que emanava daqueles seres já bastava para quase sufocá-lo, enquanto eles ameaçavam cercá-lo e fazê-lo em pedaços.

De dentro da casa, Harry só conseguira ver parte do que acontecera, embora continuasse a correr da porta à janela e vice-versa, apertando os olhos para enxergar entre as frestas das barricadas e tentando entender o que acontecia lá fora. Do seu ponto de vista a tentativa de fuga parecia ter fracassado completamente — caso esse fato se confirmasse, trancaria a porta da frente e correria para o porão, bloqueando o acesso a ele.

Harry viu a caminhonete pegar fogo, e viu Tom levá-la para longe. Quanto a Ben, ele parecia estar cercado pelos monstros. Harry correu para outra janela.

A caminhonete, quase inteiramente em chamas, avançava a toda velocidade para longe da casa, em direção a uma pequena elevação no terreno. Era uma visão sinistra: as mesmas chamas que devoraram o carro iluminavam o seu caminho, enquanto ele avançava aos solavancos pelo campo que de outra forma estaria mergulhado no mais puro breu. De repente, a caminhonete parou, com um guincho de freios. Harry pôde distinguir o vulto de Tom, que se arrastava para fora do carro pelo lado do motorista e tentava ajudar Judy a fazer o mesmo. Então, houve uma ensurdecedora explosão. A caminhonete se elevou no ar, e o estrondo e as chamas rasgaram a noite.

Enquanto lutava selvagemente com os mortos-vivos, Ben ergueu os olhos e estremeceu ao se dar conta do que acontecera com Judy e Tom. As chamas da explosão o ajudaram a ver o caminho, e ele conseguiu se aproximar um pouco mais da casa, sempre lutando. Desferindo golpes poderosos e desesperados com a tocha e a arma, Ben continuava a repelir seus agressores, em uma derradeira tentativa de se salvar.

Vários mortos-vivos se aglomeravam junto à porta principal, e se atiravam contra ela para tentar arrombá-la e entrar. Dentro da casa, Harry estava completamente apavorado. Por fim, sem pensar em mais ninguém a não ser em si mesmo, precipitou-se em pânico para o porão.

Mas Ben tinha conseguido abrir caminho por entre os monstros que se amontoavam na varanda e batia desesperadamente na porta principal para que Harry o deixasse entrar. Girou o corpo, e com uma poderosa investida chutou o último agressor para fora da varanda; no rebote, bateu com o ombro contra a porta — ela se abriu com estrépito e Ben mergulhou para dentro a tempo de surpreender Harry na porta do porão.

Não havia tempo para reprimendas. Ben começou freneticamente a bloquear a porta de novo. Por um instante seus olhos encontraram com os de Harry e os dois se puseram a trabalhar. Com essa atitude, Harry parecia querer preservar algum traço de respeito aos olhos do outro, como se ajudá-lo agora servisse de atenuante para sua covardia e seu egoísmo.

Por fim, conseguiram bloquear a porta. A casa estava temporariamente segura.

Eles se viraram e olharam um para o outro. Harry tremia de medo e tinha o rosto úmido de suor. Ambos sabiam o que ia acontecer, e o punho de Ben se chocou contra o rosto de Harry no mesmo instante em que ele tentava se afastar.

Os golpes continuaram, um soco depois do outro, Harry foi sendo arremessado para trás, até que Ben o encurralou e o atirou contra a parede, onde o manteve preso enquanto o fulminava com os olhos. E então falou, quase cuspindo as palavras e pontuando-as com violentos empurrões:

"Seu... merdinha... asqueroso..., da próxima vez... que você fizer... uma coisa assim... eu arrasto você para fora... e deixo você ser devorado... por aquelas coisas!"

Ben empurrou-o uma última vez; Harry deslizou pela parede e desabou no chão, com o rosto todo ferido e o sangue a lhe escorrer pelo nariz.

Ben foi até a porta do porão.

"Subam! Somos nós... Está tudo acabado... Tom e Judy estão mortos!"

Virou-se de repente e atravessou a sala feito um raio, parando diante de uma das janelas. Os mortos-vivos se aproximavam cada vez mais da casa. Apesar da exaustão que o dominava, não pôde conter um arrepio.

O que diabos eles iriam fazer agora?

CAPÍTULO 10

Por volta da meia-noite o xerife e seus homens terminaram de assentar acampamento onde pretendiam passar a noite. Eles tinham avançado até que o sol estivesse tão baixo que se tornasse impossível prosseguir. Então, sob as ordens de McClellan, montaram acampamento em uma área aberta, onde quaisquer agressores que tentassem se aproximar seriam facilmente avistados devido à ausência de folhagens em que pudessem se ocultar. Para garantir que o lugar estivesse protegido de qualquer ataque, eles colocaram guardas de vigia e estabeleceram um perímetro de defesa.

Por sorte, a noite estava quente e sem nenhuma ameaça de chuva. A maior parte dos homens tinha cobertores e sacos de dormir, mas havia poucas barracas. O bando fora formado às pressas, e muitos dos seus membros não tinham experiência e não dispunham do equipamento apropriado para viver na selva; e além do corriqueiro, porém considerável, problema que representa alimentar e abastecer uma força de quarenta ou cinquenta homens, havia também uma miríade de queixas irritantes, comuns aos novatos, como por exemplo bolhas nos pés ou erupções causadas por heras venenosas.

Durante todo o tempo, McClellan alternara entre tiranizar e mimar seus homens, para mantê-los alertas e disciplinados, enquanto vasculhavam as áreas rurais em busca de todos aqueles que pudessem estar precisando de ajuda ou resgate. E assim fizeram até que a escuridão da noite os desencorajasse a seguir adiante. Então, relutante, o xerife dera a ordem de montar acampamento e supervisionara o assentamento deste e a manutenção das defesas apropriadas.

Os homens estavam cansados, mas o calor das fogueiras e o aroma de café quente tinha contribuído bastante para levantar os ânimos abatidos. Pouco depois da meia-noite chegou um furgão carregado de comida embalada para todos os homens; desse modo, não teriam que dormir com fome. Velas e lanternas ardiam em diversos pontos do campo, que ao longe lhe davam um aspeto rústico, porém alegre. Aqui e ali se organizava até mesmo um jogo de carta, ainda que todos soubessem que teriam que levantar acampamento e partir de estômago vazio tão logo despontasse o sol.

McClellan estava sentado sozinho fora de sua tenda, ouvindo o murmúrio das vozes ao redor e o ocasional retinir de um garfo, uma colher ou de um equipamento mais pesado. À sua frente, por cima de uma mesa de campo, espalhavam-se diversos mapas, iluminados por uma lanterna acesa sobre ele e circundada por uma nuvem barulhenta de mosquitos e outros insetos que esvoaçavam contra seu rosto com uma frequência irritante. Queria terminar logo com os mapas, para poder assim apagar a lanterna e se recolher para dormir um pouco.

Com uma caneta vermelha, marcou o ponto onde sabia que estava localizado o campo, a vinte e cinco quilômetros de uma cidadezinha chamada Willard. Mais ao norte, por uma extensão de vários quilômetros, havia algumas casas rurais espalhadas aqui e ali e um ou dois vilarejos onde os habitantes estavam relativamente isolados e supostamente bastante necessitados de ajuda, embora a situação das famílias naquela área ainda não explorada pelo bando de McClellan só pudesse ser avaliada em grande parte com base em especulações, devido ao colapso do sistema de comunicação que tinha ocorrido na primeira fase do estado de emergência.

O país tinha sido dividido em setores, e cada setor seria patrulhado por grupos de voluntários em colaboração com tropas da Guarda Nacional. Os objetivos eram restabelecer a comunicação em áreas em que as linhas de transmissão estavam cortadas ou onde as centrais elétricas estavam inativas; levar a segurança, a lei e a ordem a vilarejos e comunidades maiores, nos quais a ordem estava ameaçada não só pelas criaturas assassinas, mas por saqueadores e estupradores que se aproveitavam do caos criado em decorrência da emergência; e enviar equipes de resgate a zonas rurais ou localidades remotas onde as pessoas poderiam estar presas em suas casas sem meios de se defender adequadamente ou de pedir ajuda.

O setor de McClellan se havia revelado particularmente perigoso. Além do número normal de mortos recentes nos hospitais, nos necrotérios e nas casas funerárias, um ônibus cheio de passageiros — no qual o motorista se assustou com um grupo de criaturas mortas que surgiu de repente à sua frente enquanto fazia uma curva — chocou-se contra uma grade proteção, precipitando-se por uma escarpa e supostamente matando todos que estavam a bordo. Quando o bando de McClellan encontrou o ônibus, havia apenas algumas poucas criaturas vagando sem rumo, que foram rapidamente abatidas com tiros e depois queimadas. Uma delas, com vários ossos da costela fraturados projetando-se para fora do peito, vestia um uniforme de motorista de ônibus, e então McClellan teve certeza do que havia acontecido com as outras pessoas. Muito antes de o anúncio oficial vir a público, McClellan e seus homens, trabalhando duro nas áreas ameaçadas, sabiam que os agressores eram seres humanos mortos e que qualquer um que morresse muito provavelmente se tornaria um agressor. Embora muitos dos homens portassem facas e machados para se proteger contra feridas e não se deixar contaminar, o procedimento padrão era evitar o combate corpo a corpo com os canibais, abatendo-os de longe com armas de fogo; depois, arrastar os corpos das criaturas mortas usando ganchos de carne, empilhá-los uns sobre os outros, encharcá-los de gasolina e atear fogo. Qualquer um que tivesse tocado em um dos ganchos, ou em qualquer coisa que se suspeitasse ter estado em contato com um deles, lavava as mãos com água e sabão abundantes e depois as esfregava com uma solução de álcool. Não se sabia se essas medidas seriam inteiramente eficazes, mas até então pareciam ser, e ninguém sabia o que mais se podia fazer, dadas as circunstâncias.

Como McClellan declarara mais cedo, durante a entrevista, sua equipe não sofrera nenhuma perda e ninguém tinha sido ferido no decurso das oito horas em que estavam em campo.

Em alguns momentos, dividindo-se em grupos menores, eles tinham conseguido cobrir um bom número de casas rurais isoladas, durante a longa jornada do dia. Algumas pessoas foram resgatadas, outras encontradas mortas, com os corpos descarnados. Eles também atiraram em algumas pessoas, quando se via claramente que não estavam mais mortas... ou que não eram mais humanas.

Agora, depois de um dia de experiência, o xerife tinha um parâmetro para medir e avaliar a tarefa que tinha diante de si; e olhando no mapa para o território que ainda faltava percorrer, ele calculou que podia concluir a missão em mais três ou quatro dias, se pegasse pesado com sua equipe. Detestava pressionar os homens — mas ele era bom nisso, e havia situações, como aquela, em que isso era absolutamente necessário, muitas vidas podiam depender do grau de rapidez com que a equipe de resgate era capaz de agir e chegar até elas.

Enquanto McClellan dava um tapa em um mosquito que pousara em sua testa, uma enorme sombra se projetou na mesa, sobre os mapas: ele ergueu os olhos e viu seu segundo em comando, George Henderson.

George era um homem magro e forte, de altura mediana, e vestia roupas de caça que pareciam bastante gastas e se ajustavam ao seu corpo como se tivessem crescido com ele. Tirou o rifle das costas e coçou a rala penugem que lhe cobria o queixo.

"Você está fazendo sombra", disse McClellan rispidamente, com a cabeça inclinada para baixo como se continuasse a consultar seus mapas.

George grunhiu, quando na verdade pretendia dar uma risada, e pôs-se de lado, desapontado por não ter retrucado com um gracejo qualquer. Em vez disso, falou: "Fui checar os guardas. Cinco daqueles filhos da mãe estavam dormindo".

"Está brincando!", disse McClellan, empurrando a mesa com os mapas para longe como se estivesse prestes a sair enfurecido para crucificar os cinco homens.

"Sim", disse George.

Ele queria dizer que sim, estava brincando. Deu uma risada, e dessa vez foi McClellan que se limitou a soltar um grunhido.

"Todos os guardas estão a postos", disse George. "Eu os fiz tomar café preto para ficarem acordados."

"Se alguma daquelas criaturas conseguir entrar neste acampamento, com aqueles homens em sacos de dormir..."

"Muitos deles estão guardando as pistolas dentro dos sacos. E aqueles que não têm pistolas estão deixando os rifles ou machados ao alcance da mão."

"Precisamos manter as fogueiras acesas", disse McClellan. "Diga ao próximo turno de guardas para continuar a alimentar o fogo durante o resto da noite."

"Certo", disse George. "Mas eu já tinha pensado nisso, e ia mandá-los fazer isso de qualquer jeito."

McClellan grunhiu, como se não acreditasse que George fosse capaz de pensar em tal ideia por conta própria.

"Você está puto porque não pensou nisso primeiro", provocou George, puxando uma cadeira de campo e se sentando a poucos passos da mesa. "Estou fazendo sombra?", ele perguntou, com um tom fingido de sarcasmo.

"Por que você não vai tomar uma xícara de café?", foi a única resposta de McClellan, como se estivesse sugerindo isso simplesmente para se livrar de George.

"Você tomou café?", perguntou George.

"Não, não tomei. Não quero que ele me mantenha acordado."

"Você vai ficar roncando que nem um grande urso panda enquanto esses homens estão montando guarda e eu fico fora metade da noite checando-os."

"Se você fosse capaz de fazer o trabalho intelectual, eu o confiaria a você", declarou McClellan em tom de brincadeira. "Então seria você quem estaria dormindo. Mas, dadas as circunstâncias, eu tenho que manter a cabeça fresca para que a organização não entre em colapso."

"Ha-ha! Essa é boa!", exclamou George. "Se não fosse eu fazendo o trabalho sujo, esses homens estariam todos jogando cartas ou brincando com bolinhas de gude..."

"Quero que todos estejam fora de seus sacos às quatro e meia", McClellan o interrompeu em um tom de voz sério.

"O quê?"

"Eu disse quatro e meia. Temos que levantar acampamento e partir na primeira claridade do dia. Cada minuto que perdemos com bobagens pode significar a morte de mais alguém."

"Quanta coisa você espera fazer amanhã?"

"Tenho dez casas para cobrir antes do meio-dia. Você pode dar uma olhada no mapa para ver quais são. Se conseguirmos chegar tão longe, faremos uma pausa para almoçar. Podemos mandar uma mensagem de rádio à base para informá-los onde vamos estar."

George se debruçou sobre o mapa e o analisou. As casas que o xerife pretendia cobrir, assinaladas em vermelho, estavam próximas a uma estrada que vinha indicada no mapa como uma pista dupla asfaltada. O campo em que o bando estava atualmente acampado ficava a cerca de cinco ou seis quilômetros ao sul da estrada asfaltada, em direção a qual eles estiveram marchando todo o dia anterior, avançando com algumas digressões conforme grupos menores de homens se separavam por flancos para cobrir certas moradias dispersas antes de se reintegrarem ao bando principal.

McClellan acendeu um cigarro e deu uma baforada, enquanto George examinava o percurso anterior e avaliava o que tinham pela frente.

A última casa na linha antecipada de marcha era a velha fazenda dos Miller, onde a sra. Miller — caso ainda estivesse viva — morava com seu neto, Jimmy, um garoto de onze anos.

"Devemos enviar uma patrulha separada para cá", disse George, apontando para o x vermelho que marcava a fazenda dos Miller, no mapa de McClellan. "Eu conheço a sra. Miller. Ela deve estar bem vulnerável. Ela o neto estão completamente isolados naquela região."

"Devemos chegar lá antes do meio-dia", disse McClellan. "Se eles já não estiverem mortos, vão ficar bem."

"Vou pegar um pouco de café", disse George. "Depois vou botar os guardas do segundo turno para fora dos sacos de dormir."

CAPÍTULO II

Surpreendentemente, considerando a violência da explosão, a caminhonete parou de queimar bem depressa. O tanque estava quase vazio, e uma vez queimada a pouca gasolina que havia, restaram poucos materiais inflamáveis no interior do veículo. Apenas os bancos e o estofamento. E dois corpos humanos.

O metal da lataria, com a pintura chamuscada e coberta de bolhas, esfriou rapidamente no ar da noite.

E os monstros canibais logo se aproximaram, lentamente no início, e se juntaram ao redor da caminhonete. O cheiro de carne queimada os atraía para mais perto. Mas por algum tempo o metal quente os impedia de alcançar o que tanto os incitava, e que estava tão perto, ao alcance de suas mãos.

Quando o metal tornou-se frio como a morte e a fumaça já não mais se elevava em densas espirais dos destroços da caminhonete, os devoradores de carne atacaram como abutres.

Tom e Judy não puderam sentir seus cadáveres sendo retalhados. Não puderam ouvir os ossos e as cartilagens sendo torcidos e quebrados e separados nas juntas. Não puderam gritar quando os mortos-vivos vorazes arrancaram seus corações, pulmões, rins e intestinos.

Os canibais brigavam entre si, a unhadas e pancadas, disputando uns com os outros a posse daqueles órgãos ainda frescos; depois, uma vez que tivessem se apossado dos despojos, eles se afastavam para algum lugar onde pudessem ficar sozinhos e desfrutar de uma privacidade quase completa — a não ser pelos outros mortos-vivos esfomeados que os observavam — para finalmente devorar o órgão ou outro pedaço qualquer de um corpo humano que tivera a sorte de conquistar. Eram como cães, arrastando seus ossos para um canto para roer e mastigar enquanto deixavam os outros cães olhando.

Vários mortos-vivos, em busca de um lugar tranquilo para comer, onde não tivessem que defender a comida dos outros, encontraram refúgio no gramado escuro em frente à velha casa rural, sob as grandes árvores silenciosas.

Ali então eles comiam e observavam a casa, aguardando pacientemente. O ruído de seus dentes mordendo e rasgando a carne e os ossos dos mortos enchia a noite. E durante todo o tempo o cricrilar dos grilos e os outros sons noturnos se misturavam à respiração ofegante e áspera de seus pulmões mortos.

CAPÍTULO 12

Dentro da casa, o clima era de desespero e prostração. Bárbara estava novamente sentada no sofá, com os olhos inexpressivos fitando o vazio. Harry estava sentado em um canto da sala, amuado, com a cabeça jogada para trás sobre uma cadeira de balanço que rangia toda vez que ele se mexia, o que não acontecia com muita frequência; tinha o rosto inchado e comprimia uma bolsa de gelo contra um dos olhos. Seu outro olho era como uma sentinela que seguia Ben enquanto ele andava nervosamente pela sala; quando o vaivém de Ben o levava à cozinha ou a qualquer outra parte da casa fora do alcance de sua vista, seu olho que estava ileso relaxava um pouco. Os passos de Ben eram praticamente os únicos sons que se ouviam na sala, exceto pelos eventuais rangidos da cadeira de balanço de Harry.

Ben estava conferindo as defesas, mais por força de hábito do que por esperança, sempre com o rifle a tiracolo. Depois da tentativa malsucedida de fuga, ele se deixara tomar por um desânimo quase total; sentia-se tão impotente quanto os outros que estavam aprisionados na casa com ele. Não tinha ideia do que poderiam fazer em seguida, a fim de tentar fugir, embora soubesse que logo estariam todos condenados se ficassem ali. Harry continuava a observá-lo com o olho bom, enquanto Ben zanzava da porta da frente à cozinha e desta à janela; ameaçou subir as escadas, mas desistiu e caminhou até a porta de novo.

De repente, houve um ruído nas escadas do porão e Helen entrou na sala de estar. "São dez para as três", ela disse, sem se dirigir a ninguém em particular. "Vai ter outra transmissão daqui a dez minutos."

Ninguém disse nada.

"Talvez a situação tenha melhorado de alguma forma", continuou Helen, não muito convencida do que dizia.

"É melhor você ou Harry voltar ao porão para vigiar a menina", disse Ben.

"Daqui a pouco", disse Helen, depois de uma longa pausa. "Quero ver o noticiário primeiro."

Ben a encarou por um momento, como se fosse contrariá-la, mas segurou a língua; estava cansado e deprimido demais para ficar discutindo, e limitou-se a torcer para que a garotinha não morresse enquanto estivessem assistindo à televisão.

Dando as costas para todos, Ben afastou a cortina e espiou pela vidraça da porta que ele e Harry tinham bloqueado pouco antes. De repente seus olhos se arregalaram de medo e repulsa, mas ele continuou olhando por um bom tempo. Vários mortos-vivos se ocultavam nas sombras das árvores. Alguns estavam ao ar livre mesmo, inteiramente à vista, muito mais perto da casa do que haviam ousado estar antes. Os restos dos corpos carbonizados de vários deles — abatidos durante a tentativa de fuga — se entreviam em várias partes do gramado; por alguma razão inexplicável, aqueles monstros canibais não se interessavam em devorar um dos seus; eles preferiam carne humana fresca.

E alguns tinham conseguido o que queriam, porque os olhos de Ben estavam fixados em uma cena realmente macabra: à margem do campo, sob a luz da lua, um grupo de monstros estava devorando o que sobrara de Tom... e Judy. Eles rasgavam e dilaceravam pedaços de corpos humanos... dentes demoníacos que roíam braços, mãos e dedos... mastigando e chupando corações e pulmões humanos. Ben fitava a cena... fascinado... e enojado...

Por fim, com um movimento convulsivo, seus dedos soltaram a cortina conforme ele se virava, profundamente abalado, para encarar os outros, com a testa escorrendo de suor.

"Não... não olhem para fora", falou, segurando o estômago para não vomitar. "Vocês não vão gostar do que vão ver."

Os olhos de Harry se fixaram em Ben, observando com satisfação e desdém aquele homenzarrão dar mostras de fraqueza. Ben foi até a televisão e ligou-a com um clique.

O grito de Bárbara rompeu o silêncio da sala. Ben deu um salto para trás. A garota estava de pé e gritava descontroladamente.

"Nós nunca vamos sair daqui... Nenhum de nós! Nós nunca vamos sair vivos daqui, Joooohnny! Jooohnny...! Ai! Ai... meu DEUS... Nenhum de nós... Nenhum de nós... Socorro... Ai, meu Deus... meu Deus!"

Antes que alguém se aproximasse, ela engasgou de forma tão súbita como começara a gritar e desabou no sofá, soluçando descontroladamente, com o rosto enterrado nas mãos. Helen tentou acalmá-la, mas o corpo inteiro da garota sacudia com a violência dos soluços. Conforme ela ia lentamente se aquietando, os soluços diminuíram até cessar, mas ela continuou prostrada no sofá, cobrindo o rosto com as mãos. Helen pôs o casaco em volta de seus ombros, mas Bárbara não esboçou qualquer reação ao gesto.

Ben se deixou afundar em uma cadeira em frente à TV. O olho sadio de Harry pousou em Bárbara e depois em Ben, e então se fixou no rifle que Ben apoiara no chão e equilibrava entre as pernas. Com o braço enfiado sob a correia, continuava segurando o cano da arma. Harry observava.

Helen se curvou e pousou a mão delicadamente sobre a cabeça de Bárbara: "Vamos lá, querida... diga alguma coisa... fale comigo. Isso vai fazer você se sentir melhor".

Mas Bárbara não respondeu aos apelos da mulher. Helen se sentou na outra ponta do sofá.

Ben continuou petrificado diante da TV; estava perdido em seus pensamentos, sua mente tentava encontrar uma solução para aquela encruzilhada: não tinham mais querosene, nenhum veículo com o qual fugir, e pouquíssima munição para o rifle. Não havia nada na tela da TV, apenas um brilho apagado e um chiado baixo das linhas de varredura e da estática. Ele tinha ligado o aparelho cedo demais.

O olho sadio de Harry continuava fixo na arma, a correia enrolada no braço de Ben.

"Onde está seu carro?", Ben perguntou a Harry, e o som de sua voz, rompendo de repente o silêncio, assustou os outros.

Harry desviou o olhar, tentando fazer parecer que não estava olhando na direção de Ben.

"Estávamos tentando chegar a um motel antes de escurecer", explicou Helen. "Tínhamos parado para consultar um mapa, e aquelas... coisas... nos atacaram. Então saímos correndo... e não paramos de correr..."

"Deve estar pelo menos a dois quilômetros e meio daqui", Harry disse amargamente, como se ficasse satisfeito de ver frustrada a ideia de Ben, mesmo ao custo da própria sobrevivência.

"Era tudo que podíamos fazer para salvar Karen", acrescentou Helen.

"Vocês acham que a gente poderia chegar até o carro?", perguntou Ben. "Há alguma possibilidade de que ele ainda esteja funcionando, caso conseguíssemos escapar dessa casa?"

"Sem chance!", disse Harry categórico.

"Você desiste muito fácil, cara!", gritou Ben furioso. "Você quer morrer nessa casa?"

"Eu te disse que aquelas coisas capotaram nosso carro!", explodiu Harry.

"Ele está dentro de uma vala, com as rodas viradas para cima", disse Helen.

"Bem... se conseguíssemos chegar até onde ele está, talvez pudéssemos fazer alguma coisa", ponderou Ben.

"Você vai virá-lo de volta sozinho?", Harry disse com sarcasmo.

"Johnny está com as chaves... as chaves...", Bárbara murmurou baixinho.

Mas ninguém a ouviu, porque a televisão deu um estalo repentino e começou lentamente a captar a imagem e o som da transmissão.

"BOM DIA, SENHORAS E SENHORES. ESTA É A REDE DE EMERGÊNCIA DA DEFESA CIVIL. AGORA SÃO TRÊS HORAS DA MANHÃ PELO HORÁRIO OFICIAL DA COSTA LESTE.

NA MAIOR PARTE DAS ÁREAS AFETADAS POR ESSE... TRÁGICO FENÔMENO... ESTAMOS VENDO OS PRIMEIROS SINAIS DE QUE SERÁ POSSÍVEL ASSUMIR O CONTROLE DA SITUAÇÃO. AS AUTORIDADES CIVIS, TRABALHANDO EM ESTREITA COLABORAÇÃO COM A GUARDA NACIONAL, CONSEGUIRAM RESTABELECER A ORDEM NA MAIOR PARTE DAS COMUNIDADES AFETADAS, E EMBORA OS TOQUES DE RECOLHER AINDA ESTEJAM EM VIGOR, A INTENSIDADE DOS ATAQUES PARECE ESTAR DIMINUINDO, E AS forças policiais estão prevendo que tudo retorne à normalidade em um futuro próximo, talvez ainda na próxima semana. apesar dessas boas notícias, entretanto, as autoridades advertem que todos devem se manter em estado de vigilância. ninguém sabe ao certo por quanto tempo os mortos continuarão a ressuscitar, ou quais são as exatas causas desse fenômeno. qualquer pessoa morta ou ferida por um dos... agressores... é um potencial inimigo dos seres humanos que estão vivos. devemos continuar a queimar ou decapitar todos os cadáveres. por mais macabro que possa parecer esse conselho, trata-se de uma absoluta necessidade. o doutor lewis stanford, do departamento de saúde do condado, enfatizou esse ponto repetidas vezes durante uma entrevista gravada hoje mais cedo em nossos estúdios..."

A imagem do apresentador desapareceu gradualmente, dando lugar à entrevista gravada. Em primeiro plano aparecia o dr. Lewis Stanford, sentado atrás de uma mesa. Ele estava sendo entrevistado por um repórter munido de um microfone e um fone de ouvido.

"doutor, você ou os seus colegas podem lançar alguma luz sobre as causas desse fenômeno?"

(O doutor se remexeu na cadeira e sacudiu a cabeça.)

"bem... não... não temos nenhuma explicação pronta. não vou dizer que não teremos uma resposta num futuro próximo, mas até agora nossa pesquisa não encontrou nenhuma resposta conclusiva..."
"e quanto à sonda para vênus?"
"a sonda para vênus?"
"exato, doutor."
"hum... não sou qualificado para fazer comentários sobre esse ponto."
"mas é para onde apontam a maioria das especulações."
"de qualquer forma, eu não sou um especialista da área aeroespacial. não estou a par dessa tentativa específica de exploração. sou um médico patologista..."

"QUE ESCLARECIMENTOS VOCÊ PODE DAR SOBRE ESSA SITUAÇÃO, DOUTOR?"

"BEM... EU SINTO QUE NOSSOS ESFORÇOS TÊM ESTADO CONCENTRADOS NA DIREÇÃO CERTA. ESTAMOS FAZENDO O QUE FOMOS TREINADOS PARA FAZER... ISTO É, ESTAMOS TENTANDO DESCOBRIR A CAUSA MÉDICA OU PATOLÓGICA PARA UM FENÔMENO QUE NÃO TEM PRECEDENTES NA HISTÓRIA DA MEDICINA. ESTAMOS ABORDANDO O QUE ACONTECEU COM ESSAS... PESSOAS MORTAS COMO UMA DOENÇA QUE MUITO PROVAVELMENTE TEM UMA EXPLICAÇÃO BIOLÓGICA; EM OUTRAS PALAVRAS, QUE MUITO PROVAVELMENTE É CAUSADA POR MICRÓBIOS OU VÍRUS QUE ANTES ERAM DESCONHECIDOS OU QUE NÃO CONSTITUÍAM UMA AMEAÇA PARA NÓS, ATÉ QUE ACONTECEU ALGUMA COISA QUE OS ATIVOU. SE A SONDA ENVIADA A VÊNUS TEVE ALGO A VER COM ISSO, NÃO PODEMOS DETERMINAR COM CERTEZA ATÉ QUE TENHAMOS ISOLADO O VÍRUS OU MICRÓBIO E TENHAMOS IDO ATÉ VÊNUS PARA DESCOBRIR SE ELES DE FATO EXISTEM LÁ."

"EXISTE A POSSIBILIDADE DE QUE O AGENTE CAUSADOR DESSE FENÔMENO SE ESPALHE E CONTINUE NOS AFETANDO DE MANEIRA PERMANENTE A PARTIR DE AGORA? VAMOS TER QUE CONTINUAR QUEIMANDO NOSSOS DEFUNTOS PARA SEMPRE?"

"EU NÃO SEI... NÃO SEI. É POSSÍVEL, ENTRETANTO, QUE OS MICRORGANISMOS RESPONSÁVEIS POR ESSE FENÔMENO TENHAM UM CICLO CURTO DE VIDA... OU SEJA, PODE SER QUE TODOS ELES MORRAM EM UM CURTO PERÍODO DE TEMPO; ELES PODEM SER UMA VARIEDADE MUTANTE INCAPAZ DE SE REPRODUZIR. APOSTAMOS MUITO NESSA POSSIBILIDADE."

"QUE INDÍCIOS VOCÊS DESCOBRIRAM ATÉ AGORA, DR. STANFORD?"

"NOSSA PESQUISA ESTÁ SÓ COMEÇANDO. HOJE, MAIS CEDO, NA CÂMERA FRIGORÍFICA DA UNIVERSIDADE, TÍNHAMOS UM CADÁVER DO QUAL TODOS OS QUATRO MEMBROS TINHAM SIDO AMPUTADOS. POUCO TEMPO DEPOIS DE SER REMOVIDO DA CÂMERA FRIGORÍFICA, ELE ABRIU OS OLHOS. ELE ESTAVA MORTO, MAS ABRIU OS OLHOS E COMEÇOU A SE MOVER. NOSSO PROBLEMA AGORA É OBTER OUTROS CADÁVERES COMO ESSE PARA PODER CONDUZIR EXAMES E EXPERIMENTOS. PEDIMOS AOS AGENTES MILITARES E ÀS PATRULHAS CIVIS QUE ESTÃO ATUANDO EM CAMPO PARA PARAR DE QUEIMAR TODAS ESSAS CRIATURAS; EM VEZ DISSO, PEDIMOS QUE DESATIVEM ALGUNS E OS TRAGAM PARA NÓS AINDA VIVOS, PARA QUE POSSAMOS ESTUDÁ-LOS. ATÉ AGORA NÃO TIVEMOS MUITO SUCESSO EM OBTER CADÁVERES EM CONDIÇÕES DE ESTUDO..."

"AGORA, DOUTOR, COMO CONCILIAR ISSO COM O QUE VOCÊS DISSERAM ANTES SOBRE A NECESSIDADE DE QUEIMAR E DECAPITAR TODOS AQUELES QUE MORREREM DURANTE ESTA EMERGÊNCIA, INCLUINDO PARENTES E FAMILIARES PRÓXIMOS?"

"ESSE CONSELHO AINDA É VÁLIDO PARA O PÚBLICO EM GERAL. QUEREMOS OBTER CADÁVERES PARA TESTES DE FORMA ORGANIZADA, DE MANEIRA QUE ELES POSSAM SER MANEJADOS SOB CONDIÇÕES ESTÉREIS, E COM O MENOR RISCO POSSÍVEL — TANTO PARA O BEM DAS PARTES ENVOLVIDAS COMO PARA NÃO PROLONGAR DESNECESSARIAMENTE O ESTADO DE EMERGÊNCIA. O PÚBLICO EM GERAL DEVE CONTINUAR A QUEIMAR TODOS OS CADÁVERES. ARRASTE-OS PARA FORA E QUEIME-OS. ELES SÃO APENAS CARNE MORTA, E SÃO PERIGOSOS..."

Com essa última palavra do dr. Stanford, a entrevista terminou e o noticiário retomou para o apresentador ao vivo.

"ESSA ENTREVISTA QUE VOCÊS ACABARAM DE VER FOI GRAVADA HOJE NOS NOSSOS ESTÚDIOS. RECAPITULANDO O CONSELHO DO DR. STANFORD: AINDA É MANDATÓRIO PARA OS CIVIS QUEIMAR E OU DECAPITAR QUALQUER PESSOA QUE MORRA DURANTE ESTE ESTADO DE EMERGÊNCIA. É ALGO DIFÍCIL DE FAZER, MAS AS AUTORIDADES EXIGEM QUE OS CIDADÃOS O FAÇAM. SE VOCÊ NÃO PUDER FAZÊ-LO POR CONTA PRÓPRIA, ENTRE EM CONTATO COM A POLÍCIA OU OUTRA AGÊNCIA DE DEFESA LOCAL, E ELES TOMARÃO AS MEDIDAS NECESSÁRIAS.

AGORA NOSSAS CÂMERAS O LEVARÃO ATÉ WASHINGTON, ONDE NO FINAL DA TARDE NOSSOS REPÓRTERES CONSEGUIRAM ENTREVISTAR O GENERAL OSGOOD E SEUS ASSESSORES ENQUANTO RETORNAVAM DE UMA CONFERÊNCIA DE ALTO NÍVEL NO PENTÁGONO..."

Mais uma vez a imagem do apresentador foi desaparecendo e dando lugar à gravação...

Mas, de repente, houve um estrondo vindo do lado de fora e as luzes se apagaram. A tela da TV ficou preta. A casa submergiu na escuridão.

A voz de Ben ressoou:

"Tem algum disjuntor no porão?"

"Não... não são os disjuntores", balbuciou Harry. "As linhas de transmissão devem ter caído!"

Ben esguichou um pouco de fluido de isqueiro nas brasas da lareira, e as chamas se ergueram com um sonoro rugido. Jogou um punhado de jornais amassados no fogo. Depois, na penumbra, escancarou a porta do porão e começou a descer os degraus.

Harry agarrou Helen por um braço e puxou-a para junto do seu rosto de maneira que pudesse sussurrar. "Helen... eu preciso pegar aquela arma. Podemos descer os dois para o porão. Você vai ter que me ajudar!"

Harry deixara a bolsa de gelo escorregar de seu olho machucado, e contra a luz bruxuleante da lareira a mulher viu o quanto ele estava roxo e inchado, e viu também o desespero no rosto do marido.

"Eu não vou ajudar você", ela respondeu em um sussurro rouco. "A surra que você levou não foi o suficiente? Ele mataria a nós dois."

"Aquele homem é doido!", argumentou Harry, lutando para restringir a voz a um sussurro. "Ele já é responsável pela morte de duas pessoas... Eu tenho que pegar aquela arma..."

Harry foi interrompido pelo som dos passos de Ben subindo as escadas. Ben entrou na sala. "O problema não é na caixa de disjuntores", ele anunciou com um ar desolado. "Tive que tatear no escuro, mas encontrei uma lanterna lá embaixo. Todos os disjuntores estão ligados. Deixei a lanterna no topo da escada para a gente poder enxergar o caminho. É melhor vocês descerem lá para cuidar da menina. Ela vai..."

Prec! Um som de vidro quebrado veio da cozinha. Então, mais barulhos. Gemidos e estrondos. As paredes da casa começaram a tremer. As criaturas infernais, do lado de fora, estavam atacando em massa. Algumas tinham conseguido entrar no escritório e batiam violentamente na porta pregada com tábuas.

Ben se pôs em alerta imediatamente e correu para reforçar as barricadas. Com o martelo e o pé de cabra, desferiu golpes contra as criaturas mortas através do vidro quebrado, depois tentou reforçar os pedaços de madeira que ameaçavam ceder sob o ataque violento.

"Harry! Harry! Vem aqui me dar uma mão!"

Harry veio por trás de Ben e, em vez de ajudá-lo, arrancou a arma de suas costas. Depois, apontando o rifle para Ben, retrocedeu em direção ao porão. Ben se virou, em pânico: as criaturas estavam prestes a invadir a casa.

"O que você está pretendendo fazer, cara? Não podemos deixar aquelas coisas entrarem!"

"Agora vamos ver quem vai atirar em quem", disse Harry, afastando-se de costas e brandindo a arma na direção de Ben. "Eu vou para o porão, e eu vou levar as duas mulheres comigo... E você pode apodrecer aqui em cima, seu maluco filho da mãe!"

Ignorando Harry, Ben jogou o corpo contra a janela, onde a barricada estava quase se soltando. Havia pelo menos meia dúzia de mortos-vivos lá fora, se jogando com toda força contra janela e fazendo com que os pregos afrouxassem.

Harry ficou imóvel por um instante, paralisado pela fúria do ataque e pela indiferença de Ben diante do fato de não estar mais em posse do rifle. Harry esperara que Ben fosse lhe implorar que o deixasse descer com os outros para o porão.

Deliberadamente, Ben deixou que os monstros afrouxassem uma das maiores tábuas que estavam pregadas contra a janela da sala; depois, quando ela se soltou, Ben girou o corpo e arremessou-a na direção de Harry. A tábua acertou a arma, que caiu de lado e disparou um tiro que acertou o chão, sem machucar ninguém. Ben se atirou sobre Harry e, depois de uma breve luta, conseguiu arrancar a arma de suas mãos.

Helen assistia a tudo sem sair do lugar, aterrorizada com o que via e aturdida com o barulho que os mortos-vivos faziam conforme tentavam invadir a casa.

Harry recuou em direção ao porão.

Ben apontou a arma e atirou. Harry gritou. Um grande coágulo de sangue apareceu em seu peito. Segurando a ferida, ele começou a desabar; caiu pelo vão da porta do porão, então rodou sobre si mesmo e se agarrou ao corrimão, vacilou, e caiu escada abaixo, de ponta-cabeça.

Alguns mortos-vivos, esticando as mãos através do vidro quebrado, agarraram Helen pelos cabelos e pelo pescoço, arranhando e rasgando sua pele. Ben começou a golpeá-los ferozmente com o coronha do rifle; depois apontou a arma e atirou em dois deles, acertando-os no rosto. Vendo-se livre, Helen disparou aos gritos para o porão, e, sem enxergar direito no escuro, tropeçou e saiu rolando pela escada. Seus gritos se tornaram ainda mais intensos quando percebeu que caíra sobre algo grande e macio: o cadáver de seu marido; suas mãos ficaram úmidas e escorregadias com o seu sangue. Então, no escuro, alguma coisa veio cambaleando em sua direção, gemendo baixinho, e a agarrou.

"Karen?"

Era Karen. Mas ela estava morta. Seus olhos cintilavam no escuro. Ela soltou o punho do pai, que estivera segurando entre os lábios; estava mastigando a carne macia na parte de baixo do antebraço.

Helen se esforçou para enxergar no escuro.

"Karen? Docinho?"

A garotinha morta empunhava uma pequena pá de jardinagem. Silenciosamente, fitando a mãe sem dizer nenhuma palavra, ela enterrou a ferramenta em seu peito. Helen caiu para trás, gritando segurando a ferida enquanto seu sangue e sua vida se esvaíam e sua filha a apunhalava uma vez após a outra. Os gritos de Helen se misturavam aos outros ruídos da destruição que ecoavam pela velha casa.

Então os gritos cessaram. Mas a pá de jardinagem continuou a apunhalar freneticamente o corpo, reduzindo-o a pedaços, rasgando e dilacerando a carne ensanguentada. Quando a ferramenta caiu de suas mãos mortas e manchadas de sangue, Karen se debruçou sobre a mãe, babando, e arreganhou os dentes... E então afundou as mãos nas feridas abertas...

No andar de cima, Ben continuava a lutar com todas as suas energias, na vã esperança de conseguir pôr as criaturas para fora da casa.

Tomada por um histérico desejo de vingança, Bárbara também se lançara ao ataque. Bateu com uma cadeira contra um agressor e conseguiu derrubá-lo; depois se jogou em cima dele e começou socá-lo violentamente no rosto, mas o monstro puxou-a para baixo e os dois rolaram pelo chão, engalfinhados. Então a criatura morta agarrou Bárbara e enterrou os dentes em seu pescoço. Ben investiu contra o invasor, apontou a arma para seu rosto e atirou: a força da explosão jogou a coisa para trás, salpicando Bárbara de sangue e lascas de ossos que tinham se projetado do crânio do agressor. A garota levantou de um salto, gritando de maneira histérica, e se precipitou diretamente de encontro a uma horda de mortos-vivos que tinham arrombado a porta de entrada.

Os mortos-vivos agarraram Bárbara, rasgando e dilacerando sua carne enquanto a arrastavam para fora da casa. Ela levantou os olhos conforme mais agressores se aproximavam para assassiná-la, e começavam a brigar pela posse de seu corpo, que em poucos instantes se transformaria em um cadáver. Um dos agressores era seu irmão, Johnny, que voltara dos mortos. Ele a fitava com maléfica voracidade, os dentes quebrados e o rosto incrustado de sangue seco e terra; avançou em direção a Bárbara e enterrou os dedos em seu pescoço. Ela deu um último grito e desmaiou, morta de terror. Os mortos-vivos a arrastaram para fora da casa, rasgando-a em pedaços e mergulhando as mãos e os dentes nas partes mais macias de seu corpo, enquanto grupos de dois ou três monstros canibais puxavam e torciam seus membros, tentando quebrar e rasgar o osso e a cartilagem para desmembrá-la completamente.

Dentro da casa, Ben fora quase subjugado pelos invasores. Pelo menos vinte ou trinta mortos-vivos tinham conseguido entrar na casa, rompendo as barricadas. Ben não tinha mais como resistir e lutar.

Houve um breve momento de trégua quando os mortos-vivos se detiveram diante do homem que tinham encurralado em um canto da sala, como um rato, e o encararam.

Ben recuou em direção à porta do porão. Então, por trás dele, a garotinha, Karen, o agarrou, tentando cortar e rasgar sua carne com as unhas. Ben girou o corpo, agarrou-a pela garganta e atirou-a contra a parede, mas ela se pôs novamente de pé e avançou em sua direção, com o rosto manchado com o sangue de sua mãe, ao mesmo tempo que os outros mortos-vivos também começavam a avançar.

Ben correu para a escada do porão, batendo a porta atrás de si e bloqueando-a com desespero enquanto os invasores golpeavam sem parar a porta e as paredes. Atordoado pela respiração rascante daquelas criaturas e pela violência com que golpeavam a porta, Ben estremeceu e torceu para que a barricada aguentasse. Apesar dos repetidos golpes que a castigaram por um bom tempo, a porta parecia resistir. Os mortos-vivos pareciam incapazes de derrubá-la. Ben ficou ali, sentado no escuro, oprimido pela sua impotência diante daquela situação, e consternado pelo fato de que todos que tinham tentado resistir dentro daquela casa estavam mortos, todos menos ele.

Então seus dedos encontraram a lanterna que ele havia deixado ali mais cedo, quando descera para dar uma olhada na caixa de disjuntores — acendeu-a, e, apontando o facho luminoso à sua frente, começou a descer para o porão.

Sob o reflexo da luz da lanterna, Ben olhou para o seu braço e, chocado, viu que estava sangrando. A garota, Karen, o mordera enquanto lutavam.

Parado na metade da escada, paralisado de horror, Ben olhava fixamente para as marcas de dente em seu braço. Se ele morresse, viraria... a menos que conseguisse encontrar uma cura...

Não permitiu que sua mente completasse o terrível pensamento do que poderia acontecer com ele.

As investidas dos mortos-vivos contra a porta do porão foram se tornando mais fracas e menos insistentes com o passar do tempo.

Os monstros canibais, absorvidos em devorar e competir pelos restos mortais de Bárbara, abandonavam a casa, dirigindo-se ao quintal — onde grupos de mortos-vivos já cravavam os dentes em carne e órgãos humanos ainda quentes, roendo os ossos que sobravam.

Ao pé da escada, a luz da lanterna de Ben recaiu sobre o rosto morto e branco feito giz de Harry Cooper, que tinha o braço meio mastigado até a altura do cotovelo.

Pouco depois, lentamente, as pálpebras de Harry começaram a tremer... e se abriram...

CAPÍTULO 13

A quietude e o silêncio da floresta naquela madrugada cinza foram perturbados pela intensa movimentação dos homens que levantavam acampamento. Uma névoa densa e úmida pairava sobre o campo onde os homens tinham dormido, e enquanto se apressavam para se agrupar na clareira que McClellan designara, o ar que saía de suas bocas e narinas se condensava e pairava em volta deles ao caminharem. Não falavam muito, mas se mantinham bem próximos uns dos outros, em pequenos grupos, para o caso de alguma criatura morta os atacar de repente, saltando da neblina.

George Henderson cuspiu no chão e disse ao xerife: "É incrível como pode ter feito tanto calor a noite passada, com o frio que está fazendo agora de manhã. Pode ser indício de que tem chuva vindo aí".

"Não", retrucou McClellan. Eu chequei a previsão do tempo. O sol vai sair e queimar essa neblina em poucas horas."

"Vai ser um inferno se chover, e esses homens tiverem que andar na lama", disse George. "Algumas pessoas não vão ser resgatadas."

Enquanto os dois homens conversavam, um jipe, com o motor rugindo, começou a avançar em círculos pelo mato alto e úmido, enquanto dois homens do bando, armados até os dentes, seguiam atrás do jipe, parando aqui e ali para recolher sacos de dormir e tendas empacotadas, atirando tudo a bordo do carro.

As fogueiras tinham sido todas extintas com água, deixando diversas pilhas negras de lenha carbonizada e úmida espalhadas pelo campo, próximas de onde tinham estado as tendas e os sacos de dormir.

"Depressa, rapazes!", gritou McClellan. "Vocês gostariam que suas mulheres ou suas filhas estivessem esperando vocês levantarem o rabo e salvá-las daquelas coisas?"

Os homens aceleraram um pouco o ritmo.

Pouco depois estavam todos reunidos na clareira sob as árvores, onde estivera plantada a tenda de McClellan.

CAPÍTULO 14

O círculo de luz sobre o rosto de Harry Cooper aumentava cada vez mais conforme Ben descia os degraus. Moveu rapidamente a lanterna em todas as direções, para ter um quadro completo da situação. Harry jazia morto sobre uma poça de sangue, com o braço quase completamente dilacerado. Helen estava morta também, não muito longe, com uma pá de jardinagem enterrada no peito estraçalhado.

As pálpebras de Harry se agitaram mais uma vez, e seus olhos se arregalaram. Então ele começou a levantar lentamente, pondo-se sentado. Segurando a lanterna e a arma ao mesmo tempo, Ben chegou o mais perto que ousava, e mirou cuidadosamente. Sua mão tremeu, mas apertou o gatilho, e foi jogado para trás pelo impacto enquanto o topo da cabeça de Harry explodia pelos ares e o estrondo do disparo ressoava no úmido porão.

Ben olhou para baixo, apontando a lanterna para o próprio corpo. Estremeceu quando viu, na barra de sua calça, o que pareciam ser respingos de sangue.

Então lembrou-se de Helen, e apontou a lanterna na direção da mulher. Seu rosto e seus cabelos estavam incrustados de sangue; o sangue escorrera de sua boca e narinas, e vários de seus dentes estavam quebrados e retorcidos; suas costelas, onde uma parte da carne tinha sido comida, reluziam brancas feito cal contra a luz da lanterna. Instantes depois, Helen abriu os olhos, e Ben atirou. O corpo dela sacudiu e se contorceu em uma abrupta convulsão quando a bala atingiu seu cérebro.

Ben largou o rifle no chão e cobriu o rosto com as mãos. Lágrimas rolaram pelas suas bochechas conforme ele saltava por cima dos cadáveres. Movendo a lanterna ao seu redor, ele foi dominado pela solidão e desolação do porão escuro, e seus olhos pousaram sobre a bancada improvisada que servira de leito de hospital para Karen. Em um acesso de raiva, virou e atirou a mesa no chão com toda força. Depois começou a vagar sem rumo pelo porão, aflito, tropeçando aqui e acolá em objetos que não enxergava no escuro, como se só estivessem ali caso a lanterna os mostrasse.

Tom. Judy. Bárbara. Harry. Helen.

Todos mortos.

Se ao menos a caminhonete não tivesse pegado fogo.

Se ao menos...

Se ao menos...

Recuperando um pouco da lucidez, Ben pegou o rifle e levantou-o, apontando a arma e a lanterna em todas as direções. Seus olhos percorriam o porão em busca de possíveis pontos vulneráveis, de possíveis ameaças. Movendo-se lentamente, em silêncio, prendendo a respiração embora o ar quisesse sair em pesadas arfadas de seu pulmão, explorou atrás das caixas de papelão e nos cantos escuros do porão.

Não havia ninguém ali. Ninguém escondido. Apenas os cadáveres de Harry e Helen Cooper.

Ben sentou-se em um canto, recostando-se contra uma parede de blocos de concreto, e começou a chorar baixinho.

Abaixou a cabeça e olhou para a ferida em seu braço. E para o sangue que respingara em suas calças.

Lá em cima, o barulho produzido pelos mortos-vivos tinha parado. Talvez alguns deles ainda estivessem na casa, espreitando em silêncio.

Por fim, Ben caiu com a cabeça sobre o peito, exausto, e se rendeu a um sono angustiado e agitado.

A última coisa em que pensou foram seus filhos.

CAPÍTULO 15

O nascer do sol.

O gorjeio de pássaros. Depois, latidos de cães e o som de vozes humanas.

O sol nascente, brilhante e quente. O orvalho sobre a relva alta de um prado.

Outros sons ao longe.

O zumbido de um helicóptero.

Homens com cães e armas, emergindo do bosque que circundava o prado. Gritos... vozes abafadas... o ofegar dos cães enquanto puxavam e retesavam as correias... Era o bando do xerife McClellan.

CAPÍTULO 16

A cabeça de Ben pendeu para o lado e ele acordou com um sobressalto. Por alguns segundos, ficou atordoado, sem saber onde estava.

Teve a impressão de ouvir o ruído de um helicóptero. Ou talvez tivesse sonhado.

Aguçou os ouvidos.

Nada.

Então, ao longe, ouviu o bater de asas metálicas.

Sim, com certeza era um helicóptero.

Ben agarrou o rifle enquanto ouvia e olhava ao redor. O porão não estava mais escuro; mas também não havia muita claridade; estava fosco e úmido, iluminado em tons variáveis de cinza pelos parcos raios de sol que se filtravam pelas janelas altas e minúsculas. O ruído do helicóptero aumentava de intensidade... depois diminuía e tornava a crescer. Ben aguçou os ouvidos, mas não conseguiu ouvir nenhum outro sinal de atividade humana.

Por fim, pisando com cautela e tentando não olhar, passou por cima dos cadáveres de Helen e de Harry Cooper e começou a subir furtivamente os degraus que davam para fora do porão.

A escada rangeu; ele parou assustado por um momento, depois continuou a subir em direção à porta bloqueada.

CAPÍTULO 17

Um pequeno grupo de homens, alguns dos quais guiando pastores alemães, saiu do bosque à margem do prado úmido e ensolarado. Pararam e olharam em volta, como se inspecionassem o prado em busca de possíveis perigos. Estavam com as botas e as pernas das calças úmidas, depois de ter caminhado através do mato molhado.

O xerife McClellan foi o próximo homem a sair da mata. Respirava com dificuldade por causa de seu peso e da árdua tarefa de guiar seus homens através da floresta, quando nenhum deles tinha descansado ou tomado café da manhã. Estava armado com um rifle e uma pistola, e trazia uma cartucheira a tiracolo. Parou, olhou para o bosque atrás de si e secou o suor que escorria da testa com um lenço sujo e amarrotado.

Outros homens ainda estavam saindo do bosque e adentrando a clareira. McClellan gritou-lhes:

"Andem logo, acelerem o passo! Vai saber o que podemos encontrar aqui..."

Ele se interrompeu quando seu segundo em comando, George Henderson, chamou-o de lado e abriu a boca para dizer alguma coisa.

Mas McClellan falou primeiro.

"Você está mantendo contato com as viaturas da polícia, George?"

George usava uma faixa na testa, para absorver o suor; carregava um rifle na mão e uma pistola dentro de um coldre, e trazia ainda um walkie-talkie preso na correia da mochila.

Ofegando, ele se curvou e ajustou a correia para acomodar o peso. "Sim... eles sabem onde estamos. Devem nos interceptar na fazenda dos Miller."

"Ótimo", disse McClellan. "Estes homens estão mortos de cansaço. Estão precisando de repouso e de um café quente..." Então, olhando novamente para os homens que avançavam atrás dele, gritou: "Vamos lá, falta só mais um pouco agora... as viaturas estarão esperando na casa com café e sanduíches!"

Os homens continuaram a avançar através do prado. E logo começaram a entrar cautelosamente no trecho de floresta do outro lado da clareira.

CAPÍTULO 18

No topo da escada do porão, atrás da barricada, Ben tentava escutar com toda a atenção possível o que acontecia lá fora.

Por um logo tempo, não conseguiu ouvir nenhum ruído de helicóptero; talvez tivesse aterrissado em algum lugar, ou voado para longe. Lamentou por não estar no térreo quando ouviu o helicóptero, já que, se estivesse, poderia sair e acenar para ele do quintal.

Então, bem ao longe, ouviu o inconfundível som de um cachorro latindo. Continuou escutando por um bom tempo, mas depois não ouviu mais nada. Estava tentado a desfazer a barricada e correr o risco de sair para dar uma olhada lá fora.

CAPÍTULO 19

Quando abriram caminho entre a estreita faixa de árvores no lado oposto do prado, os homens desembocaram em um cemitério, aquele ao qual Bárbara e John haviam ido para pôr a coroa de flores no túmulo do pai. O bando continuou a avançar, caminhando entre as lápides.

Desceram por uma estradinha de terra, e depois subiram por uma pequena encosta, onde encontraram o carro de Bárbara, com a janela quebrada. O interruptor dos faróis estava ligado, mas a bateria estava morta. Não havia sinais de sangue, e os homens não conseguiram encontrar nenhum corpo nos arredores do carro.

"Quem estava aqui dentro deve ter conseguido sair e escapar", disse McClellan com otimismo. "Adiante, homens! Não há nada que possamos fazer aqui!"

Os homens cruzaram a estradinha do cemitério e desembocaram na estrada asfaltada de duas pistas, onde várias viaturas estavam estacionadas, esperando. Também havia um ou dois patrulheiros de moto, e um deles desceu e acenou para McClellan.

"Olá, xerife! Como vão as coisas?"

McClellan se aproximou, enxugando a testa, e parou para apertar a mão do policial de moto. Enquanto isso, os homens que tinham ficado para trás começaram a chegar e a se reagrupar com o resto do bando.

McClellan falou: "Fico feliz de ver vocês, Charlie, meu chapa. Estamos nessa praticamente a noite toda, mas não quero parar até chegarmos à fazenda dos Miller logo ali. Não podemos ficar aqui de bobeira enquanto alguém pode estar precisando da nossa ajuda. Vamos dar uma checada lá e depois paramos para tomar um café".

"Claro, xerife."

Os dois homens olharam em volta para o bando que se reunia e já tomava boa parte da estrada asfaltada.

"Vamos passar por cima daquele muro e atravessar aquele campo!", gritou George Henderson. "A fazenda dos Miller está logo ali!"

Henderson parou para desprender o walkie-talkie da correia e entregou-o a um policial que estava dentro de uma das viaturas. Então, liderando um pequeno grupo de homens, começou a avançar em direção ao campo que fronteava a casa dos Miller.

Tiros dispararam quase imediatamente.

"Mortos-vivos! Mortos-vivos por toda parte!", gritou uma voz, e uma nova saraivada de tiros cortou o ar. Outros homens vieram correndo, atirando detrás das árvores.

Os cachorros da polícia rosnavam e davam violentos puxões nas correias, enfurecidos com o cheiro das criaturas mortas.

O bando avançou em pequenos grupos, atravessando o campo e seguindo em direção ao galpão com as bombas de gasolina, onde vários mortos-vivos canibais estavam tentando se esconder e fugir, mas acabaram sendo abatidos.

Perto da casa, havia ainda mais mortos-vivos, e atirando repetidamente, os grupos armados avançaram, abatendo as criaturas mortas com uma saraivada de balas.

Outras criaturas tentavam se esconder dentro e em volta de uma caminhonete incendiada; mas não conseguiram; tentaram correr, mas os homens do bando conseguiram abater todos eles.

Sempre que um monstro caía, um dos homens vinha e separava sua cabeça do corpo a golpes de machado. Dessa forma, eles sabiam que nenhum daqueles mortos-vivos voltaria a se levantar.

Por mais de meia hora os tiros continuaram a ressoar pelo campo que circundava a velha casa dos Miller.

CAPÍTULO 20

Ainda no topo da escada do porão, Ben agora tinha certeza de que havia homens do lado de fora. O barulho dos disparos não deixava dúvidas. Teve a impressão de ouvir até mesmo o motor de um carro. Mas estava com medo de abrir a porta, porque alguma das criaturas ainda podia estar dentro da casa. Mesmo assim, ele sabia que teria que abrir aquela porta...

Lentamente, sem fazer barulho, começou a desfazer a pesada barricada...

CAPÍTULO 21

McClellan disparou, e a criatura morta a quinze metros dele agarrou o rosto com um movimento convulsivo e caiu no chão com um baque surdo, feito um saco de batatas.

Mais tiros dispararam. E outros dois mortos-vivos caíram pesadamente no chão.

"Venham aqui, rapazes!", gritou McClellan. "Mais três para a fogueira!"

Os homens vieram com os machados e cortaram as cabeças das criaturas mortas com movimentos rápidos e impetuosos.

O xerife e seus homens tinham alcançado o gramado em frente à velha casa e, agachados, continuavam a atirar sem parar, alvejando e derrubando as criaturas mortas que cercavam o lugar.

"Mirem nos olhos, rapazes!", gritou McClellan. "Como eu já disse antes... sempre mirem nos olhos!"

Os disparos cortavam o ar numa sucessão constante — crack! crack! crack! — enquanto o bando apertava o cerco em volta da casa.

E então, silêncio. Aparentemente todos os mortos-vivos tinham sido abatidos; e os homens esquadrinhavam o lugar e seus arredores em busca de novos alvos para atirar.

De repente, ouviram um forte barulho vindo de dentro da casa. George Henderson se juntara ao xerife McClellan, e os dois aguçaram os olhos e os ouvidos, prendendo a respiração.

"Tem alguma coisa lá dentro", disse Henderson, e por mais óbvia que fosse tal constatação, acrescentou: "Eu ouvi um barulho".

Dentro da casa, pronto para atirar ou atacar, Ben tinha escancarado a porta do porão com o ombro. A violência do golpe o impulsionara para dentro da sala de estar, que estava vazia. Não havia mortos-vivos escondidos; apenas os destroços da recente batalha travada ali. Ben foi desviando com cuidado dos objetos espalhados pelo chão e dos móveis virados até chegar à porta da frente. Não havia luz na casa; apesar do sol da manhã, as densas copas das árvores circundantes deixavam a casa mergulhada no escuro. Algumas barricadas tinham se mantido parcialmente no lugar, embora enfraquecidas e alargadas durante o ataque dos mortos-vivos invasores. As mãos de Ben tocaram no que havia restado da cortina; ele afastou-a para espiar para fora... mas... um tiro disparou, e Ben cambaleou, jogado para trás, com um buraco ensanguentado na testa, bem entre os olhos.

No mesmo instante McClellan gritou:

"Merda, por que diabos você atirou? Eu te disse para ter cuidado... pode ter gente lá dentro!"

O homem que tinha dado o tiro retrucou: "Que nada, xerife... Dá para ver que esse lugar já era. Qualquer um que estivesse lá dentro já estaria morto. E estando morto..."

Diversos homens, guiados por George Henderson, avançaram e arrombaram a chutes a porta da frente. Parados no vão, olharam cuidadosamente para dentro, examinado todos os cantos da sala. Um raio de sol, que entrara pela porta aberta, iluminou parcialmente Ben. Ele estava morto. Os homens o fitaram sem compaixão quando passaram por ele e seguiram para o porão. Eles não sabiam que ele era um homem.

Grupos de homens armados entraram na casa, revistando cuidadosamente os cômodos à maneira militar, em busca de possíveis agressores escondidos ali dentro.

Dois homens com machados vieram e começaram a desferir machadadas em Ben, na altura do pescoço, até destacarem sua cabeça do restante do corpo.

"Alguém lutou com garra aqui", comentou McClellan mais tarde, falando com George Henderson enquanto bebiam café preto no gramado diante da casa, ao lado de uma viatura. "É uma grande pena que não tenham conseguido resistir um pouco mais."

"Fico imaginando quem pode ter sido", respondeu Henderson, dando uma mordida no seu sanduíche. "Não foi a sra. Miller. Encontramos o que sobrou dela em seu quarto, no andar de cima. Mas não encontramos nenhum rastro do neto dela."

"Acho que nunca saberemos", disse o xerife, "mas pelo visto tem um monte de coisas que nunca saberemos sobre esse maldito negócio."

CAPÍTULO 22

A cabeça e o corpo de Ben foram jogados na fogueira junto com os outros. E o gancho de açougueiro foi arrancado de seu peito com um violento puxão da mão enluvada que o empunhava.

Então outro par de mãos com luvas ensopou de gasolina a pilha de lenha e cadáveres.

Por fim, uma tocha flamejante pôs fogo na coisa toda.

Os homens fixaram os olhos nas chamas escaldantes, e observaram a carne se retraindo e derretendo dos ossos, quase como a tinta de uma folha de jornal que enruga e derrete quando queimada. Por fim, afastaram-se do fogo e foram para onde poderiam descartar os ganchos de açougueiro e as luvas e lavar as mãos com álcool esterilizante.

Mas eles não podiam escapar do fedor de carne queimada.

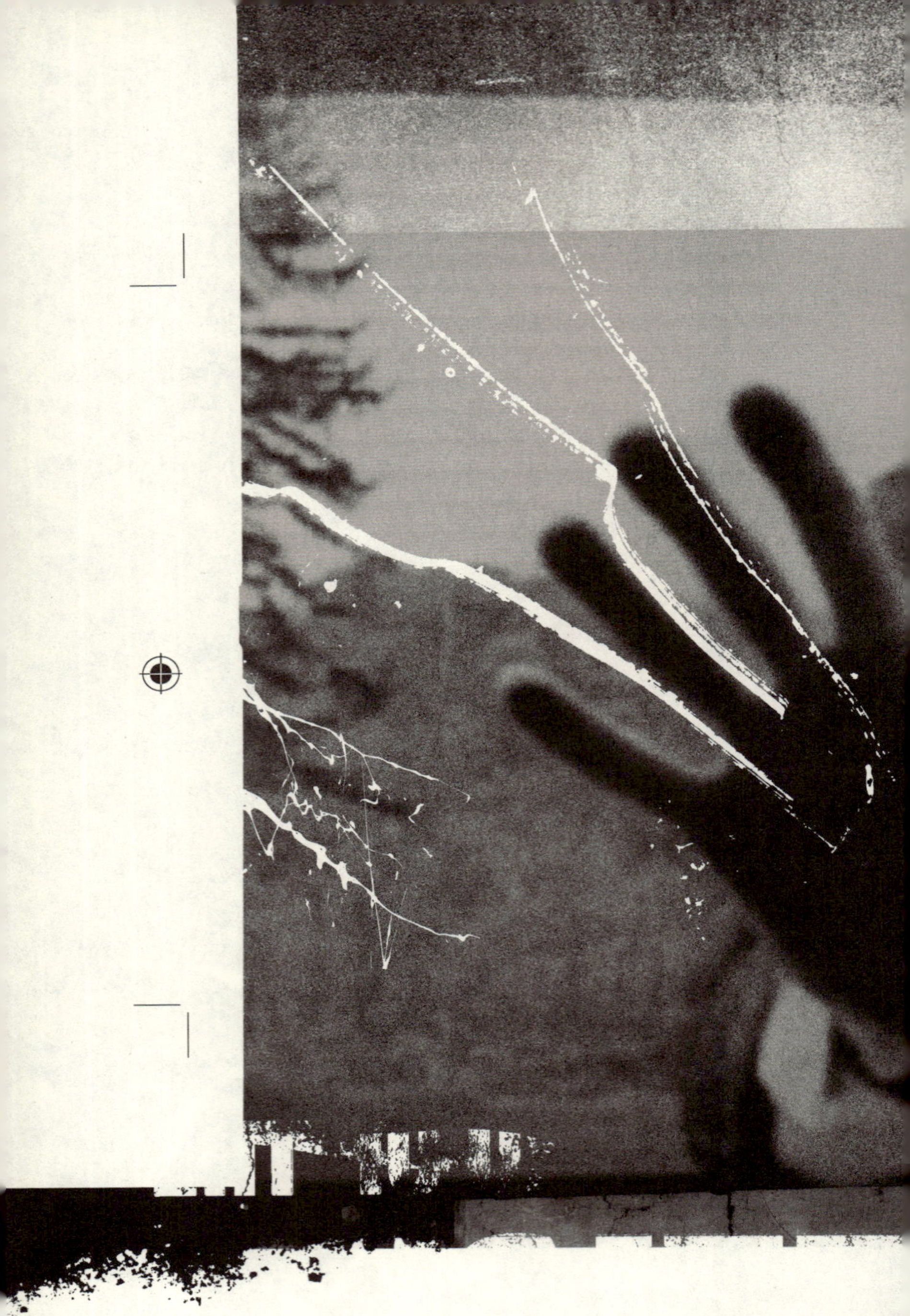

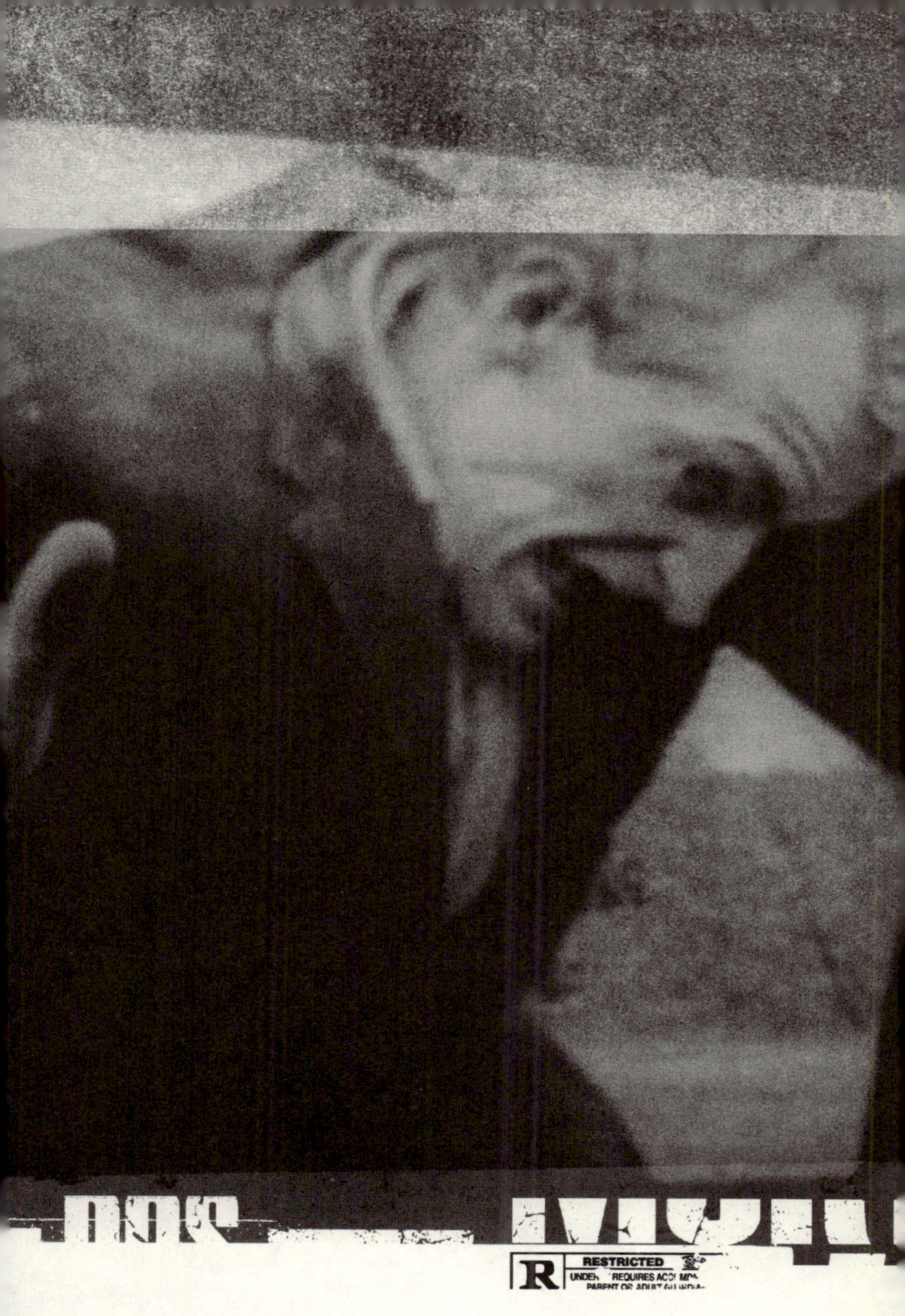
R
RESTRICTED
REQUIRES

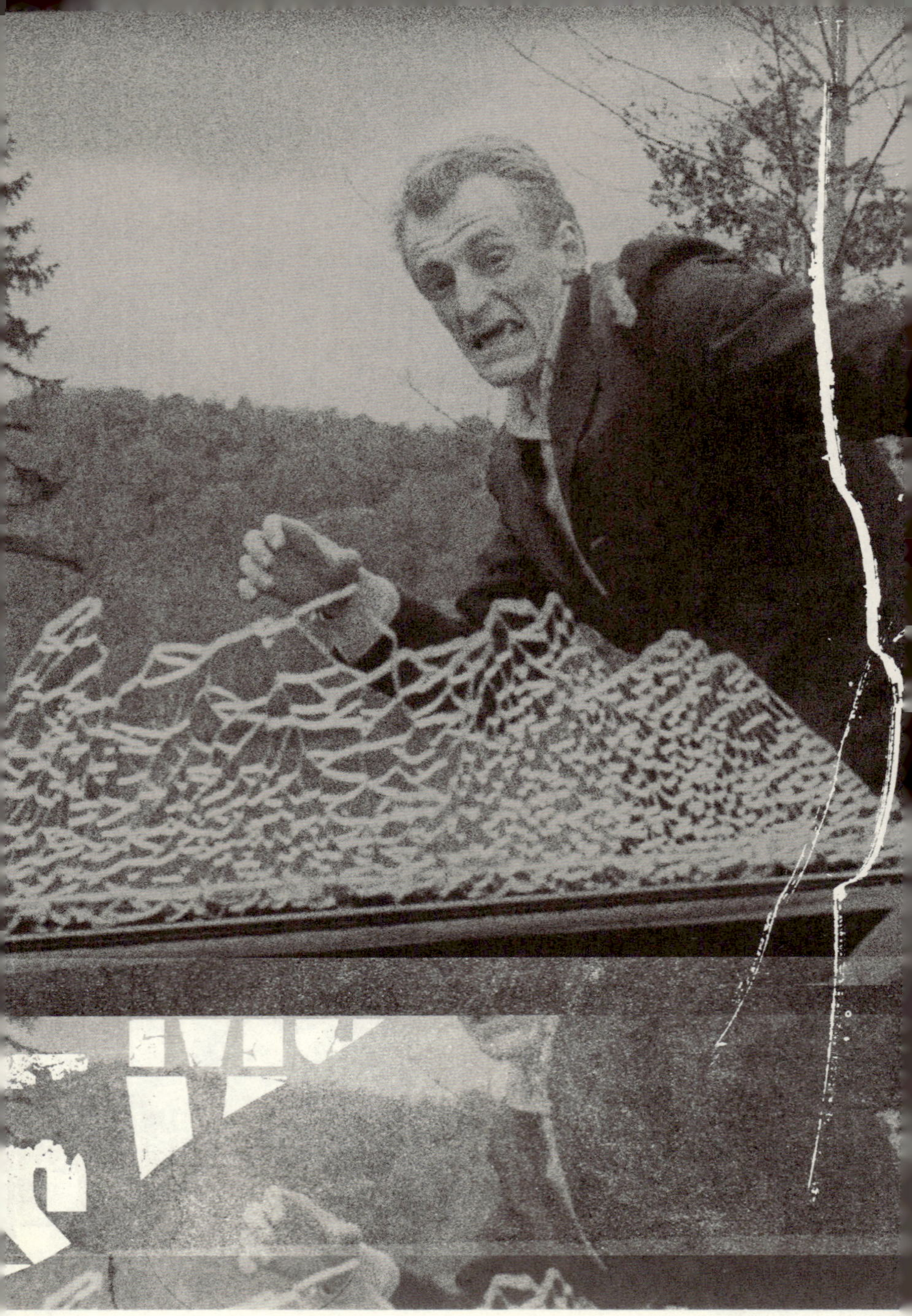

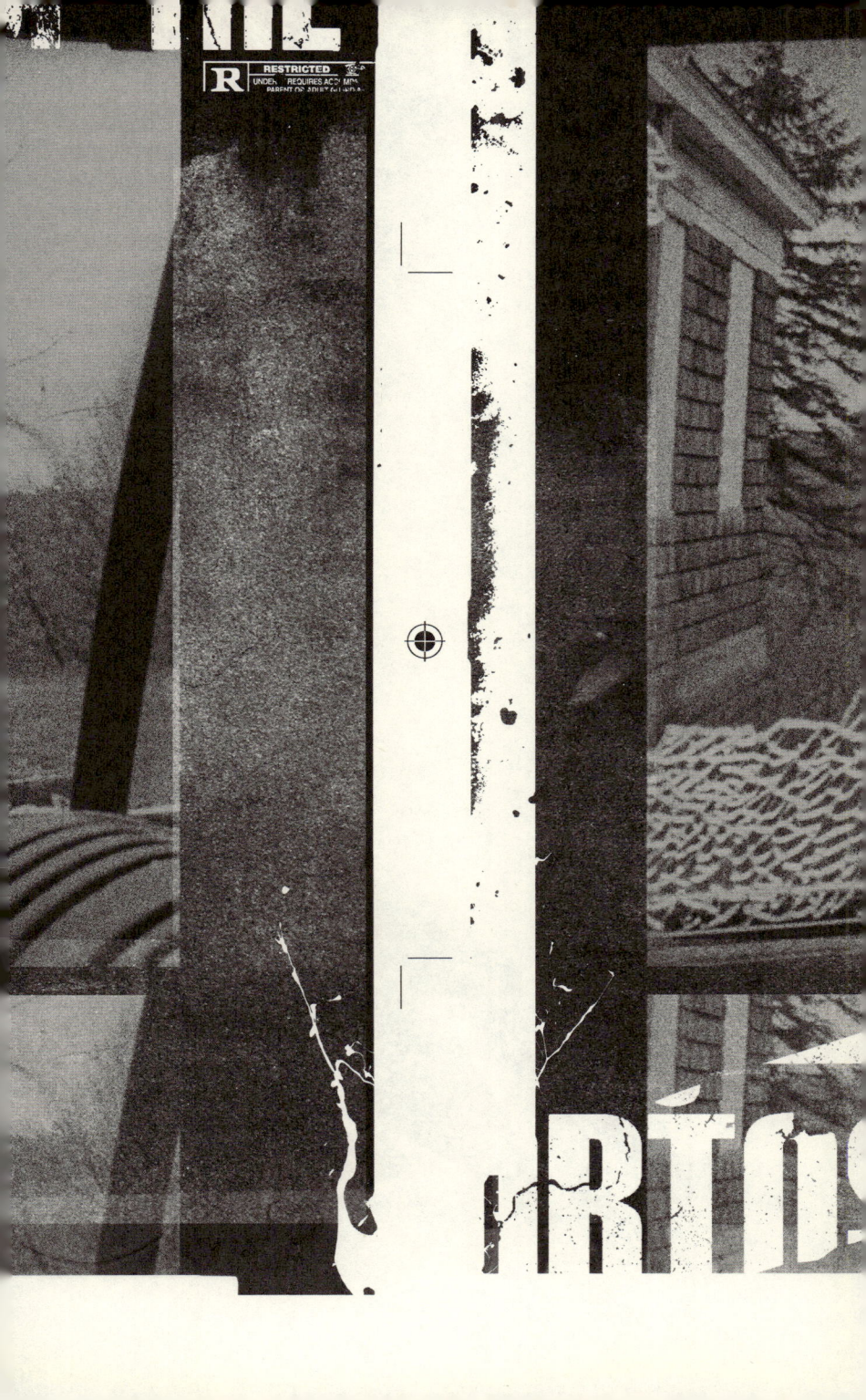

RESTRICTED

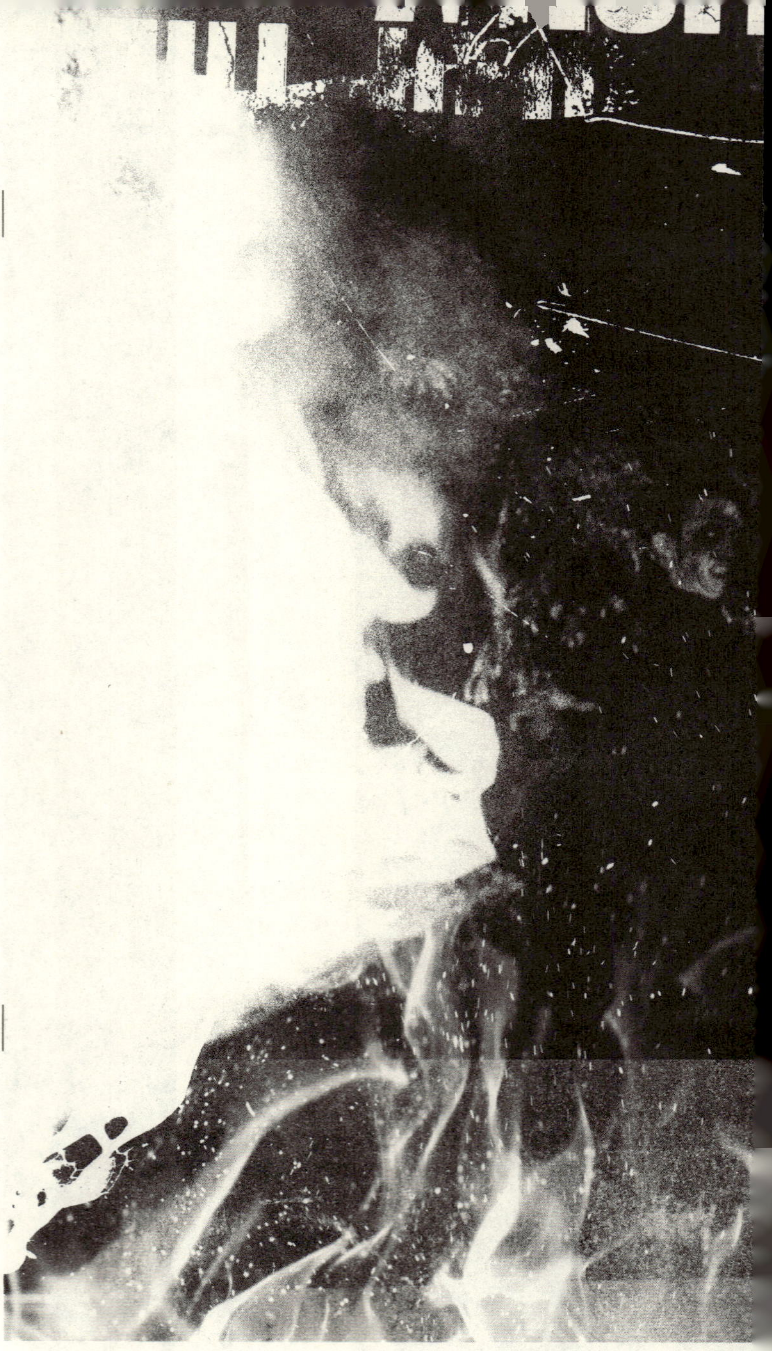

ND-1

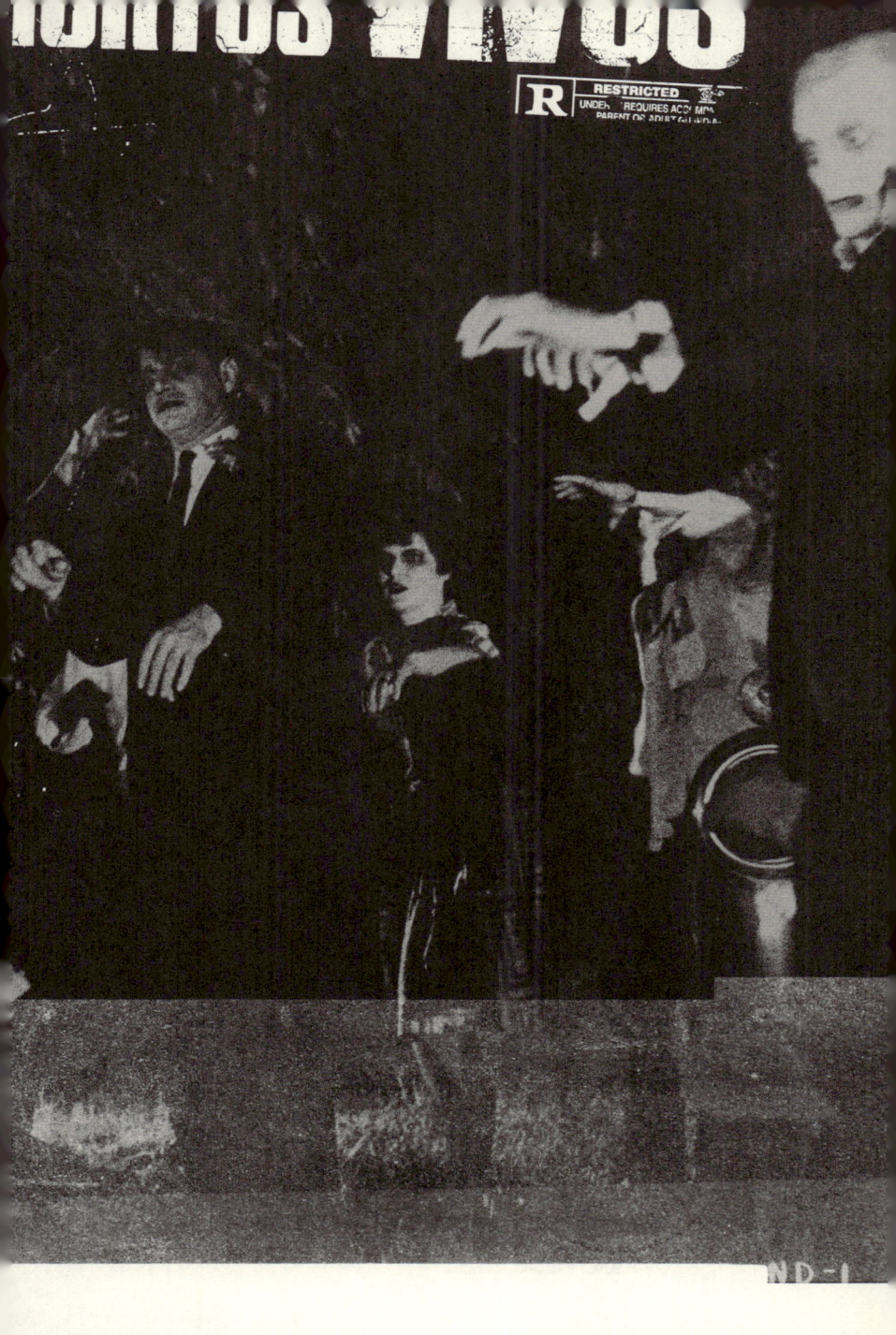

RESTRICTED
UNDER REQUIRES ACCOMP.
PARENT OR ADULT GUARDIAN

THEY WON'T STAY DEAD!

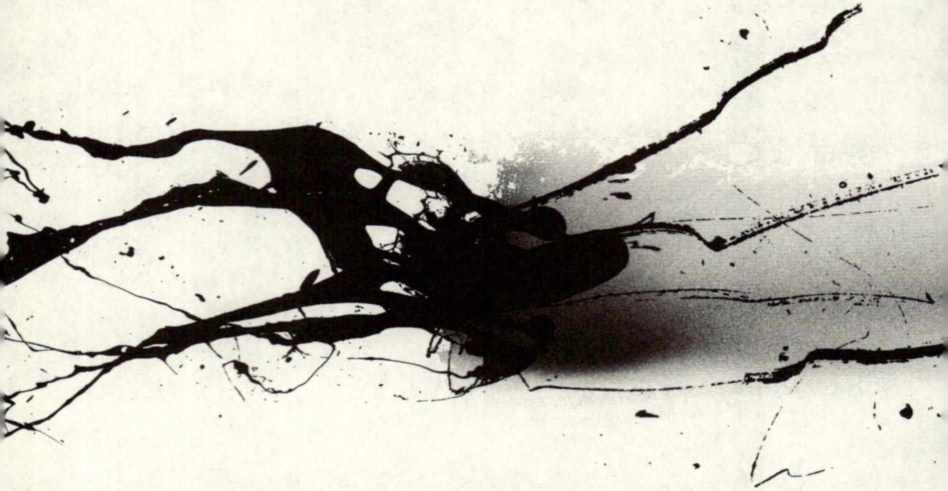

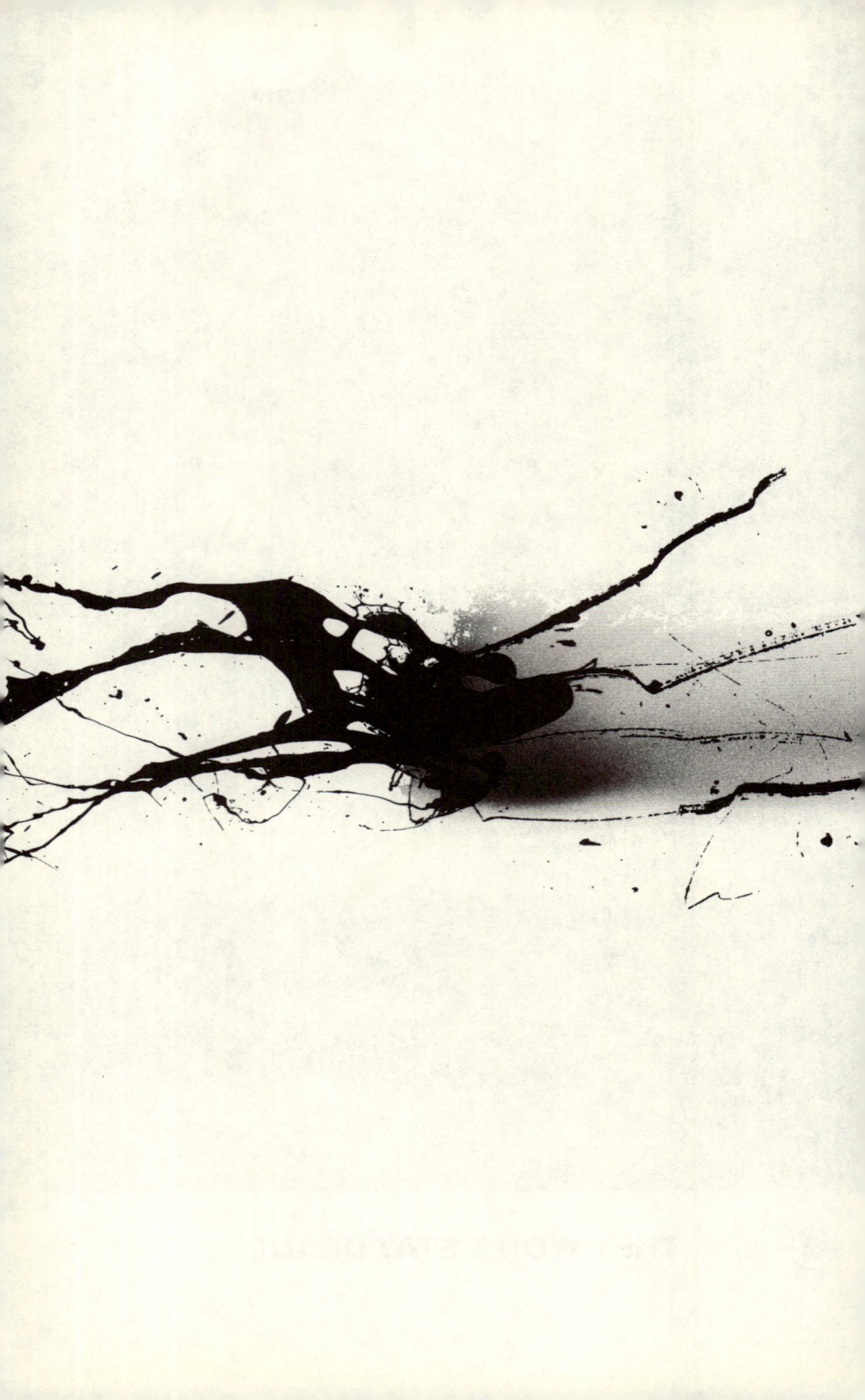

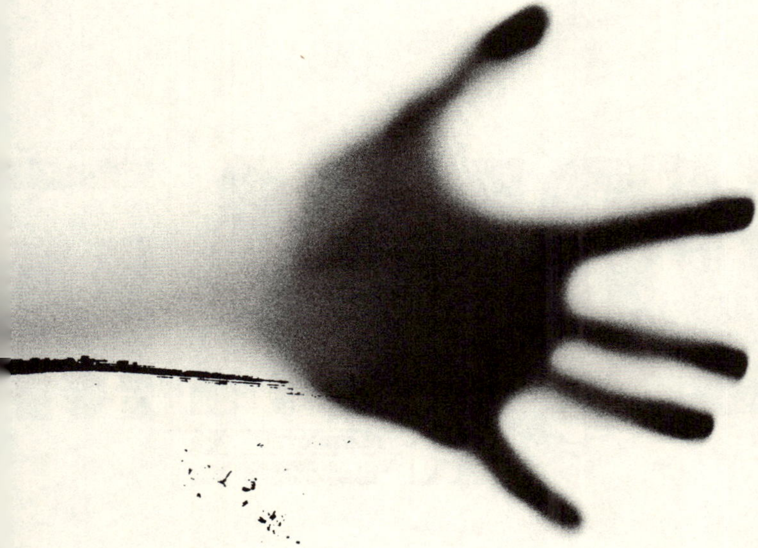

AVOLTAM

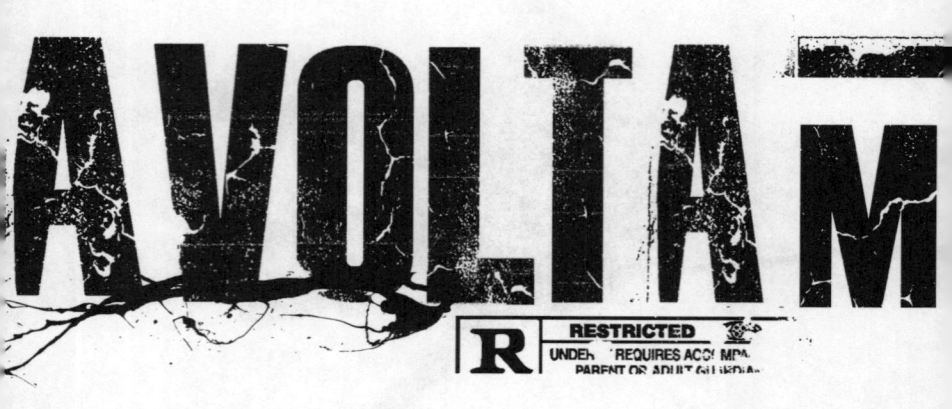

R | **RESTRICTED**
UNDER REQUIRES ACCOMP.
PARENT OR ADULT GUARDIAN

los VIVOS

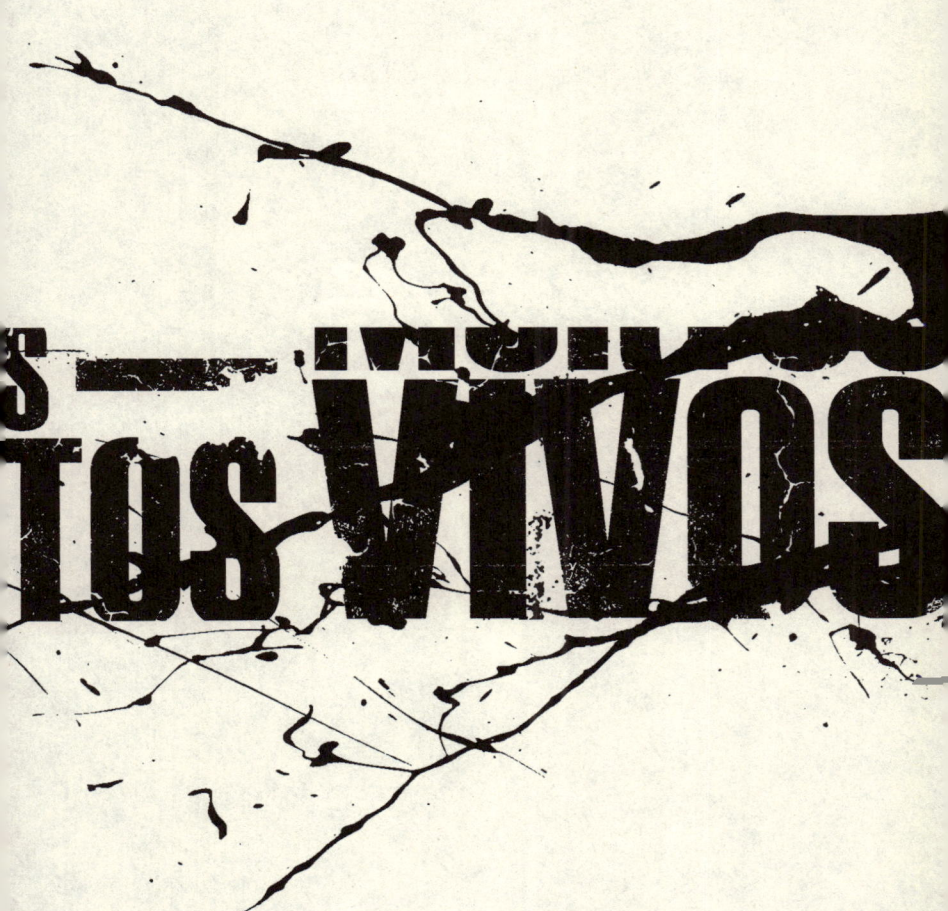

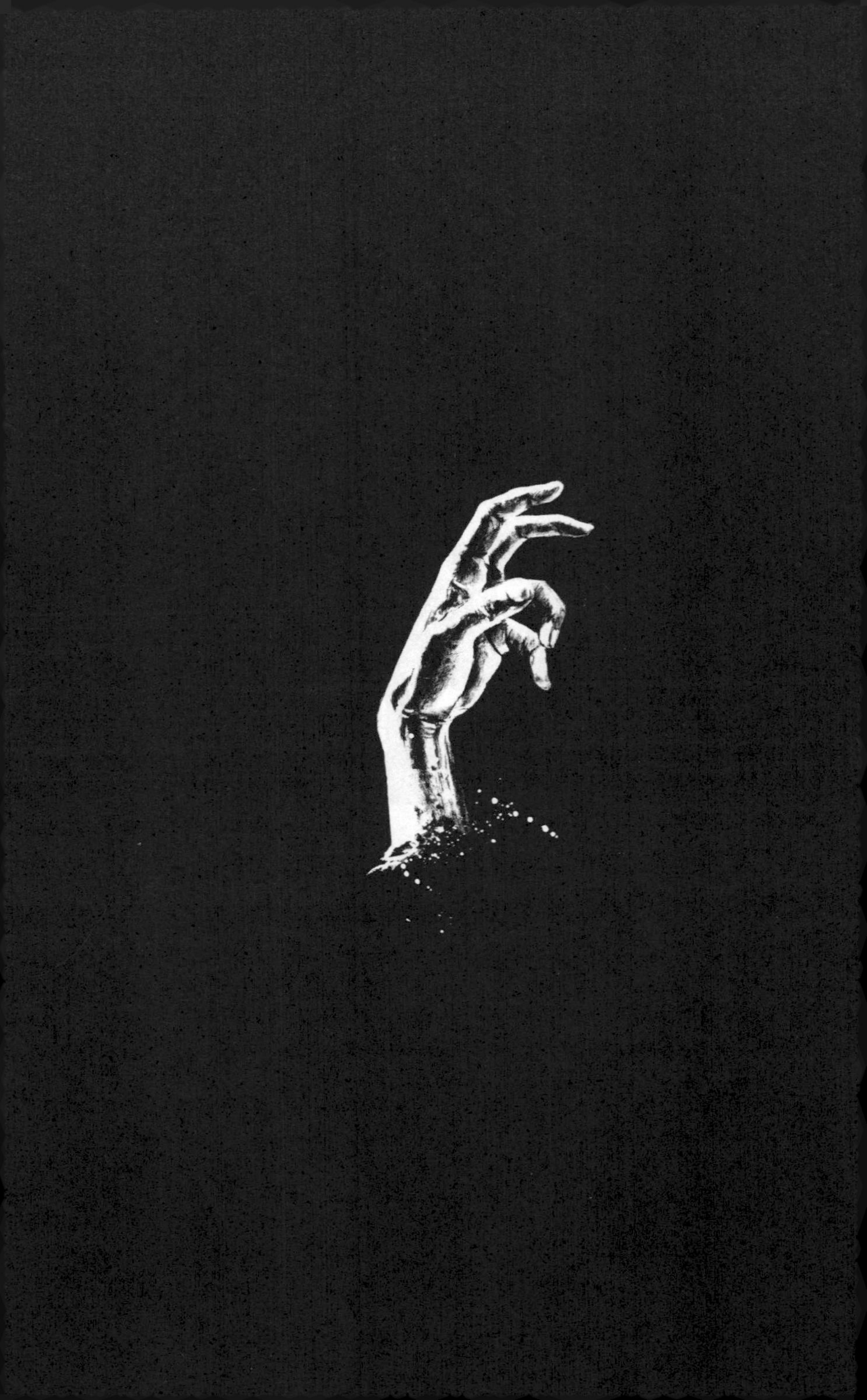

PRÓLOGO

Pense em todas as pessoas que já viveram e morreram e que nunca mais verão as árvores, a grama ou o sol.

Tudo parece tão breve, tão... inútil. Viver um pouquinho e depois morrer. Tudo parece resultar em nada. Por que nós lutamos tanto para ficarmos vivos, para preservarmos a vida, para nos agarrarmos àquela centelha fugaz de algo que ninguém foi capaz de definir?

É fácil invejar os mortos.

Eles estão além da vida, além da morte.

Têm sorte de estarem mortos, de terem feito as pazes com a morte e não precisarem mais temer o inevitável. Não precisarem mais lutar por uma vida sob constante ameaça. Estão debaixo do chão, alheios... alheios ao sofrimento, alheios ao medo de morrer.

Não precisam mais viver, nem morrer, nem sentir dor, nem conquistar nada. Ou saber qual é o próximo passo, e se perguntar como seria enfrentar a morte.

Por que a vida parece ao mesmo tempo tão feia, bonita, triste e importante quando estamos vivos, e tão banal quando acaba?

A chama da vida arde por um tempo e então se apaga, e as sepulturas aguardam pacientemente a hora de serem ocupadas. A morte é o fim de toda vida. Quando sopra a brisa alegre de uma nova vida, ela não sabe nem se se importa com a antiga vida, e quando chega a hora, morre também.

Viver é uma criação constante e interminável de túmulos. As coisas vivem e morrem, e às vezes vivem bem e às vezes mal, mas sempre morrem, e a morte é aquilo que reduz todas as coisas vivas a um denominador comum; aquilo deixa todas as coisas caírem no esquecimento.

Por que será que as pessoas têm medo de morrer?

Não é pela dor. Não sempre, pelo menos.

A morte pode ser instantânea e quase indolor.

A morte em si é um fim para toda dor.

Morrer pode ser como pegar no sono.

Então por que as pessoas têm medo de morrer?

E qual de nós, depois de mortos, não desejaria renunciar à paz dos mortos e voltar à vida de novo?

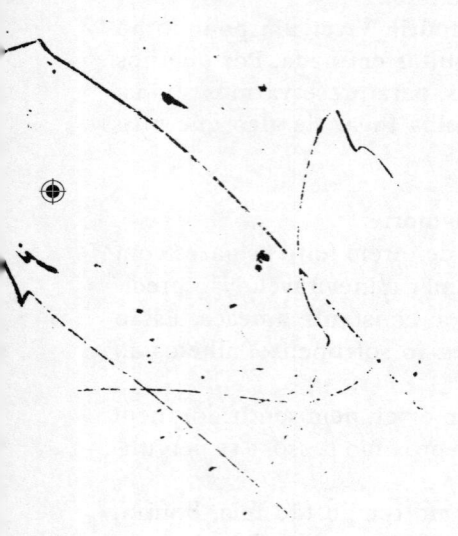

CAPÍTULO I

O amanhecer é um momento de renascimento.

Toda vida sente isso, o novo despertar para enfrentar novos começos. Nossa história começa ao amanhecer. Ou deveríamos dizer, nossa história começa de novo.

Uma luz alaranjada iluminou a manhã, acentuando as cores de uma paisagem verde e arborizada.

Uma caminhonete cortava a floresta em alta velocidade, levantando uma nuvem de poeira conforme quicava sobre os sulcos da estrada poeirenta. As pessoas dentro da caminhonete estavam com pressa de chegar a algum lugar e estavam atrasadas.

Bert Miller, um homem de aspecto zangado, vestindo um terno antiquado que parecia novo porque era raramente usado, concentrava-se em manter sua caminhonete sob controle, uma tarefa que ele desempenhava com uma combinação de raiva e habilidade — a raiva o fazia dirigir rápido demais, o que faria um acidente parecer inevitável; e a habilidade evitava que esse acidente acontecesse. Bert tinha cerca de quarenta anos, com o rosto castigado e as mãos calejadas de um fazendeiro. Tinha uma cabeleira lisa e negra que se recusava a se comportar não importava o quanto tivesse sido molhada, repartida e penteada, muito embora Bert não a molhasse e nem a penteasse com muita frequência. Um fazendeiro é o que ele era, e não queria ser nada além disso, mesmo que sua fazenda não fosse rica e ele precisasse trabalhar excessivamente duro todos os dias da sua vida para prover uma vida miserável para ele e suas três filhas.

Sua esposa estava morta. Tinha morrido ao dar à luz à filha caçula deles, Karen, que estava grávida e se encontrava sentada ao lado de Bert no banco da caminhonete.

Karen estava muito nervosa e assustada, agarrando o braço do assento, torcendo para que o pai não a visse amedrontada e usasse isso como desculpa para gritar com ela enquanto continuava dirigindo o mais rápido possível, fazendo desvios arriscados, curvas fechadas e subindo por encostas íngremes, confiando, achava Karen, em uma combinação de sorte e obstinação.

Na traseira da caminhonete, sacolejando e deslizando de um lado para o outro, estavam as duas irmãs de Karen, Ann e Sue Ellen. Elas estavam mais assustadas que Karen, e tinham razão para estar. O assento delas na caçamba da caminhonete desgovernada era um banco baixo de madeira, no qual precisavam ficar sentadas para não sujar os vestidos. Sentar diretamente no chão da caçamba seria de fato mais seguro, já que o banco não estava bem ancorado e quicava e sacudia terrivelmente com cada guinada brusca do veículo. Elas sabiam que a viagem não seria tranquila, e não estavam nem um pouco surpresas com isso, considerando o quanto o pai delas estava zangado naquela manhã, depois da discussão que haviam tido em casa.

Karen era a culpada pelo atraso deles. Em seu oitavo mês de gravidez, ela tinha levantado aquela manhã se queixando de náuseas e fraqueza. Isso fora o suficiente para que Bert se pusesse aos gritos. Acusou Karen de estar fingindo aquilo só para se safar de cumprir com o seu dever cristão junto ao resto da família, e tinha começado a gritar que ela não se contentava em desonrá-lo ao parir uma criança sem estar casada, mas que também não tinha respeito algum por ninguém, fosse morto ou vivo, que tinha perdido a religião e que isso seria o suficiente para fazer com que sua pobre mãe defunta se revirasse no túmulo.

Bert tinha insistido que Karen se vestisse e fosse ao velório com o resto da família, ignorando seus protestos de que estava doente. Mas, em respeito à sua gravidez, ele a fizera subir no banco da frente da caminhonete, enquanto as outras duas filhas se sentariam na traseira. Então, porque estivessem atrasados, e porque Bert precisava de muito pouco para que a raiva que sentia em relação à gravidez ilegítima de Karen aflorasse com violência, ele arrancara com a caminhonete, fazendo as marchas rangerem e espalhando cascalho para todos os lados, e eles dispararam aos solavancos rumo ao seu destino.

"Vai ser o *nosso* funeral se ele não desacelerar", disse Sue Ellen, enquanto ela e Ann tentavam se agarrar às laterais do banco, como se isso fosse lhes oferecer qualquer estabilidade e proteção durante aquela viagem radical. Ann não respondeu. Embora o atrito da caminhonete contra a estrada de terra e cascalho fosse ensurdecedor, ela tinha medo de que o pai as ouvisse.

"Ele não pode ouvir a gente de lá de cima", disse Sue Ellen, lendo os pensamentos da irmã. Mas Ann continuou calada. A estrada de terra se endireitou um pouco e ficou mais suave por um trecho de uns oitocentos metros, ao longo do qual era relativamente seguro andar em alta velocidade, contanto que não houvesse nenhum tráfego à frente. Mas pelo menos o banco de madeira parou de quicar e as duas meninas puderam relaxar um pouco. Só faltavam mais algumas curvas e outro trecho em linha reta para que chegassem à fazenda dos Dorsey.

Bert Miller acelerou a caminhonete um pouco, freou bruscamente nas curvas, assustando as filhas, e diminuiu a velocidade ao chegar ao trecho reto da estrada, cuja margem estava tomada, como era de se esperar, por todos os carros e caminhões dos fazendeiros que moravam no vale. Algumas pessoas tinham conseguido estacionar em um campo perto da casa dos Dorsey, e quando o campo ficara lotado, o resto tinha simplesmente espremido seus veículos a um lado da pista, tão longe da estreita estrada de terra quanto possível. Bert Miller fez o mesmo, freando bruscamente a caminhonete, descendo e batendo a porta com violência sem sequer olhar por cima dos ombros para qualquer uma de suas filhas. Ele as trataria dessa forma mesmo se não estivesse zangado, pois esperava que se virassem sozinhas.

Ann e Sue Ellen saltaram da caçamba da caminhonete, tomando cuidado para não sujar seus vestidos limpos e bem passados, e deram a volta para ajudar Karen a descer da cabine. Bert Miller já tinha avançado vinte ou trinta passos em direção à casa dos Dorsey. Não havia ninguém na varanda, então concluiu que a cerimônia fúnebre já tinha começado. Bert ajeitou o nó da gravata e tentou alisar um teimoso topete com a palma da mão enquanto continuava andando.

Karen desceu hesitante e desajeitada do estribo, ajudada por suas duas irmãs, depois endireitou o corpo e puxou a bata para baixo a fim de cobrir a barriga. Ela se sentia envergonhada e humilhada, e tinha consciência de que todo mundo na casa dos Dorsey saberia que ela estava grávida sem estar casada.

"Eu não queria vir", ela disse. "Todo mundo vai ficar fazendo fofoca."

"Você vai ter de encarar isso mais cedo ou mais tarde", disse Ann. "Se não agora, depois que o bebê..."

Ela se interrompeu ao ver que o pai aguardava por elas, encarando-as com uma expressão furiosa no rosto. Estava na varanda, e parara ali para que pudessem entrar juntos como uma família.

Conforme se aproximavam, as garotas podiam ouvir pessoas chorando no interior da casa. Bert Miller abriu a porta de tela e entrou, com as filhas logo atrás.

A sala de estar estava abarrotada de gente, parte delas preenchendo todos os sofás e as cadeiras, o resto de pé. O caixão ocupava uma parede no lado mais distante do aposento, repousado sobre o que parecia ser uma mesa baixa ou alguns cavaletes e tábuas que tinham sido cobertos com um lençol branco e depois encimados com flores. Dentro do caixão estava o corpo de uma criança, uma menina de nove anos de idade, a filha mais nova dos Dorsey. Tinha morrido de febre reumática.

Houve uma comoção entre os membros da congregação quando a família Miller entrou na sala, uma tímida comoção, já que uma oração estava prestes a começar e ninguém sabia se deviam interrompê-la para cumprimentar os retardatários. Além disso, todos tinham reparado que Karen estava grávida.

Ao pé do caixão, o reverendo Michaels continuou a folhear o livro de orações, aparentemente alheio a qualquer interrupção. Os pais da criança morta estavam postados ao lado do reverendo, e olhavam para dentro do pequeno caixão com os rostos carregados de uma dor inconsolável e paralisante. Depois de encontrar a oração apropriada, o reverendo virou-se para sua congregação e viu que Bert Miller e suas três filhas haviam chegado.

"Por favor, sentem-se ou fiquem em silêncio", advertiu o reverendo. "A cerimônia está prestes a começar." Ele fixou os olhos em Bert Miller, fazendo-o saber que seu atraso fora notado, depois deixou que seu olhar desaprovador se fixasse em Karen e se demorasse nela, olhando-a bem nos olhos até que ela os desviasse, abaixando a cabeça de vergonha e constrangimento. O sr. e a sra. Dorsey continuaram a contemplar o caixão o tempo todo, sem saber como agir ou o que dizer, já pouco se importando com as formalidades da cerimônia, dada a angústia profunda que sentiam pela morte da filha.

"Peço a todos e a cada um de vocês que orem comigo", disse o reverendo Michaels, e, após uma breve pausa, deu início à oração fúnebre que era de se esperar que cada membro da congregação soubesse de cor:

"Que sua alma descanse em paz.
Que sua alma deixe o corpo.
Que seu corpo permaneça.
Que seu corpo transforme-se em pó, como disse nosso Senhor.
Que seu corpo nunca se erga novamente.
Liberte a alma para os céus e transforme todo o resto em pó."

Durante a oração, vários enlutados se reacomodaram nos assentos para dar espaço a Karen, enquanto o pai e as irmãs permaneceram de pé nos fundos da sala.

A oração terminou, e o reverendo Michaels fechou o livro de orações. Os membros da congregação continuaram bem quietos e calados, sem sair do lugar ou se mexer como geralmente acontece ao final de uma oração em grupo. Não havia nenhum som no aposento, exceto por um choro discreto.

O reverendo olhou para os fundos da sala, como se esperasse algo pelo qual não precisava pedir. A cerimônia claramente não tinha terminado. Os pais da criança morta — a mãe chorando discretamente, o pai expressando o peso de sua dor através dos olhos aflitos — continuaram de braços dados ao lado do caixão aberto.

O luto e a tristeza que impregnavam o ambiente deram lugar a um súbito clima de tensão. O reverendo continuou a olhar para o fundo da sala. Os olhos dos presentes, antes focados nos rostos dos pais atormentados, começaram a se voltar para a porta. Instantes depois, a mãe também parou de soluçar e ergueu os olhos, acompanhando o olhar do marido conforme ele mirava por cima das cabeças dos fiéis. Agora, todo pranto tinha cessado, e ninguém parecia mais respirar. Tudo estava parado, como se as dezenas de olhos que encaravam a porta estivessem esperando algo acontecer. Um homem no canto mais distante da sala se levantou e todos olharam fixamente para o que ele trazia nas mãos.

O homem era alto, esguio e vestia um terno marrom puído. Cruzou a parte de trás da sala e veio andando por uma passagem que os enlutados abriram para ele no meio do aposento. Todos os olhos estavam fixos na grande marreta de madeira que ele trazia nas mãos. Ele caminhou lentamente pela sala, olhando firme para o pai da criança morta. Aproximou-se do caixão e entregou a marreta ao sr. Dorsey. Ao mesmo tempo, pousando a mão esquerda solidariamente no ombro do pai angustiado, o reverendo exibiu em sua mão direita uma grande estaca de metal, similar àquelas que se usam na construção de ferrovias.

Michaels entregou a estaca ao sr. Dorsey.

Os rostos dos enlutados ali reunidos estavam tensos e expectantes enquanto olhavam para o caixão. Não havia nenhum som agora a não ser um ligeiro arrastar de pés. A fraca luz da sala parecia acentuar o silêncio.

Enquanto a maioria dos fiéis observava, o sr. Dorsey posicionou a estaca sobre a cabeça de sua filha morta e, em seguida, com o som reverberante da madeira se chocando contra o metal, o pai fincou a estaca no crânio dela.

Lágrimas escorreram pelo rosto mudo e impassível do homem.

A sra. Dorsey, incapaz de se controlar, gritou e começou a soluçar angustiada nos braços de várias mulheres da congregação que se apressaram a confortá-la.

De repente a porta de tela se escancarou e bateu contra a parede com um baque. Um garotinho estava postado à porta, agitado e sem fôlego, com os olhos fixos no reverendo

Michaels, que simbolizava a autoridade do local. "Ele caiu", gritou. "O ônibus! Capotou várias vezes! Eu estava lá! Caiu pela colina... todo mundo... to-todos eles morreram, eu acho!"

Todos na congregação começaram a fazer perguntas ao mesmo tempo, aos gritos. Um homem nos fundos da sala, perto da porta, começou a sacudir o garoto para tentar arrancar mais informações dele. "Onde foi que isso aconteceu? Quando?", ele exigiu saber.

"No cruzamento. Alguns minutos atrás. O ônibus bateu e caiu", o menino repetiu, tentando recuperar o fôlego.

O reverendo fechou a cara e gritou pedindo a atenção dos fiéis, que imediatamente se voltaram para ele, aguardando suas instruções. Eles precisavam da autoridade de sua voz, embora não fosse difícil adivinhar o que ele iria dizer. Se houvesse pessoas mortas no ônibus e se alguns morressem mais tarde em decorrência dos ferimentos, seus crânios precisariam ser perfurados com estacas para garantir que a paz da morte fosse definitiva e completa como era o plano de Deus.

"Vocês sabem o que precisa ser feito", declarou solenemente o reverendo. "Mas precisamos agir rápido. Não temos muito tempo."

Os membros da congregação começaram a se mexer; as pessoas se acotovelavam, correndo para fora da sala. Vários homens carregavam sacos de estacas e marretas, que haviam se tornado símbolos de morte e eram frequentemente trazidos para os funerais. Outros sempre levavam esses itens no carro.

Bert Miller virou-se para encarar as filhas. Ann, terrivelmente assustada, enterrou o rosto nas mãos. Ela recuava contra a parede conforme o pai avançava em sua direção. "Eu não quero ir!", ela gritou desesperada, encolhendo-se de medo do pai.

Bert agarrou a filha pelos punhos e sacudiu-a, obrigando a garota a erguer o rosto para que ele pudesse olhá-la bem fundo nos olhos. "Você *vai*! E Sue Ellen também. A única que não vai é Karen, porque está grávida. Ela pode ficar aqui e esperar até a gente voltar."

O resto das pessoas já se aglomerava em frente a casa quando Ann e Sue Ellen foram empurradas para fora, à frente do pai. Karen observava tudo, assustada e trêmula.

JOHN RUSSO
A VOLTA DOS MORTOS VIVOS

CAPÍTULO 2

Trecho de uma transmissão da Defesa Civil realizada durante o estado de emergência que se instalou no Leste dos Estados Unidos há dez anos:

"...OS ÚLTIMOS RELATÓRIOS CONFIRMAM QUE O CERCO INICIALMENTE REGISTRADO HÁ VINTE E QUATRO HORAS ATRÁS JÁ SE ESTENDEU À MAIOR PARTE DO LESTE DOS ESTADOS UNIDOS. CONSELHEIROS MÉDICOS E CIENTISTAS FORAM CONVOCADOS À CASA BRANCA, E CORRESPONDENTES EM WASHINGTON INFORMAM QUE O PRESIDENTE PLANEJA DIVULGAR OS RESULTADOS DESSA REUNIÃO EM UM PRONUNCIAMENTO PÚBLICO QUE SERÁ TRANSMITIDO POR MEIO DA REDE DE EMERGÊNCIA DA DEFESA CIVIL...

...OS ESTRANHOS SERES QUE APARECERAM EM QUANTIDADES ALARMANTES PARECEM TER CERTOS PADRÕES PREVISÍVEIS DE COMPORTAMENTO. NAS HORAS QUE SE SEGUIRAM AOS PRIMEIROS RELATOS DE MORTE, VIOLÊNCIA E ATAQUES REPENTINOS E APARENTEMENTE IRRACIONAIS CONTRA PESSOAS QUE FORAM PEGAS TOTALMENTE DESPREVENIDAS, CONSTATOU-SE QUE OS SERES ALIENÍGENAS SÃO HUMANOS SOB DIVERSOS ASPECTOS FÍSICOS E COMPORTAMENTAIS. ATÉ O PRESENTE MOMENTO, AS HIPÓTESES SOBRE A ORIGEM E OS PROPÓSITOS DESSES SERES SÃO TÃO DIVERSAS E VARIADAS QUE SÓ PODEMOS REPORTAR TAIS FATORES COMO DESCONHECIDOS. EQUIPES DE CIENTISTAS E MÉDICOS DISPÕEM ATUALMENTE DOS CADÁVERES DE DIVERSOS AGRESSORES, QUE ESTÃO SENDO ESTUDADOS EM BUSCA DE PISTAS QUE POSSAM CONFIRMAR OU DESMENTIR AS TEORIAS EXISTENTES. O FATO MAIS IMPRESSIONANTE É QUE ESSES SERES ESTÃO SE INFILTRANDO EM ÁREAS URBANAS E RURAIS POR TODA A PARTE LESTE DO PAÍS EM GRUPOS DE NÚMERO

VARIÁVEL, E SE AINDA NÃO HÁ EVIDÊNCIAS DA PRESENÇA DELES EM SUA LOCALIDADE, POR FAVOR... *TOME TODAS AS PRECAUÇÕES POSSÍVEIS!* OS ATAQUES PODEM OCORRER A QUALQUER MOMENTO, EM QUALQUER LUGAR E SEM AVISO PRÉVIO. REPETIMOS AGORA OS FATOS MAIS IMPORTANTES DOS ÚLTIMOS BOLETINS: HÁ UM VIOLENTA FORÇA — UM EXÉRCITO — DE SERES HUMANOIDES DE ORIGEM E NATUREZA DESCONHECIDA. ELES APARECERAM, ALEATORIAMENTE, EM DIVERSAS LOCALIDADES URBANAS E RURAIS NO LESTE DO PAÍS. ESSES SERES SÃO EXTREMAMENTE AGRESSIVOS E ATACAM COM UMA VIOLÊNCIA IRRACIONAL. A DEFESA CIVIL PLANEJA UMA AÇÃO COORDENADA E JÁ HÁ INVESTIGAÇÕES EM CURSO TENTANDO DESCOBRIR A ORIGEM E O PROPÓSITO DOS AGRESSORES. RECOMENDAMOS ENFATICAMENTE AOS CIDADÃOS QUE TOMEM TODAS AS MEDIDAS POSSÍVEIS DE PRECAUÇÃO PARA SE DEFENDER CONTRA ESSA TRAIÇOEIRA FORÇA ALIENÍGENA. ESSES SERES, PORÉM, NÃO TÊM GRANDE FORÇA FÍSICA E PODEM SER FACILMENTE DIFERENCIADOS DOS HUMANOS DEVIDO AO SEU ASPECTO DEFORMADO. ELES ANDAM GERALMENTE DESARMADOS, MAS APARENTEMENTE SÃO CAPAZES DE MANEJAR ARMAS. TAIS INVASORES SURGIRAM SEM NENHUM OBJETIVO OU PLANO DE AÇÃO, AO CONTRÁRIO DE EXÉRCITOS ORGANIZADOS COMO OS QUE CONHECEMOS. ELES PARECEM SER MOVIDOS PELOS IMPULSOS DE MENTES OBCECADAS OU EM TRANSE. AO QUE PARECE, SÃO INTEIRAMENTE INCAPAZES DE PENSAR. ELES PODEM — EU REPITO — *ELES PODEM SER DETIDOS POR MEIO DA IMOBILIZAÇÃO*; PARA DETÊ-LOS, É PRECISO CEGÁ-LOS OU DESMEMBRÁ-LOS. LEMBRE-SE DE QUE, EM GERAL, ELES SÃO MAIS FRACOS DO QUE UMA PESSOA ADULTA — MAS A FORÇA DELES ESTÁ NA QUANTIDADE, NO FATOR SURPRESA E NO FATO DE QUE A EXISTÊNCIA DELES ULTRAPASSA NOSSA ESFERA NORMAL DE COMPREENSÃO. TUDO INDICA QUE SÃO SERES IRRACIONAIS, INCAPAZES DE SE COMUNICAR, E NÃO HÁ DÚVIDA DE QUE DEVEMOS CONSIDERÁ-LOS NOSSOS INIMIGOS ENQUANTO DURAR ESTE TERRÍVEL ESTADO DE EMERGÊNCIA. SE ENCONTRADOS, ESSES SERES DEVEM SER EVITADOS OU DESTRUÍDOS. NÃO ANDE DESACOMPANHADO E FIQUE JUNTO DE SEUS FAMILIARES ENQUANTO DURAR ESSA AMEAÇA.

...*ESSES SERES SE ALIMENTAM DE CARNE HUMANA*. ELES ESTÃO *COMENDO A CARNE* DAS PESSOAS QUE MATAM. ESSA É A PRINCIPAL CARACTERÍSTICA DOS SEUS ATAQUES, UMA COMPULSÃO INSANA E PERVERSA POR CARNE HUMANA. REPITO: ESSES SERES ALIENÍGENAS ESTÃO *COMENDO A CARNE DE SUAS VÍTIMAS*..."

CAPÍTULO 3

Era de manhã, e o xerife Conan McClellan bebericava uma xícara de café em seu escritório quando ouviu, na frequência da polícia, o informe sobre o ônibus acidentado. Ele conhecia o cruzamento e a encosta pela qual o ônibus, segundo se dizia, caíra e capotara. O relatório inicial não mencionava nenhum incêndio, e não era um declive íngreme. Dependendo da velocidade em que o ônibus estava quando caiu pela beirada da encosta, e se tivesse conseguido desviar das árvores grandes antes de parar, poderia haver sobreviventes.

McClellan mandou pedir ambulâncias extras e suprimentos médicos de emergência para todas as comunidades vizinhas. Alertou as salas de emergência dos hospitais mais próximos. Também ligou para o necrotério. Então subiu em uma viatura conduzida por um dos seus homens, o inspetor Greene, um novato, e lhe disse para partir rumo ao local do acidente. Greene se esforçava para não deixar transparecer seu nervosismo; ainda não tivera a oportunidade de encontrar nenhum homem morto enquanto trabalhava como policial, e a julgar pelo que tinha ouvido no informe e sabendo das precauções que seu superior tomara, estava bem convencido de que ia encontrar seus primeiros corpos naquele dia.

O xerife McClellan era um bom homem, com o hábito perturbador, mas talvez necessário, de praticamente *caçar* maneiras de submeter seus homens a uma prova de fogo, como uma espécie de batismo. Uma vez que tivessem superado uma crise sem entregar os pontos, ele sabia que poderia confiar neles. E sentia que eles sabiam que poderiam confiar em si mesmos. Greene estava prestes a se tornar *muito* confiável, ponderou McClellan.

O próprio xerife ficou mais nervoso com esta chamada do que normalmente ficava, e sabia por quê. O acidente com o ônibus do qual eles rapidamente se aproximavam o lembrava demais do primeiro acidente que ele cobrira quando ainda era um policial novato. Um ônibus que levava crianças da escola primária tinha sido atingido de frente por um caminhão sobrecarregado com vergalhões de aço, do tipo que são usados para reforçar concreto. Os vergalhões se soltaram com o impacto e foram lançados como arpões para o interior do ônibus escolar, empalando e decepando as cabeças e os braços de muitas das crianças. McClellan quase pedira demissão do cargo como resultado desse único acidente, decidindo que sua carreira de seis meses como policial já era o suficiente. Agora, depois de vinte e seis anos, ele sentia que podia encarar qualquer coisa que o mundo atirasse em seu caminho, não importava o quão terrível fosse. Ele nunca demonstrava suas emoções, mas nunca se esquecia de nada — ou de ninguém — que o tocava profundamente. Seus homens o respeitavam, como se ele fosse um pouco casca grossa demais para ser humano. McClellan sabia que essa era a única maneira de sobreviver em seu trabalho.

O inspetor Greene sabia no que estava se metendo. Pensava nos informes que tinha ouvido no rádio do carro. Se estivesse sozinho, talvez dirigisse mais devagar, na esperança de chegar ao local do acidente depois que parte da situação já tivesse sido controlada. Mas com o xerife McClellan sentado no banco da frente, ele não podia ficar enrolando. Mesmo que desejasse que McClellan tivesse escolhido outra pessoa para levá-lo ao local do acidente, ele tinha o bom senso de não tocar no assunto.

Com a sirene e as luzes da viatura ligadas, aproximavam-se rapidamente do local, e chegariam lá cerca de dez minutos depois de terem saído do quartel-general da polícia.

O ônibus perdera o controle depois de passar por uma elevação e caiu pela beirada da encosta. Havia uma barricada policial na margem da estrada, e um patrulheiro direcionava os veículos de emergência para o local do acidente, ao mesmo tempo que orientava o restante dos carros a prosseguir. Por sorte, dificilmente havia muito tráfego nessa estrada rural, e se houvesse sobreviventes, eles poderiam ser rapidamente transferidos para um hospital. O patrulheiro acenou para o carro de McClellan, e Greene subiu lentamente a colina até um ponto onde podiam ver a grade de proteção da estrada curvada e retorcida, a uns duzentos metros acima do cruzamento formado por uma ponte e a junção de três rodovias. Não havia nenhum indício de por que o ônibus perdera o controle. Talvez tivesse sido forçado a desviar por um carro ou caminhão que seguiu em frente depois que o ônibus caiu pela encosta.

Greene estacionou, deixou as luzes da viatura piscando e saiu, acompanhado pelo xerife. Longe de atrasados, eles aparentemente estavam entre os primeiros a chegar, o que não consolava Greene nem um pouco. Havia outra viatura, estacionada em um lado da estrada, bem colada ao acostamento, com as luzes ainda piscando. McClellan concluiu que o patrulheiro que dirigia o trânsito viera naquele carro.

O xerife olhou para baixo, por onde o ônibus caíra, mas não viu ninguém se dirigindo para o local do acidente. À distância, não era possível distinguir o ônibus com clareza; sua rota fatal o levara por uma mata densa, que agora ocultava a extensão da catástrofe.

Com um aceno, McClellan pediu a Greene que o seguisse, e começou a descer pela encosta em direção ao ônibus destruído. Podiam ver um pouco de fumaça se elevando das árvores, mas certamente não o bastante para sugerir um incêndio de grandes proporções. Ainda assim, McClellan não tinha razões para esperar um grande número de sobreviventes; se tivesse havido sobreviventes, raciocinou, o primeiro impulso deles teria sido buscar ajuda, subindo pela floresta e pela encosta até chegar à estrada. Se não havia ninguém subindo, provavelmente era porque não havia ninguém em condições de subir. Mas notou que o capim estava amassado e que havia pegadas de lama em alguns pontos, como se, por alguma razão, um número considerável de pessoas tivesse descido *em direção* aos destroços. McClellan não entendia. Se um grupo de pessoas tinha descido até lá, quem eram eles e onde estariam?

A VOLTA DOS MORTOS VIVOS
JOHN RUSSO

CAPÍTULO 4

Ann e Sue Ellen estavam salpicadas de sangue; seus vestidos cuidadosamente lavados e passados agora estavam enlameados e rasgados. Sue Ellen escorregou e caiu. Suas mãos se soltaram das pernas do homem morto que ajudava a carregar, e seu o rosto bateu contra o sapato do defunto. Um soluço escapou de sua garganta. Bert Miller não demonstrou nenhuma compaixão e não ofereceu qualquer palavra de incentivo, mas seu olhar severo e zangado impelia a filha a se levantar e continuar andando. Sue Ellen pôs-se de pé, agarrou as pernas do cadáver e seguiu em frente. O pai segurava o corpo pelos braços, e ele próprio estava sem fôlego. Mas se ele não podia parar, ela também não poderia. Bert queria que suas filhas aprendessem que a vida era difícil, que havia deveres a cumprir e aqueles que tinham de fato fibra moral faziam o que precisava ser feito sem reclamar ou esperar receber alguma recompensa por isso nesta vida. Ele dera a Ann e Sue Ellen duas opções: ou ajudavam a carregar os mortos ou martelavam as estacas. Elas escolheram carregar os corpos de livre e espontânea vontade, portanto, tinham de cumprir a tarefa. E deviam fazer isso depressa, antes que as autoridades chegassem ao local para detê-los. As autoridades não queriam admitir a necessidade de perfurar o crânio dos mortos com estacas, embora isso já tivesse sido claramente necessário no passado.

Sue Ellen e o pai levaram o homem morto até uma clareira na floresta, onde outros cadáveres tinham sido dispostos em fileiras. Largaram o homem no chão, e a garota desviou os olhos quando a cabeça do cadáver pendeu torta para um lado, expondo o ferimento que quase separara sua cabeça do pescoço. Sue Ellen cobriu os olhos com as mãos, então lembrou tarde demais de que suas mãos estavam ensanguentadas. Tirou as mãos do rosto, mas ficou com uma mancha fresca de sangue em cada bochecha. A garota começou a chorar. Podia ouvir a respiração arquejante do pai enquanto ele descansava um pouco e observava Ann, que lutava para arrastar o corpo de uma criança de três anos pelo mato e para dentro da clareira. Uma grande lasca de madeira, parte de um galho de árvore quebrado, estava preso no peito da criança; ela tinha a boca aberta, e seus dentes estavam incrustados de sangue. Bert Miller fizera Ann arrastar o corpo da criança sozinha, enquanto ele e Sue Ellen carregavam o homem morto, um fardo muito mais pesado. O homem e a criança eram os últimos a ser retirados dos destroços do ônibus. Outros na clareira já tinham começado a martelar as estacas.

Ann e Sue Ellen desabaram no chão, ofegantes, quase em estado de choque. Evitavam trocar olhares, porque uma lembrava à outra da terrível experiência pela qual tinham passado. Ambas se sentiam sozinhas, assustadas além de toda compreensão, e desejavam fugir e se esconder onde não precisassem testemunhar aquela atividade na clareira, que as enchia de tamanha repulsa que mantinham os olhos fechados. Mas podiam ouvir o som desagradável da madeira se chocando contra o metal e o ruído dos crânios mortos se partindo, acompanhados da respiração ofegante, dos gritos e dos comentários daqueles que manejavam as estacas e as marretas. O acidente de ônibus não deixara nenhum sobrevivente. O reverendo Michaels caminhou entre os cadáveres, a maioria deles horrivelmente mutilados, e parou diante de cada um deles, fazendo uma oração apressada com o intuito de ajudar a garantir a paz eterna da morte. Vez ou outra, absorvido em seu trabalho febril, tirava um momento para incentivar os paroquianos e elogiá-los pela fibra que tinham demonstrado ao cumprir o trabalho de Deus.

"Depressa! Depressa!", gritou Michaels. "Temos que martelar o máximo de estacas que pudermos antes que a polícia chegue!"

Quando ouviram o som das sirenes de polícia, as pessoas ficaram com medo e souberam que precisavam partir imediatamente, mesmo que não tivessem terminado o trabalho. Treze cadáveres tinham sido perfurados de um total de trinta e quatro mortos. O reverendo sacudiu a cabeça, com a esperança de que suas orações fossem o suficiente para apaziguar os corpos que não tinham sido perfurados. Então conduziu sua congregação para fora da clareira e para longe da floresta, seguindo em direção ao vale por onde tinham vindo. Avançaram silenciosa e furtivamente por um caminho que margeava a mata, onde não encontrariam nenhum policial ou outros intrusos que pudessem desaprovar o que tinham feito, ou o modo como os mortos tinham sido tratados. O reverendo rezava enquanto andava pela floresta, pedindo ajuda ao Senhor para os vinte e um corpos que não tinham sido perfurados, pedindo-Lhe que lhes concedesse Paz Eterna. Sabia que eram presas fáceis para forças demoníacas cujo horror escapava à compreensão humana.

Mais ou menos no momento em que os últimos corpos eram atravessados com estacas, o xerife McClellan e o inspetor Greene desciam pela encosta até o local do acidente, onde o ônibus se encontrava todo quebrado e destroçado. Ao longe, ouviram os sons rítmicos de madeira se chocando contra metal e ficaram se perguntando o que poderia ser aquilo.

Vasculharam toda a mata ao redor enquanto caminhavam, esperando encontrar corpos mutilados que porventura tivessem sido lançados para fora do ônibus com o impacto, mas não viram nada, e não havia nenhum sinal de sobreviventes.

Quando chegaram ao ônibus, ele estava vazio.

Do corpo do ônibus se elevavam algumas finas nuvens de fumaça, mas aparentemente não havia risco de explosão. O interior do veículo era um caos sangrento. Havia evidências de carnificina em uma escala assustadora, porém nenhum vestígio de mortos ou feridos. Todos os passageiros, mortos ou vivos, tinham desaparecido. Em meio aos pedaços de metal retorcido e aos cacos de vidro, os olhos de Greene recaíram sobre uma mão decepada e ensanguentada, e a visão lhe causou ânsias de vômito. Ele engoliu em seco e apontou para o membro amputado, mostrando-o para McClellan, que olhou, mas não disse nada. O xerife, por sua vez, reparara no que parecia um dedo, ou um pedaço de dedo, parcialmente encoberto sob uma mala feminina azul-esmalte, mas não achou necessidade de mostrá-lo a Greene. Se esquadrinhassem os escombros, certamente encontrariam mais fragmentos de corpos, além de dentes e óculos quebrados, mas naquele momento estavam bem mais interessados em descobrir o que acontecera às pessoas que tinham sobrevivido — ou não — àquele desastre.

McClellan soube então que o capim amassado no trajeto da estrada à clareira se devia à passagem de um grupo grande de pessoas por ali, que obviamente se dirigiam ao local dos destroços. Elas tinham levado os cadáveres embora. Ou os sobreviventes, se houvesse algum. Mas por quê? Talvez eles achassem que precisavam fazer isso, temendo que o ônibus explodisse antes que os sobreviventes fossem resgatados e os mortos identificados, muito embora, para McClellan, não houvesse qualquer risco real de explosão. Seja qual fosse o pequeno incêndio que causara fumaça, talvez um cigarro aceso que caíra em meio à bagagem, ele se extinguira rapidamente, e não queimara perto de nenhuma mangueira de combustível ou outra parte do veículo suscetível a incendiar.

"Alguém arrastou as pessoas para fora do ônibus", disse McClellan. "Procure na floresta por trechos de mato pisado. Provavelmente vamos conseguir descobrir para que lado eles foram."

Greene olhava em volta, chocado. Ele e McClellan tinham descido do ônibus, e o rapaz estava feliz de ter saído de lá. Tinha a esperança de que fossem subir a encosta e voltar para a viatura, mas pelo visto estavam longe disso.

"Ande *logo*!", McClellan ordenou rudemente ao novato. "Você não pode largar um trabalho pela metade. Essas pessoas não criaram asas e saíram voando para o céu, como anjos. Se estão todos mortos, alguém os levou daqui. Temos que descobrir *para onde* — em caso de que alguns deles *não* estejam mortos e precisem de ajuda."

"Saqueadores?", sugeriu Greene, ansioso para mostrar que estava pensando, embora estivesse constrangido com a bronca que recebera de McClellan.

"Talvez", admitiu o xerife. "Mas se eles eram saqueadores, porque não levaram toda a bagagem?" Ele deixou a pergunta solta no ar enquanto seus olhos buscavam algum ponto em que a mata tivesse sido penetrada.

Greene se juntou a McClellan e os dois sacaram as pistolas. Se havia a possibilidade de que realmente topassem com uma gangue de saqueadores, era melhor que estivessem prontos. Avançaram com cautela, já que não queriam ser pegos de surpresa. *Se* houvesse saqueadores, eles podiam muito bem estar de vigia, preparando uma emboscada.

Os dois atravessaram um trecho de mato pisado que conduzia para o interior da floresta. Greene, o jovem tenente, parecia alerta e bem disposto, ainda que um pouco nervoso. Tinha vinte e três anos, era alto e bonito, e ficava bem em seu uniforme de patrulheiro. McClellan era vinte e cinco anos mais velho; era barrigudo, mas tinha um peito largo; e embora fosse um pouco lento e curto de fôlego, era um homem difícil de derrubar. Numa luta, se ficasse de pé e tivesse a chance de aplicar um soco ou dois, seu oponente seria certamente aquele a ir ao chão. McClellan era astuto e lento, como um velho urso. Greene, o homem mais novo, tinha os reflexos afiados da juventude, mas ainda era inexperiente e indisciplinado. As pancadas, as feridas e as experiências de anos de trabalho duro e perseverante faziam a diferença.

Sem a interferência do homem, a floresta tinha um silêncio puro, primitivo. Mas quando o homem estava por perto, certos animais mudavam de comportamento e faziam sons diferentes, ou não faziam som algum. McClellan notou a mudança nos sons da floresta conforme ele e Greene avançavam entre as árvores, e teve a nítida sensação que, se um grupo de pessoas tinha se embrenhado na mata para fazer alguma coisa, provavelmente já tinham todos fugido. Sem dar explicações a Greene, começou a andar mais rápido, cada vez menos preocupado com saqueadores ou com uma possível emboscada.

Os homens não tardaram a descobrir para onde os feridos — ou os cadáveres — tinham sido levados. Um rastro claramente visível de sangue, roupas rasgadas, pegadas e capim amassado conduzia até a clareira no meio da floresta. McClellan e Greene se aproximaram da clareira com cuidado, de pistolas em punho. Escondidos atrás das árvores viram que ninguém se mexia, e então adentraram a clareira. Encontraram fileiras irregulares de corpos mutilados, deitados no chão, alguns com estacas enfiadas no crânio. Por um longo momento, nem McClellan nem Greene se mexeram ou falaram. Então, ainda calados, foram até a borda da clareira e, de armas em punho, contornaram-na rapidamente, vasculhando atrás das árvores e dos arbustos. Não havia nenhum sinal da presença de outras pessoas, então guardaram as pistolas e ficaram parados entre os corpos destroçados e mutilados.

"Verifique se tem alguém vivo", McClellan finalmente falou, e ele e Greene passaram de um corpo ensanguentado ao outro sem encontrar nenhum sinal de vida.

"Isso não foi obra de saqueadores", disse McClellan, rompendo o silêncio sepulcral.

"As es-estacas...", Greene conseguiu balbuciar.

"Alguém acha que está acontecendo de novo. Acho que os assustamos antes que pudessem terminar."

Greene olhou de modo inquisitivo para o xerife. "Você não é *daqui*, Greene", disse McClellan. "Esta área foi uma das mais afetadas, há dez anos. Você lembra? Os mortos tinham de ser queimados ou decapitados. O cérebro precisava ser destruído. Eu não sei se aquelas criaturas estavam realmente mortas ou não — não no sentido comum da palavra. *Ninguém* sabe. Mas alguém está com medo de que isso volte a acontecer. Por isso as estacas nas cabeças."

Greene ficou pálido. "Não *pode* acontecer de novo", falou. "A situação foi controlada. Eu lembro. Tinha só treze anos. Nós lemos sobre isso, vimos na TV, e mesmo assim não queríamos acreditar. Houve muitos poucos casos da doença na minha cidade. Mas houve alguns... o suficiente para que ficássemos convencidos de que aquilo era real."

"Era bem real", disse McClellan. "É uma coisa que eu tento esquecer. Que eu *quero* esquecer. Mas era bem real, sim."

"Não pode acontecer de novo", repetiu Greene, como se repetir aquelas palavras fosse torná-las reais simplesmente porque ele queria acreditar nelas.

"Não sei", disse McClellan. "Espero que não. Mas eles nunca descobriram ao certo qual foi a causa do fenômeno. Talvez possa voltar a acontecer, como uma praga de gafanhotos ou de besouros-japoneses". Tentou rir, e pretendia que o comentário aliviasse o clima, mas a risada não veio, e o comentário ficou simplesmente pairando no ar.

Greene ainda olhava fixamente para as fileiras de cadáveres. Ele sacara a pistola de novo, quase involuntariamente, mas a arma pendia ao lado de seu corpo, inútil.

"Vamos lá", disse McClellan. "Não podemos ficar nessa. Precisamos reagir. Vai ter gente aqui daqui a pouco — o pessoal da ambulância e provavelmente repórteres. Enxeridos de uma figa. Eu vou ficar aqui de guarda. Volte para o ônibus e indique o caminho para o pessoal da ambulância."

Greene não pôde deixar de perceber que o xerife incluíra a si próprio ao dizer que precisavam reagir. McClellan estava sendo gentil, mostrando que estava tão abalado quanto ele e que não havia por que se envergonhar disso. Greene sentiu uma pontada de simpatia e respeito pelo xerife. Enquanto voltava para os destroços do ônibus, lembrou-se de algo que tinha lido uma vez e que lhe causara grande impressão: *o homem corajoso tem tanto medo quanto o covarde; mas o homem covarde foge, e o corajoso não.*

Quando Greene chegou aos destroços do ônibus, sete ou oito socorristas e um médico tinham chegado ao local e provavelmente já estavam ali há alguns minutos. Andavam de um lado para o outro, chocados, sem entender o que estava acontecendo, e faziam perguntas uns aos outros que nenhum deles sabia responder. Assim como os patrulheiros, eles estavam mais perplexos pela ausência de corpos do que teriam ficado se vissem um monte de pessoas destroçadas e mutiladas. Eles podiam lidar com cadáveres ou feridos; era o que tinham sido treinados para fazer. Mas a ausência de mortos e feridos em uma situação na qual eles eram obviamente esperados desconcertava os membros da equipe de socorro e fazia com que se sentissem um tanto desorientados e inquietos. Para eles aquela situação não fazia sentido, o que provocava neles um vago desconforto.

Quando Greene se aproximou, eles o fitaram com expectativa, supondo que aquele homem lhes diria o que fazer.

"Por aqui!", disse Greene, apontando para a floresta às suas costas. "Os passageiros do ônibus estão lá atrás!" Depois, abaixando a voz, ele acrescentou: "Vocês não vão precisar de nada além de macas. Não levem suprimentos médicos. Estão todos mortos."

Ao longe, descendo aos tropeços pela encosta por onde o ônibus caíra depois de perder o controle e atropelar a grade de proteção, Greene avistou uma multidão se aproximando. Estavam carregando equipamentos que, conforme chegaram mais perto, viu tratarem-se de câmeras e tripés. De repente, havia repórteres e gente de jornal e televisão por toda a parte. Greene refletiu por um instante se devia ficar perto do ônibus para tentar manter os repórteres e os cinegrafistas restritos àquela área. Mas sabia que eles não lhe dariam ouvidos. Quando encontrassem o ônibus vazio, seguiriam a equipe de socorro para dentro da floresta. Quando outros policiais chegassem, poderiam isolar a área ao redor da clareira. Mas então seria tarde demais. Os corpos já estariam sendo carregados pela colina, sobre macas. Os repórteres veriam tudo e divulgariam a história completa. Seria um grande estardalhaço, as pessoas ficariam apavoradas e se lembrariam da praga que tinha acontecido dez anos antes.

Greene estremeceu, resignado. Sabia que era impossível esconder aquele evento macabro da mídia. Dando as costas para o local dos destroços, começou a caminhar em direção àquela pavorosa cena oculta no interior da floresta.

CAPÍTULO 5

Trecho de uma transmissão da Defesa Civil, dez anos antes:

"BOA NOITE, SENHORAS E SENHORES. AGORA É MEIA-NOITE NA HORA OFICIAL DA COSTA LESTE. ESTA É A REDE DE EMERGÊNCIA DA DEFESA CIVIL, COM BOLETINS DE HORA E HORA ENQUANTO DURAR ESSA EMERGÊNCIA. FIQUEM SINTONIZADOS NESTA ESTAÇÃO PARA RECEBER INFORMAÇÕES DE SOBREVIVÊNCIA.

SENHORAS E SENHORES... POR MAIS INCRÍVEL QUE PAREÇA... O ÚLTIMO RELATÓRIO DA EQUIPE DE PESQUISA DESIGNADA PELO PENTÁGONO E PELA PRESIDÊNCIA, ALOCADA NO HOSPITAL WALTER READE, CONFIRMA O QUE MUITOS DE NÓS JÁ ACREDITAMOS. O EXÉRCITO DE AGRESSORES QUE TEM SITIADO VÁRIOS ESTADOS NA PORÇÃO LESTE E MEIO-OESTE DO PAÍS É FORMADO DE *SERES HUMANOS MORTOS*.

AQUELES QUE MORRERAM RECENTEMENTE TÊM RETORNADO POR MEIO DE ALGUMA FORÇA DESCONHECIDA E ESTÃO SE ALIMENTANDO DE CARNE HUMANA. PESSOAS MORTAS EM NECROTÉRIOS, HOSPITAIS E CASAS FUNERÁRIAS, BEM COMO MUITAS DAQUELAS QUE MORRERAM DURANTE OU EM DECORRÊNCIA DO CAOS GERADO NESTA EMERGÊNCIA, TÊM RETORNADO À VIDA DE UMA FORMA DEGENERADA E INCOMPLETA. ELES ESTÃO DE VOLTA ENTRE NÓS COM UMA ÂNSIA IRRESISTÍVEL DE MATAR OUTROS SERES HUMANOS E DEVORAR SEUS CORPOS.

A EQUIPE DE WALTER READE, A CASA BRANCA E OUTRAS AUTORIDADES GOVERNAMENTAIS NÃO TÊM FORNECIDO EXPLICAÇÕES PARA AS CAUSAS DESSE INCRÍVEL FENÔMENO, MAS AS ESPECULAÇÕES TÊM SE CONCENTRADO NO RECENTE LANÇAMENTO DE UMA SONDA A VÊNUS. A MISSÃO FOI MALSUCEDIDA, E EMBORA A SONDA TENHA

PARTIDO PARA VÊNUS HÁ MAIS DE UMA SEMANA, ELA DESVIOU DE CURSO E NUNCA CHEGOU A ENTRAR NA ATMOSFERA DO PLANETA. EM VEZ DISSO, RETORNOU À TERRA, CAINDO NO OCEANO ATLÂNTICO. ELA CARREGAVA CONSIGO UMA MISTERIOSA RADIAÇÃO DE ALTO NÍVEL, CUJA ORIGEM AINDA É — OU ASSIM SOMOS LEVADOS A ACREDITAR — DESCONHECIDA. PODERIA ESSA RADIAÇÃO SER A RESPONSÁVEL PELA EPIDEMIA DE MORTE E HORROR QUE ESTAMOS TESTEMUNHANDO AGORA? AQUI EM WASHINGTON E EM OUTROS LUGARES CHOVEM POSSÍVEIS RESPOSTAS A ESSA PERGUNTA, ENQUANTO A CASA BRANCA TEM MANTIDO UMA CORTINA DE SILÊNCIO EM RELAÇÃO A TEORIAS CIENTÍFICAS E ESTÁ TENTANDO LIDAR COM ESTA EMERGÊNCIA COM BASE EM AÇÕES RETALIATÓRIAS. O GOVERNO ESTÁ ORGANIZANDO GRUPOS DE RESISTÊNCIA NA FORMA DE ESQUADRÕES DEDICADOS A BUSCAR E EXTERMINAR OS AGRESSORES. OS DETALHES DESSAS MISSÕES SÃO UMA INCÓGNITA NO MOMENTO. NOSSOS REPÓRTERES TÊM SIDO EXCLUÍDOS DE REUNIÕES NA CASA BRANCA E NO PENTÁGONO, E MEMBROS DO CONSELHO MILITAR E CIVIL TÊM SE NEGADO A DAR ENTREVISTAS OU A RESPONDER A QUAISQUER PERGUNTAS FEITAS POR REPÓRTERES QUANDO ESTÃO A CAMINHO DESSAS REUNIÕES.

EU REPITO: *O ÚLTIMO COMUNICADO OFICIAL DO PENTÁGONO CONFIRMOU QUE OS AGRESSORES SÃO PESSOAS MORTAS.* ELES NÃO SÃO INVASORES DE OUTRO PLANETA. SÃO SERES HUMANOS QUE *MORRERAM RECENTEMENTE* AQUI NA TERRA. NEM TODOS QUE MORRERAM RECENTEMENTE RESSUSCITARAM, MAS EM CERTAS ÁREAS DO PAÍS, ESPECIALMENTE NA COSTA LESTE E NO MEIO-OESTE, ESSE FENÔMENO É MAIS GENERALIZADO QUE EM OUTRAS REGIÕES. NÃO SE SABEM OS MOTIVOS QUE LEVAM O MEIO-OESTE A SER UMA ÁREA TÃO GRAVEMENTE ATINGIDA, E MESMO AS ESPECULAÇÕES MAIS EXTRAVAGANTES NÃO ENCONTRARAM EXPLICAÇÕES. TALVEZ A MAIOR PROXIMIDADE DE NOSSA LINHA COSTEIRA EM RELAÇÃO À REENTRADA DA SONDA DE VÊNUS SEJA UM FATOR. ATÉ O PRESENTE MOMENTO, NÃO TEMOS RESPOSTAS. TALVEZ NUNCA SAIBAMOS AS CAUSAS EXATAS DESSE TERRÍVEL FENÔMENO QUE ESTAMOS TESTEMUNHANDO.

AINDA EXISTE A ESPERANÇA, ENTRETANTO, DE QUE A AMEAÇA POSSA SER CONTROLADA, TALVEZ EM UMA QUESTÃO DE DIAS OU ALGUMAS SEMANAS. DESCOBRIU-SE QUE OS AGRESSORES PODEM SER MORTOS — OU SERIA MORTOS DE NOVO? — POR UM TIRO OU UM GOLPE VIOLENTO NA CABEÇA. ELES TÊM MEDO DE FOGO E QUEIMAM COM FACILIDADE.

ESSES SERES POSSUEM TODAS AS CARACTERÍSTICAS DE PESSOAS MORTAS — EXCETO PELO FATO DE QUE NÃO ESTÃO MORTOS —, E POR RAZÕES QUE FOGEM À NOSSA COMPREENSÃO, SEUS CÉREBROS FORAM ATIVADOS E ELES SÃO CANIBAIS.

ACABEI DE RECEBER UM NOVO BOLETIM QUE AFIRMA COM BASE EM FONTES SEGURAS QUE QUALQUER PESSOA MORTA EM DECORRÊNCIA DE UM FERIMENTO INFLIGIDO POR ESSES SERES CANIBAIS PODE RETORNAR À VIDA DA MESMA FORMA QUE OS AGRESSORES E SE TRANSFORMAR EM UM DELES. A SUPOSTA DOENÇA DA QUAL ESSAS CRIATURAS SÃO PORTADORAS É *TRANSMISSÍVEL* POR MEIO DE FERIDAS ABERTAS OU ARRANHÕES NA PELE, E SURTE EFEITO MINUTOS DEPOIS DA MORTE APARENTE DA PESSOA FERIDA. QUALQUER INDIVÍDUO QUE MORRA DURANTE ESSA EMERGÊNCIA DEVE SER IMEDIATAMENTE DECAPITADO OU CREMADO. OS SOBREVIVENTES PODERÃO ACHAR ESSAS MEDIDAS DIFÍCEIS DE ASSIMILAR E EXECUTAR, MAS ELAS DEVEM SER EXECUTADAS MESMO ASSIM. CASO CONTRÁRIO, AS AUTORIDADES DEVERÃO SER ALERTADAS PARA TOMÁ-LAS EM SEU LUGAR. OS INDIVÍDUOS MORTOS DURANTE ESTA EMERGÊNCIA NÃO SÃO CADÁVERES NO SENTIDO COMUM DA PALAVRA. ELES SÃO CARNE MORTA — MAS SÃO ALTAMENTE PERIGOSOS E CONSTITUEM UMA AMEAÇA A TODA VIDA EM NOSSO PLANETA. REPITO, OS CORPOS DE PESSOAS MORTAS DURANTE ESTA EMERGÊNCIA *DEVEM SER QUEIMADOS OU DECAPITADOS...*"

CAPÍTULO 6

Na tela de televisão fixada à parede do bar, um repórter fazia cobertura do acidente do ônibus e dos eventos bizarros que se seguiram. Os comentários eram longos e sensacionalistas, e as câmeras davam uma ênfase desnecessária, pensou McClellan, nos corpos mutilados sendo transportados em macas para fora da clareira sangrenta na floresta. A maior parte das macas estava coberta e não se via claramente o estado dos cadáveres, mas a voz do comentarista completava os detalhes escabrosos que o vídeo deixava misericordiosamente de fora.

McClellan desviou os olhos da tela. Ele e Greene tinham parado para tomar uma bebida e tentar apagar da cabeça algumas imagens daquele dia. Ambos estavam completamente esgotados, tanto física como emocionalmente, e precisavam de um lugar tranquilo para sentar e tentar digerir o que tinham visto. Haviam escolhido esse local específico porque raramente estava lotado, e quando entraram no bar, de fato não havia clientes, como tinham previsto. O xerife pedira uma dose de uísque e uma cerveja, e Greene seguiu seu exemplo. Os dois engoliram a dose de uma vez só, sem dizer uma palavra. Na verdade, nenhum deles tinha vontade de falar, mas apreciavam a presença um do outro. Tinham acabado de pegar a caneca de cerveja, quando a porta do lugar se abriu de supetão e um homem entrou no ambiente fracamente iluminado. Ele vacilou um instante, avaliando o local e seu potencial para um bom momento de distração, então caminhou até o bar e sentou-se na banqueta ao lado de McClellan.

McClellan tentou não olhar diretamente para o homem. Não o conhecia e não queria conhecê-lo, e principalmente, não queria entrar em uma conversa fútil com um bêbado depois de tudo pelo que tinha passado recentemente. E ver os eventos do dia reprisados na TV só o deixara ainda mais irritável.

O homem vestia um macacão azul e carregava uma grande marmita de metal, que bateu com força sobre o balcão enquanto gritava para o barman que lhe servisse uma dose dupla de Seagram 7 e uma garrafa de Budweiser. Uma vez servido, o homem virou de um só gole sua dose de uísque, pediu outra, e depois voltou os olhos injetados para a tela que piscava no alto do bar. Durante o noticiário, ele arrotava ou grunhia sarcasticamente em partes que achava divertidas — ou olhava diretamente para McClellan, como se esperasse que o xerife arrotasse ou grunhisse em concordância. Quando os arrotos e grunhidos não causaram nenhuma reação, o bêbado começou a resmungar; e quando os resmungos também não causaram nenhuma reação, ele começou a fazer comentários em voz alta.

Os dois policiais continuaram calados. McClellan tentou manter a cabeça virada na direção de Greene, na esperança de que o bêbado percebesse a indireta e ficasse quieto. Mas seus olhos se voltaram subitamente para a tela quando ouviu a própria voz, gravada mais cedo durante uma entrevista que dera no local do acidente.

"Dá-lhe, xerife", disse o bêbado, girando a banqueta a tempo de dar com os olhos de McClellan enquanto ele relanceava a TV.

"Aham", rosnou McClellan contrariado.

Greene olhou para o parceiro e sorriu, tentando ser solidário. Ele sabia que a última coisa que McClellan queria era falar sobre os eventos da tarde.

O bêbado continuou a falar, tropeçando nas palavras: "Xerife, acho que essa gente está certa. Deixe eles enfiarem os malditos pregos nos defuntos. Só para garantir, sabe como é?"

McClellan desceu da banqueta, tirou a carteira e, com a mão espalmada, depositou algumas notas no balcão. "Greene, vamos embora daqui."

O barman veio contar o dinheiro, e o bêbado gritou para os policiais conforme eles atravessavam a porta: "Já aconteceu antes, pode acontecer de novo! Você *viu*, xerife. Você viu com seus próprios olhos!"

Quando McClellan e Greene deixaram o bar, estava de noite. Eles continuaram andando; ambos queriam se distanciar logo do estabelecimento. A noite era fresca e clara, e o céu negro estava iluminado por incontáveis estrelas. Um fluxo esparso, porém constante, de carros se movia ao longo da rua pela qual os dois policiais caminhavam, margeando um pequeno parque.

"Vamos embora daqui", disse McClellan, andando a passos rápidos. "Pode me deixar em casa? Minha mulher ficou com o carro."

Eles atravessaram a rua e seguiram em direção à viatura, estacionada na esquina do parque. Conforme se aproximavam do carro, Greene estancou de repente e esticou o braço diante de McClellan, fazendo-o parar também. "Você ouviu isso?", ele perguntou, olhando para um grupo de árvores a uns vinte metros de distância. Sua voz era quase um sussurro.

Ambos ficaram completamente imóveis, atentos a qualquer som. Ouviram um farfalhar de folhas e um ruído que parecia de uma briga, e então um grito abafado de mulher. Sacaram os revólveres e correram para dentro do parque escuro, onde se depararam com três figuras que se engalfinhavam no chão, duas das quais com as silhuetas recortadas contra o céu estrelado e que, ao notarem os homens correndo em sua direção, tentaram se levantar para fugir. Dois homens estavam atracados no chão com uma mulher; a interrupção possibilitara que ela se levantasse, mas um dos homens, enquanto tentava fugir, derrubou-a de novo.

"Pare! *Polícia!*", gritou Greene.

McClellan disparou um tiro de advertência para o alto.

Greene, olhando para baixo e tentando não tropeçar no chão coberto de heras conforme corriam mais para dentro do parque, não viu um dos vultos mergulhar em um emaranhado de arbustos no mesmo instante que McClellan puxou o gatilho e atirou. Greene apertou os olhos, tentando acostumá-los ao escuro, e continuou a avançar, de revólver em punho.

A mulher, ainda no chão, ferida e exausta, tinha conseguido agarrar o tornozelo de seu agressor enquanto ele tentava fugir e, movida pela adrenalina do perigo, continuava a agarrá-lo obstinadamente. O homem se equilibrava em uma perna, enquanto repuxava e dava pontapés com a outra, tentando se desvencilhar. Por fim, desferiu um violento chute: o tacão de sua pesada bota se chocou contra a mandíbula da mulher e, com um sonoro estalo, ela caiu mole para trás, o pescoço quebrado.

Greene alcançou o homem nesse exato momento, atirou-se com ímpeto sobre ele, e os dois caíram pesadamente, rolando pelo chão. O homem se desvencilhou do policial e se levantou, e Greene foi em seu encalço. De repente um tiro explodiu de trás do arbusto e Greene parou abruptamente, cambaleou por alguns segundos, e caiu.

McClellan atirou imediatamente e alvejou o homem atrás do arbusto com um tiro certeiro no peito, arremessando-o para trás como um pato em uma galeria de tiro.

O outro assaltante ainda tentava fugir, e já saía do parque em direção à rua. McClellan girou o corpo lentamente, seguindo o fugitivo com o cano do revólver enquanto calculava pacientemente o tiro. O homem saiu correndo e desviando entre os carros; freios guinchavam conforme os motoristas assustados tentavam se esquivar da figura em zigue-zague. McClellan apertou o gatilho e o fugitivo recebeu o tiro com um tranco, caindo para frente e batendo com a cabeça contra o capô de um carro estacionado no lado oposto da rua.

McClellan aproximou-se de Greene, ajoelhou-se, pousou a mão sobre seu peito, e quando a ergueu, estava cheia de sangue. Pôs dois dedos sobre o punho do rapaz, mas não havia pulso. Greene estava morto. McClellan limpou a mão na grama.

Examinou a mulher. Ela também estava morta. Seu pescoço estava quebrado, e a cabeça pendia torta para o lado, em um ângulo grotesco. Suas roupas estavam parcialmente rasgadas, e ela tinha o rosto, os ombros e as coxas machucadas. Estupro era algo que lhe dava náuseas. O que provavelmente tinha começado como um assalto acabara daquele jeito. McClellan vira essa cena se repetir por vezes demais.

Com a arma em punho, o xerife se aproximou do carro estacionado onde o homem que ele alvejara estava esparramado sobre a capota. Seu mergulho de ponta-cabeça fora interrompido pelo para-brisa; sua cabeça batera contra o vidro e o espatifara, formando um padrão semelhante ao de uma teia de aranha.

McClellan abriu a porta do carro — que, como notou, o dono deixara tolamente destrancada — e olhou para os olhos arregalados do homem morto através do para-brisa quebrado. Valia a pena morrer daquela maneira estúpida por causa de uma carteira ou de um pouco de sexo? E as mortes dos dois homens não podiam compensar a perda de Greene. Mais quatro mortos em um dia repleto de morte, pensou McClellan. Não restava nada mais a fazer além de notificar a família de Greene e ligar para o necrotério.

O xerife continuou no local, orientando o tráfego e mantendo os transeuntes curiosos afastados, até que os carros de polícia e as ambulâncias do necrotério chegassem. Então foi para casa e deitou na cama, exausto, embora soubesse de antemão que não conseguiria dormir.

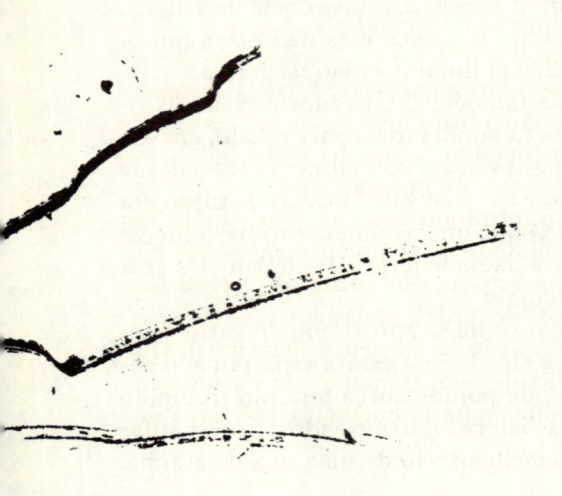

CAPÍTULO 7

Várias horas após a meia-noite, dois corpos foram entregues ao necrotério do condado. Retirados de uma ambulância, eles repousavam sobre macas com rodas, envolvidas em mortalhas verdes. Dois homens do escritório do médico-legista aguardavam enquanto o atendente do necrotério e seu assistente preparavam a documentação de entrega para ser assinada.

"Estes são os dois do parque?", perguntou o atendente. Ele já sabia da resposta, mas estava puxando conversa. O atendente apreciava qualquer companhia durante o turno da noite.

"São eles", um dos homens do escritório do médico-legista respondeu, mais sucintamente do que o atendente gostaria.

"E o inspetor Greene e a mulher, onde estão?", o atendente continuou, tentando prolongar a conversa.

"Estão na Funerária O'Neil's."

O atendente, prestes a assinar os papéis da entrega, levantou a caneta do formulário e ergueu os olhos. "Puxa, foi realmente uma pena o que aconteceu com aquele sujeito, o Greene."

"Sim", um dos homens disse com impaciência.

O atendente finalmente terminou de assinar os papéis. Em seguida coçou a cabeça, olhando para os corpos encobertos. "Estamos praticamente sem espaço, por conta da chegada daquele pessoal do ônibus hoje de tarde", reclamou.

"Tenho certeza de que vocês vão dar um jeito", disse um dos homens do escritório do médico-legista, enquanto ele e seu parceiro, visivelmente cansados, subiam na ambulância e iam embora.

O atendente do necrotério e o assistente observaram a ambulância partir, depois se viraram para as formas amortalhadas sobre as macas. "Vamos dar uma caroninha para eles", falou sem humor.

Depois de entrarem no necrotério, empurraram as macas até uma sala grande, fria e estéril, repleta de mesas metálicas cobertas de lençóis, sobre cada uma das quais repousava o corpo de uma vítima do acidente de ônibus. Transportaram os recém-chegados até seus lugares e se viraram para ir embora. Nenhum dos homens notou quando o braço de um dos corpos do desastre de ônibus deslizou para fora do lençol que o encobria parcialmente e caiu, ficando suspenso no ar. Os dedos se contraíram quase imperceptivelmente.

O atendente do necrotério e seu assistente voltaram para o escritório, e o atendente disse ao outro homem que era a vez dele de fazer café. O pequeno rádio do escritório estava sintonizado em um talk-show, desses que duram a madrugada toda. Alguém tinha ligado para dizer que dez anos antes, quando os mortos voltaram à vida, as autoridades deviam ter se esforçado mais para descobrir as causas exatas do fenômeno, em vez de esquecer o assunto tão logo as coisas parecessem estar sob controle. O ouvinte sugeriu que aquele fenômeno poderia ter sido causado por esporos ou algo assim e acrescentou que, se *realmente* havia algo capaz de prolongar a vida, ou pelo menos impedir a morte completa e total, talvez os esporos — ou seja lá quais fossem os agentes causadores do fenômeno — pudessem ser estudados, refinados e usados como um medicamento. Talvez pudessem ser usados até mesmo para aumentar a expectativa de vida da população.

O apresentador do talk-show deu uma risada nervosa e disse que, dez anos atrás, se acreditava que os esporos, a radiação — ou seja lá o que tivesse causado aquele terror —, tivesse vindo de Vênus, e os cientistas agora acreditavam que não havia vida alguma em Vênus. Se não havia vida alguma lá, ele continuou, como o planeta podia ter uma substância — ou força — capaz de dar vida eterna? O homem que tinha ligado disse que não sabia, mas que o fenômeno certamente devia ser estudado.

O atendente se levantou e girou o botão de sintonia do rádio, procurando alguma estação em que estivesse tocando música.

Na Funerária O'Neil's, o sr. O'Neil entrava na capela empurrando um caixão. Já nos seus cinquenta e poucos anos, O'Neil era um homem asseado e esbelto, de aspecto jovial e sóbrio na maneira de vestir. A maioria das pessoas que o visse fora do local de trabalho imaginaria que ele era um caixa de banco ou um contador. Depois de manobrar o caixão até o local desejado, levantou a tampa, revelando o corpo embalsamado do inspetor Greene, vestindo um impecável terno preto com um cravo vermelho na lapela.

O'Neil afastou-se um passo do caixão para contemplar o seu trabalho, satisfeito que tudo estava conforme ele esperara. Inclinou-se para mudar a jardineira de lugar, colocando-a à esquerda do caixão. Tinha decidido trazer o genuflexório e o resto da parafernália mais tarde. Queria fazer um trabalho particularmente bom no caso de Greene, pois conhecia sua família já há um bom tempo. Trabalhara com rapidez e eficiência no decorrer da noite para deixar Greene preparado, de modo que a família não precisasse ser submetida a uma espera longa e torturante antes que o homem pudesse ser enterrado. Ainda faltavam algumas horas para o amanhecer.

O'Neil curvou-se sobre a jardineira, e não percebeu o ligeiro tremor no rosto de Greene, uma leve contração dos músculos do maxilar acompanhada por uma agitação quase imperceptível nas pálpebras. Se O'Neil tivesse visto esses sinais, certamente os teria atribuído a um resquício qualquer de atividade nervosa, ou à sua própria imaginação.

De repente, o silêncio da capela foi rompido por um barulho alto vindo do porão. Alarmado, O'Neil dirigiu-se para a escada, resmungando consigo mesmo. Desceu as escadas rapidamente e atravessou o depósito onde guardava cadeiras, caixões, cestos de flores, cavaletes, caixas de bandeiras para funeral, velas — todo o estoque de um estabelecimento funerário, impecavelmente arrumado e pronto para venda ou para ser usado por clientes. O'Neil seguiu depressa para a sala de embalsamento, onde a intensa luz revelou um gato preto e branco sentado sobre o corpo da jovem que tinha sido morta no parque. Um lençol cobria sua forma imóvel até o queixo. Pedaços de uma garrafa quebrada espalhavam-se ao lado do corpo, sobre a placa de mármore, e as últimas gotas de fluido ainda pingavam no chão.

Para O'Neil, era óbvio o que tinha acontecido, e ele gritou exasperado para o animal: "Gato mau! Saia já daí".

Depois de enxotar o gato com um movimento brusco dos braços, limpou o fluido derramado e secou as mãos. Seus movimentos eram lentos e deliberados; já era tarde e ele estava muito cansado. Mas ainda tinha um dia inteiro pela frente, a começar com um enterro de manhã bem cedo, e ele queria terminar todo o embalsamento durante o que restava da noite.

Ainda secando as mãos, foi até o balcão sobre o qual seu equipamento estava espalhado: bisturis, agulhas, tubos, garrafas de fluido, maquiagem. Havia também um sanduíche meio comido em uma extremidade do balcão, descansando sobre a embalagem amassada de papel. O'Neil não comera na presença do corpo de Greene, embora não visse nada de errado nisso. Mas em algum momento durante a longa noite ele sentira fome e trouxera o sanduíche para o porão. Embrulhou os restos do seu lanche inacabado e jogou-o em uma cesta de lixo, varrendo as migalhas com a palma da mão e se certificando de que elas fossem para o lixo também. Então estendeu a mão para uma prateleira e ligou o rádio, achou uma música suave e pôs o volume bem baixinho.

No andar de cima, dentro de seu caixão, os olhos do inspetor Greene estavam arregalados. O corpo continuava deitado, imóvel, mas seus olhos miravam fixamente o teto da capela.

Em outra dependência da mesma capela, jazia um segundo corpo. O caixão continha os restos mortais de um homem negro de meia-idade. Seus olhos também estavam abertos.

O'Neil estava diante de sua mesa de trabalho, de costas para o corpo coberto com o lençol, misturando líquidos com vigor. A música aliviara seu cansaço, e ele cantarolava baixinho as melodias enquanto trabalhava. Com o frasco na mão, ele se virou para caminhar até a bancada de mármore sobre a qual repousava o cadáver. O porão silencioso vibrou com o grito estridente do homem, horrorizado com o que viu. Ele recuou para junto do balcão; seus cotovelos derrubaram garrafas e ferramentas no chão, e a proveta que segurava caiu e se espatifou em mil pedaços.

A mulher morta levantava os ombros da bancada, arqueando as costas; o lençol ia deslizando para baixo à medida que ela erguia o tronco, parando na altura dos seios. Então sua cabeça começou a levantar também: os cabelos iam se elevando da fria superfície de mármore, enquanto seus olhos se arregalavam. Por fim, ela sentou-se reto e, virando a cabeça, espreitou O'Neil. O homem observava a cena, boquiaberto, paralisado de terror, sem conseguir produzir nenhum som com a garganta. Vagarosamente, quase como uma mulher sonolenta saindo da cama, ela pulou para fora da mesa, pousando os pés descalços no chão e começou a caminhar em direção a O'Neil.

No andar de cima, o inspetor Greene moveu um dedo, depois uma mão, e então foi levantando o tronco até ficar sentado no caixão, com o corpo rijo e ereto. Ele piscou uma ou duas vezes, movendo a cabeça lentamente de um lado para o outro e de cima para baixo, como se estivesse examinando o ambiente. Em certo momento, inclinou a cabeça para um lado, como se tivesse ouvido o grito vindo de baixo, do laboratório de embalsamento.

O homem negro sentou-se no caixão. Ele se inclinou pesadamente para um lado, e ele e o caixão caíram da plataforma em frente à capela, derrubando e amassando as jardineiras de flores. O corpo do homem negro ficou por algum tempo estatelado no chão em meio aos vasos quebrados e os gladíolos destroçados, sem se mexer, como se não pudesse se levantar. Então, lentamente, como se tal esforço fosse doloroso, ele escorou o próprio corpo e pôs-se de pé. Em seguida, atravessou a porta, com os olhos fixos em algum ponto à sua frente; depois se virou e avançou pelo corredor em direção à capela onde o cadáver do inspetor Greene ainda estava sentado no caixão.

Com as costas curvadas sobre sua mesa de trabalho, O'Neil soltou um grito saído dos recônditos mais profundos de sua alma. O corpo da mulher morta debruçou-se sobre ele e suas mãos agarraram o pescoço e o rosto do homem, enquanto o encarava com olhos loucos, selvagens e esfomeados. Em seguida, apanhando desajeitadamente diversos instrumentos cortantes de cima do balcão, ela começou a apunhalar repetidamente sua vítima. Os gritos agonizantes do homem ecoaram e reverberaram pela sala de embalsamento. Vez após vez ela cravou os bisturis em seu rosto e em seu peito. Por fim, os gritos pararam. Os olhos de O'Neil se dilataram, e sangue jorrava do que fora seu rosto, enquanto a criatura continuava a apunhalá-lo sem parar, mesmo depois de ter consumado seu terrível propósito.

Os estranhos e sinistros ruídos de dentes rasgando e mordendo carne fresca se misturavam à doce melodia que tocava baixinho ao fundo. A mulher morta continuou a enterrar os dentes na carne de O'Neil, roendo o rosto e o pescoço do homem até que seu próprio rosto estivesse coberto de sangue quente.

No andar de cima, o cadáver de Greene tinha se arrastado lentamente para fora do caixão e estava cambaleando pela sala, seguindo a silhueta do homem negro que tinha ido até a porta da frente e golpeava o vidro com o vaso ornamental de ferro que pegara ao lado do caixão de Greene. O vidro quebrou, e o pesado metal caiu das mãos do homem negro. A porta se abriu, e o cadáver do inspetor Greene foi seguindo o vulto do homem negro pela rua escura.

Os dois homens mortos se moviam como se estivessem conscientes da presença um do outro, mas indiferentes um ao outro. Ambos eram movidos pela mesma força, tinham as mesmas vontades. De fato, ambos desejavam ardentemente a mesma coisa: devorar a carne dos vivos.

O céu sobre o necrotério do condado estava começando a clarear. Os corredores do edifício estavam quietos, exceto pelas distantes melodias de um programa noturno de rádio dedicado à música country que o atendente do necrotério e seu assistente ouviam no escritório. As câmaras frigoríficas estavam em silêncio, as mesas ainda abrigavam os treze corpos cobertos por lençóis daqueles que tinham morrido de forma tão violenta naquela tarde. Os treze corpos que tiveram estacas enfiadas em seus crânios naquela tarde. As outras vinte e três mesas estavam vazias.

O escritório dos empregados do necrotério não estava exatamente vazio. Estava repleto dos restos mastigados e ensanguentados do que um dia haviam sido dois homens. Seus ossos, cabelos e carnes estavam espalhados pela sala em poças de sangue coagulado: os dedos e mãos impressos em borrões vermelhos nas paredes eram mudos testemunhos de sua luta pela sobrevivência em um embate com os mortos.

Por volta das dez da manhã, o xerife McClellan estava no necrotério, examinando a cena da tragédia. Ele entrara no edifício depois de passar por um cordão de repórteres e cinegrafistas de TV, ávidos por alguma informação sobre o caso. A polícia isolara todo o edifício e não permitia a entrada de nenhum repórter no necrotério. Mesmo assim, os repórteres sabiam o que tinha acontecido. Eles tinham falado com guardas, médicos-legistas e outros funcionários que entravam e saíam do prédio. Não era nenhum segredo que apenas treze cadáveres permaneciam no necrotério, sem contar os restos do atendente e seu assistente; e que os treze cadáveres remanescentes eram as vítimas do acidente de ônibus que tiveram seus crânios perfurados com estacas imediatamente depois do acidente, por pessoas que até aquele momento não tinham sido identificadas ou detidas pela polícia.

Quando McClellan deixou o edifício do necrotério, teve que encarar mais uma vez os repórteres e as câmeras de TV. Enquanto o caminho até sua viatura era liberado, o xerife foi bombardeado por gritos e perguntas. Ele sabia que ficar totalmente em silêncio só alimentaria especulações e inspiraria o pânico generalizado — possivelmente levando à histeria em massa —, então decidiu parar e responder a algumas perguntas dos repórteres.

Os repórteres se acotovelavam e apontavam microfones para o rosto do xerife, e as perguntas, feitas aos gritos, viraram uma balbúrdia incompreensível, tornando impossível distinguir qualquer pergunta em particular. McClellan gritou pedindo ordem e silêncio, depois ficou parado e se recusou a falar qualquer coisa até que a algazarra diminuísse e os repórteres se acalmassem.

Quando a gritaria parou, McClellan anunciou que tinha decidido não responder a nenhuma pergunta específica, mas que faria uma declaração se eles estivessem dispostos a escutar em silêncio. Houve novo falatório, mas dessa vez por pouco tempo, e os repórteres acharam melhor se calar para ouvir o que o xerife tinha a dizer.

O discurso do xerife se propunha a acalmar o público, mas não foi muito bem-sucedido. Ele narrou os eventos do dia anterior, minimizando-os um pouco, e se recusou a conectá-los ao assassinato do agente funerário, O'Neil. Ele admitiu não fazer ideia de quem poderia estar envolvido no crime hediondo que fora perpetrado no necrotério. Diante de mais um bombardeio de perguntas após sua declaração — que concluíra sem dar nenhuma real satisfação aos repórteres —, McClellan manteve-se firme, recusando-se a afirmar que o fenômeno de dez anos atrás estava se repetindo e insistindo que os corpos tinham desaparecido e sido roubados, mas que tais fatos, embora bizarros e inquietantes, podiam ser explicados de maneira racional. Acrescentou ainda que já havia uma investigação em curso.

McClellan não acreditava nas coisas que estava dizendo. Ele sabia que estava dando respostas evasivas, tentando ganhar tempo, pois não queria alarmar as pessoas e causar um surto generalizado de pânico, uma situação inevitável se tais fenômenos continuassem.

O xerife tinha um fato em mente que lhe dava algum consolo: eles já tinham conseguido controlar aquela praga uma vez. Se estava acontecendo de novo, eles deviam saber como lidar com ela.

A não ser, talvez, que desta vez as coisas fossem muito piores.

A VOLTA DOS MORTOS VIVOS
JOHN RUSSO

CAPÍTULO 8

Os olhos de Bert Miller estavam colados na televisão.
    Ele tinha acabado de ver a entrevista com o xerife McClellan, que julgara risível. Agora, assistia a uma entrevista com o pastor, o reverendo Michaels, que para Bert falava de maneira vigorosa e inteligente. Naquela manhã, o reverendo tinha telefonado para uma emissora de TV, identificado-se e confessado ter liderado um grupo de membros da igreja até o local do acidente de ônibus três dias antes. Confirmara ainda que a intenção inicial deles era atravessar estacas nos crânios de todas as pessoas mortas no acidente. O reverendo admitiu que tinham conseguido martelar estacas em apenas treze mortos antes de serem afugentados pela chegada da polícia e das ambulâncias, e frisou que aqueles treze cadáveres eram evidentemente os que não tinham ressuscitado com os outros, responsáveis pela morte dos atendentes do necrotério.
    "Sim, os mortos estão ressuscitando", Michaels dizia. "Isto é obra do Diabo, em sua batalha contra a vontade de Deus. Vivemos em uma sociedade pagã. Adoramos a feitiçaria e a astrologia e outras formas de satanismo. Agora devemos pedir ao Senhor que nos ajude a mudar nossos maus costumes. Ninguém quer admitir que o que aconteceu há dez anos está acontecendo de novo. Tentamos esconder aqueles terríveis acontecimentos em um fundo escuro da nossa memória, pois os achamos terríveis demais de aceitar. *Mas não podemos nos esconder do Diabo.* Agora ele está nos forçando a encarar a realidade de novo. Os mortos devem ser atravessados com estacas. Deve-se permitir

que o corpo retorne ao pó, como era o plano original de Deus. Só então poderemos ressuscitar, quando o Senhor nos chamar, no Dia do Juízo Final. Somente a alma é sagrada..."

Sue Ellen saltou de sua cadeira e desligou a televisão.

Furioso, Bert estendeu a mão para religar a TV. "Fique longe daí!", gritou.

Sue Ellen postou-se diante do aparelho e confrontou o pai. "Não... por favor, *por favor,* deixe a TV desligada. Não aguento mais ouvir essas coisas. É tudo loucura. O que você fez a gente fazer — carregar todos aqueles cadáveres — eu não posso aceitar isso!"

Bert correu para a filha, agarrou-a pelos ombros e começou a sacudi-la. "Você não ouviu o que o reverendo disse? Aquela praga está voltando e nós temos que estar preparados. É obra do Diabo — e talvez seja tudo culpa nossa!"

Sue Ellen começou a chorar. Irritado, Bert olhou ao redor da sala, onde algumas janelas tinham sido cobertas com tábuas. Ele passara toda a manhã serrando e martelando, enquanto suas filhas ficavam em seus quartos, assustadas demais para descer. Bert se ressentia por elas não terem descido para ajudar.

Com uma voz fraca e desesperada, Sue Ellen suplicou para o pai: "Papai... por favor... Eu não aguento mais isso. Por que não podemos deixar os mortos em paz?"

"Porque eles não vão nos deixar em paz!", ele vociferou. "É por isso! Você não estava aqui dez anos atrás, não sabe como foi. Eu mandei você para longe, você teve sorte. Mas não vamos fugir do Diabo desta vez — vamos ficar aqui e cumprir com o nosso dever como cristãos!"

Ainda chorando, Sue Ellen saiu correndo para a cozinha no mesmo instante que as duas irmãs entraram na sala e a tomaram nos braços. Ela se esquivou e subiu as escadas correndo.

"Sua pirralhinha mimada!", Bert gritou para ela.

Ann dirigiu um olhar suplicante ao pai, como se lhe pedisse para se acalmar.

Em resposta, Bert apontou o dedo para Karen, furioso. "Olhe sua irmã, grávida de sabe lá quem. Se *ela* sabe, certamente não vai dizer. Provavelmente algum punkzinho viciado! Às vezes fico feliz de que a mãe de vocês não tenha vivido para ver isso."

Karen se virou, tentando esconder as lágrimas que escorriam de seus olhos, baixou a cabeça e se dirigiu às escadas. Ela estava com dezessete anos, e tinha um rosto triste, de feições ordinárias, que quase ficava bonito quando se acendia com um sorriso. Mas havia muito pouco pelo que sorrir naqueles dias. Era óbvio que seu filho nasceria dentro de pouco tempo.

Ann, a irmã mais velha, era a mais sensata e mais bonita das filhas de Bert Miller. Seus cabelos eram longos e loiros, cuidadosamente escovados e repartidos ao meio. Tinha os olhos azuis profundos, a boca larga e as feições simétricas. Vários jovens da cidade se interessavam por ela, mas ela não tinha namorado fixo, porque o pai tinha conseguido assustar todos de que ela gostava. Eles raramente — se é que isso tinha acontecido alguma vez — a chamavam para sair uma segunda vez. Apesar disso, ela amava o pai, e sabia que, do seu jeito estranho, ele gostava das filhas, e tentava compreendê-lo. Mas também sabia que se mudaria para longe dele assim que pudesse.

Ela aproximou-se do pai e tocou levemente em seu braço. "Papai, por favor, Karen já está sofrendo o bastante", disse baixinho.

Bert olhou para Ann, sem saber o que dizer. De todas as filhas, ela sempre fora a mais bem-sucedida em fazer com ele cedesse às suas vontades. Em vez de responder, ele soltou um suspiro, pegou o martelo de onde o deixara, em cima de uma cadeira, e por fim foi até uma das janelas bloqueadas e começou a bater. Martelou mais dois pregos em uma pesada tábua que já tinha sido pregada à moldura da janela. Então se inclinou para escolher outra tábua, caminhou até outra janela, e começou a bloqueá-la também.

"Você acredita mesmo que vai acontecer de novo?", Ann perguntou ao pai. Ela ainda achava tudo aquilo difícil de acreditar. Quando era criança, dez anos antes, e a coisa toda aconteceu, a tia com a qual as três garotas ficaram as resguardara de todas as notícias sobre o caso. Elas não tinham permissão de sair de casa, ouvir rádio ou assistir à televisão. Depois houve leis proibindo retrospectivas sobre a crise; a desculpa para isso, fosse correta ou não, era que seria moralmente e emocionalmente prejudicial submeter a população a uma repetição daquela experiência, que era melhor tentar esquecê-la, e que não era provável que aquilo voltasse a acontecer novamente.

"Está acontecendo sim", disse Bert, parando por um momento de bater com o martelo. "Estava passando na televisão ainda agora, antes da maluca da sua irmã desligá-la."

"É difícil acreditar", disse Ann.

"Pode ser difícil", Bert admitiu ironicamente, "mas você vai acabar acreditando. Se não protegermos todas as portas e janelas, os mortos virão atrás de nós. E se forem muitos, eles vão entrar, não importa o que a gente faça."

Bert se voltou para a janela e começou a martelar pregos.

Ann subiu correndo para confortar as irmãs. Encontrou Karen no quarto de Sue Ellen, observando enquanto a irmã atirava roupas para dentro de uma mala aberta. Karen, sentada na cama, ao lado da mala, ergueu um rosto cheio de lágrimas quando Ann entrou. Sue Ellen não olhou para a porta, e continuou arrumando a mala com ardorosa determinação.

"Sue?", disse Ann timidamente.

"Estou indo embora", Sue Ellen declarou abruptamente, afastando os cabelos negros dos olhos, vermelhos e inchados de tanto chorar. Não estava chorando naquele momento, mas estava a ponto de chorar. Veio até Ann, abraçou-a, e as lágrimas começaram a rolar pelo seu rosto.

"Para onde você vai?", indagou Ann, apertando-a fortemente contra si e correndo a mão suavemente pelos seus cabelos.

Sue Ellen deu um passo para trás e enxugou o rosto contorcido com um lenço. "Não sei", disse aos soluços. "Tenho medo de ficar aqui, mas também tenho medo ir embora. Mas acho que prefiro ir embora. Talvez para a cidade."

"Não tem medo das coisas que andam dizendo na tv?"

Sue Ellen se afundou na cama, vestida apenas de calcinha e sutiã. Ela tirara as roupas antigas e ainda não pusera as limpas que queria vestir para sair. "Tenho mais medo de ficar aqui", ela disse finalmente, e começou a chorar de novo conforme as memórias inundaram sua mente. "Eu achei que fosse morrer, carregando aquelas pessoas pela floresta. Eu queria ser uma delas, para não precisar fazer aquilo. E não pretendo nunca mais fazer nada parecido.

Papai não vai poder me *obrigar*. Na cidade, eles têm todo tipo de proteção. Posso me esconder em algum lugar onde não vou precisar passar por nada disso até que essa situação tenha terminado." Lágrimas escorriam pelas suas bochechas.

"Talvez a gente devesse ir também", disse Karen.

"Não, eu não acho certo ir embora", Ann disse a Karen. "Não podemos ir todas embora e deixar o papai aqui sozinho. Ele está reforçando as portas e janelas para proteger a gente. Nós vamos ficar bem. Sue Ellen pode ir, mas nós duas temos de ficar aqui para ajudar."

"Karen", disse Sue Ellen, "eu sei que seu bebê vai ser lindo." As duas irmãs se abraçaram apertado enquanto Ann assistia à cena, com os olhos também marejados de lágrimas.

"E quanto ao Billy?", perguntou Ann. "Você não vai nem contar para ele?"

Billy era o namorado de Sue Ellen, um sujeito com quem ela saíra algumas vezes contra a vontade do pai, mas com sua relutante aprovação. As coisas não eram sérias entre ela e Billy. Eles se conheciam há muito pouco tempo. Tinham passado bons momentos juntos e ela estava começando a gostar dele, mas ainda não se sentia seriamente comprometida.

"Não sei o que dizer ao Billy", admitiu Sue Ellen. "Se tivéssemos um telefone eu podia ligar para ele. Mas tenho que ir. Talvez eu consiga escrever para ele... ou algo assim". Depois de guardar tudo que ia levar, a garota fechou a mala e foi até a cômoda procurar roupas limpas para vestir.

Ann e Karen observaram a irmã se arrumar. Elas não queriam se separar dela, mas ambas sentiam que era por pouco tempo e que talvez acabasse sendo melhor assim.

CAPÍTULO 9

Trecho de uma transmissão da Defesa Civil:

"AS AUTORIDADES ACONSELHAM A TOMAR O MÁXIMO DE CUIDADO ENQUANTO A AMEAÇA NÃO ESTEJA SOB ABSOLUTO CONTROLE. DEPOIMENTOS DE TESTEMUNHAS OCULARES FORAM INVESTIGADOS E DOCUMENTADOS. CORPOS DE AGRESSORES CAPTURADOS ESTÃO SENDO EXAMINADOS NESTE MOMENTO POR MÉDICOS PATOLOGISTAS, MAS OS RESULTADOS DAS AUTÓPSIAS TÊM SIDO PREJUDICADOS DEVIDO AO ESTADO MUTILADO DOS CORPOS. AS MEDIDAS DE SEGURANÇA INSTITUÍDAS EM ÁREAS METROPOLITANAS INCLUEM A IMPOSIÇÃO DO TOQUE DE RECOLHER E A ORGANIZAÇÃO DE PATRULHAS DE SEGURANÇA ARMADAS.

RECOMENDAMOS AOS CIDADÃOS QUE PERMANEÇAM EM SUAS CASAS. AQUELES QUE IGNORAREM ESTA ADVERTÊNCIA ESTARÃO SE EXPONDO A GRAVES PERIGOS, TANTO DA PARTE DOS AGRESSORES, COMO DA PARTE DE CIDADÃOS ARMADOS, CUJO IMPULSO PODE SER ATIRAR PRIMEIRO E FAZER PERGUNTAS DEPOIS. RESIDÊNCIAS RURAIS OU EM ÁREAS ISOLADAS TÊM SIDO MAIS FREQUENTEMENTE OBJETO DE ATAQUES VIOLENTOS E EM MASSA. FAMÍLIAS ISOLADAS CORREM EXTREMO PERIGO. TENTATIVAS DE FUGA DEVEM SER FEITAS EM GRUPOS FORTEMENTE ARMADOS E, SE POSSÍVEL, EM VEÍCULOS MOTORIZADOS.

AVALIE SUA SITUAÇÃO COM CUIDADO ANTES DE OPTAR POR UMA ESTRATÉGIA DE FUGA. O FOGO É UMA ARMA EFICAZ. ESSES SERES SÃO ALTAMENTE INFLAMÁVEIS. REFUGIADOS DEVEM SE DIRIGIR À COMUNIDADE URBANA MAIS PRÓXIMA. POSTOS AVANÇADOS DE DEFESA FORAM INSTALADOS NAS PRINCIPAIS VIAS DE ACESSO ÀS

COMUNIDADES. ESSES POSTOS AVANÇADOS ESTÃO EQUIPADOS PARA DEFENDER OS REFUGIADOS E PARA PROVIDENCIAR COMIDA E ASSISTÊNCIA MÉDICA. PATRULHAS DE POLICIAIS E VOLUNTÁRIOS ESTÃO SE ORGANIZANDO PARA FAZER UMA VARREDURA NAS ÁREAS MAIS ISOLADAS COM O INTUITO DE ENCONTRAR E DESTRUIR TODOS OS AGRESSORES. ESSAS PATRULHAS ESTÃO TENTANDO EVACUAR FAMÍLIAS ISOLADAS. MAS OS ESFORÇOS DE RESGATE ESTÃO AVANÇANDO LENTAMENTE, DEVIDO À INTENSIFICAÇÃO DO PERIGO DURANTE A NOITE E À PRÓPRIA ENORMIDADE DA EMPREITADA.

A POSSIBILIDADE DE RESGATE PARA AQUELES QUE SE ENCONTRAM EM CONDIÇÕES ISOLADAS É BASTANTE INCERTA. SE A EVACUAÇÃO É IMPOSSÍVEL, ENTRETANTO, FIQUEM EM SUAS CASAS E AGUARDEM A CHEGADA DE UMA EQUIPE DE RESGATE. NÃO SAIAM SOZINHOS. SE VOCÊS FOREM POUCOS CONTRA MUITOS, SERÃO CERTAMENTE VENCIDOS. OS AGRESSORES SÃO IRRACIONAIS E DEMENTES. A ÚNICA COISA QUE OS MOVE É A COMPULSÃO POR CARNE HUMANA.

AS HORDAS DE AGRESSORES TÊM ENGROSSADO CONSTANTEMENTE DEVIDO ÀS NOVAS VÍTIMAS FEITAS PELOS PRÓPRIOS AGRESSORES E TAMBÉM POR CAUSA DAQUELES QUE TÊM MORRIDO DURANTE ESTA SITUAÇÃO DE EMERGÊNCIA. AS TAXAS DE MORTALIDADE SÃO CATASTRÓFICAS DEVIDO AO CAOS GENERALIZADO, AOS ACIDENTES E AO PÂNICO QUE FAZ COM QUE AS PESSOAS SE VOLTEM UMAS CONTRA AS OUTRAS.

O ATUAL ESTADO DE ANARQUIA ESTÁ AUMENTANDO O NÚMERO DE AGRESSORES E DIFICULTANDO OS ESFORÇOS DAS AUTORIDADES POLICIAIS, QUE NO MOMENTO ESTÃO TENTANDO GANHAR CONTROLE SOBRE A SITUAÇÃO..."

CAPÍTULO 10

Sue Ellen se despediu uma última vez das irmãs, e ainda com lágrimas nos olhos, seguiu de meias em direção à escada. Com a mala na mão, foi descendo na ponta dos pés até o patamar, onde parou para espiar a sala.

Bert Miller cochilava em uma poltrona, enquanto o martelo, o serrote e a lata de pregos repousavam no chão ao seu lado. Todas as quatro janelas da sala estavam firmemente bloqueadas e a porta da frente estava não apenas trancada, mas Bert ainda a reforçara usando pesadas cantoneiras de ferro e barras de madeira no topo, na base e no centro. As cantoneiras de ferro estavam firmemente aparafusadas na moldura da porta, e as barras de madeira, largas e altas, estavam encaixadas nas cantoneiras, bem coladas à porta. As maciças barras, ao mesmo tempo que impediam até mesmo a força mais insistente de arrombar a porta, podiam ser facilmente retiradas para permitir que os ocupantes da casa entrassem e saíssem.

Com medo de passar pelo pai na ponta dos pés, e sem querer interferir na porta obstruída, Sue Ellen olhou para cozinha. As duas janelas e as duas portas estavam permanentemente bloqueadas por grossas tábuas, afixadas com pesados pregos à moldura. A cozinha não oferecia nenhuma saída, e a casa não tinha porão. Sue Ellen percebeu que o pai se esforçara em deixar o andar de baixo inexpugnável. Imaginou que ele provavelmente estivesse pensando em proteger o andar de cima contra a escassa possibilidade de que algum invasor encontrasse uma maneira de subir até lá; ou então que planejasse bloquear as janelas do andar de cima mais tarde.

Sue Ellen pensou em subir e pedir a uma das irmãs para descer com ela e trancar a porta da frente depois que ela saísse, mas duvidou que elas fossem conseguir isso sem fazer muito barulho. Nesse momento, Bert se remexeu na cadeira, e Sue Ellen teve medo de perder a chance de escapar por não tirar proveito imediato da circunstância de que o pai estivesse dormindo. Ela sabia que teria de arriscar sair de alguma forma e, além do mais, não queria meter nenhuma das irmãs em uma encrenca por sua causa. Sabia que o pai ficaria furioso ao descobrir que ela fora embora, e não queria tornar as coisas ainda mais difíceis para Ann e Karen. Esperou no patamar até que o pai voltasse a roncar ruidosamente, depois avançou de mansinho até a porta e, prendendo a respiração e morrendo de medo de derrubar as pesadas vigas enquanto as levantava do suporte, destrancou-a. Era um milagre que o pai não tivesse acordado, pensou, e saiu rapidamente para a varanda. Fechou a porta atrás de si com cuidado, puxando-a devagarzinho e rezando com todo coração que ela não rangesse. Finalmente, a língua de metal encaixou na fenda com um clique, e ela suspirou aliviada. Ainda com medo de que o ruído do clique tivesse despertado o pai, ela desceu as escadas da frente correndo, tirou os sapatos da bolsa, calçou-os depressa e saiu desembestada pelo jardim em direção à estrada de terra. Seu pai parecia estar dormindo em sono profundo, e ela esperava conseguir uma boa vantagem antes que ele acordasse e notasse as vigas empilhadas junto à porta, se as meninas não as tivessem recolocado no lugar. Ofegando, continuou correndo até contornar uma curva na estrada, de onde já não podia ver a casa.

Já estava quase anoitecendo. Em menos de uma hora provavelmente estaria escuro — escuro como breu— calculou Sue, já que o céu estava nublado e o ar parecia úmido. Tentou se lembrar da previsão do tempo. Sentiu-se terrivelmente sozinha de repente, conforme o peso da decisão de fugir de casa a inundava. Por um momento, enquanto caminhava pela estrada poeirenta, considerou mudar de ideia e voltar para casa. Não conseguia parar de pensar no bebê de Karen. Mas então imaginou o pai acordando no momento em que ela chegasse em casa com a mala na mão, e o festival de gritos que se seguiria era terrível demais para pensar a respeito. Por fim, esforçando-se para conter as lágrimas, ela continuou andando.

Era uma caminhada de cerca de um quilômetro e meio da fazenda dos Miller até a rodovia, e Sue Ellen imaginou que podia tentar fazer sinal para um ônibus, ou, se tivesse sorte, talvez conseguisse uma carona para a cidade com alguém conhecido. A cidade, Willard, ficava dez quilômetros a nordeste da interseção da estrada de terra com a rodovia asfaltada de duas pistas. Agora que pensava melhor, Sue Ellen se deu conta de que suas chances de conseguir uma carona até Willard não eram muito boas, especialmente com a noite já chegando. A ideia de caminhar pelos dez quilômetros da rodovia sozinha a deixava apavorada, embora já tivesse feito isso diversas vezes à luz do dia, em companhia das irmãs. Mais uma vez, ela considerou voltar e não conseguia parar de pensar na casa da fazenda. Mas continuou andando.

A certa distância da casa, estendendo-se por um comprido vale, havia um campo de dois hectares e meio em que Bert Miller plantara milho. Esmagando e quebrando as tenras espigas de milho com seus passos desajeitados e obstinados, três figuras humanoides caminhavam em direção à casa, atraídos pelos fracos filetes de luz que escapavam pelas janelas pregadas com tábuas e, quem sabe, pelo cheiro de carne humana fresca emanando de seu interior.

No milharal, as criaturas obcecadas pararam de se mover, como se achassem doloroso se mexer e tivessem dificuldade de sustentar qualquer movimento rápido. Na pálida luz do crepúsculo, suas peles tinham uma coloração branco-esverdeada, quase fosforescente. Estavam maltrapilhos, desgrenhados e com as roupas rasgadas e incrustadas de sangue. Ambos tinham ferimentos graves, os quais certamente tinham causado suas mortes. Ao que parecia, tinham sido vítimas de um acidente de carro. Dois deles tinham os rostos esmagados e desfigurados, com talhos profundos na testa e pedaços de vidro entranhados nas bochechas, como se tivessem sido lançados contra ou através de um para-brisa; o terceiro tinha um grande buraco no peito e a camisa ensanguentada na altura do peito, pingando secreções de órgãos internos, o possível resultado de um impacto súbito contra um volante. Eram seres mortos, que tinham sido humanos, mas agora eram movidos por uma força além da nossa capacidade normal de compreensão, por um desejo incontrolável de devorar os vivos.

Enquanto as três criaturas estavam quietas, uma delas virou o corpo lentamente, dolorosamente, a fim de olhar para trás.

Outros três humanoides se aproximavam, e já quase os alcançavam, avançando pelo milharal. Eles se moviam de modo duro, desajeitado. Um deles não tinha parte do braço e do rosto e arreganhava os dentes manchados de sangue como se estivesse sorrindo. Ele tropeçou e caiu de repente, esmagando um punhado de espigas de milho, que quebraram com um terrível estalo, depois ficou se contorcendo no chão, produzindo um som sibilante e gutural até conseguir se levantar. Seus companheiros tinham seguido em frente, movendo-se com grande esforço e aparente concentração em direção à casa de Bert Miller, cujas luzes se via ao longe.

Em seu quarto, Ann consolava Karen, tentando convencer tanto a si mesma quanto à irmã de que Sue Ellen se viraria bem sozinha, de que a casa estaria segura e de que o bebê nasceria e tudo acabaria dando certo.

"*Eu* é que devia ter ido embora", Karen disse aos prantos. "Eu vou ter um bebê! Devia estar em algum lugar perto de um hospital!"

"Você *está* perto de um hospital", insistiu Ann. "A dez minutos de distância. Quando as dores do parto começarem, papai vai pegar a caminhonete e levar você até Willard. Pode ser que nós *todos* acabemos indo para lá se não for seguro aqui. Papai não iria querer expor o bebê a nenhum perigo."

"Acho que ele iria preferir ver o bebê morto!", Karen disse, e começou a chorar de novo.

"Isso não é verdade!", retrucou Ann. "Você vai ver, Karen. Quando o bebê nascer, papai vai ser um avô orgulhoso."

"Espero que o bebê chegue logo", disse Karen aos soluços, vendo o nascimento da criança como uma forma de escapar da fazenda.

De repente, as duas ouviram um barulho do lado de fora. Era o som de passos na varanda.

As garotas prestaram atenção. Ouviram a porta abrir.

"Sue Ellen voltou!", Karen gritou de alegria, o rosto subitamente iluminado em meio às lágrimas.

Ann saltou da cama sorrindo, mas o sorriso congelou em seu rosto e seus olhos cruzaram com os da irmã quando terríveis gritos ecoaram do andar de baixo.

"Karen! Fique aqui! Tranque a porta depois que eu sair!", Ann gritou, e deixou a irmã quase paralisada de medo, encolhida no quarto, enquanto ela batia a porta e descia correndo as escadas.

Ela chegou ao patamar a tempo de ver seu pai sendo destroçado. Três criaturas demoníacas estavam em cima dele. Seus gritos tinham parado. As criaturas hediondas estavam mordendo rosto e os braços do homem, rasgando e perfurando a carne macia de seu estômago para alcançar os órgãos dentro de seu corpo. Um dos olhos de Bert Miller olhava arregalado para o teto; a órbita do outro olho estava vazio, jorrando fluido e sangue.

O grito de Ann ficou preso na garganta. Um morto-vivo que mastigava um bocado de carne ergueu os olhos para ela, com um ar quase de curiosidade. A garota cambaleou para trás, horrorizada, mas o grito lancinante que rasgava sua alma ainda se recusava a sair. A criatura se pôs de pé e começou a vir atrás de Ann, enquanto ela tentava forçar seus músculos a se moverem. Com as pernas moles feito gelatina, ela subiu a escada aos tropeços e atirou-se contra a porta do quarto. Estava trancada.

"Karen! *Karennn!*"

A criatura coberta de sangue chegou ao andar de cima, com o rosto repugnante recortado pela claridade de uma lâmpada nua no corredor.

Karen destrancou a porta e Ann correu para dentro do quarto. Trancou a porta e ficou parada por um momento, em pânico, depois correu para o outro lado do quarto e tentou deslocar uma pesada cômoda, com a intenção de arrastá-la até a porta. Olhou para Karen, e já ia pedir sua ajuda, mas pela expressão aterrorizada no rosto da irmã, percebeu que não poderia contar com ela. A cômoda se recusava a sair do lugar. Fora do quarto, a criatura faminta tinha começado a esmurrar as paredes do quarto. E dava para ouvir o som de outros passos subindo as escadas.

Atracada com a pesada cômoda, Ann puxou-a com toda força. Ela se moveu alguns centímetros. Karen juntou-se à irmã, com o rosto contorcido de pavor, e agarrou timidamente uma quina da cômoda, em uma inócua tentativa de ajudar. Ann começou a arrancar as gavetas da cômoda, atirando-as sobre a cama, tentando facilitar a tarefa de arrastar o móvel no chão.

A porta do quarto estava começando a ceder. Estranha e assustadoramente, a pesada fechadura de aço estava segurando bem, mas a porta em si estava começando a desmoronar, e a madeira se estilhaçava sob a chuva de golpes que as criaturas desferiam incansavelmente contra ela. A força crescente das pancadas e bordoadas de vários punhos ao mesmo tempo estava destruindo a porta.

A cômoda começou a deslizar de novo, movendo-se mais alguns centímetros, depois bateu em uma parede. Ann não conseguia passar com ela ao redor da cama.

Karen deu um grito e se jogou no chão, tentando enfiar o corpo inchado debaixo da cama. Passou pela sua cabeça a possibilidade de que os mortos-vivos arrastassem Ann para longe e a deixassem em paz, e assim ela e o bebê poderiam sobreviver — uma ideia tão terrível e apavorante que ela sentiu vergonha na mesma hora de ter pensado. Mas tudo que ela queria era sobreviver. Ela não conseguia parar de tremer enquanto se arrastava mais e mais para debaixo da cama.

Ann pressionou as costas contra a cômoda emperrada, tentando se enfiar entre ela e a parede, enquanto as pancadas incessantes continuavam a estilhaçar a porta. Em meio ao barulho, Ann teve a impressão de ouvir o estrondo de um tiro. Depois uma enxurrada de tiros. E o apito distante de uma sirene de polícia, seguido de pneus derrapando na terra e no cascalho. Lágrimas rolaram pelo seu rosto. Talvez elas sobrevivessem àquele inferno na Terra.

CAPÍTULO II

Outro tiro disparou, seguindo por um baque surdo e pesado na sala, e ao longe, o grito triunfante de uma voz humana.

A sirene ecoou ruidosamente pela noite de novo. Freios guincharam bruscamente no quintal.

Ann ouviu mais tiros e o som de corpos caindo no andar de baixo. O eco de uma risada selvagem vinda do jardim. O ranger das marchas e o fritar dos pneus de outro veículo, que manobrava em algum lugar lá fora.

Nem Ann nem Karen podiam ver o que estava acontecendo de seus esconderijos no quarto. Mas ambas tinham a sensação de que estavam sendo resgatadas. As batidas quase ensurdecedoras na porta tinham diminuído até cessar, mas elas ainda estavam apavoradas demais para deixar o quarto e sair para ver quem tinha chegado.

De repente, ouviram um arrastar de pés na varanda, depois ruídos e gritos na sala, e uma rajada de tiros à queima-roupa.

Depois, silêncio.

"Vão para o inferno, seus malditos!", disse uma voz de homem. "Agora acabaram os monstrengos, não é?"

"Verifique a casa!"

O comando tinha vindo de uma segunda voz, mais autoritária. Através da porta arrebentada, as meninas ouviram o som de passos correndo para a cozinha e depois subindo as escadas.

Mais tiros foram disparados, ecoando no estreito corredor que dava para o quarto, acompanhado pelo som horripilante de corpos se chocando contra o chão.

"Achei mais três aqui em cima!", gritou uma voz. "A porta está trancada — tem alguém escondido aqui dentro!"

Imediatamente, passos ressoaram na escada.

"Quem está aí dentro?", disse a voz autoritária. As garotas tiveram a impressão de ouvir uma risadinha aguda depois da pergunta.

"Saia ou vamos derrubar a porta."

Ann se manifestou. "Somos nós. Tem p-pessoas aqui. Ann e Karen Miller. Não atirem. Nós vamos abrir a porta." Ela ainda estava extremamente assustada e atenta a todos os ruídos do outro lado da porta. Lá fora, um motor foi desligado, e ela ouviu um ruído abafado conforme as portas de um veículo se abriam e fechavam.

"Que confusão do cacete", disse a voz de uma garota no quintal.

"Puta merda", outra pessoa disse. "Vamos entrar e ver o que conseguimos encontrar."

Ann girou o trinco da porta arrebentada e deu um passo para trás conforme a porta abriu em sua direção. A primeira coisa que ela viu foi uma arma, cuja boca estava apontada para seu peito. Ela recuou, e viu que a arma era empunhada por um policial, da Polícia Estadual.

O policial olhou para Ann em silêncio por um momento, e então falou: "Quem mais está aí dentro?"

"Só minha ir-irmã", gaguejou Ann. "Ela está grá-grávida."

O segundo homem, que Ann não podia ver, deu outra risadinha.

"Diga a ela que pode sair", disse o policial. Era um homem de trinta e poucos anos, alto, forte e de feições agradáveis.

Karen saiu rastejando de baixo da cama, levantou e, timidamente, deu um passo à frente. O policial pegou Ann pelo braço e conduziu as duas para fora do quarto. O segundo homem olhava para elas, sorrindo. Ele não estava de uniforme, mas vestia calças jeans e uma camisa xadrez. Tinha um revólver enfiado sob o cinto e um rifle nas mãos.

"Não precisa ter medo de nós. Por Deus, nós *resgatamos* vocês!", disse o homem de camisa xadrez. Sem esperar uma resposta, ele virou, passou por cima do corpo de uma das criaturas que tinha sido abatida a tiros no corredor, e desapareceu pelas escadas.

Karen e Ann não olharam para os cadáveres. Mantendo os olhos à frente, seguiram o policial pelas escadas, em direção à sala.

Elas chegaram ao patamar a tempo de ver os restos do pai sendo arrastados para a varanda. Karen reprimiu um grito, atirou-se nos braços de Ann e começou a chorar. Ann chorava baixinho também. Momentos depois elas ouviram o estampido de um tiro isolado, disparado de algum lugar à margem do gramado.

O policial olhou para Ann como quem pede desculpas. "Sinto muito", ele disse em voz baixa. "Não tem outro jeito. Se não fizéssemos isso, ele levantaria de novo. Todos eles levantam, a não ser que o cérebro seja destruído. Você pode até achar que gostaria de ver o seu pai vivo de novo, mas depois mudaria de ideia, vai por mim. Você não ia querer ver o seu pai *daquele* jeito."

"Eu sei", Ann conseguiu dizer com a voz embargada. "Está tudo bem. Nós entendemos. É difícil de aceitar, só isso... mas gostaríamos de enterrá-lo."

"É claro", disse o policial.

O homem de camisa xadrez fitava Ann do vão da porta. Tinha sido ele quem disparara o tiro no quintal. Ele guardou o revólver no coldre, mais lentamente do que o necessário, e apanhou o rifle que tinha deixado encostado na parede. Ele tinha um brilho incomum nos olhos, e parecia estampar um sorriso fixo, mas não necessariamente amigável no rosto. Aquele sorriso permanente conferia um aspecto estranho ao seu rosto, que fora isso não tinha nada de extraordinário; tinha feições comuns e cabelos ruivos e desleixados. Parecia ter vinte e poucos anos, e era magro e forte.

"Flack é o meu braço direito", explicou o policial. "Sr. Flack, por favor, procure saber o que aconteceu com Wade e Angel."

"Certo, chefe", disse Flack com um sorrisinho afetado. "Tenho um palpite de que eles estão deixando as coisas mais confortáveis para nossos amiguinhos na traseira da caminhonete. Quer que eu traga nossos amiguinhos para dentro, também? E quanto a garota no carro?"

"Traga todos para dentro", disse o policial. Diante da menção de uma garota no carro, o coração de Ann pulou no peito.

"Encontramos uma garota em apuros na estrada", ele explicou. "Nós a resgatamos. Ela parecia totalmente surtada. Meu nome é inspetor Carter, a propósito. *John* Carter. Você pode me chamar de sr. Carter."

Ann levou Karen até um sofá e as duas se sentaram, sem saber o que dizer. John Carter se sentou em uma cadeira, com os olhos colados nas garotas, examinando-as detidamente, depois tirou o revólver do coldre, abriu o cilindro da arma com uma leve pancada e começou a recarregá-lo, depositando os cartuchos vazios em um cinzeiro e inserindo novas balas que tirava do cinto.

As garotas se voltaram para a porta. Flack entrava de costas na sala, arrastando um homem pelos pés e pelas pernas enquanto outro policial o segurava pelos braços e pelos ombros. O homem era pesado, e os dois policiais o carregavam com dificuldade. Levaram o homem amarrado e amordaçado até o centro da sala, onde o soltaram com um baque no chão. Ann achou que os homens tratavam o prisioneiro rudemente, como se fosse um saco de milho.

"Esse filho da puta é pesado", comentou o policial com ninguém em particular. "Vamos pegar o outro."

"Esse aí é o Wade", explicou o sr. Carter, gesticulando com a mesma mão com a qual inseria balas no cilindro do revólver. "Meu parceiro, policial Wade Connely."

Wade se levantou, endireitou o corpo quando viu as duas garotas no sofá e fez um gesto de inclinar o chapéu antes de sair de novo, acompanhado por Flack.

"Wade é um bom homem", disse Carter. "*Todos* que trabalham comigo são boas pessoas."

Nesse momento passos ressoaram na varanda e uma garota entrou na casa, conduzindo Sue Ellen à sua frente. Ela ajudava Sue Ellen, amparando-a com um braço em volta de sua cintura. Ann se levantou de um pulo. Sue Ellen parecia atordoada; tinha o rosto machucado, os cabelos desarranjados e sangrava de um corte nos lábios.

"Acho que vocês a conhecem. Aquela é Angel, a propósito", disse Carter, vendo Ann correr para a garota, seguida por Karen. As duas a abraçaram, meio rindo, meio chorando.

"Ela é nossa irmã!", Karen exclamou, engasgando de emoção. "Sue! O que aconteceu com você?"

"Ela estava inconsciente...", começou Angel, mas foi interrompida por Flack e Wade, que entraram arrastando outro prisioneiro amarrado e amordaçado e o despejaram no centro da sala, ao lado do primeiro. Ambos os prisioneiros usavam roupas civis, deviam ter uns trinta anos, e tinham o aspecto abatido, como se tivessem levado uma surra. Eles correram os olhos pela sala, sondando o ambiente, e se detiveram um momento em cada rosto, como se os avaliassem, embora estivessem claramente impotentes para fazer qualquer coisa a respeito de sua situação.

"Clientes difíceis", comentou Carter. E Flack cutucou um dos homens amarrados com o pé e deu uma estranha risadinha.

Karen e Ann tinham deitado Sue Ellen no sofá, com a ajuda de Angel. Assim que tocou o sofá, a garota perdeu a consciência e começou murmurar de maneira delirante. Nem Ann nem Karen conseguiam entender nada do que ela dizia. Ann olhou de relance para Angel, tentando captar no rosto da garota alguma informação oculta sobre o que tinha acontecido a Sue Ellen.

Angel mordeu o lábio. "Ela estava inconsciente no carro", disse. "Quando a encontramos, estava sendo atacada, e tentava se defender de um bando daquelas *coisas*. Flack a salvou, e desde então ela está assim, fora de si."

"Aquelas criaturas a machucaram?", quis saber Ann. "Se ela estiver machucada, está correndo um grande perigo. Se ela morrer, vai se transformar em um deles!"

"Sim... quer dizer... acho que machucaram. Ela está com alguns cortes e hematomas. Mas não vai morrer. Só está um pouquinho surtada."

"Ninguém sabe como curar a doença que aquelas coisas pegaram", Flack disse abruptamente. "Se ela morrer, vamos ter que garantir que ela não acorde de novo."

"Você não precisava dizer isso. Para que assustar as garotas?", Carter disse, fitando Flack com um olhar de reprovação.

"Eu digo que merda eu quiser", bradou Flack. "Só porque você tem um uniforme, não quer dizer que manda em *mim*. Vou entregar meu distintivo." Então, por algum motivo, Flack achou aquilo muito engraçado e deu uma sonora gargalhada.

Ann e Karen não estavam prestando a menor atenção nos homens. Karen pressionava a palma da mão contra a testa de Sue Ellen, enquanto Ann tinha ido até a cozinha preparar uma compressa fria.

Angel chegou perto de Flack e pôs a mão em seu ombro, mas ele a repeliu. Os olhos da garota cuspiram fogo por um segundo, mas ela não disse nada. Flack nem sequer se dignou a olhá-la; em vez disso, se aproximou dos prisioneiros e cutucou um deles com a ponta da bota. Os homens não esboçaram qualquer reação a essa provocação, e se limitaram a virar os olhos para Flack.

Wade Connely riu. "Clientes difíceis", ele comentou, como Carter fizera antes. Ele olhou para Carter buscando aprovação, mas Carter o ignorou.

Com uma expressão rabugenta no rosto, Angel começara a vagar com ar de curiosidade pela sala. Parava para examinar diversos objetos, detinha-se para olhar e apanhar bibelôs de cima do console da lareira, para logo depois colocá-los de volta no lugar, como se a desapontassem ou como se não valesse a pena perder tempo com eles. Olhou de relance para seu reflexo no espelho, pegou um pente e começou a pentear seus longos cabelos vermelhos. Ela não era uma garota bonita; tinha feições grosseiras, e, além disso, havia algo de selvagem e insolente nela, como se tivesse sofrido uma mágoa profunda em algum ponto de sua vida e estivesse buscando uma oportunidade de machucar outra pessoa para se vingar. Assim como Flack, ela vestia calças jeans azuis e uma camisa xadrez.

"Quando eu cutuco o sujeito, ele não fala nada", dizia Flack, ainda empurrando um dos prisioneiros com a ponta da bota. "Você acha que tem mais alguma coisa que eu possa fazer para chamar a atenção dele?"

"Não faço ideia", disse Wade Connely, sorrindo, enquanto atravessava a sala para dar uma olhada pela janela.

Flack ergueu o pé e posicionou-o acima da virilha de um dos prisioneiros.

"Deixe os prisioneiros em paz!", gritou Carter, e olhou furioso para Flack, que abaixou o pé em seguida.

De repente, ouviram o som de um veículo se aproximando.

"O que foi isso?", Carter perguntou, colocando a mão sobre a arma.

Wade Connely balançava a cabeça, tentando encontrar uma brecha por onde espiar entre os espaços estreitos deixados pelas tábuas pregadas na janela. "É uma moto", ele anunciou. "Está parando."

Todos ouviram quando o motor da motocicleta parou. Wade continuou a olhar pela janela.

"Quem é?", Carter perguntou incisivo, olhando para as três irmãs.

"Deve ser o Billy", Ann disse. "O namorado da Sue Ellen."

"Vá ver", Carter disse a Ann, e o modo rude com que o policial falou deixou-a sobressaltada.

Ela se aproximou da janela. "É o Billy", confirmou. "É melhor deixarmos ele entrar". Ann não saiu do lugar, entretanto, porque olhara para trás e vira Flack e Wade Connely com as pistolas na mão.

"Guardem as armas, senhores", disse o inspetor Carter. "A jovem senhorita vai deixar o jovem rapaz entrar. Presumo que ele seja jovem", ele acrescentou, apressando Ann para a porta.

Ann abriu a porta e Billy se precipitou para dentro da sala, mas estancou de repente quando viu todos aquelas pessoas estranhas.

"Ann... O que está acontecendo?"

"Billy... Sue Ellen está machucada."

Os olhos de Billy correram rapidamente de um rosto para o outro antes que avistasse Sue Ellen estirada no sofá; então cruzou depressa a sala, agachou-se junto à namorada e pôs a mão em sua testa, mas a garota não esboçou nenhuma reação. "O que ela tem, Karen? O que aconteceu com ela?" O pânico na voz de Billy era evidente. Ele tirou o capacete, e sua juventude se tornou mais aparente. O rapaz não parecia ter mais de dezessete anos. A jaqueta jeans que vestia era grande demais para seus ombros magros, e suas calças jeans cobriam pernas muito longas e finas. Tinha cabelos ruivos, o rosto cheio de sardas e um proeminente pomo de adão que seria menos perceptível se ele pesasse mais.

"Não sabemos o que aconteceu com ela, Billy", respondeu Karen. "Ela arrumou a mala e saiu de casa hoje de tardinha, por conta própria. Foi atacada por aquelas... aquelas coisas, e estes homens a salvaram."

Billy olhou para cada um dos estranhos. Flack exibia o mesmo sorriso afetado de sempre. Wade Connely tinha os olhos colados em Billy, e mirava-o sem pudor de cima a baixo, de maneira quase hostil. Carter, como se tentasse deliberadamente mostrar seu desinteresse em relação ao rapaz, assobiou um trecho curto de melodia e parou abruptamente, pondo-se a fitar a lareira fria. Quando os olhos de Billy se voltaram novamente para Flack, o sorrisinho ainda estava lá, firme e insolente. Antes que pudesse se conter, Billy explodiu: "Tem certeza? Esses caras a *salvaram mesmo* — ou ajudaram a fazer isso com ela?"

Flack avançou um passo em direção ao rapaz. "Ei, isso que você disse não foi *nada* bacana."

"Já *chega*!" Era a voz de Carter. Ele estava de pé, e olhava para todos com uma expressão severa. Tendo conseguido chamar a atenção de todo mundo, sua voz se alterou, e ele voltou a falar em um tom calmo e sereno. "A garota — Sue Ellen, não é mesmo? — estava sendo atacada por aquelas *coisas* e nós a salvamos. Salvamos as outras garotas também. Só não pudemos fazer nada pelo pai delas. Já estava morto quando chegamos aqui. Pergunte às meninas, se não acredita. Mas acho que você devia nos agradecer, isso sim."

"Desculpe", disse Billy.

"Assim é melhor", disse Carter, encerrando a discussão.

Ann aproximou-se timidamente do rapaz e tocou no seu ombro. "Billy... talvez você possa ajudar a carregar a Sue Ellen para cima. Acho que devíamos colocá-la na cama e cobri-la com um cobertor". Billy seguiu Ann até o sofá e os dois olharam para garota, calculando a melhor maneira de transportá-la.

"Vou fazer um chá quente para ela", disse Karen. "Acho que um chá quente faria bem a todo mundo." Ela se levantou e foi para a cozinha.

Angel foi até uma das janelas bloqueadas e encontrou uma brecha por onde espiar. "Tem mais daquelas criaturas lá fora", ela disse, recuando instintivamente. "Pelo menos meia dúzia deles, andando pelo gramado."

"De onde diabos vêm todas essas coisas?", exclamou Wade Connely.

Flack deu uma risada mórbida. Estava parado diante dos dois prisioneiros, fitando-os de forma ameaçadora. Eles retribuíam seu olhar, impotentes. "Bandidos duma figa", disse Flack. "Por que nos damos ao trabalho de salvar a pele deles? Wade, o que você acha? Talvez devêssemos deixá-los para os zumbis."

Wade deu um sorriso largo e assentiu. De onde estava sentado, esticou um pé e cutucou um dos prisioneiros com a bota, do mesmo jeito que um homem cutucaria o outro com o cotovelo se os dois estivessem rindo juntos de uma boa piada.

Flack se aproximou de Billy e Ann antes que eles começassem a transportar Sue Ellen. "É melhor vocês ficarem longe daqueles dois", disse o policial com franqueza, apontando para os dois prisioneiros. "Eles são perigosos. Nem sei por que ainda os mantemos aqui. Devíamos dá-los de comer aos zumbis. Em tempos assim, é lei marcial, por assim dizer. Além do mais, os filhos da mãe não merecem um pingo de consideração. Se eu dissesse a vocês o que eles fizeram, vocês iam querer ajudar a linchá-los."

Billy desviou o rosto, sem saber o que dizer ao policial. Ann debruçou-se sobre Sue Ellen, esperando por Billy. Os dois puseram Sue Ellen sentada e cada um deles colocou um dos braços da garota sobre os respectivos ombros, segurando-a pelos antebraços, e passando os outros braços em volta da cintura dela. Os pés de Sue Ellen foram arrastando pelo chão conforme eles a carregavam para a escada. Angel acompanhou Ann, Billy e Sue Ellen com o olhar e continuou olhando para a escada mesmo depois que os três já tinham desaparecido de vista, embora ainda fosse possível ouvi-los escalando a duras penas os degraus.

Na cozinha, Karen estava às voltas com xícaras e pires, preparando o chá.

CAPÍTULO 12

Flack olhou para Wade Connely. "Wade, antes que fiquemos muito à vontade, eu e você temos trabalho a fazer."

Wade se levantou e sorriu. No chão, os homens amarrados e amordaçados seguiam Wade e Flack com os olhos.

"Ainda vai ficar escuro por um bom tempo", disse Flack. "Vamos precisar de uma fogueira para dar uma animada nas coisas. Há bastante pele morta e seca lá fora. Devíamos aproveitá-la para alguma coisa."

Angel virou a cabeça para Flack e ficou olhando para ele como se não soubesse se devia rir ou tremer. Wade deu um sorriso largo e depois soltou uma gargalhada enquanto ele e Flack pegavam seus rifles e saíam para o quintal. A área estava bem iluminada por duas lâmpadas brilhantes, posicionadas na parte frontal e na parte lateral da varanda. Preparados para atirar se necessário, Flack e Wade Connely subiram na traseira da caminhonete e Wade cobriu o outro conforme ele riscava um fósforo e acendia uma lanterna a querosene. Flack posicionou a lanterna em cima da cabine do veículo, de onde ela reforçaria a iluminação do gramado.

Na borda da área iluminada, várias criaturas humanoides recuaram e ficaram paradas, tentando se ocultar nas sombras, como se estivessem amedrontados pela presença de homens com fogo. Os seres humanoides se moviam com sua característica lentidão, sempre de maneira penosa, e não tinham muito êxito em se esconder: apenas se deslocavam de uma área mais clara para outra mais escura, que aos seus olhos obtusos devia ser indistinguível da escuridão total. Flack e Wade Connely analisaram o perímetro da área iluminada e também perscrutaram a fundo a escuridão que se estendia para além do gramado. Pela comparação de observações, eles tinham certeza de que avistaram pelo menos onze humanoides tentando se ocultar sob a copa das árvores e atrás dos arbustos. E mais meia dúzia deles era visível sob a fraca luz às margens do gramado.

"É melhor acendermos algumas tochas", disse Flack. "Podemos usar nossos revólveres e deixar os rifles encostados ali na varanda, caso precisemos deles."

Os dois homens foram até a traseira do caminhão e mais uma vez Wade Connely cobriu Flack enquanto ele enrolava e amarrava tiras de pano em volta das extremidades do que pareciam ser velhas pernas de mesa. Flack embebeu os trapos em uma lata de querosene, riscou um fósforo e acendeu uma a uma as tochas improvisadas.

"Isso vai manter esses desgraçados filhos da puta longe daqui", disse Wade. E, cada um com uma tocha na mão, os dois se afastaram da traseira do caminhão, encostaram os rifles contra o gradil da varanda, sacaram os revólveres e examinaram os restos humanos no jardim.

Corpos de criaturas abatidas a tiros pelos homens se espalhavam por toda a área. Outras criaturas, ainda não alvejadas, tinham criado coragem o suficiente para sair da semiobscuridade e, banhadas pela forte luz e pelas duras sombras que se projetavam da varanda, permaneciam ali paradas, à espreita. Um som sinistro e sibilante vinha das bordas do gramado e das profundezas escuras do campo, um som doentio que emanava das coisas mortas e que tornava a presença delas mais ameaçadora. Era o ruído dos arquejos ásperos e dolorosos de seus pulmões mortos, uma espécie de coro infernal de guizos que dava calafrios na espinha. De tochas nas mãos, os dois homens observavam com inquietação enquanto várias criaturas se insinuavam pelo gramado.

"Esses filhos da puta não ficam assustados por muito tempo", disse Wade Connely, sussurrando, como se não quisesse chamar a atenção das criaturas.

"Pegue os ganchos de carne", disse Flack, com a voz tão tensa e séria quanto a de Wade. Antes de se mover, Wade olhou de relance para Flack, surpreso que o colega deixasse transparecer seu abalo diante da situação. Wade se sentia melhor ao saber que o velho Flack estava nervoso daquele jeito.

Flack encarava as criaturas mortas com horrorizada fascinação. Suas peles, exangues e esbranquiçadas, enfatizavam os hematomas negros e inchados que deviam ter sofrido antes de morrer. Ele se perguntava se o sangue negro e endurecido em seus corpos provinha de suas próprias feridas ou das feridas de vítimas recentes de sua sanha por carne humana.

Uma das criaturas avançou um passo. Flack rangeu os dentes e apertou o gatilho. Um estampido ecoou pelo campo, e a coisa morta foi arremessada para trás pelo impacto da bala, que explodiu dentro de seu cérebro e arrebentou a parte de trás de seu crânio, derrubando-a na grama em uma pilha fétida de trapos sujos, carne podre e ossos mortos.

As outras criaturas não recuaram. Não pareciam ligar para a morte de um dos seus. Não atacaram e canibalizaram o corpo caído. Em vez disso, ansiavam devorar carne humana recém-abatida, quente e sangrando, ainda com o gosto da vida. Carne humana quente era a única coisa que podia alimentar os mortos-vivos.

Wade Connely ergueu os olhos assustado quando arma de Flack disparou. Ele observou o humanoide alvejado vacilar e desabar no chão, e estremeceu quando seus companheiros não demonstraram nenhuma reação, nenhum receio ou medo de ter um destino similar. A morte não parecia assustar aquelas criaturas. A única coisa que elas pareciam temer instintivamente era o fogo; suas peles secas e mortas eram extremamente inflamáveis.

"Ei, me dá um gancho, *rápido!*", gritou Flack. O grito abrupto tirou Wade do torpor em que estava, e ele se lançou a vasculhar a traseira do caminhão. Por fim, encontrou dois pares de luvas, jogou um deles para Flack e vestiu o outro. A cada movimento que os homens faziam, tinham de passar tochas e revólveres de uma mão para a outra.

"Só um gancho", disse Flack. "Eu faço o serviço, você me cobre." Pensando em usar a tocha para se proteger, Flack guardou o revólver e pegou o gancho que Wade estendia para ele.

Wade Connely ficou dando cobertura a Flack conforme este se aproximava do corpo de um dos humanoides abatidos. Brandindo o gancho metálico, Flack enfiou-o na carne abdominal macia do plexo solar, onde os ossos da caixa torácica serviriam como uma sólida âncora para o gancho, que poderia então ser facilmente utilizado para arrastar o cadáver pelo chão. Um por um, Flack pegava os corpos que encontrava pelo caminho e os arrastava para um ponto escolhido no centro do gramado, onde os empilhava como lenha. Movido pela corrente de medo que aquela tarefa macabra lhe inspirava, Flack trabalhou com tanta rapidez e empenho que terminou de empilhar quase uma dúzia de cadáveres em um espaço de tempo surpreendentemente curto.

O cheiro da carne podre era avassalador, e fazia com que os dois homens respirassem em arquejos curtos quando não conseguiam mais prender a respiração. Flack estava exausto. Como precisava de mais ar do que esse método de respiração proporcionava, acabou se vendo obrigado a respirar normalmente, lutando para não sufocar e refreando a ânsia de vômito.

Quando os cadáveres estavam amontoados em uma pilha, Flack jogou querosene sobre eles, derramando abundantemente o fluido da lata, esparramando-o de qualquer maneira na pressa de terminar logo. Wade Connely observava, e seu dedo se estreitava no gatilho sempre que considerava detonar algumas criaturas pela paz de espírito que isso supostamente lhe proporcionaria. "Economize munição", disse Flack, notando a ansiedade de Wade.

"*Você* atirou em um deles", Wade respondeu.

Flack tampou a lata de querosene. Os mortos-vivos estavam ensopados, prontos para serem queimados. Os dois homens não pretendiam incendiar imediatamente os cadáveres, mas queriam fazer isso mais tarde, quando precisassem abandonar a casa e correr para os carros. Com sorte, a fogueira de carne morta faria com que quaisquer criaturas que os estivessem atacando recuassem. Então, com a ajuda das armas de fogo e das tochas, eles poderiam criar uma rota de fuga.

Os dois homens tiraram as luvas e as jogaram na traseira da caminhonete junto com o gancho de açougueiro. Em seguida, voltaram para dentro da casa, carregando consigo os rifles e as tochas. Wade saiu mais uma vez para pegar a lanterna e a lata de querosene. Ao entrar de novo, trancou e bloqueou a porta.

CAPÍTULO 13

Angel cochilava no sofá. John Carter estava sentado na espreguiçadeira junto à lareira fria; de vez em quando, virava a cabeça para os prisioneiros amarrados e deitados de costas no centro da sala. Ao lado de Carter, uma xícara de chá vazia descansava no braço da cadeira.

Flack e Wade foram à cozinha lavar as mãos e encontraram xícaras na mesa e um bule fumegante de chá no fogão. "Pelo amor de Deus, quero mais do que chá. Estou *faminto*", disse Flack, e abriu a geladeira para procurar algo de comer.

No andar de cima, Billy e Ann tinham colocado Sue Ellen na cama e estavam tomando conta dela, torcendo para que a garota recobrasse a consciência.

Karen subiu lentamente até o topo da escada, tendo saído da cozinha ao ouvir Wade e Flack entrando na sala. Ela desviou os olhos e conteve as lágrimas ao passar pelo quarto do pai enquanto avançava pelo corredor. A porta daquele quarto estava entreaberta, e um pálido raio de luz do corredor projetava sombras indistintas no interior do cômodo. A maior parte do quarto estava mergulhada em trevas. Ao fundo, num canto mais escuro, escondia-se uma repugnante forma humanoide. Era a criatura que se banqueteara com a carne de Bert Miller. Com o desejo bestial temporariamente saciado, e por ora desmotivada e destituída de propósito, ela se contentava em permanecer imóvel, em silêncio, aguardando pacientemente o momento de agir.

Karen entrou no quarto em que estava Sue Ellen com alguma esperança de ver a irmã acordada e se sentindo melhor. Ann e Billy ergueram os olhos, e a expressão em seus rostos demonstrava que não houvera nenhuma mudança no estado da irmã. "Eu fico com ela", Karen disse. "Vocês dois podem descer e tomar um pouco de chá, se quiserem."

Conforme Billy e Ann desciam as escadas, ouviram uma risada estridente vinda da sala. Flack, enfiando um sanduíche na boca, passou depressa em frente à escada seguido por Wade Connely. Logo depois, Ann e Billy entraram na sala.

Angel estava rindo, ajoelhada diante de alguma coisa no canto mais distante da sala. Wade e Flack estavam atrás dela, e as risadas de Flack se juntaram aos gritinhos excitados de Angel. Os dois homens amarrados e amordaçados torceram a cabeça para tentar ver o que Angel fazia. Viram que ela tinha deslocado uma estante do lugar e descobrira um velho cofre embutido no chão, desses com fechadura de combinação.

"Aposto que consigo adivinhar a combinação", disse Angel, molhando os lábios com um movimento rápido da língua. "Eu tinha uma tia que era médium."

"Parece que os verdadeiros abutres pegaram a gente, afinal de contas."

Todos olharam estupefatos para Billy, e o fitaram em silêncio por alguns instantes.

"Que coisa ingrata de se dizer", disse Angel, piscando os olhos.

Flack e Wade se viraram e deram alguns passos ameaçadores para frente; Flack tirou uma faca de uma bainha em seu cinto. De repente, Flack balançou a faca diante Wade, com o cabo para cima, empurrando o cabo em direção aos seus lábios, como se fosse um microfone. Wade riu, antevendo a palhaçada que se seguiria. Angel arreganhou os dentes e deu uma risada. John Carter continuou quieto em sua cadeira, observando tudo. Ann e Billy, começando a ficar assustados, sentiam gotas de suor frio escorrendo pelos seus rostos.

Segurando o "microfone" diante de Wade, Flack disse: "Recebemos a informação de que, algumas horas atrás, policiais estaduais resgataram uns caipiras durante um ataque de mortos-vivos."

"Eu vi com meus próprios olhos", Wade respondeu, com o semblante sério e obviamente se divertindo com seu papel. "Os policiais vieram do nada e resgataram os roceiros bem em cima da hora. Eu diria que os policiais foram honrados, valentes e destemidos durante toda ação", disse com um sorriso galhofeiro, achando graça de si mesmo.

"E foram mesmo", disse Flack. "E como você se sente, policial Connely, depois de se tornar um herói, depois de salvar a vida de pessoas totalmente estranhas? Depois de arriscar o seu pescoço por pessoas que você nem conhecia?"

"É bom no começo, mas..."

"Mas o quê?"

"As pessoas têm memória curta", Wade disse devagar, olhando diretamente para a Ann e Billy.

"Ei, espere aí!", Billy explodiu, mas Flack o interrompeu, jogando-o de costas no sofá. Em seguida, inclinou-se sobre o rapaz e, para imobilizá-lo, pôs o joelho sobre seu peito, a ponta da faca a centímetros de sua garganta.

"Espere aí *você*, amiguinho", retrucou Flack, cuspindo as palavras através dos dentes cerrados.

"O que vocês fizeram com a Sue Ellen?", Ann falou bruscamente. Ela estava tão assustada que as palavras escaparam de sua boca antes que pudesse contê-las, seu medo dando voz a algo que antes era apenas uma suspeita subconsciente.

Flack parecia surpreso, ferido, chocado. Largou o rapaz e encarou Ann com uma expressão ofendida nos olhos. Billy ficou no sofá, esfregando a garganta e o peito, com o rosto todo avermelhado e retorcido de raiva, medo e dor.

Em um tom de voz sério, sincero, Flack disse: "Está vendo aqueles dois ali? Dê uma boa olhada neles. São pedófilos! E nós temos que arriscar o pescoço e manter esses porcos vivos só para levá-los à justiça". Flack fez uma pausa e deu um meio sorriso. "Não precisávamos parar e salvar *a vida de vocês*. Mas *nós* fizemos isso. E já que vamos ficar enfiados aqui por algum tempo, um pouco de cooperação seria bom. Acho que é hora de comermos alguma coisinha. Uma comidinha caseira. Não sabemos o quanto as coisas podem ficar ruins lá fora. Então, qual de vocês vai pilotar o fogão?"

Ann e Billy se entreolharam. Billy, com o rosto ainda vermelho, endireitava-se no sofá.

"Está bem. Eu faço isso", disse Ann em uma voz quase inaudível. Ela fez um movimento em direção à cozinha, mas parou quando ouviu o som da TV. John Carter tinha ligado o aparelho e estava parado diante dele, esperando que esquentasse.

Os olhos de Carter estavam colados na tela da TV; não que ele estivesse particularmente interessado na imagem que lentamente se formava, apenas estava indiferente a qualquer outra coisa no momento. Ele possuía uma aura imperturbável de autoridade. Embora não tivesse falado muito, sua presença era sempre um fator na sala. Ao que parecia, ele só falava quando discordava de alguma coisa ou queria que algo fosse feito de determinada maneira. Parecia sempre disposto a deixar as coisas correrem, e só intervia se fosse necessário. Carter era claramente o chefe, sem que precisasse lembrar aos outros disso o tempo todo.

Um noticiário chamou a atenção de todos. De trás de uma mesa, em um estúdio de televisão, um apresentador falava:

"Parece que o fenômeno não se restringe a dois estados como inicialmente se acreditava. Relatos têm chegado de toda parte. Uma enfermeira em um hospital de Nova York conta sua bizarra experiência".

Na sala da casa dos Miller, todos se aproximaram da TV conforme a imagem do apresentador sumia gradualmente e dava lugar a uma entrevista gravada. Karen, atraída para baixo pelo som da TV, deslocou-se quietamente para junto de Ann. Os prisioneiros no chão levantaram a cabeça para tentar enxergar a tela, espiando entre as pernas paradas em frente à TV. Na tela, a enfermeira falava em um microfone que o repórter segurava à sua frente, tendo como pano de fundo o Hospital de Nova York.

"Bem", ela começou a explicar, ainda muito abalada com a experiência. "Eu tinha acabado de levar o cadáver de um doador de órgãos da sala de operações no térreo para a sala de espera. O coração tinha sido removido. Coloquei a maca no lugar, virei por um momento e, quando virei de volta, ele estava caminhando na minha direção... Ainda não consigo acreditar! Eu corri para fora da sala, gritei por socorro, e quando voltamos para olhar, ele tinha fugido por uma janela. Em um segundo, ele desapareceu."

A imagem retornou para o âncora no estúdio. "Eu repito, relatos terríveis desse tipo têm chegado de todas as partes do país."

De repente, Karen deu um gemido alto, apoiou-se contra uma cadeira e desabou nela, contorcendo-se de dor. Billy e Ann vieram correndo e tentaram ajudá-la a caminhar até o sofá. Ela se movia devagar, com o corpo duro, aterrorizada com a possibilidade de que as dores do parto tivessem começado. "Devia nascer só daqui um mês!", Karen berrou, com os braços dobrados sobre o corpo enquanto Ann e Billy a deitavam com cuidado no sofá. "Não pode estar acontecendo agora!"

"Está doendo muito?", perguntou Ann.

"Essa última contração doeu à beça. E tenho a sensação de que vai começar de novo."

Enquanto Billy e Ann tentavam confortar Karen, o noticiário continuava, e Flack, Angel, John Carter e Wade Connely mantinham os olhos colados na tela. O rosto do apresentador preenchia a tela.

"Os mortos recentes — cujos corpos se encontram em necrotérios, funerárias e hospitais — estão voltando à vida e se alimentando de carne humana. Ninguém sabe quantas pessoas foram mortas por esses mortos-vivos. Depois de mortas, as vítimas ressuscitam e engrossam o exército de mortos-vivos. Obviamente, se essa praga não for contida, poderá levar à destruição de toda a raça humana. Na maioria das regiões, a polícia local, as unidades da Guarda Nacional e os voluntários já começaram a trabalhar contra o relógio para controlar a situação. Como consequência, tanto as cidades como as áreas rurais têm se transformado em sangrentos campos de batalha. E a tragédia tem se agravado pelo fato de as pessoas estarem se voltando umas contra as outras. Bandos de saqueadores e estupradores estão vagando pelo interior — principalmente em áreas rurais remotas — e se aproveitam do colapso da lei e da ordem para cometer crimes. Tornaram-se frequentes os relatos de assassinato, estupro e incêndio criminoso. Em nosso condado, o xerife Conan McClellan, que lidou de maneira eficiente com uma emergência similar há dez anos, assumiu mais uma vez o comando de um grupo armado de policiais e voluntários civis. Entrevistamos o xerife McClellan hoje mais cedo."

A imagem cortou para a entrevista. McClellan e um repórter estavam em primeiro plano. Havia um burburinho de atividade ao fundo, e via-se uma área de acampamento atrás dos dois homens. Tendas estavam sendo erguidas, e havia homens com cães, armas, fogueiras, jipes e veículos de emergência por toda parte. O xerife usava trajes civis — um terno escuro com as barras das calças enfiadas para dentro de velhas botas de caminhada e uma gravata frouxa. Ele parecia muito cansado. Carregava um potente rifle de mira telescópica e uma cartucheira sobre os ombros.

"Xerife... como a atual emergência se compara com o que aconteceu dez anos atrás?", perguntou o repórter, segurando um microfone.

O xerife respondeu de modo categórico: "Isto é pior. Muito pior. As *pessoas* têm se voltado umas contra as outras. Podemos controlar os mortos-vivos, eu acho, mas ainda temos de lidar com ladrões e estupradores".

"Você tem alguma explicação para o que está acontecendo?"

"Não tenho a menor ideia. Apenas faço o meu trabalho. Nunca pensei que teria que passar por esse inferno de novo."

"Xerife, o que o leva a acreditar que pode derrotar esses mortos-vivos?"

"Já os derrotamos uma vez. Podemos derrotar e destruir essas coisas. Limpar tudo depois, essa é a parte difícil..."

John Carter levantou e desligou a TV. Depois se virou e ficou encarando Ann e Billy, que prestavam atenção aos gemidos constantes de Karen e perguntavam à garota de tempos em tempos qual era a intensidade de suas dores, tentando acalmá-la e conversando baixinho sobre as chances de que o bebê nascesse prematuro.

"Está doendo demais", Karen gemeu depois de um espasmo particularmente forte de dor. "E as contrações não param."

"Vamos ter de levá-la para um hospital", disse Billy, olhando na direção de John Carter em busca de aprovação.

Carter sacudiu a cabeça de um lado para o outro. "É perigoso demais sair agora." Flack deu um sorrisinho afetado, puxou um cigarro de dentro de um maço e acendeu.

"Vamos levar Karen para cima por enquanto", disse Ann resignada, olhando para Billy.

Billy e Ann ajudaram Karen a levantar do sofá e se dirigiram às escadas. Flack se meteu na frente deles, obrigando-os a parar. Sentindo outra contração, Karen se curvou, aos gemidos, agarrando a barriga.

"Aonde vocês pensam que vão?", Flack exigiu saber.

Ann tentava ajudar Karen enquanto Billy olhava diretamente no rosto do homem, perplexo. Karen parou de gemer e também o fitou curiosa. Ann se voltou para John Carter, dirigindo-lhe um olhar suplicante.

"É só pedir minha permissão", disse Flack.

Angel cutucou Wade nas costelas, divertindo-se com a situação. Wade Connely deu um sorrisinho. Flack fez um círculo com os lábios e soprou vários anéis de fumaça em sequência.

"Por favor", Ann sussurrou, olhando para Carter. Ela não conseguia entender por que ele permitia que um de seus homens agisse daquela forma, considerando a situação.

"Por favor o quê?", Flack insistiu, provocando, saboreando sua autoridade.

Os olhos de Ann se encheram de lágrimas. "Por favor, deixe a gente levar a Karen para cima", ela sussurrou, olhando impotente para Flack.

"Assim é melhor", disse Flack. "Está bem. Vão em frente."

Billy e Ann subiram às pressas com Karen, que tinha começado a suar copiosamente.

"Vamos lá rapazes", disse Angel. "Vamos abrir logo esse cofre."

Flack encarou Carter e falou irritado: "Isso não vai dar em lugar nenhum. Por que não decidimos o que fazer com essas pessoas e acabamos logo com essa farsa?"

"Relaxe", disse Carter. "A brincadeira está só começando."

Wade Connely deu uma gargalhada e piscou para Angel, que estava ajoelhada no chão e girava a combinação do cofre, com a orelha colada no mecanismo.

"Não quero saber de brincadeiras", disse Flack. "Estamos perdendo tempo aqui. Se não invadirmos logo a casa dos Kingsley, outros vão fazer isso antes de nós."

À menção da casa dos Kingsley, os dois homens no chão se entreolharam.

"Droga, pessoal!", gritou Angel. "Calem a boca e me ajudem com este cofre!"

Wade Connely deu alguns passos, parou e ficou olhando para Angel no chão. "Dá uma lixada nos dedos", ele disse jocosamente.

"Eu vou arrombar esse filho da mãe", disse Angel. "Posso sentir os cliques."

"Não confio neles lá em cima", Flack disse a John Carter.

Carter olhou de relance para as escadas, depois para Flack, refletindo sobre o que ele dissera. "Talvez você tenha razão."

"Tem quantas daquelas coisas lá fora?", Flack perguntou de repente.

Wade foi até uma das janelas bloqueadas e olhou para fora. "Meu Deus! O quintal está cheio deles!" Ele correu de uma janela para outra, avaliando a situação, e não gostou do que viu. "Estamos cercados por todos os lados! Deve ter uns trinta ou mais zumbis lá fora!"

"E daí?", Carter disse calmamente. "Podemos acender umas tochas e passar por eles como fizemos antes."

Wade Connely olhou para ele com ceticismo.

Flack cutucou um dos prisioneiros com a ponta da bota. "Ração para zumbi", ele disse em voz baixa.

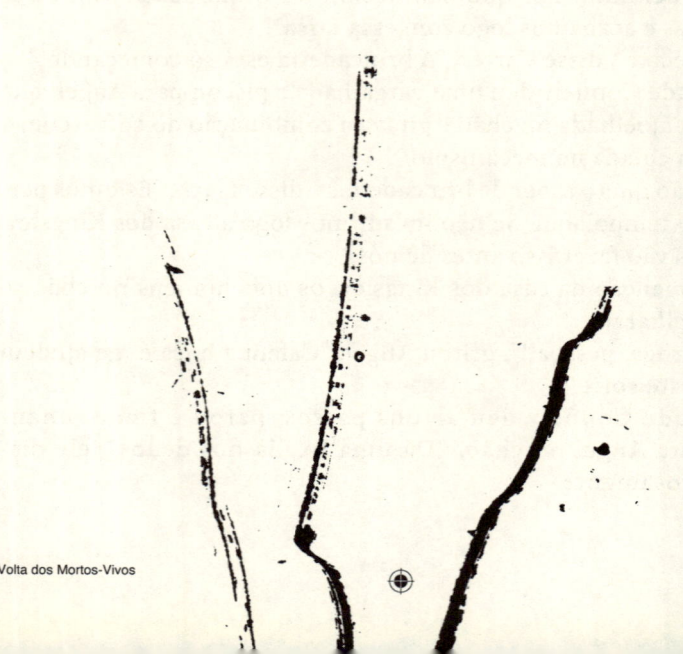

CAPÍTULO 14

No andar de cima, um humanoide ainda espreitava silenciosamente nos recessos escuros do quarto de Bert Miller. Os três jovens tinham passado aos tropeços pela porta entreaberta, enquanto Ann e Billy ajudavam Karen a cruzar o corredor e chegar até seu quarto. O humanoide se mexera de maneira quase imperceptível, incitado pelo cheiro de carne humana por perto.

Billy deixou Karen aos cuidados de Ann e foi dar uma olhada em Sue Ellen. Para sua surpresa, ela estava acordada, embora ainda estivesse deitada e quieta, o rosto iluminado pelo brilho suave de um abajur ao lado da cama. Ela ergueu os olhos para Billy quando ele entrou no quarto. Parecia atordoada e fraca.

Billy se aproximou da cama. "Sue... Você está bem?"

Sue Ellen começou a chorar baixinho, como se não tivesse forças para chorar a plenos pulmões. Billy se sentou na cama, sem saber o que dizer ou fazer.

"Aquele *homem*!", Sue Ellen disse em um arroubo de raiva, entre lágrimas. "Eu ouvi a voz dele lá embaixo... Ele... Ele me *estuprou*!" A menina enterrou o rosto nas mãos e seu corpo foi sacudido por soluços desesperados.

Junto à porta, Ann tinha ouvido tudo. Foi até a irmã caçula e a acolheu, abraçando-a enquanto ela continuava a chorar.

Os olhos de Billy se viraram para a porta e se arregalaram de repente.

Flack estava parado no vão da porta.

"Certo, então agora vocês já sabem", disse Flack, brandindo o revólver. "Todo mundo para baixo. Agora."

"Seu filho da puta!", berrou Billy, e ameaçou partir para cima de Flack, mas Ann agarrou-o pelo braço e o deteve.

"Billy!", Ann gritou. "Ele vai matar você!"

"Você aprende rápido", disse Flack. "Quero todo mundo lá embaixo agora, para a nossa festinha."

"Minha irmã vai ter um bebê", disse Ann, esperando que em algum lugar naquele homem ainda houvesse um resquício de compaixão.

"Ela não precisa descer. Pode ficar aqui e ter o bebê", disse Flack, e achando aquilo muito engraçado, soltou uma de suas risadinhas maldosas.

"Por favor, você não pode estar falando sério, Flack", suplicou Ann em um ataque de desespero, abismada com o nível de crueldade do homem.

"Ele está falando sério", disse Sue Ellen cheia de ódio. Ela estremeceu ao olhar para o homem, e virou o rosto choroso para a parede.

"Andem logo, porra, antes que eu perca a paciência!", disse Flack, apontando ameaçadoramente o revólver. Os gemidos de Karen ecoavam pelo corredor.

Billy e Ann ajudaram Sue Ellen a levantar da cama e os três desceram as escadas à frente de Flack, que apontava a arma para suas costas.

Angel ergueu os olhos, sorrindo maldosamente. "O que *vamos* fazer com eles?"

Wade Connely riu. "Eles devem servir para matar a fome de um bocado daquelas coisas lá fora."

"Ração de zumbi", Flack disse, mantendo a arma apontada para Ann, Billy e Sue Ellen. Ele gostava daquela expressão.

"Onde está a outra?", John Carter perguntou de repente.

"Ela ainda está tendo um bebê," disse Flack com um risinho.

"Podia estar até cagando, não me importo. Angel, vá buscá-la. Quero todos juntos aqui embaixo."

Angel seguiu obedientemente para as escadas.

De repente, ouviram o ruído de algo quebrando do lado de fora. John Carter fez um gesto para Wade, indicando que fosse dar uma olhada. Wade correu até a janela.

"Dois deles estão perto da varanda", disse Wade. "Os filhos da puta devem estar com fome de novo."

"Diga a eles que não está na hora da janta", disse Flack. "*Ainda*", acrescentou enfaticamente.

Wade enfiou o rifle entre dois pedaços de madeira, quebrou uma vidraça e, depois de fazer cuidadosa pontaria, disparou dois tiros. Do lado de fora, perto do caminhão, dois mortos-vivos desabaram no chão, os dois alvejados entre os olhos. "Vamos precisar abrir fogo pesado para sair daqui", disse Wade, afastando-se da janela e engatilhando seu rifle de acionamento por alavanca.

No andar de cima, Angel seguia pelo corredor em direção ao quarto de Karen, guiada pelos gemidos da garota, depois de passar rapidamente diante do quarto escuro de Bert Miller.

Duas mãos agarraram Angel brutalmente, uma prendendo-se sobre sua boca e seu rosto, a outra em volta de seu pescoço. Estrangulando a mulher, a criatura humanoide arrastou-a rapidamente para os recessos do quarto escuro. A fim de fazê-la parar de se debater, a criatura bateu com a cabeça de Angel contra a parede, deixando-a inconsciente. Os ruídos da breve luta foram completamente abafados pelos tiros do rifle de Wade no andar de baixo.

O morto-vivo se ajoelhou sobre a garota inconsciente, enquanto a saliva escorria de seus lábios mortos. Com um lampejo de lascívia nos olhos, ele mordeu a carne macia de seu pescoço e demorou-se ali. Depois suas mãos grosseiras desceram e arrancaram a blusa de seu corpo em um único movimento brutal. O morto-vivo inclinou a cabeça e cravou os dentes nos seios firmes da garota, arrancando e mastigando pedaços de um e depois do outro. Durante todo o tempo, grunhidos vinham do fundo de sua garganta, e seu corpo balançava ritmicamente.

Quando a criatura levantou a cabeça, rasgou um de seus mamilos. Mais determinado que antes, arrancou o resto da roupa da vítima e saboreou a carne macia e suculenta de suas coxas e de sua virilha até que as tivesse mastigado por completo.

Na sala, Wade Connely tinha metido o rifle por outra fresta e continuava atirando. Ele errava alguns tiros, e vários mortos-vivos recuavam e desapareciam por trás dos galhos salientes e se escondiam nas sombras das árvores ao redor. As criaturas mortas tinham começado a associar a explosão e o rugido da arma de fogo à destruição ou potencial destruição de si mesmos. Ou talvez fosse apenas o fogo cuspindo dos canos que os assustava, já que o fogo era a única coisa que eles pareciam realmente temer.

Wade engatilhou o rifle para atirar de novo, mas Carter gritou, "Está bem! Já chega!"

"Eles fugiram", disse Wade. "Acertei dois e errei os outros."

"Então pare de desperdiçar munição", disse Carter. E virando para a escada: "Angel! Ande logo!"

"Tem corda para pendurar roupa no armário da cozinha. Vá buscar, Wade", mandou Flack.

Wade obedeceu, e ele e Flack usaram a corda para amarrar Ann, Sue Ellen e Billy, de modo que eles não pudessem se mexer e fossem forçados a ficar deitados no chão com as mãos atadas atrás das costas. Carter sacou o revólver e apontou para eles. "Vamos lá, qual de vocês sabe a combinação do cofre?"

Flack agarrou Ann com violência pelas cordas que atavam seus tornozelos e arrastou-a até o cofre. Ele ficou por cima dela, comprimindo o cano da arma sob seu queixo. "Você não quer que eu exploda esse seu queixinho lindo e faça um buraco atrás da sua cabeça, quer?"

"Não tem nada dentro do cofre", disse Ann em um sussurro rouco.

"Não me venha com essa!", bradou Flack.

"Sue Ellen sabe a combinação", disse Ann. "Não tem nada dentro, só discos e algumas tralhas."

Carter tinha levantado e estava por cima de Sue Ellen, com o revólver apontado para a cabeça dela. "Dezesseis, vinte e três, cinquenta e três", Sue Ellen lembrou. Depois, limpando a garganta, continuou: "Dezesseis no sentido horário, uma volta até o vinte e três, depois vira no sentido oposto até o cinquenta e três".

"Tente", disse Carter.

Wade se ajoelhou diante do cofre e começou a girar o disco. A porta se abriu. Flack riu, uma risada sarcástica que logo se tornou maldosa. Wade tirou uma pilha de discos de dentro do cofre e começou a atirá-los pela sala.

"Caipiras estúpidos!", disse Flack, e foi até onde Billy jazia amarrado e indefeso e deu um forte chute nas costelas do rapaz. Billy gritou e se contorceu no chão, enquanto lágrimas de dor escorriam de seus olhos.

"Fique de olho em todos eles", disse Carter. "Eu vou subir para ver por que Angel está demorando."

Carter subiu a escada aos pulos e correu para o quarto de Karen, encontrando-a deitada na cama, suando e gemendo de dor. Ela fitou-o sem dizer nada, as pupilas dilatadas de medo. Carter percorreu rapidamente o quarto com os olhos, depois girou e voltou correndo pelo corredor, até que ouviu sons vindos de outro quarto e estancou. Com o revólver apontado para dentro do quarto, ele avançou até que pudesse sondar a escuridão. Sua mão encontrou um interruptor perto da porta. Ele acendeu a luz, e desligou-a quase de imediato. O morto-vivo mal se retraiu com o brilho repentino, absorto na tarefa de devorar Angel. No breve lampejo de luz, Carter teve uma imagem horripilante gravada em seu cérebro: os grotescos restos da garota canibalizada e o rosto mortalmente pálido de seu devorador, lambuzado de sangue. Carter recuou para fora do quarto, abalado. Pensou em atirar na criatura morta, mas mudou de ideia quando concluiu que havia um uso melhor para ela. Podia deixá-la na casa para dar cabo daqueles que ficariam para trás.

Carter precipitou-se pela escada e ao entrar na sala disse a Flack: "Vamos dar o fora daqui. Como você disse, temos um encontro com o sr. Kingsley".

"Onde está a Angel?", perguntou Wade.

Carter lançou um olhar demorado e assombrado aos dois e disse: "Me perguntem mais tarde. Vamos embora daqui! Rápido. Vocês três, de pé!" Ele balançou a arma para Ann, Billy e Sue Ellen, mas eles não podiam se mexer porque estavam com os tornozelos firmemente amarrados.

"Solte os pés deles", Carter disse com impaciência. "Menos os do garoto."

Flack sacou sua faca e cortou as cordas em volta dos tornozelos de Ann e Sue Ellen. "E quanto a eles?", perguntou Flack, apontando para os homens amarrados.

"Acho que vamos deixá-los aqui para satisfazer nossos convidados para o jantar", disse Carter. "Não... Pensando bem, tenho uma ideia melhor. Desamarre um deles."

Flack usou a faca para cortar a mordaça e as cordas de um dos dois homens deitados no chão. Imediatamente, Carter atirou com o revólver, atingindo o homem no abdome. Ele se contorceu de dor, aos gritos, enquanto o ferimento jorrava sangue por entre seus dedos.

Flack soltou uma risada maníaca.

O homem ferido gemeu e pouco depois amoleceu, perdendo a consciência.

"Ele vai morrer e virar zumbi", disse Carter. "Quando ele acordar, vai querer café da manhã — e ali está o lanche dele, todo amarradinho e esperando por ele."

Flack se curvou sobre o homem ainda amarrado e olhou-o nos olhos. Os dois pares de olhos se cruzaram, faiscando em um ódio mútuo. "Ração de zumbi", Flack repetiu, enquanto atormentava o homem, cutucando-o nas costelas com a ponta da bota.

"Vamos andando", disse Carter, e esperou enquanto Flack acendia duas tochas feitas de velhas pernas de mesa e passava uma para ele. "Wade, você dirige a viatura", disse Carter. "As duas garotas vão atrás. Eu e o Flack vamos na caminhonete."

Wade obrigou as garotas a irem na frente, sob a mira da arma. Flack abriu a porta, segurando uma tocha acesa numa das mãos, e quando saíram da varanda, ele atirou a tocha na pilha de cadáveres encharcados com querosene, e os corpos amontoados entraram em combustão com um ronco de chamas.

Os mortos-vivos ao redor se afastaram da casa, intimidados pelo fogo.

Flack mirou e atirou, derrubando um humanoide que se escondia perto da viatura.

Wade vinha logo atrás de Ann e Sue Ellen, cutucando-as com o cano do rifle para que andassem depressa, e quando chegaram à viatura, forçou-as a subir no banco de trás.

Quando um dos mortos-vivos investiu contra Carter, ele cravou a tocha em seu peito. A criatura morta pegou fogo, cambaleou e caiu no chão, silvando, gemendo e se debatendo em desespero enquanto as chamas continuavam a devorar sua carne pálida e seca.

Carter e Flack arrastaram Billy com brutalidade pelas cordas que o prendiam, depois o suspenderam, também pelas cordas, e o atiraram na caçamba da caminhonete como se fosse uma meia carcaça de boi. Então Flack saltou na caçamba enquanto Carter sentava no banco do motorista e ligava o motor.

Agachado na traseira do caminhão, Flack disparou contra vários mortos-vivos que se ocultavam na borda da clareira, depois de terem recuado para longe da fogueira ardente.

Wade tinha abaixado a janela do carro e também atirava; com uma expressão de desespero e terror no rosto, tentava garantir que as criaturas não cercassem o carro antes que ele pudesse seguir a caminhonete para longe dali.

O fogo continuava a arder vivamente, erguendo-se da pilha de corpos, e no campo que se estendia para além da fazenda havia ainda mais mortos-vivos. Wade contou quinze ou vinte deles, movendo-se através do milharal, aproximando-se das bordas do vasto gramado.

Havia mais criaturas mortas na estrada quando a caminhonete arrancou de repente, seguida pela viatura — que Wade dirigia perigosamente enquanto as garotas, apavoradas, sacolejavam no banco de trás. Na caçamba da caminhonete, Billy balançava e escorregava de um lado para o outro, e a cada tranco seu corpo se chocava contra a superfície áspera de dois geradores a gasolina rodeados por cabos.

Carter pisou fundo no acelerador, rilhando os dentes e piscando quando a caminhonete atropelou o primeiro morto-vivo na estrada. Depois outro, e mais outro. O carro ia de encontro às criaturas, que vinham cambaleando pela estrada contra a luz dos faróis e, com um violento baque, eram arremessadas para longe. Mas elas se erguiam de novo, vagarosamente, como se estivessem meio atordoadas, levantando-se uma após a outra depois que a caminhonete as atingia.

Wade seguia a caminhonete de perto, agarrando com firmeza o volante da viatura, enquanto Ann e Sue Ellen, com os braços ainda amarrados, se encolhiam no banco de trás e tentavam conter os gritos, embora seus rostos estivessem paralisados de terror.

Na traseira da caminhonete, Flack continuava a disparar, mirando com dificuldade por causa do balanço constante do veículo e das luzes ofuscantes e oscilantes dos faróis da viatura. Com um guincho dos pneus, a caminhonete derrapou em uma curva estreita, e Flack e Billy foram atirados contra os geradores. Durante a queda, a coronha do rifle de Flack bateu por acidente nas costelas de Billy. O garoto gritou de dor enquanto Flack xingava e se agarrava à lateral da caminhonete, conseguindo por fim se equilibrar e ficar em uma posição semiagachada.

Então chegaram a uma reta, e mais mortos-vivos surgiram na estrada.

Depois de desacelerar para fazer a curva que a caminhonete fizera de modo tão perigoso, a viatura ficara cerca de trinta metros para trás.

A caminhonete bateu em um dos humanoides, que foi arremessado para frente e para o alto, e em seguida atropelado com dois fortes baques conforme os dois conjuntos de pneus passavam por cima do corpo caído. De dentro do carro, Wade avistou a criatura estatelada no meio da pista, com a cabeça esmagada, e não havendo como desviar, passou por cima do cadáver também, mas não sem antes frear, aumentando ainda mais a distância entre o carro e a caminhonete.

No espelho retrovisor, Carter viu que a viatura estava ficando para trás, então pisou no freio, engatou a ré e retrocedeu em direção ao carro que se aproximava. Vários outros mortos-vivos foram atropelados no processo, alguns deles ainda se levantando depois de terem sido atingidos a primeira vez. Com os olhos arregalados de medo, Wade deu uma freada brusca, e agora ambos os veículos estavam parados no meio da estrada, enquanto nove ou dez mortos-vivos se aproximavam rapidamente.

Carter desceu a própria janela e disparou contra um humanoide, atingindo-o na testa e arrebentando a parte de trás de seu crânio. Com a força da explosão, a criatura morta foi atirada por uma encosta à beira da estrada. Carter pôs a cabeça para fora da caminhonete e gritou: "Alimente os filhos da puta!"

No banco de trás do carro, Ann e Sue Ellen gritaram de desespero quando viram Flack abaixar a guarda traseira da caminhonete, apoiar-se contra a cabine e empurrar Billy para fora com os pés. Billy escorregava; com o corpo todo amarrado, não tinha como se agarrar à caçamba da caminhonete e se salvar.

Então o pé do garoto se enganchou na aresta de um dos geradores, e por uma fração de segundo, parecia que ele não ia cair. Flack viu o que aconteceu e deu outro chute em Billy: o rapaz se soltou, e as garotas viram o gerador tombar da caçamba da caminhonete junto com seu corpo imobilizado.

Ao ouvir o baque na estrada, Carter pisou no acelerador e deu uma guinada brusca, quase atirando Flack de cabeça na estrada. Agarrando-se na lateral do caminhão, Flack gritou: "O gerador! Espere! O gerador! Perdemos o gerador!"

A voz de Flack se perdeu em meio ao ronco da caminhonete, e Carter seguiu em frente. Wade também não parou; em vez disso, jogou o carro para o acostamento a fim de desviar de Billy e do gerador conforme os mortos-vivos se aproximavam.

Cinco ou seis criaturas humanoides cercaram o corpo de Billy, desmaiado no meio da estrada de terra. Várias dessas criaturas, tendo sido atingidas ou atropeladas pela caminhonete, estavam grotescamente mutiladas e deformadas, muito mais ensanguentadas do que antes e com o aspecto ainda mais horrendo. Uma delas tinha o peito esmagado e achatado de um lado, e os ossos despedaçados das costelas se projetavam para fora da pele dilacerada e das roupas rasgadas. Outra tivera a carne do rosto raspada pelo atrito com a terra e o cascalho da estrada; seu nariz fora quase totalmente arrancado, e era possível entrever o branco dos ossos molares onde a pele morta já não os encobria. Outra ainda perdera uma perna, e precisava se arrastar lentamente, com o corpo pingando de sangue, em direção ao pedaço da estrada em que Billy jazia indefeso.

Misericordiosamente, Billy não sentiu nenhuma dor quando o primeiro morto-vivo a alcançá-lo se atirou desajeitadamente sobre seu corpo e afundou os dentes mortos na carne macia de sua garganta. O sangue começou a escoar. Atraídas pelo cheiro de sangue, as outras criaturas também vieram saciar a fome. Billy não demorou a morrer e a ter seu corpo estraçalhado pelos mortos-vivos.

A caminhonete e o carro de polícia escaparam em segurança, e seguiram em alta velocidade pela estrada. No banco de trás do carro, Ann e Sue Ellen choravam sem parar, aterrorizadas e desamparadas, consumidas pela angústia de um luto para o qual não havia consolo. Para elas, já pouco importava se viveriam ou morreriam, e as duas sabiam que provavelmente não viveriam.

Quando chegaram à rodovia, os dois veículos pararam. Wade pegou algumas tiras de pano do porta-malas do carro e amordaçou as duas garotas, ainda aos soluços. Flack saltou da caçamba do caminhão, levantou e travou a guarda traseira, depois subiu para dentro da cabine, ao lado de John Carter.

"Para a propriedade dos Kingsley!", disse Carter, dobrando à direita rumo à rodovia.

Flack sorriu, indicando sua aprovação.

A caminhonete arrancou e, com um ranger de marchas, disparou em alta velocidade pela rodovia. A viatura veio logo atrás.

CAPÍTULO 15

Na casa dos Miller, dois policiais estaduais estavam imobilizados no chão da sala, um amarrado e amordaçado, o outro ferido no lado superior direito do abdome, logo abaixo da caixa torácica. O que estava ferido jazia imóvel, conforme o sangue escorria do buraco em seu flanco. Os policiais Carl Martinelli e Dave Benton tinham sido rendidos e capturados por John Carter e seu bando de saqueadores depois que a garota, Angel, os atraíra para uma emboscada. Ela fizera uma encenação convincente, fingindo que seu irmão tinha sido atacado e gravemente ferido por várias criaturas humanoides. Com receio de que o irmão da garota morresse e ela precisasse de ajuda para se desfazer do corpo, os oficiais Benton e Martinelli pegaram a viatura e foram com Angel até uma casa de campo isolada onde Carter, Flack e Wade Connely os pegaram de surpresa e os capturaram. Eles foram forçados a trocar as roupas com Connely e Carter, e foram amarrados e amordaçados enquanto dois dos bandidos se disfarçavam de policiais estaduais. Os membros da gangue mataram os ocupantes da casa e roubaram tudo que havia de valor no local.

Sem tirar os olhos do corpo inerte de seu parceiro, Dave Benton lutava para se libertar. Concentrou seus esforços em tentar esticar e afrouxar as cordas que atavam seus pulsos, na esperança de que pudesse deslizar as mãos por elas, mas as cordas estavam tão apertadas que seus punhos doíam, e tentar se libertar dessa forma parecia impossível. De repente, ele parou de esbracejar e, obrigando-se agir de maneira calma e racional, correu os olhos analiticamente pela sala em busca de algo que pudesse pegar para se libertar.

A porta da sala estava fechada, mas não bloqueada. John Carter tinha deixado a porta fechada na esperança de retardar as criaturas lá fora e poupar as vítimas no interior da casa de um destino mais irônico. Através das frestas entre as tábuas que cobriam as janelas, Dave Benton podia ver que o fogo ainda ardia no quintal; concluiu que era por causa do fogo que os monstros canibais ainda não tinham se lançado em um ataque em massa contra a casa. Dave sabia que o ataque viria; era só uma questão de tempo — até que as criaturas ficassem famintas o bastante, até que o fogo se apagasse, até que elas perdessem o medo. Dave não sabia que algumas criaturas tinham se saciado temporariamente com a carne do garoto, Billy, que fora atirado da caçamba da caminhonete para apaziguar os mortos-vivos enquanto a gangue de Carter conseguia fugir.

Dave precisava encontrar logo uma maneira de se libertar; só assim poderia recolocar as vigas nas cantoneiras da porta e cuidar do ferimento de seu parceiro antes que o pior acontecesse. Tinha esperança de que seu parceiro não morresse. Era experiente com ferimentos à bala. A perda de sangue não parecia muito grande, e contanto que não houvesse lesões graves em nenhum órgão vital, os primeiros socorros poderiam salvá-lo e Carl poderia ser levado para um hospital. Um arrepio percorreu seu corpo ao pensar o que aconteceria se ele não conseguisse se libertar e Carl realmente morresse e se transformasse em um morto-vivo canibal. Dave não sabia do perigo que se escondia no andar de cima, dentro do antigo quarto de Bert Miller; ele sabia que algo acontecera a Angel, mas não sabia o quê.

Aparentemente, não havia nenhum objeto na sala afiado o bastante para cortar corda. Havia um espelho sobre a lareira, e Dave tentou pensar em uma maneira de quebrá-lo. Talvez pudesse ficar de pé e então dar um jeito de bater no espelho com algo pesado. Não, isso não parecia factível; o espelho estava alto demais, e seus movimentos eram muito limitados por conta da forma como estava amarrado. Calculou que podia rastejar até a cozinha e tentar tirar uma faca de dentro de uma gaveta.

Nesse momento, Carl Martinelli gemeu e levantou a cabeça do chão.

Dave fitou o parceiro, desejando que pudesse dizer algo para confortá-lo.

Carl gemeu de novo, pegou na ferida e deixou que sua cabeça caísse de novo no chão.

Dave respirou aliviado: não apenas seu parceiro estava vivo, como tinha recobrado a consciência. Os olhos de Carl estavam abertos, e ele respirava pesadamente, obviamente sentindo dor. Dave não podia fazer nada além de observar; não podia falar porque sua mordaça estava muito apertada; mas sabia que, se Carl não morresse ainda e se ele conseguisse ficar frio, ainda havia esperança.

Depois de ficar parado por alguns segundos, Carl largou a ferida e ficou olhando para a mão manchada de sangue, como se isso lhe permitisse de alguma forma avaliar a gravidade do ferimento. Dave se contorcia e fazia ruídos com a garganta, tentando chamar a atenção de Carl e ajudá-lo a se reorientar. Carl apoiou um cotovelo no chão e, a duras penas, foi conseguindo se sentar, enquanto olhava com os olhos vidrados para Dave.

Dave sacudiu a cabeça algumas vezes, e fez mais ruídos, indicando a porta desprotegida. Carl olhou, entendeu, e, com alguma dificuldade, pôs-se de pé. Deu alguns passos hesitantes, viu que podia se mover sem levar um tombo e dirigiu-se lentamente até a porta. Após o que a Dave pareceu uma eternidade, finalmente pôs as travas no lugar. Dave observava tudo, examinando cada movimento do parceiro, ao mesmo tempo que sentia um grande alívio.

Carl afastou-se da porta e tocou o ferimento, desabotoando a camisa para olhar. Dave fez novos ruídos guturais, e Carl percebeu que precisava desamarrar o parceiro. O homem ferido sentia como se estivesse andando em câmera lenta.

"A bala ainda está queimando aqui dentro", disse Carl. "Dói pra burro. Acho que perfurou uma costela". Sua voz parecia fraca e insegura no início, mas melhorou e, à medida que se ajoelhava com cuidado no chão, começava a desamarrar o parceiro e continuava a falar. "Minha cabeça está doendo. Devo ter batido com ela no chão. Mas acho que vou ficar legal." Sua fala parecia convencê-lo de que realmente estava vivo.

Carl desamarrou as mãos do parceiro e esperou enquanto ele tirava a própria mordaça e soltava os tornozelos. Dave se levantou e esfregou os punhos dormentes.

"Sente-se", disse Dave. "Deite no sofá. Temos que encontrar alguma coisa para enfaixar você. Puxa, estou feliz que você esteja aqui."

Carl obedeceu, e Dave ajudou-o a se deitar. Carl gemia, a testa molhada de suor. "Aqueles escrotos", ele disse. "Vão precisar de chumbo mais pesado que esse para acabar comigo. Vou pegar aqueles filhos da puta nem que seja a última coisa que eu faça."

"Acho que ele atirou em você com uma .32", disse Dave, e sua voz foi desaparecendo aos poucos conforme ele deixava a sala e entrava na cozinha. Estava apreensivo com o que poderia encontrar no andar de cima, e queria ter algo com o que se defender antes de subir. Enquanto revirava uma gaveta no armário da cozinha, encontrou um pesado cutelo de açougueiro e duas facas compridas. Apanhou-os e colocou-os em cima da mesa da cozinha. Então notou, sob o armário, uma caixa de ferramenta e um saco de estopa. O saco estava cheio de pesadas estacas de ferro. Dave abriu a caixa de ferramentas e tirou uma grande marreta de dentro, que a seu ver daria uma boa arma.

Carl se escorou sobre o cotovelo quando o parceiro entrou na sala. Dave entregou-lhe uma das facas, para que ele não ficasse desarmado. Em seguida, segurando o cutelo em uma mão e a marreta na outra, dirigiu-se às escadas. Subiu os degraus lenta e silenciosamente, sem saber o que o esperava.

No topo das escadas, parado sob a luz amarela de uma lâmpada nua, Dave hesitou por um momento. A porta de um dos quartos escuros que davam para o corredor estava entreaberta. Dave empurrou a porta com o pé, com as armas em punho, conforme a luz do corredor penetrava no quarto. O coração de Dave quase pulou pela garganta. Viu de relance os restos de Angel e, na mesma hora, a criatura morta que devorara a garota virou para ele, com a cara manchada de sangue, e avançou para a porta. Dave manteve-se firme e brandiu a marreta no ar, atingindo o morto-vivo na testa e jogando-o para trás. Em seguida investiu contra a criatura, desferindo golpes alternados com a marreta e o cutelo. O cutelo abriu um corte na garganta da coisa, a marreta acertou seu peito, depois sua cabeça de novo, e a criatura desabou no chão. E não se mexeu mais. Mesmo assim, Dave se curvou sobre ele e golpeou sua cabeça repetidas vezes, até reduzi-la a uma massa sangrenta.

Dave acendeu a luz do quarto e correu para o andar de baixo para pegar o saco de estacas.

Uma vez de volta ao quarto, cravou uma estaca no crânio despedaçado da criatura. Então olhou para Angel, imaginando se ainda haveria o suficiente dela para ressuscitar. Era melhor não arriscar: curvou-se sobre ela e martelou uma estaca em seu crânio. Por fim, recuou para fora do quarto, desligou a luz e fechou a porta. No corredor, estremeceu, apoiado contra a parede.

De baixo, veio a voz de Carl Martinelli, um pouco dolorida, mas surpreendentemente forte: "Dave! *Dave*! O que está acontecendo aí em cima?"

Abalado e esbaforido, Dave foi até o topo da escada para responder: "Está tudo bem!", ele gritou. "Tinha uma daquelas coisas aqui em cima! Eu acabei com ela!" Ele abaixou a voz. "Foi o que pegou a Angel."

Carl ouviu. Ficou olhando atônito para a escada. Por um momento, sentiu-se tomado pelo horror do destino terrível que poderiam ter tido. Apertou o cabo da faca, descobrindo que sua mão era forte o bastante para segurá-la e usá-la de maneira efetiva como arma. Ele não perdera tanto sangue que estivesse incapacitado. Podia se defender e sobreviver.

No andar de cima, Dave tinha ouvido os gemidos constantes da garota, Karen, e entrou no quarto dela, que ficava no final do corredor. Banhada em suor, Karen estava deitada de costas sobre os lençóis encharcados. Ela parecia delirante, mas virou a cabeça para encarar Dave. O policial viu as lágrimas escorrendo pelo seu rosto. "O intervalo das contrações está diminuindo", ela disse. "Meu bebê vai nascer. Por favor, me ajude, seja quem você for. *Por favor*!" A voz dela soava fraca, fútil. Dave suspirou fundo, com pena dela, achando-se incapaz de lidar com aquela situação. Tudo que ele sabia sobre partos fora aprendido em algumas aulinhas rápidas às quais ele e sua esposa tinham assistido quando se preparavam para o nascimento do filho, que agora tinha dois anos de idade. Dave tivera alguns anos para esquecer o pouco que já soubera. "Eu sou um policial. Um policial de verdade — não se preocupe. Vou ajudar você", ele disse, tentando tranquilizá-la. "Você pode ajudar também?" Karen assentiu com a cabeça e olhou esperançosa para Dave antes que ele saísse do quarto e descesse correndo as escadas.

Na cozinha, vasculhou um armário, onde encontrou toalhas brancas, panos de lavar e uma pilha de lençóis limpos. Também encontrou um vidro de antisséptico. E um revólver. E uma caixa de munição. Empolgado, tomou a arma na mão, conferiu se estava carregada, viu que estava, e enfiou-a sob o cinto. Reparou numa jaqueta jeans pendurada em um gancho, provou-a e viu que servia, ficou com ela e despejou a munição nos bolsos. Então começou a rasgar um dos lençóis em tiras para fazer ataduras. Feito isso, levou as tiras de pano e o antisséptico para a sala e ficou olhando para Carl Martinelli, que se sentou com dificuldade e começou a tirar a camisa rasgada e ensanguentada. "Vou dar uma limpada nisso daí e fazer uma boa atadura", disse Dave. "E depois você vai me ajudar a fazer um parto."

"Você está brincando", disse Carl, se contraindo conforme Dave derramava o antisséptico sobre seu ferimento.

"Não, não estou. A garota está em trabalho de parto lá em cima. E o bebê dela vai nascer."

Fora da casa, o fogo que se erguia da pilha de cadáveres começava a arrefecer.

CAPÍTULO 16

Os corpos outrora humanos continuavam a queimar em frente à casa de campo. Na sinistra escuridão iluminada pelo fogo, os mortos-vivos começavam a cercar a casa, aproximando-se pela varanda lateral. Os humanoides tentavam ficar o mais longe possível da fogueira e concentraram o ataque na porta e na janela que ficavam naquele lado da cozinha, ambas protegidas com tábuas. De quando em quando, uma das criaturas olhava de soslaio para a luz do quarto de cima. Os gritos de Karen vazavam para o gramado e pairavam sobre as faces grotescas dos mortos-vivos.

Alguns deles tinham pedras nas mãos; outros seguravam galhos de árvores, que usavam desajeitadamente como porretes. Não demorou muito até que a lâmpada da varanda fosse quebrada e a vidraça estilhaçada. Mãos mortas se esticaram por entre os cacos de vidro, dando golpes e pancadas nas barricadas de madeira que haviam sido pregadas por Bert Miller. Quando o vidro cortou a carne morta dos invasores, eles não sangraram e não pareciam se importar com suas novas feridas, embora os nervos e vasos sanguíneos estivessem cortados e rompidos. Com o violento ataque, as barricadas começavam a ceder.

Tão assustados quanto a garota, Carl e Dave trabalhavam febrilmente, tentando ajudar em uma tarefa com a qual não estavam nem um pouco familiarizados. Eles enxugavam o rosto da garota com panos frios, deixavam que ela enterrasse as unhas em seus braços com toda a força que queria para aliviar sua agonia, e nutriam a sincera esperança de que a Mãe Natureza não fizesse nenhum desvio e que tudo ocorresse exatamente como deveria. De tempos em tempos, os homens desviavam os olhos da garota e olhavam um para o outro, ambos ouvindo os ruídos da cozinha sendo destruída, embora não ousassem sair do quarto. Quando parecia que o corpo convulso de Karen não poderia mais suportar a dor, a garota deu um grito poderoso e seu filho veio a um mundo de pesadelos.

Dave observou Carl, que parecia em transe, cortou o cordão umbilical e limpou o pequeno menino choroso com uma toalha limpa, e os dois homens o envolveram delicadamente em outra. Pelo que podiam ver, a criança era saudável. Mas quando se voltaram para cuidar de Karen, que estivera respirando de maneira pesada, porém regular depois do parto, seus olhos fitavam o teto, a boca ligeiramente aberta como se estivesse espantada.

Depois de depositar o bebê no pé da cama, Dave passou a palma da mão sobre o rosto de Karen, que agora, de olhos fechados, parecia estar dormindo. "Pobre menina, eu realmente achei que ela fosse conseguir", sussurrou.

"Nós fizemos tudo que podíamos", disse Carl. "E o que vamos fazer *agora*?" Ele olhou para o bebê e depois para Karen. Ela parecia bem serena, como se dar à luz tornasse a morte mais aprazível.

As pancadas dos mortos-vivos na porta da cozinha pareciam mais frenéticas e mais assustadoras. Os gemidos das criaturas e o fragor do ataque em massa repercutiam por toda a casa.

"Temos que dar o fora daqui!", disse Dave. "Aquelas coisas estão entrando!"

Carl olhou para Karen. "Não temos que dar um jeito nela?"

Dave entregou o bebê a Carl. "Eu vou fazer isso", disse ele. "Mas leve o bebê para baixo."

Carl deixou o quarto, e Dave ficou ao lado da mãe morta, com o martelo e a estaca na mão. Com resignação, posicionou a estaca sobre a cabeça da garota e levantou a marreta; então, com o rosto contraído pela emoção, golpeou com força a estaca. O som de metal batendo contra metal encheu a sala. A estaca partiu o crânio de Karen e se cravou fundo em seu cérebro. O martelo caiu da mão de Dave e ele fraquejou, encostando-se à parede, nauseado e com os joelhos frouxos. Quando finalmente se recompôs, correu para fora do quarto.

Desceu as escadas aos tropeços e dobrou a curva no patamar. Parou abruptamente. Com um ruído de estilhaços, a porta da cozinha veio abaixo e os mortos-vivos invadiram a casa.

Dave disparou uma, duas vezes com o revólver. Os estampidos dos tiros ressoaram pela sala. Um morto-vivo foi abatido. O segundo vacilou, alvejado no peito, depois cambaleou para trás e caiu sobre o corpo do primeiro. O cheiro acre de pólvora se misturava ao cheiro repugnante de carne podre. Enquanto o morto-vivo ferido se debatia no chão e lutava para se levantar, Dave precipitou-se para a caixa de ferramentas e pegou uma lanterna.

Carl tinha destravado a porta da sala e esperava o parceiro, carregando o cutelo e o bebê. Dave pegou o bebê e entregou a lanterna a Carl. "Acha que consegue fazer isso?", Dave perguntou, conforme os dois homens se preparavam para fugir da casa sitiada, apesar do fardo do recém-nascido e do estado incerto do ferimento de Carl. Carl rangeu os dentes e assentiu com a cabeça para mostrar que estava disposto a tentar.

Abriram a porta com cuidado e viram que o quintal estava relativamente desimpedido. Precipitaram-se para fora. Guiados pela luz da lanterna, Dave e Carl atravessaram o gramado repleto de restos de corpos queimados e caídos, e não tardaram em chegar à estrada de terra. Escolheram uma direção e continuaram a correr. Naquele momento, a estrada estava livre, já que os mortos-vivos tinham se juntado em massa para atacar a casa.

Carl iluminou a estrada com a lanterna e, pouco à frente, avistou algum tipo de máquina rodeada por um emaranhado de fios. Ele correu, apontando a luz para o objeto, e então parou abruptamente, respirando com dificuldade por causa da ferida. "O gerador!", gritou Dave. "Deve ter caído da caminhonete!"

"Acho posso pegar de um lado se você pegar do outro", disse Carl. "Aquelas árvores — perto do topo da colina. Vamos tentar levar lá para cima!"

Eles começaram a arrastar o gerador e os cabos, ao mesmo tempo que seguravam o bebê e as armas. Carl andava com dificuldade; sentia muita dor devido ao ferimento. Mesmo assim, encontrou força para continuar, e o medo do que poderia acontecer se parassem o deixava mais forte.

Dois mortos-vivos surgiram de repente diante da luz oscilante da lanterna. Dave largou o gerador e avançou em direção a eles, enquanto Carl mantinha a lanterna apontada para os dois. Os mortos-vivos começaram a se aproximar, mas a luz os deixava cegos e confusos, e suas cabeças, enquadradas pelo facho de luz, tornavam-se alvos fáceis. Dave alvejou cada um deles com tiros certeiros e observou-os cair e rolar pelo chão, agarrando os rostos com as mãos.

Os dois homens continuaram a subir a colina íngreme, avançando a duras penas através do mato e do capim alto. Carl não parou em nenhum momento, mas quando chegaram ao topo da colina, ele desabou. Tinham se abrigado em uma área arborizada a uns setenta metros da estrada. Carl ofegava, fraco e exausto, meio esparramado contra o tronco de uma árvore. Dave pôs o bebê sobre um trecho de grama macia ao lado de Carl e entregou-lhe o revólver.

Enquanto Carl manejava a lanterna, Dave atirou-se ao trabalho. Começou a esticar os fios do gerador e a passá-los pelos galhos baixos das árvores, de forma que circundassem uma área de aproximadamente trinta metros quadrados. Quando o gerador estivesse ligado, os fios ficariam eletricamente carregados, e dentro daquela área Carl, Dave e o bebê estariam relativamente seguros. Nesse meio-tempo, Carl tinha recobrado o fôlego, e já não sentia tanta dor; então tomou o bebê nos braços e o embalou suavemente, verificando se estava bem aquecido e protegido dentro das dobras do cobertor improvisado.

Carl continuava a mover a luz da lanterna, com a qual percorria a vegetação ao redor, atento a qualquer sinal de perigo. Em duas ocasiões, enquanto Dave manipulava os fios do gerador, as horrendas faces pálidas dos humanoides foram flagradas pelo facho de luz e o trabalho teve que ser interrompido enquanto os dois homens observavam e esperavam as criaturas mortas se aproximarem o suficiente para que Carl pudesse abatê-las a tiros.

Carl recarregou o revólver enquanto Dave ficava de guarda com o cutelo e a faca nas mãos. Depois, Dave deu partida no gerador, puxando um cordão similar ao de um cortador de grama, até que o motor movido a gasolina começasse a girar. O motor acelerou e roncou, funcionando de primeira, sem engasgos. Dave pegou a lanterna e tirou a tampa do tanque de gasolina. Ao espiar dentro, descobriu com satisfação que o tanque estava cheio. Os dois homens e o bebê se encolheram no meio da pequena área eletrificada.

"Como você está?", perguntou Dave ofegante, finalmente descansando um pouco, embora seus olhos ainda percorressem inquietos a mata escura ao redor.

"Bem", respondeu Carl. "Eu vou ficar legal. Minha bandagem molhou um pouco... mas até que não sangrei muito, considerando tudo. Essa criança deve estar morrendo de medo."

"Aposto que está morrendo *de fome,* isso sim. Escute, o fio está a mais ou menos um metro e meio de cada lado, então não se mexa muito."

De repente, houve um clarão e um forte estalido conforme o corpo de um morto-vivo que explodiu em chamas. A criatura tocara no fio eletrificado, e por um instante, sua silhueta ficou recortada contra a intensa luz. Ela fugiu noite adentro, grunhindo, com o corpo em chamas. Depois tropeçou e saiu rolando pelo chão, enquanto emitia arquejos sibilantes com os pulmões mortos e chamas e faíscas se elevavam de sua roupa, consumida pelo fogo.

Por algum tempo, a floresta ficou silenciosa, e só se ouvia o cricrilar dos grilos.

"Podemos passar a noite aqui", disse Dave. "Mas o bebê precisa de cuidados e de comida. Vamos tentar encontrar alguém de manhã. Quero levar você e o bebê para o hospital de Willard. Não é muito longe."

"Eu vou ficar bem", disse Carl. "Se a bala tivesse atingido algum ponto vital, eu já estaria morto a essa hora. Só espero que não infeccione."

"Seria muito bom se pudéssemos enxergar", disse Dave. "Devíamos ter procurado velas quando estávamos na casa."

"Temos que economizar a lanterna", disse Carl, mas ligou-a mesmo assim e iluminou o bebê, tomando o cuidado de deslocar o facho de luz um pouco para o lado.

"Ainda dormindo", disse Dave. "Incrível, depois de tudo pelo que ele passou."

"Talvez ele esteja doente", especulou Carl. "É normal que um recém-nascido durma tão profundamente?"

Nesse instante, ouviram um ruído de passos sobre a vegetação rasteira. Carl apontou a lanterna para o escuro e moveu-a em um círculo, procurando a origem do barulho. O facho de luz localizou dois mortos-vivos, cujas peles esbranquiçadas e mortas se destacavam contra as sombras e o verde da vegetação ao fundo. Uma das criaturas mortas fora uma mulher um dia, e devia ter morrido de causas naturais, já que não havia nenhum sinal visível de ferimentos. Seu vestido, entretanto, estava rasgado em alguns pontos, revelando uma perna branca e morta e um peito duro, achatado e pálido. Carl desviou a lanterna das criaturas e deixou que elas se aproximassem. Ouviu o farfalhar das folhas conforme elas se moviam, e o chiado doloroso de seus pulmões mortos. Então as criaturas tocaram nos fios e entraram em combustão. Parecia que tinham as peles muito mais secas e mortas do que o morto-vivo de antes, pois com um estalo elétrico e um jorro alucinante de faíscas, os dois foram rapidamente consumidos pelas chamas. A mulher formava uma imagem assustadora, correndo com uma massa flamejante de cabelo até cair e rolar pela colina relvada. O companheiro dela caíra entre as árvores e continuou a queimar ali, conforme as chamas se elevavam da carne morta, produzindo um fraco brilho alaranjado e projetando sombras oscilantes entre as árvores.

Dave e Carl se entreolharam, os rostos iluminados de maneira sobrenatural. Carl desligou a lanterna. "Por quanto tempo o gerador vai funcionar?", perguntou. "Temos gasolina o suficiente para passar a noite?"

Dave considerou a pergunta por um momento e concluiu que não sabia a resposta. Pegou a lanterna de Carl e foi até o gerador, examinou o motor e o tanque de combustível em busca de instruções. Não havia nenhuma. Avaliou o tanque em comparação com o do cortador de grama que tinha em casa e também tentou comparar os dois motores; o gerador era muito maior, em ambos os aspectos. Dave desligou a lanterna e voltou para junto de Carl e do bebê. "Deve durar até de manhã", ele disse. Mas não se sentia muito confiante.

Carl olhou para Dave, embora não pudesse enxergar seu rosto no escuro. Depois olhou para o bebê, deu um tapinha em suas costas e disse baixinho: "Aguente aí, meu chapa".

O motor do gerador continuou a zumbir.

Em pouco tempo, embora ainda tentassem vigiar a mata em busca de algum sinal de perigo, os dois homens adormeceram, completamente exaustos.

CAPÍTULO 17

À primeira luz do amanhecer, o gerador continuou a funcionar, e o ruído de cortador de grama enchia a mata circundante.

Dave, Carl e o bebê estavam dormindo, o bebê embalado contra o corpo inerte de Dave. Eles estavam protegidos dentro do círculo de fios do gerador, esticados entre os galhos baixos das árvores.

A poucos metros do círculo de fios, o corpo carbonizado de um morto-vivo jazia inerte no chão. Pequenas nuvens de fumaça ainda se elevavam de seus restos enegrecidos. Na colina relvada, esparramados onde tinham caído, estavam os restos de outros dois humanoides abatidos.

O motor do gerador engasgou.

Carl gemia febrilmente enquanto dormia.

O motor voltou a funcionar sem problemas, como se tivesse perdido um compasso por causa de uma bolha no tubo de combustível.

O bebê se mexeu de leve, ainda aninhado contra o corpo de Dave, cuja mão direita segurava frouxamente o revólver. Carl deixara o cutelo cair sobre a grama orvalhada.

O ar da manhã estava úmido, coberto por uma tênue névoa que ainda não tinha sido dissipada pelo sol nascente.

O gerador engasgou novamente, e parou. O chilrear dos pássaros e os sons mais suaves da floresta se sobressaíram no chocante silêncio do motor parado.

Os dois homens e o bebê ainda dormiam. Mergulhados no sono, não perceberam que estavam vulneráveis. Passos leves e silenciosos se aproximavam de onde estavam, movendo-se com cautela pela grama alta da colina e se insinuando entre as árvores. Quem quer que fosse, tinha sido atraído pelo ruído do gerador, agora em silêncio.

Dave estava entregue ao sono, e seu rosto transparecia cansaço e ansiedade conforme ele dormia o sono profundo da exaustão, a mente divagando em sonhos turbulentos com a mulher e o filho. Ele não era um homem bonito, mas seu rosto possuía força e personalidade; seus cabelos ruivos e curtos estavam amassados e embaraçados; tinha um hematoma na testa e uma mancha de terra na bochecha. Usava os jeans e a camisa de flanela que haviam pertencido anteriormente a John Carter, enquanto Carl vestia roupas similares, que haviam pertencido a Wade Connely.

Carl dormia profundamente, mas não dormia bem. Ele gemia e se remexia com frequência nos espasmos da febre causada pelo ferimento. Embora a manhã estivesse úmida e fresca, a testa de Carl estava empapada de suor, e os cabelos negros e ondulados caíam e se colavam sobre ela. A pele, normalmente corada, estava pálida. A ferida irradiava uma dor e uma rigidez que haviam se espalhado pelos músculos do seu flanco, e ele podia senti-las mesmo dormindo, embora isso não chegasse a despertá-lo. O cansaço do corpo ajudava a atenuar a dor.

Os passos continuavam a se aproximar de mansinho, avançando furtivamente em meio às folhas e aos galhos mortos que rodeavam as árvores.

Sem fazer ruído, uma mão afastou um galho baixo, revelando o rosto de um garoto espiando entre as folhas. O rosto do menino estava sujo e queimado de sol, os olhos alertas de quem está acostumado a viver na selva. Examinou detidamente o gerador estagnado e o círculo de fios dentro do qual dormiam os dois homens e o bebê. Então deu um passo lento e deliberado para frente, o braço erguido em um gesto de silêncio. Ele carregava um arco e uma aljava de flechas, e tinha uma faca de caça enfiada sob o cinto.

Outros meninos avançaram, todos eles armados. Alguns carregavam arcos e flechas, outros tinham facas e armas. Saíram silenciosamente da mata, cercando Dave, Carl e o bebê.

O primeiro garoto, o líder, passou por debaixo do cabo inútil do gerador, avançou rápida e silenciosamente e pisou no punho de Dave, impedindo-o de usar o revólver. Outros meninos se aproximaram, apontando as armas.

Alarmado, Carl acordou abruptamente e tentou se levantar, entretanto, desnorteado e com o flanco dolorido, acabou caindo de volta no chão. A rigidez de seus músculos tinha piorado durante a noite, e ele ficou ali sentado, encarando os recém-chegados, ao mesmo tempo que percebia que estava com febre e que seu ferimento devia estar infeccionado.

"Quem é você?", Dave perguntou ao líder quando acordou e percebeu que estavam cercados. Ele não sabia exatamente o que esperar daquela situação, mas preferia acreditar que tudo acabaria bem, desde que ele jogasse as cartas certas. Essa crença vinha do fato de que estavam, afinal de contas, rodeados por *meninos*, com idades que pareciam variar de treze a dezoito anos, quando muito. Havia mais ou menos uma dúzia de garotos no bando.

Um dos garotos se abaixou, apanhou cuidadosamente o revólver de Dave e ficou brincando com a arma nas mãos, satisfeito com sua aquisição. Depois abriu o tambor e viu que estava carregado.

"Essa arma é *minha*", disse Dave, "e precisamos dela para nossa proteção, nossa e do bebê. Bote-a no chão."

"Cale a boca", disse o líder, cuja voz serena transparecia poder e autoridade.

"Eu queria um pouco mais de munição para essa belezinha", disse o garoto com o revólver, tripudiando.

"Reviste-os", o líder ordenou aos outros garotos atrás dele.

Carl levantou-se penosamente, pois não queria que o rolassem pelo chão, e se rendeu de boa vontade, levantando os braços e apartando as pernas. Os garotos revistaram o policial, de maneira rápida e profissional, e se apoderaram de uma faca comprida e do pesado cutelo que encontraram no chão, ao lado de onde o homem estava sentado. Ele não tinha carteira, relógio ou dinheiro; tudo de valor já tinha sido levado no dia anterior pela gangue de John Carter.

Dave pousou o bebê gentilmente no chão e também ficou de pé. Ergueu as mãos sobre a cabeça e permitiu que seus bolsos fossem revirados do avesso. Dele os meninos pegaram apenas a lanterna, o revólver e a munição que estava dentro dos bolsos da jaqueta. Dave se inclinou e pegou o bebê, que acordou e começou a chorar.

Os garotos do bando começaram a resmungar, desapontados por não terem encontrado nenhum dinheiro.

"Não temos nada", disse Carl, falando com dificuldade. "Já levaram tudo que a gente tinha." Ponderou se era conveniente dizer aos garotos que eles eram policiais estaduais, mas acabou chegando à conclusão de que a revelação não melhoraria a situação deles. O mais provável, pensou ele, era que a revelação produzisse um efeito contrário ao desejado, caso os meninos tivessem cometido algum crime durante aqueles dias de anarquia.

O bebê não parava de chorar. Dave segurou-o bem junto do corpo e começou a embalá-lo. Então olhou para o líder dos garotos com a esperança de que a hostilidade da gangue fosse baseada no medo, e que talvez pudessem sair daquilo juntos, ajudando-se uns aos outros. "O bebê está com fome", Dave disse finalmente, não vendo nada além de ódio nos olhos do menino.

"Cale a boca" disse líder de novo, como se isso fosse sua resposta para tudo.

"Temos que levar esse bebê a um médico", disse Dave. "A mãe dele está morta. E meu parceiro está ferido".

"Somos policiais estaduais", arriscou-se Carl.

"Certo. E eu sou o prefeito", disse o garoto com o revólver. Ele parecia ser o segundo em comando.

"De onde vocês vieram?", perguntou o líder.

"Da fazenda dos Miller, subindo a estrada", disse Dave, apontando para o pé da colina, depois afagou o bebê e tentou consolá-lo enquanto ele continuava a chorar de maneira irrefreável. "Todos os outros morreram. A mãe do bebê morreu. Por que vocês não vão até lá e veem por si mesmos?"

Um dos garotos deu uma risada sarcástica. "Claro... e ser estraçalhado por todos aqueles monstrengos lá embaixo."

Dave concluiu que os garotos não os ajudariam em nada, e que seria melhor que canalizassem as energias em outra coisa antes que eles se tornassem mais perigosos. Talvez tivessem sorte e conseguissem escapar com as armas. Tentou argumentar.

"Vocês estão vendo que não temos nenhum dinheiro ou nada de valor. Por que não devolvem nossas armas? Assim podemos nos defender e tentar encontrar alguma comida para o bebê." Ele olhou para o líder, esperando uma resposta.

"Bela tentativa", disse o líder. "Mas vamos ficar com a arma. Precisamos dela também. Hoje em dia, vale a lei do cão. Você devia saber disso." Ele deu uma risada cruel. "Agora *vão andando*", falou, ao mesmo tempo que levantava o arco e apontava uma flecha para o peito de Dave.

Dave e Carl hesitaram. Os outros garotos também apontaram as armas. O rapaz com o revólver apertou o gatilho para empurrar o martelo para trás; mais um aperto e uma bala seria disparada. "Eu disse *vão andando*!", gritou o líder. A força em sua voz fez com que a flecha ameaçadora tremesse e a corda do arco retesasse.

Com relutância, Dave e Carl começaram a descer a colina relvada em direção à estrada de terra, o bebê ainda chorando.

O líder gritou para eles, e usando o braço direito — o braço que ainda segurava o arco — indicou um ponto subindo a estrada, longe da casa dos Miller. "Tem outra fazenda a uns cinco quilômetros naquela direção! Talvez vocês consigam alguma ajuda lá!"

"Para o inferno com eles, deixe que se virem sozinhos", disse o segundo em comando, acariciando o revólver. "Ainda mais se forem mesmo policiais estaduais. Eles poderiam fazer uma ligação e pôr alguém na nossa cola."

"As linhas telefônicas estão cortadas", disse o líder. "Além do mais, já estaremos longe antes que eles possam nos fazer qualquer mal. Por que não tentamos aquela fazenda, como eles disseram? Se eles estão todos mortos, serão alvos fáceis."

O líder deu o comando para que seguissem em frente e, com urros e gritos, a tribo de meninos começou a descer a colina em direção à cena de desolação e morte.

CAPÍTULO 18

Dave e Carl demoraram quase uma hora para percorrer os cinco quilômetros até a próxima fazenda. Durante a caminhada, que foi extremamente dolorosa para Carl, o bebê chorou até a exaustão e caiu no sono, fraco de fome. Dave ainda carregava o bebê, e buscava se precaver contra um possível ataque. Os dois homens tinham que se deslocar lentamente, ocultando-se na vegetação que margeava a estrada sempre que possível. O terreno circundante, acima e abaixo da estrada, era tão montanhoso e denso de vegetação que teria sido impossível viajar por ele, especialmente no estado de Carl.

A febre de Carl estava muito pior. Sua camisa estava encharcada de suor, e seu corpo ficava mais fraco a cada passo. Durante os últimos dois quilômetros, ele andava em um passo trôpego e obstinado, recusando-se a desistir, lutando para não se entregar ao delírio ou perder a consciência. Eles tinham medo de parar, mas pararam mesmo assim, uma ou duas vezes, para que Carl pudesse descansar. Os períodos de descanso não pareciam ajudar; ele parecia se sentir melhor andando, e durante o último quilômetro Dave tentou escorar o parceiro e ajudá-lo a prosseguir. Se conseguissem chegar à fazenda, ele pensou, era bem provável que arranjassem algum tipo de ajuda. Claro, *se* houvesse uma fazenda. Se os garotos não tivessem mentido.

Os policiais dobraram uma curva na estrada e avistaram um pequeno galpão atrás de algumas árvores. Ao mesmo tempo, toparam com uma galinha morta no meio da estrada. Eles seguiram em frente, sem comentar nada, e quando tinham avançado mais alguns metros, passando das árvores que ocultavam o galinheiro, viram uma casa de molduras brancas a cerca de trinta metros da estrada. Instintivamente, os dois se protegeram atrás de uma grande árvore. Espreitaram a casa, que ficava para além de um gramado pontilhado de árvores. Havia formas mortas e inertes na grama — restos de animais mortos e algumas formas humanoides, obviamente mortos-vivos que tinham sido abatidos. As janelas da casa tinham sido cobertas de tábuas; era evidente que o lugar resistira a um ataque.

Olhando um para o outro e tomando uma decisão muda, Carl e Dave saíram de trás da árvore.

Um tiro foi disparado. Carl foi jogado para trás com o impacto e caiu morto no chão.

Por um instante, Dave não se mexeu, vendo a expressão congelada no rosto de Carl e sua camisa empapada de sangue. Então houve uma rajada de tiros, e Dave mergulhou no chão e saiu rolando para se proteger, indo parar em um barranco atrás de alguns arbustos baixos. Enquanto rolava pelo chão, ele tentara proteger o bebê com o corpo e aparentemente tinha conseguido: a criança estava muitíssimo abalada, mas ilesa. Chorava com violência, sacudida por soluços que pareciam terríveis demais para seu minúsculo corpo suportar. Dave temia que o bebê morresse. Achatado contra o chão, espreitou pela borda do barranco em direção ao corpo inerte de Carl, perto da árvore. Viu algo que não vira antes: além da ferida no peito, a parte superior da cabeça de Carl fora arrancada, provavelmente atingida por uma segunda bala na rajada de tiros que se seguira ao primeiro tiro solitário. Dave sentiu um alívio culpado ao perceber que Carl não voltaria a se levantar. Ele não se tornaria um *deles*. Então estremeceu diante da constatação profunda da tristeza que sentia pela morte do parceiro. Todos esses sentimentos se misturavam à consciência de que ele e o bebê estavam encurralados e precisavam encontrar uma maneira de sobreviver. As pessoas na casa tinham confundido Carl e Dave com agressores, e tinham atirado sem fazer perguntas.

O bebê continuava a chorar alto, tão alto que Dave tinha certeza de que o choro podia ser ouvido da casa. "Me ajudem! Por favor! Tenho um bebê! Me ajudem, por favor!", ele gritou para o gramado.

Houve outro disparo, cujo estrondo perturbou as folhas. Então veio um momento de silêncio. Dave tentou mais uma vez, pondo as mãos em volta da boca: "Eu tenho um bebê recém-nascido comigo, e ele está morrendo de fome. *Por favor*! Vocês não precisam *me* ajudar— mas peguem o bebê!"

Ele esperou. Houve apenas silêncio. Esperou por um longo tempo. Então ouviu uma voz, abafada por trás das tábuas que cobriam as janelas: "Você aí fora! Apareça!"

Dave hesitou. A voz gritou de novo. "Apareça, por Deus! Precisamos ter certeza de que você não é uma daquelas coisas!"

A raiva cresceu dentro dele. Queria dizer àquela gente, seja lá quem fossem, que já tinham matado seu parceiro por causa daquela brincadeirinha estúpida de tiro ao alvo, mas achou melhor se conter por enquanto. Se eles soubessem que tinham matado um homem, podiam optar por não deixar testemunhas. Dave pôs as mãos em volta da boca e gritou o mais alto que podia: "Vou sair! Não atirem, pelo amor de Deus! Eu sou um *homem* — e estou com um *bebê*!"

De forma inesperada, o bebê parou abruptamente de chorar. Dave olhou para ele, se certificando de que ainda estava vivo e atinando que, mesmo que não estivesse, ainda o usaria para ganhar acesso à casa. O policial se levantou — segurando o bebê acima da cabeça, bem à vista —, subiu desajeitadamente o barranco e se afastou alguns passos da sombra de uma árvore, de modo que todos na casa pudessem ver claramente o que ele era. A passos lentos, ao mesmo tempo que segurava o bebê com cuidado, o policial foi se aproximando da casa. Reparou no brilho metálico das armas entre as tábuas das janelas e se preparou para um mergulho defensivo caso houvesse algum disparo.

Uma cabra morta jazia no quintal perto da casa, alguns de seus ossos tão descarnados que pareciam ter sido bicados por abutres. Dave viu que a cabra tinha sido alvejada com um tiro quase certeiro no olho direito; a órbita daquele olho estava encrostada de sangue, enquanto a pupila parcialmente visível saltava para fora.

A seis metros da varanda frontal da casa, Dave parou, ainda segurando o bebê acima da cabeça. Falou na direção de uma janela com um vidro quebrado por onde se projetava o cano de um rifle. "Esse bebê nasceu ontem à noite. A mãe morreu. Ela se chamava Karen Miller. Era sua vizinha, morava numa fazenda a poucos quilômetros daqui. O bebê não comeu nada. Você poderia por gentileza dar um pouco de leite para ele?"

Dave abaixou o bebê e comprimiu-o contra o peito, sentindo a fraca respiração da criança contra suas costelas. Ele supunha que se as pessoas dentro da casa já não tivessem entendido a essa altura que ele era humano e precisava de ajuda, não havia mais nada que ele pudesse fazer.

Uma voz de homem falou por trás do vidro quebrado. "Não temos leite. Nossa cabra está morta. Não está vendo?"

Antes que Dave pudesse responder, a voz do homem ressoou de novo. "Como vamos saber que você não é um dos ladrões ou estupradores que andam à solta por aqui? Nós conhecíamos a Karen; conhecíamos toda a família dela. Eles foram ao funeral da nossa filha. Você pode muito bem tê-los roubado e matado."

"Meu nome é Dave Benton e eu sou um policial estadual", disse Dave, e balançou o bebê, que começou a chorar como se pressentisse ser o momento certo. Dave esperava que aquelas pessoas tivessem compaixão pela criança faminta.

E estava certo. Uma voz de mulher falou por trás do vidro quebrado: "Henry! O *bebê*. Pelo amor de Deus, *deixe o homem entrar!*"

O homem recolheu lentamente o cano do rifle até que a arma desaparecesse por completo pelo buraco na vidraça; momentos depois, Dave ouviu o ruído da porta sendo destrancada: três trincos foram soltos. A porta se abriu e Dave se aproximou apreensivo, o bebê ainda chorando em seus braços. Duas pessoas de meia-idade postavam-se no vão da porta, um homem e uma mulher. O homem continuou com o rifle apontado para Dave e o examinava com desconfiança. A mulher parecia mais amável; tinha o cabelo grisalho arrumado para cima em um coque e usava um vestido desbotado com estampas. O homem vestia um macacão e uma camisa de flanela, tinha o rosto vincado e duro, a pele queimada de sol e a cabeça calva. Eram o sr. e a sra. Dorsey, os pais da criança morta a cujo funeral Bert Miller fora com as três filhas. A sra. Dorsey se alegrou quando viu o bebê, fitou o marido e empurrou o cano do rifle para longe, de modo que não apontasse mais para Dave ou para o bebê. "Bem, entre logo", ela disse, notando a hesitação de Dave e dando um passo atrás para deixá-lo entrar.

Dave seguiu o casal recluso para dentro da casa de campo e observou enquanto Henry Dorsey trancava a porta. A sra. Dorsey pegou o bebê e ergueu-o diante dos olhos, fitando-o com amor e preocupação. "Temos que arranjar leite ou o bebê vai morrer de fome", falou Dave. "Ele não come nada desde que nasceu".

O sr. Dorsey afastou-se da porta e falou: "Não posso fazer nada quanto a isso, já te disse. Nossa cabra está morta". Ele agitou um polegar na direção de um jovem desajeitado e grandalhão, cuja presença Dave não notara, sentado em uma cadeira de balanço em um canto escuro da sala. "Meu filho atirou na cabra. Pensou que fosse uma daquelas coisas mortas. Em termos de cérebro, meu garoto não teve sorte. Não puxou em nada o pai. O problema é que..." O homem se calou de repente. "Você disse que é da polícia estadual?"

"Isso mesmo. Eu e meu parceiro fomos capturados por uma gangue de saqueadores. Eles pegaram nossos uniformes. Agora ele está morto."

Quando Dave parou de falar, o único som na sala eram os tapinhas carinhosos que a sra. Dorsey dava nas costas do bebê enquanto o aconchegava no colo. Ninguém sabia o que dizer. O bebê tinha parado de chorar. O sr. Dorsey lançou um olhar comprido ao filho, que deixou a cabeça pender e se encolheu na cadeira quando ela parou de balançar. Dave imaginou que tinha sido o filho quem dera o tiro imprudente que matara Carl, e que o velho participara da orgia de tiros que veio depois.

"Vamos providenciar um enterro decente para ele, se pudermos", disse a sra. Dorsey. "Não é muito, mas é o melhor que podemos fazer." Suas palavras ficaram suspensas no ar e não confortaram ninguém.

O filho torceu as mãos, amuou-se como se estivesse assustado e começou a balançar involuntariamente para trás e para frente, a cadeira rangendo.

"Vocês não teriam um pouco de leite em pó? Uma lata de leite condensado?", perguntou Dave.

A sra. Dorsey abanou a cabeça. "Estamos vivendo da comida enlatada que estoquei no outono passado", ela explicou, com os olhos abatidos, "mas se ficarmos isolados aqui por muito tempo mais, logo não teremos o que comer."

"Tem mais algum lugar por aqui onde eu possa encontrar leite?" Dave olhou do marido para a mulher e desta para o homem repetidas vezes.

O sr. Dorsey falou, e sua voz saiu rouca e áspera sem que fosse essa sua intenção. "Tirando a propriedade dos Kingsley e a fazenda dos Miller, você não vai encontrar nenhuma casa por perto."

"Kingsley?", animou-se Dave ao reconhecer o nome.

"O Clube Campestre Kingsley fica a uns oito quilômetros ao norte pela rodovia, subindo a colina. Pelo menos é onde começa o campo de golfe. Cinco quilômetros mais adiante fica o clube e mais ou menos um quilômetro e meio depois disso a mansão. Os Kingsley são donos de praticamente toda aquela área. Mas eu, se fosse você, tentaria o posto de gasolina primeiro."

"Posto de gasolina?"

"Sim, o Log Cabin, doze quilômetros ao sul pela estrada principal. Eles vendem pão e leite... ou pelo menos vendiam."

Dave ruminou aquelas informações. Se arranjasse um meio de transporte e um rifle, poderia tentar chegar ao posto de gasolina para pegar leite e comida. Depois poderia ir atrás do bando de John Carter e resgatar as garotas Miller sequestradas.

O sr. Dorsey observou Dave pensando, e leu a mente do policial. "Tenho duas caminhonetes e um carro. Deixo você levar o carro se você quiser se arriscar. Posso até deixar um rifle com você. O bebê fica aqui com a gente, como garantia."

"Se você fizer o que está dizendo, vou me arriscar", disse Dave, olhando o sr. Dorsey nos olhos. "Não podemos deixar o bebê morrer de fome, não depois de tudo que ele passou. Com a ajuda de vocês, talvez ele sobreviva."

"Vou fazer o melhor que puder enquanto você estiver fora", disse a sra. Dorsey. "Vou fazer um chá fraco e dar um pouco para ele, como estimulante. O médico me disse para fazer isso com meu primogênito, quando ele era alérgico a leite e não podia comer outras coisas. Não vou dar muito chá para ele, só o suficiente para ver se ajuda."

Dave não disse nada. Achava impossível agradecer ao casal, considerando que o homem ou o filho tinham sido responsáveis pela morte de Carl. Mas eles estavam tentando ser gentis agora, talvez para se redimir. Dave não era ingrato. Mas nada podia trazer Carl de volta.

O filho continuava balançando para frente e para trás. Nhéc... Nhéc..., rangia a cadeira.

CAPÍTULO 19

Vencidas pela exaustão física e mental, Ann e Sue Ellen adormeceram na viatura conduzida por Wade Connely. Ele ainda seguia atrás da caminhonete. Tanto a caminhonete como o carro viajavam a uns oitenta quilômetros por hora, com menos de três carros de distância separando os dois veículos. Wade queria ficar por perto. Sentia que a caminhonete podia derrubar qualquer coisa em seu caminho, mas não confiava que o carro pudesse fazer o mesmo. Se uma das criaturas mortas aparecesse na estrada, Wade queria que a caminhonete batesse nela primeiro.

John Carter deu uma rápida olhada pelo espelho retrovisor e não gostou de ver o outro carro colado em sua traseira. Fez um movimento para acender os faróis traseiros e avisar a Wade que se afastasse. Flack gritou "Cuidado!", e se encolheu, cobrindo os olhos, e Carter viu três criaturas humanoides à luz dos faróis, paradas no meio da estrada. Pisou no freio, o que não foi uma boa ideia. A caminhonete derrapou e fez um desvio abrupto, batendo em duas criaturas mortas e atirando-as para longe. Wade teve que pisar forte no freio para não colidir com a caminhonete, e com um estridente chiado de borracha queimando o carro deu uma guinada para a lateral da pista e acertou o terceiro humanoide, cujo corpo foi lançado sobre o capô da viatura e bateu contra o para-brisa. Wade gritou e o carro ficou fora de controle, precipitando-se pela grade protetora e chocando-se contra uma árvore.

Tudo isso aconteceu em frações de segundo, e Carter e Flack viram parte do acidente através dos espelhos retrovisores. Carter parou a caminhonete na beira da estrada. De revólveres e lanternas em punho, Carter e Flack retornaram pela estrada em direção ao local do acidente.

Com o impacto, o morto-vivo que batera no para-brisa tinha sido arremessado contra a árvore. Estava estatelado no chão, torto e quebrado feito uma boneca de trapos. Sua respiração rascante vinha em arquejos fracos e penosos, e o braço se movia debilmente, como um inseto meio esmagado que se recusasse a morrer. Flack se aproximou com a lanterna e acertou um tiro bem no meio da testa do morto-vivo. Com parte do crânio destroçado, a criatura finalmente parou de se mexer.

Wade Connely estava morto. A cabeça rachada e o rosto dilacerado se projetavam do para-brisa quebrado, o pescoço quase inteiramente decepado pelo vidro. Embora o motor não estivesse mais funcionando, destruído pelo impacto, os faróis ainda estavam acesos, alimentados pela bateria. Uma das portas traseiras se abrira, iluminando o interior do veículo. No banco de trás, as garotas ainda estavam vivas e aparentemente ilesas. Estavam sentadas bem perto uma da outra, amarradas, amordaçadas e impossibilitadas de se mexer, com os rostos paralisados e os olhos arregalados de medo. Carter e Flack ajudaram Ann e Sue Ellen a sair do carro e conduziram as garotas até a caminhonete. Antes disso, Carter arrancou o cabo da bateria, de modo que as luzes se apagassem e não chamassem a atenção. Então, sabendo o que aconteceria se não fizesse isso, iluminou o rosto de Wade com a lanterna e desferiu um tiro em seu crânio.

Flack abaixou a guarda traseira e forçou as garotas a subirem na caçamba. Obrigou-as a deitarem de lado, assim podia amarrá-las nessa posição e usar pedaços de corda para prendê-las ao pesado gerador. Não queria que pudessem levantar e sinalizar para alguém. Quando terminou, e a guarda traseira estava novamente levantada e travada no lugar, Flack juntou-se a Carter na cabine e eles partiram pela estrada rumo à propriedade dos Kingsley. Faltava menos de uma hora para o dia clarear, e eles queriam estar prontos para atacar a propriedade ao amanhecer. A perda da viatura seria uma desvantagem; ela fora de grande ajuda em seus disfarces como policiais estaduais. Carter precisaria dar um jeito de executar o plano usando só o uniforme. Ele e Flack foram discutindo o assunto durante a viagem, e finalmente descobriram uma forma de pegar os Kingsley de surpresa.

Deitadas de lado na caçamba da caminhonete, Ann e Sue Ellen experimentavam outra viagem sacolejante e assustadora. As mentes das duas garotas eram um emaranhado de pensamentos terríveis e desconexos. Ann tinha um machucado na cabeça, que doía — não tanto que a deixasse preocupada, mas o suficiente para ampliar a dor, o desconforto e o pânico que percorriam seu corpo. Sua mordaça estava encharcada de saliva e tinha um gosto azedo e podre. Ela se sentia enjoada e, com medo de sufocar, lutava contra a ânsia de vômito. Sue Ellen limitava-se a ficar o mais quieta possível, a mente cansada demais para chorar, a bochecha vibrando contra o chão áspero e metálico da caçamba. Não fazia ideia de para onde estavam sendo levadas, e não queria se preocupar com isso por enquanto. No fundo de sua mente, sentia que ela e Ann logo estariam mortas. Se não estivessem dormindo no banco de trás, com os corpos completamente relaxados, talvez não tivessem sobrevivido ao acidente de carro. E talvez tivesse sido melhor assim — apagar de repente, sem saber que isso estava acontecendo, alheias ao medo. Sem dúvida, Flack e Carter teriam baleado seus cérebros, rematando suas mortes, e assim elas mergulhariam em um sono tranquilo e permanente.

CAPÍTULO 20

Dave dirigia o carro do sr. Dorsey o mais rápido que podia, de olho em a qualquer sinal de perigo na estrada. O carro era um Chevrolet 1956, enferrujado e imundo, difícil de dar partida e mais difícil ainda de dirigir, com direção frouxa e freios quase inexistentes. Ele trepidava e vibrava sobre a estrada de terra e de cascalho, sem nunca passar de sessenta e cinco quilômetros por hora.

A estrada estava inesperadamente livre de mortos-vivos. Em certo trecho Dave avistou alguns, bem ao longe, em um campo no lado esquerdo da estrada. Ao que parecia, eles estavam simplesmente quietos, sem fazer nada no momento, como se não soubessem o que fazer. Dave especulou que talvez as criaturas sentissem uma espécie de inércia que tinham que superar com o começo de cada dia, como se cada amanhecer fosse uma surpresa para eles, despertando-os da morte. Ou talvez já tivessem causado toda a devastação que podiam naquela área rural específica de poucas fazendas, e estavam migrando a outras áreas com uma oferta mais abundante de carne humana.

Dave estremeceu.

Não queria pensar que os humanoides eram capazes de raciocinar e teria ficado ainda mais aterrorizado se pensasse que eram.

Pensou na esposa e no filho, que não sabiam se ele estava vivo ou morto. Dave ainda tinha esperança de voltar para a família. Eles deviam estar relativamente seguros, na proteção do apartamento onde moravam, em um prédio alto no centro da cidade. Dez anos antes, durante a primeira calamidade desse tipo, as cidades estiveram bem protegidas, pois dispunham de forças policiais centralizadas e tinham como manter a infraestrutura de comunicação funcionando. Foram as zonas rurais que sofreram um baque na época, como estavam sofrendo agora. Dave e a mulher planejavam se mudar da cidade assim que tivessem condições de comprar uma casa. Dave percebeu com tristeza que, dadas as circunstâncias, foi bom que não tivessem conseguido concretizar o plano.

Carl Martinelli não era casado. Quando Dave regressasse à cidade, teria que contar aos idosos pais italianos de Carl sobre a morte do filho. Ele faria questão de enfatizar que Carl morrera tentando salvar a vida de um bebê. Ao menos não fora morto pelos humanoides, e ainda era possível levar o seu corpo para casa a fim de que tivesse um enterro conforme os rituais da igreja, o tipo de coisa que seus pais iriam querer.

Dave estendeu a mão e ligou o rádio do carro, ao mesmo tempo que dava uma olhava no rifle ao seu lado, no banco da frente. Ele não tentara ligar o rádio antes, pois presumira pelo estado decrépito do carro que era impossível que o aparelho estivesse funcionando quando o resto do veículo tinha virado sucata. Mas o rádio *estava* funcionando, e a voz do locutor falava:

"...retornam à vida e se tornem monstros canibais, criaturas que anseiam devorar a carne dos vivos para sobreviver? Os cientistas vêm examinando os corpos dos mortos-vivos que foram imobilizados pela destruição do cérebro. No momento, uma das teorias é a seguinte: Ao que parece, as células mortas dos corpos de indivíduos recém-falecidos foram revitalizadas por algum tipo desconhecido de malignidade. Em outras palavras, um câncer desconhecido, talvez um vírus, traz células mortas de volta à vida. Não se trata de uma 'vida' normal, mas uma forma de vida maligna que transforma o ser humano em uma criatura que, para todos os efeitos, está morta. A maioria dos cientistas acredita que é algo no ar, um vírus nascido da poluição, uma bizarra mistura de substâncias químicas cancerígenas que atacam células mortas há pouco, fazendo com que elas sejam ativadas e levando os mortos a uma vida em morte, onde não resta mais nada além de um cadáver movido pela ânsia de devorar a carne dos vivos. É como se o próprio câncer estivesse destruindo a espécie durante o processo de contaminação. Descobriu-se que a 'morte', ou melhor, a 'imobilização' dos cadáveres pode ser obtida pela destruição do cérebro. Uma vez que o cérebro tenha parado de funcionar, todas as funções glandulares e circulatórias cessam; dessa forma ao menos é possível imobilizar a criatura..."

Dave entrou no estacionamento de cascalho do posto Log Cabin, parou e desligou o motor. O lugar tinha sido saqueado. Cadeados tinham sido arrombados em duas das bombas, janelas foram quebradas, e a porta de entrada estava entreaberta. Não havia ninguém à vista. Nenhum atendente apareceu e Dave não esperava mesmo que alguém aparecesse, embora tivesse passado com o carro por cima de uma mangueira de ar, fazendo com que a campainha tocasse duas vezes.

Depois de sondar o local de dentro do carro, Dave saiu com o rifle do sr. Dorsey na mão e se aproximou do edifício. Com as costas coladas à parede, avançou até a porta da frente. Nenhum movimento. O lugar parecia devastado. Dave terminou de abrir a porta com o pé e entrou com cautela. Apertou os olhos para se acostumar à penumbra; a única luz no interior do estabelecimento era a luz natural que vinha de fora. As poucas prateleiras que havia no local tinham sido derrubadas e estavam meio vazias. A gaveta do caixa estava aberta e continha só alguns centavos. A maior parte do que havia de valor na loja tinha sumido.

Um estalo e um zumbido assustaram Dave. Era o zumbido de uma geladeira, justamente quando ele estivera prestes a presumir que não havia energia elétrica no local e que, se houvesse algum leite, ele provavelmente estaria estragado.

Dave olhou em volta e encontrou a geladeira junto a uma parede no final de uma fileira de prateleiras. As prateleiras continham alguns produtos enlatados; também havia latas espalhadas pelo chão e Dave tropeçou em algumas. Abriu a geladeira, a luz acendeu e, para sua surpresa, viu que ela continha caixas de leite, suco de laranja, ovos e queijo, todos rotulados e com etiquetas de preço. Como muitas lojas do interior que supriam as necessidades emergenciais de pessoas isoladas da cidade, os donos daquele lugar não se incomodavam em ter um sofisticado expositor refrigerado; em vez disso, se viravam com uma geladeira usada mesmo. Dave se considerou um homem de sorte. Quem quer que tivesse assaltado o lugar não esvaziara a geladeira; provavelmente não queria levar itens que estragariam com facilidade.

Dave encontrou sacolas de compras e encheu-as com todos os gêneros alimentícios que pôde encontrar, pensando em levar tudo para o sr. e a sra. Dorsey. Então começou a carregar as bolsas para o carro, trabalhando rápido e atento a qualquer sinal de perigo.

"Parece que ele não vai resistir, pobrezinho."
O bebê estava enrolado em um cobertor e deitado sobre o assento de uma poltrona, enquanto o sr. e a sra. Dorsey se debruçavam sobre ele. A sra. Dorsey desistiu de tentar fazer com que o bebê tomasse um pouquinho que fosse de chá quente. Ela tinha colocado o chá em uma mamadeira, cujo bico estava molhado de saliva depois de ter sido recusado repetidas vezes. Ela estendeu a mão que não segurava a mamadeira e pousou a palma gentilmente sobre o peito do bebê.

"Ele ainda está respirando — posso sentir", disse a sra. Dorsey em um sussurro baixinho que só ela ouviu.

O sr. Dorsey gritou para o filho, que estava parado diante da janela, os ombros curvados de modo que os olhos estivessem baixos o suficiente para espiar por uma fenda entre duas tábuas. "Algum sinal deles?"

O rapaz abanou a cabeça de maneira perplexa, como se a pergunta o desnorteasse ao fazê-lo pensar em um tópico sobre o qual não possuía nenhum conhecimento. Tinha um rifle na mão, que segurava pelo cano de modo que a coronha tocava o piso. "Não", ele disse finalmente, depois de tanto tempo que o imediatismo da pergunta já quase se perdera.

Henry Dorsey deu três passos rápidos em direção ao filho e tomou o rifle de sua mão antes que o garoto pudesse perceber o que estava acontecendo. "Pensando bem", disse Dorsey, "é melhor você ficar sentadinho ali e deixar essa arma com o seu velho antes que atire em mais alguma coisa que não deveria."

"*Henry!* Ele parou de respirar!" A sra. Dorsey desviara os olhos do bebê e olhava para o marido com uma expressão horrorizada no rosto.

O sr. Dorsey fitou a mulher e o bebê do centro da sala. De fora da casa veio o som de um carro estacionando em frente à casa.

O filho de Dorsey olhava atentamente pela fresta entre as tábuas da janela. "Um carro", ele anunciou de maneira triunfal, como se tivesse fornecido uma informação muito importante.

"O carro de quem?", Dorsey disse irritado, enquanto empurrava o filho para longe da janela. Ele olhou para fora, com as mãos firmemente agarradas ao rifle. Era Dave, abrindo a porta do carro e tirando de dentro algumas sacolas cheias de mantimentos. Dorsey olhou inquisitivamente para a esposa, que trazia o bebê nos braços. "Não sei dizer se ele está respirando um pouquinho ou se não está respirando nada. Acho que ele parou de respirar", ela falou com a voz tensa, assustada, e começou a balançar o corpo, embalando a criança como se tratá-la normalmente fosse fazê-la voltar ao normal.

Dave estava batendo na porta da frente.

"Deite-o na cadeira... Talvez ele esteja dormindo", disse o sr. Dorsey, insinuando que eles poderiam pelo menos dar essa impressão a Dave, e olhou bem nos olhos da esposa até que ela entendesse onde ele queria chegar. A mulher fez como o marido disse. Puxou o cobertor do bebê até as orelhas e sentou na borda da cadeira para vigiá-lo. Na penumbra da sala, a cena não parecia alarmante.

Dorsey abriu as trancas da porta para deixar Dave entrar. O filho retardado tinha voltado para a cadeira de balanço no canto da sala e balançava ruidosamente para frente e para trás, observando todo mundo.

"Como está o bebê?", Dave perguntou, colocando as sacolas de compras no chão e revirando-as em busca de uma caixa de leite.

"Bem", disse a sra. Dorsey baixinho. "Fiz um pouco de chá fraco para ele, como eu disse. Ele está dormindo agora."

"Acha que devíamos acordá-lo e dar um pouco de leite para ele?"

"Claro... Traga o leite para cá. Você pode me ajudar a preparar."

Com a caixa na mão, Dave seguiu a sra. Dorsey até a cozinha.

Henry Dorsey trancou a porta, depois veio até onde o bebê estava deitado e olhou para ele. O homem mordeu o lábio. Tinha o rosto tenso e o olhar distante. Ele pensava que, com a eventual morte do bebê, somada ao assassinato acidental do policial, poderia ser necessário matar Dave também. Dorsey estava comprometido com a sobrevivência dele e de sua família; se conseguissem sobreviver a tudo aquilo, ele não queria ser julgado mais tarde por homicídio culposo.

O bebê se mexeu, soltando um pequeno gemido. Dorsey olhou para ele, sem saber se devia se sentir aliviado ou mais assustado. A criança estava claramente respirando agora, embora com aparente dificuldade. Entretanto, não parecia estar respirando antes, e isso o preocupava, pois a mulher ficara realmente com medo de que ele estivesse morto. Talvez estivesse apenas muito doente e extremamente fraco de fome; talvez agora, com um pouco de leite quente e atenção, ele pudesse superar aquela fase crítica.

Dave e a sra. Dorsey apareceram com uma mamadeira cheia de leite morno. Dorsey se afastou, presumivelmente para conferir a janela enquanto Dave e a mulher cuidavam do bebê. "Ele está com a respiração fraca", Dorsey falou alto para que a esposa ouvisse. Os olhos dela se iluminaram.

A sra. Dorsey estendeu a mamadeira. O bebê pegou o bico e começou a sugar esfomeadamente. Dave sorriu. O bebê continuou a chupar avidamente. "Não podemos deixá-lo beber demais agora", disse a sra. Dorsey, "ou ele vai ficar doente, pobrezinho." Ela não olhou nem para Dave nem para o marido ao dizer isso, mas manteve os olhos colados na mamadeira e no conteúdo que ia desaparecendo.

Um tiro disparou, quebrando o silêncio da sala.

Dorsey tinha atirado de seu posto junto à janela. Dave correu para a outra janela e olhou para fora. No gramado, havia três mortos-vivos parados sob os galhos salientes de grandes bordos. "Eu errei", anunciou Dorsey, e atirou de novo depois de mirar com cuidado. Um dos mortos-vivos, atingido no ombro, girou e caiu, depois lutou para se levantar.

"Mire na cabeça... é a única maneira de detê-los", disse Dave, desejando que ele próprio estivesse com o rifle, já que Dorsey tinha obviamente uma péssima pontaria.

"Você acha que eu não *sei* disso?", disse Dorsey, e disparou de novo. Os mortos-vivos tinham chegado a uns seis metros dos degraus da varanda, e a tão curta distância Dorsey finalmente acertou um tiro, explodindo os miolos de um deles.

De posse do outro rifle, o filho de Dorsey correu para a janela onde o policial estava, e Dave tirou a arma da mão do rapaz antes que ele pudesse protestar. Dave meteu o cano por um buraco no vidro, mirou e disparou. O tiro atingiu o segundo morto-vivo bem na testa, e a criatura morta caiu pesadamente, jogado para trás pela força do impacto.

Dorsey continuou atirando no terceiro morto-vivo, mas ele recuou para trás de uma árvore, se por acaso ou vontade própria os homens não sabiam. "Merda!", Dorsey murmurou, e na ausência de disparos os dois homens tiveram tempo de notar o cheiro acre de pólvora queimada que impregnava a sala.

Privado do rifle que Dave lhe tomara, o filho dos Dorsey tinha voltado todo emburrado para a cadeira de balanço, que logo rangia de novo enquanto ele balançava para frente e para trás.

Dave manteve seu rifle pronto, mirando próximo ao ponto onde a cabeça do terceiro morto-vivo apareceria se a criatura saísse de trás da árvore. A cabeça apareceu, e Dave disparou, acertando um tiro. A criatura deu um estranho grunhido e desabou de cabeça no chão, as pernas grotescamente suspensas no ar, escoradas em um arbusto baixo através do qual ele caíra.

"Que beleza!", disse Henry Dorsey, entusiasmado com as três mortes.

A sra. Dorsey tinha parado de alimentar o bebê e o embalava nos braços. O ruído não o fizera chorar, e ele parecia estar dormindo. "O pobrezinho está fraco demais para se assustar", ela disse a ninguém em particular.

"Espero que não haja mais daquelas coisas lá fora", comentou Dave. O policial se afastara da janela depois de examinar cuidadosamente o gramado e os arredores, e ainda tinha o rifle nas mãos.

"Pegamos todos eles", disse o sr. Dorsey, mostrando mais euforia do que Dave achava apropriado para a ocasião, e Dave fixou os olhos no homem na tentativa de acalmá-lo.

Dorsey limpou a garganta e olhou para a esposa.

O ruído da cadeira de balanço continuava.

"Você disse que a propriedade dos Kingsley fica ao norte, no topo da colina", falou Dave.

Dorsey sentou numa cadeira, tirou o pente do rifle e começou a recarregá-lo. "Não tem como errar. Seis quilômetros depois do campo de golfe e do clube. É só seguir reto. Você não está planejando usar meu carro, está?"

"Esperava que você pudesse fazer a gentileza de me emprestar de novo", disse Dave. "Os Kingsley estão em sérios apuros. A gangue de saqueadores de que falei está indo para lá, e eles estão com as duas garotas Miller. E Billy, o namorado de Sue Ellen."

A sra. Dorsey sufocou um grito. Henry deu um suspiro longo e reflexivo. "Acho que posso deixar você levar o carro", ele disse. "Mas me devolva o rifle. Só tenho dois — um para mim e outro para meu filho. Deixo você levar um machado e uma faca."

Dave não pôde evitar de pensar que Dorsey faria melhor se nunca mais deixasse o filho encostar em uma arma, mas achou melhor ficar de boca fechada e aceitar qualquer ajuda que os Dorsey estivessem dispostos a dar. O policial encostou o rifle contra a parede, perto da porta, não querendo assumir responsabilidade pessoal por colocar a arma nas mãos do garoto; o que quer que Dorsey fizesse com ela não era problema seu.

"Você pode deixar o bebê aqui", a sra. Dorsey se ofereceu. "Acho que posso cuidar dele até você voltar."

Com o rifle carregado, sr. Dorsey bateu no pente com a parte firme da palma da mão para garantir que estava bem preso. Então pôs uma bala na câmara e acionou a trava de segurança. "Como eu disse, vou deixar você levar um machado e uma faca... e o carro. Você pode deixar o bebê com a gente. Vamos cuidar dele o melhor que pudermos." Ele pensava que se Dave não voltasse, ninguém nunca saberia sobre o policial estadual que seu filho matara, e seria fácil arranjar um jeito de se livrar do bebê.

CAPÍTULO 21

Sob fogo cerrado, os vidros remanescentes nas janelas da casa de campo dos Miller estavam sendo reduzidos a estilhaços.

O bombardeio continuou, a casa estava cercada por homens que atiravam pesado, escondidos atrás de árvores e arbustos. Os homens eram membros do grupo armado a serviço do xerife McClellan. Haviam chegado à casa durante suas buscas pela região, sem saber o que iriam encontrar. Tinham ouvido ruídos e gritaram para se identificar e pedir que quem estivesse dentro da casa também se identificasse. Em resposta receberam uma rajada de tiros e correram para se proteger. Um homem foi atingido no braço e estava sendo atendido por um médico.

Atrás de uma árvore, o xerife McClellan pôs as mãos em concha na boca e gritou: "Saiam ou arrancaremos vocês daí a tiros!" Para enfatizar as palavras do xerife, mais alguns tiros foram disparados, bombardeando a casa. O bando do xerife a cercara por todos os lados.

O xerife gritou de novo. "Cessar fogo, pessoal! Vamos dar a eles uma chance de se decidir." Ele espreitou por trás da árvore, apontando o próprio rifle para a porta da frente da casa.

Por um longo momento, tudo ficou quieto. Então, de dentro da casa uma voz gritou: "Vamos sair! Não atirem!"

"Saiam com as mãos para cima!", gritou o xerife.

Ele esperou. Houve o ruído da porta da frente sendo destravada, depois a porta se abriu com um rangido e o líder da gangue de garotos com arcos e flechas saiu da casa, com o arco pendurado sobre o ombro e a mão erguida acima da cabeça. Outros meninos vieram atrás, com as mãos para o alto também, tendo deixado suas armas dentro da casa.

McClellan abaixou o rifle, sabendo que o resto do bando ficaria de olho nos garotos, e disse com uma expressão exasperada no rosto: "Jesus! *Crianças*. O que vem depois disso? Aproxime-se, Robin Hood... Certo, homens, podem revistá-los e algemá-los".

O bando era composto por policiais e voluntários civis. Um dos homens de uniforme parou ao lado de McClellan e disse: "É melhor darmos uma olhada na casa, ver o que mais tem lá dentro".

O xerife concordou com a cabeça, e o homem que dera a sugestão reuniu alguns de seu bando e, tomando a dianteira, subiu as escadas da varanda e entrou na casa, seguido pelos outros, que avançavam cuidadosamente de armas em punho.

Alguns dos membros do bando tinham encostado os garotos da gangue contra a parede da casa e os tratavam de maneira hostil enquanto os revistavam e os algemavam. McClellan observava e aprovava toda a ação. Alguns garotos pareciam assustados ou a ponto de chorar, especialmente os mais jovens, mas o líder mantivera a compostura, e a expressão sarcástica em seu rosto ameaçava irromper em um sorrisinho malicioso. Enquanto estava sendo revistado, ele mirou o xerife por cima do ombro e falou de modo insolente: "Você não pode nos prender. Não fizemos nada. Vimos essa casa, não tinha nenhuma daquelas *coisas* por perto, então entramos para nos esconder".

McClellan lançou um olhar severo e demorado ao garoto antes de responder. "Ah é? O que vocês estavam fazendo lá dentro?"

O rapaz se virou conforme suas mãos eram agarradas e brutalmente algemadas por dois membros do bando. "Tem pessoas mortas lá dentro, mas você não pode nos culpar. Não fomos nós que fizemos isso."

"Talvez tenham feito, talvez não", disse McClellan, com a voz calma e neutra. "Agora não temos tempo para descobrir. Posso apostar que vocês estavam tentando *roubar* esse lugar."

"Roubar um bando de gente *morta*?" O garoto deu um sorriso sarcástico e olhou para McClellan como se o xerife fosse um idiota, mal abafando uma risadinha depois da pergunta.

"Pessoas mortas às vezes tem parentes", disse McClellan. "Você já parou para pensar que o que foi deixado aqui pertence a *eles*?"

Um dos homens que tinha entrado para checar a casa se precipitou pela porta gritando: "Xerife! Ei, xerife! Tem duas garotas mortas no andar de cima, as duas com estacas enfiadas na cabeça. E não posso dizer com certeza, mas a situação lá em cima me lembra muito de quando minha mulher teve um bebê". O homem parou abruptamente diante de McClellan, com uma expressão perplexa no rosto como se tivesse dito algo inacreditável.

O xerife se limitou a encolher os ombros e sacudir a cabeça. "Bem, acho que qualquer merda é possível", meditou em voz alta. "Vamos lá, rapazes. Vamos terminar aqui e partir para a propriedade dos Kingsley."

Um dos membros do bando acabou de algemar um garoto e disse: "Aqueles ricaços de uma figa devem estar bem. Eles poderiam bancar um pequeno exército para defender a mansão deles".

"Só porque podem bancar não quer dizer que tenham", disse McClellan, que enfiou um charuto na boca e acendeu. Deu uma longa tragada. Pretendia encontrar com os veículos de emergência no ponto de interseção entre a estrada de terra e a rodovia, e de lá o bando seguiria para a propriedade dos Kingsley.

CAPÍTULO 22

Dave descobrira que o velho carro do sr. Dorsey trepidava e ficava desgovernado sempre que ele tentava passar de sessenta e cinco quilômetros por hora. Teria sido melhor andar mais rápido na autoestrada, mas Dave tinha que se contentar com aquela velocidade pífia. Por um momento, ele pensou na ironia da situação: no final, poderia acabar não conseguindo resgatar as garotas Miller ou a família Kingsley simplesmente por causa de um carro velho e decrépito que não andava rápido o bastante. Dave pisou com raiva no acelerador e viu o ponteiro subir até a marca de oitenta e passar disso. A trepidação não diminuiu, como acontece às vezes, mas só piorou cada vez mais. Rangeu os dentes, impaciente, e tentou pensar no que faria quando finalmente chegasse aonde estava tão ansioso para chegar.

No banco da frente, ao lado de Dave, estavam a faca de açougueiro e o machado que Henry Dorsey lhe dera. Ele queria ter um rifle, ou pelo menos um revólver. Não seria fácil capturar ou matar três homens armados até os dentes. A melhor maneira seria tentar surpreender e desarmar um deles e depois usar uma arma capturada para pegar os outros dois.

Dave pensou no bebê aos cuidados dos Dorsey. Julgava que o bebê ficaria bem. A sra. Dorsey tomaria conta dele direitinho. Ela parecia ser a pessoa mais sensata da família. O velho era movido pelo medo e por uma determinação cega de proteger a família a todo custo, sem se preocupar com os outros. Já o filho não merecia qualquer consideração, a não ser a de tomar cuidado com os danos que ele poderia causar por acidente.

Em épocas normais, pensou Dave, os Dorsey não seriam pessoas más. Eles provavelmente só desejavam viver uma vida pacata e reservada, trabalhando duro e cuidando de sua miserável fazenda, conquistando um grau de dignidade e respeito próprio que só vem com a autossuficiência. Sob circunstâncias normais, eles deviam ser bons e decentes, ainda que um pouco endurecidos pelo estilo rigoroso de vida que levavam. Essa dureza os ajudaria a sobreviver àquela situação amedrontadora; até agora estavam indo bem, mantendo-se vivos contra todas as chances. Era mais do que muita gente poderia fazer. Mas eles tinham matado Martinelli, como resultado sobretudo do pânico e da visão limitada de mundo. A morte de seu parceiro tinha sido vã, sem sentido; aquilo não devia ter acontecido com Carl, ainda mais depois de ter sobrevivido tanto, mesmo ferido. Sua morte parecia irreal e inacreditável, como a maioria das mortes, mas em maior grau por ter sido uma morte sem propósito.

A paisagem rural era tão brilhante e ensolarada, que ficava difícil acreditar que aquele não era um dia normal. O sol tinha dissipado completamente a névoa da manhã. Era quase meio-dia. Dave lembrou que as transmissões da Defesa Civil ocorriam de hora em hora e ligou o rádio do carro, baixando o volume para diminuir o chiado incômodo; não haveria nada além de chiado até que a transmissão começasse, já que toda a programação regular tinha sido suspensa. A não ser pelo chiado meio sinistro do rádio — um lembrete constante do tipo de notícias que ele estava prestes a ouvir —, Dave quase podia se iludir, acreditando que não havia nada de errado, que aquele era realmente um dia ensolarado comum e que ele estava apenas fazendo um passeio tranquilo e agradável pelo campo.

De repente, viu um cadáver na estrada e teve que dar uma guinada brusca para não o atropelar. Enquanto desviava, viu de relance a cabeça e o tronco esmagados por mais de um conjunto de pneus. Era um dos humanoides atingidos pela caminhonete de John Carter ainda na escuridão da madrugada, oito ou nove horas antes. Desde então, outros veículos tinham passado por cima do cadáver, seja por não o verem a tempo ou por decidirem que não valia a pena desviar. O corpo se reduzira a uma grotesca massa sangrenta no meio do asfalto.

Depois do desvio abrupto, Dave foi forçado a frear algumas vezes para que o carro estabilizasse. Nesse momento, notou um rombo na grade de proteção à direita da estrada. Afundou o pé no freio e, apesar de levar um bom tempo, o carro começou a parar. Encostou-o ao meio-fio para dar uma olhada. Armou-se com o machado e enfiou a faca de açougueiro sob o cinto. Então saiu do carro e se aproximou do rombo na grade de proteção, de onde pôde visualizar uma encosta bem íngreme e uma viatura batida contra uma árvore. Reconheceu imediatamente a viatura que pertencera a ele e a Carl; confirmou que era o mesmo carro depois de ler os números na placa. Aparentemente, não havia nenhum movimento ou ameaça de perigo nas imediações; mesmo assim, Dave manteve as armas preparadas enquanto descia em direção aos destroços do carro.

Encontrou Wade Connely morto no carro, e no mato ali perto, o corpo de um humanoide. Tanto Wade como o humanoide tinham levado tiros na cabeça. Dave passou algum tempo explorando o matagal ao redor em busca de outros corpos que pudessem ter sido lançados para longe dos destroços. Embora tivesse feito uma busca meticulosa em toda a área, não encontrou nenhum vestígio das garotas Miller, então assumiu que elas deviam ter sobrevivido ao acidente. Caso contrário, Carter e Flack teriam metido uma bala em suas cabeças, como tinham feito com Wade Connely. Ou será que não? Dave agradeceu em silêncio a quem quer que fizera aquilo e continuou se perguntando sobre o paradeiro das irmãs. Talvez as garotas não tivessem sobrevivido ao acidente e seus corpos foram levados pelos outros homens.

Dave olhou para o corpo mutilado e destroçado de Wade com uma mistura de pena e repulsa, a repulsa alimentada pelo fato de que Wade morrera usando o uniforme de Carl. Dave inclinou-se para dentro do carro, tirou as chaves da ignição e verificou o banco do passageiro e o porta-malas do carro em busca de armas que foram deixadas para trás. Como era de se esperar, não encontrou arma nenhuma; Carter e Flack tinham tomado o cuidado de fazer a limpa no carro. Dave colocou as chaves no bolso. Uma vantagem do acidente, ele concluiu, era que agora não precisaria mais lidar com Wade, apenas com Carter e Flack. Suas chances de pegá-los de surpresa tinham aumentado.

Com as forças renovadas por uma onda súbita de esperança, Dave voltou para o velho carro de Henry Dorsey. Depois de algumas tentativas, o motor deu partida. Dave manobrou o carro para a pista, decidindo ficar de olho em outros corpos no meio da estrada. Ligou o rádio de novo — Dave o desligara antes de dar partida para que a velha bateria tivesse melhores chances de funcionar. Nada além de um chiado baixo vindo do rádio. Olhou para o relógio. Era quase meio-dia e ele tinha perdido a transmissão da Defesa Civil.

Dave manteve o carro em sessenta e cinco quilômetros por hora, dirigindo pela estrada de acordo com as instruções do sr. Dorsey. Dali a mais cinco quilômetros, se Dorsey estivesse certo, ele deveria avistar o clube campestre e o campo de golfe.

CAPÍTULO 23

Dentro da suntuosa mansão, três pessoas estavam amarradas e amordaçadas em três diferentes áreas da elegante sala de estar. Cada uma tinha sido amarrada a um móvel diferente, uma garantia adicional para seus captores de que eles não pudessem rastejar para perto de alguém e tentar desfazer os nós um do outro. Amarrado a um pesado sofá de brocado estava Gordon Kingsley, um executivo bem-sucedido de cinquenta e poucos anos; um homem robusto, porém barrigudo devido aos muitos almoços de negócios e às poucas horas na luxuosa sala de exercícios do clube do qual era proprietário. Por debaixo das espessas sobrancelhas grisalhas, ele tentava ficar de olho na esposa e no filho.

Elvira Kingsley, uma bela mulher alguns anos mais nova que seu marido, estava amarrada a uma das pernas do piano de cauda. Ela conservara o corpo esbelto, e seu cabelo fora cuidadosamente tingido de um castanho escuro natural. Amarrado a uma poltrona estofada estava o filho deles, Rodney, um menino ruivo de dez anos, inquieto e enfezado. Eles estavam sozinhos na sala — três corpos amarrados e esparramados sobre tapetes antigos e caros, esperando.

Até pouco tempo atrás, os Kingsley se sentiam relativamente bem protegidos dentro da mansão, por conta das extensivas medidas de segurança com as quais sempre contaram. As janelas eram protegidas por um gradeamento de ferro forjado, uma característica incorporada no projeto original do edifício para desencorajar assaltantes ou sequestradores. O sr. Kingsley também havia instalado um elaborado e caro sistema de alarme que estava ligado ao escritório do xerife. As pesadas portas de carvalho estavam equipadas com sólidas fechaduras e correntes, além de barras e suportes de aço, a última proteção adicionada no início do atual estado de emergência. Dois guardas armados acompanhados de pastores alemães treinados proporcionavam uma camada de proteção adicional; os homens e os cães tinham sido contratados por meio de uma agência de segurança profissional para patrulhar o terreno e vigiar a casa dia e noite.

John Carter e Flack tinham dirigido até a propriedade dos Kingsley. Logo após cruzarem o portão de entrada, pararam a caminhonete — deixando as garotas Miller deitadas na caçamba — e saíram. Começaram a andar em direção a casa ao longe. Um dos dois guardas viu o uniforme e se aproximou, na esperança de ter notícias sobre o que estava acontecendo fora da propriedade. Assim que o guarda ficou ao alcance dos homens, ele e o cão foram baleados; Carter e Flack mataram os dois com um tiro cada um. Depois correram de volta para a caminhonete e aceleraram pela estradinha margeada de árvores que conduzia à casa principal. Carter avistou o outro guarda e cão, e a cena macabra se repetiu. Tirando proveito do uniforme, Carter cumprimentou o homem, e então ele e Flack liquidaram tanto o guarda como o cachorro. Chegaram à porta da frente da mansão, e logo que empregada deixou entrar o delegado Carter e o inspetor Flack e os levou até Gordon Kingsley, eles sacaram as armas e exigiram que todos na casa fossem para a sala de estar. Sob a mira das armas, os Kingsley se deixaram ser amarrados e foram obrigados a assistir enquanto a empregada e o mordomo eram baleados e mortos. Os dois corpos foram atirados no gramado.

Agora, mãe, pai e filho estavam amarrados e amordaçados em sua própria sala. Podiam ouvir os ruídos de Flack e Carter em outras partes da casa, abrindo armários e revirando gavetas à procura de itens de valor. Na sala de estar, a TV estava ligada; Carter e Flack tinham entrado bem no meio de uma transmissão da Defesa Civil. Com olhos assustados, os cativos torceram o corpo para ver a televisão. Na tela estava o reverendo Michaels explicando por que ele e seu povo acreditavam que os mortos tinham de ser atravessados com estacas.

"Somente Deus tem o poder sobre a vida e a morte. Ele prometeu ressuscitar a todos nós no Dia do Juízo Final. O despertar prematuro dos mortos é obra de Satã, que desafia o poder do Senhor, punindo a humanidade por ser fraca e pecadora. Fomos nós que falhamos junto a Deus e demos ao Diabo esse poder profano sobre Ele. Somos nós que devemos nos arrepender e dar poder e glória ao Senhor. Nós somos parte da carne de Deus, somos um com o Seu corpo, e porque temos sido fracos, nós O enfraquecemos..."

A transmissão continuou, e as palavras do reverendo Michaels penetraram nos corações e nas mentes dos prisioneiros no chão, enchendo-os de apreensão e medo pelo destino que os aguardava.

Dave Benton desligou o motor do carro que tomara emprestado de Henry Dorsey, saiu e fechou a porta com cuidado. A cada quilômetro, ele rezava para que a sucata que ele estava dirigindo durasse um pouco mais. Mas a bateria parecia estar em boas condições, e ele torcia para que houvesse gasolina o suficiente para tirá-lo dali caso precisasse bater depressa em retirada. Nada garantia que fosse conseguir capturar a caminhonete de Carter ou se apoderar de um dos carros da frota dos Kingsley, e aquela pilha horrorosa de peças velhas era tudo que ele tinha.

Dave olhou à sua volta. Ele estava no início do comprido caminho de acesso à casa dos Kingsley, que ficava a uns quatrocentos metros de distância. Armado com a faca e o machado, sua intenção era cruzar o quintal e se aproximar da casa. Manteve distância do caminho de cascalho, andando à sombra de uma fileira de bordos uniformemente espaçados. Duas fileiras de árvores ladeavam o caminho, deixando-o permanentemente sombreado. Como o caminho fazia uma curva, Dave só podia ver um pedaço da caminhonete de Carter, que estava estacionada perto da casa. A casa parecia quieta, ele não viu nenhum sinal de Flack, de Carter ou das meninas. Aparentemente não havia ninguém vigiando do lado de fora. Os dois bandidos deviam confiar muito em si mesmos, ele pensou. Com passos rápidos e cautelosos, tentando se ocultar sempre que possível, Dave avançou rumo à mansão. Saiu de trás árvores e se escondeu atrás de um arbusto alto, tendo assim uma visão melhor do extenso gramado na frente da casa, meticulosamente ajardinado e aparado.

Havia mortos-vivos no gramado, pelo menos meia dúzia deles. Eles se juntavam e vagavam em pequenos grupos, como se ganhassem coragem para atacar a casa. Dave se encolheu atrás do arbusto onde estava escondido, e um arrepio percorreu seu corpo. Um dos mortos-vivos parecia usar uma espécie de uniforme. Talvez fosse Carter; talvez ele tivesse sido morto ao tentar ganhar acesso à propriedade. Mas não, não era um uniforme da polícia estadual, parecia mais um uniforme de segurança — e com uma pontada de terror Dave compreendeu que devia ser isso mesmo: um guarda morto por Carter e Flack quando os dois atacaram a casa.

Dave ouviu passos no cascalho e, quando se virou, viu um humanoide cruzando o caminho de acesso à casa dos Kingsley, arrastando-se penosamente em sua direção. Esse humanoide também usava um uniforme de guarda particular. Fora morto com um tiro de escopeta, e parte do seu peito explodira junto com a parte inferior do queixo, transformando a frente do uniforme em uma massa sangrenta de pano esfarrapado e carne queimada e estraçalhada. Um fragmento de mandíbula com os dentes inferiores pendia de um maxilar superior relativamente intacto. Mesmo assim a criatura era movida por uma compulsão por carne humana e continuava avançando cegamente para Dave, com o rosto pálido e medonho e com os olhos parcialmente saltados das órbitas pela força do tiro de escopeta que o convertera em um morto-vivo.

Dave sentiu o terror invadir cada célula de seu corpo enquanto se armava contra o ataque violento da criatura, sabendo que precisaria derrotá-la sem chamar atenção para a luta, sem alertar os outros mortos-vivos no gramado ou os bandidos dentro da casa. Tinha apenas alguns segundos para se preparar conforme a criatura morta cambaleava em sua direção, respirando em arquejos ásperos e emitindo grunhidos sinistros. Dave ficou firme em sua posição e forçou-se a esperar até que a criatura estivesse quase em cima dele, estendendo a mão ossuda para agarrá-lo pela garganta. Então, o policial brandiu vigorosamente o machado e acertou o alvo, rachando o crânio morto. Com um último grunhido e um jorro de sangue e miolos, a criatura morta caiu com um pesado baque no chão e não voltou a se mexer.

O golpe de machado tinha sido forte e preciso, e destruíra os núcleos do cérebro responsáveis por ativar o humanoide demoníaco. Dave só precisou fitá-lo por um segundo para perceber que o monstro não se levantaria mais. Então voltou a espreitar o gramado, olhando com desespero para o ponto em que o grupo de humanoides estivera concentrado. Eles ainda estavam lá, e não tinham sido alertados pelo ruído, que fora insuficiente para estimular seus ouvidos mortos. Em meio ao terror que o afligia, Dave sentiu uma pontada de alívio. Escondeu-se atrás de um arbusto e olhou em direção a casa. Depois olhou para a lâmina ensanguentada do machado e ajoelhou-se para limpá-la na grama.

Nesse instante, com um ruído de vidro quebrado, um cano de rifle se enfiou pela vidraça de uma janela no térreo da mansão, e o homem por trás da arma começou a atirar. Flack tinha ouvido o ruído da luta de Dave com o morto-vivo, os grunhidos e o choque do metal contra o osso. Flack disparou cinco ou seis tiros, mirando no bando de criaturas no gramado, mas nenhum disparo foi certeiro. Os mortos-vivos estavam longe demais. Flack acertou um monstro no peito, abatendo-o de maneira drástica o suficiente para que ele não saísse mais do chão se fosse um homem, mas a criatura simplesmente rolou no chão e se levantou. Flack parou de atirar. De trás do arbusto, Dave viu o cano do rifle sendo recolhido. Tinha certeza de que Flack não o vira; o barulho apenas o atraiu para uma janela, de onde notou as criaturas no gramado.

Dave continuou avançando para a casa, sempre se ocultando na sombra das árvores. Depois de caminhar uns vinte metros, parou de modo brusco, sobressaltado com um barulho. Espiou por trás do tronco de uma árvore.

As barras que protegiam a porta da frente da mansão estavam sendo retiradas. A porta se abriu, e a família Kingsley saiu aos tropeços, todos amarrados e amordaçados, empurrados pelo rifle de Flack. Com um sorrisinho no rosto, Flack saiu para a varanda atrás deles. Ele tinha usado as cordas que antes prendiam os membros da família aos móveis da casa para amarrá-los uns aos outros, de modo que só pudessem se mover em passos sincronizados. Flack deu uma risada quando o menino caiu e arrastou os pais para o chão junto com ele. O bandido cutucou-os com o rifle e esperou até que todos se levantassem. Conduziu-os para fora da varanda, em direção ao centro do gramado. A pouca distância dali, um grupo de criaturas mortas aguardava.

"Animem-se!", disse Flack. "Vamos todos fazer um passeiozinho agradável." O sorrisinho em seu rosto ficou mais pronunciado conforme olhava ao redor para garantir que nada o espreitava.

Dave teve de assistir àquela cena macabra sem poder fazer nada para impedir. Estava longe demais para tentar uma arremetida contra Flack; se tentasse, Flack simplesmente o derrubaria com um tiro ou então ele acabaria sendo atacado pelos mortos-vivos canibais. Dave sabia que Flack mataria a família Kingsley dando-os de comida às criaturas, ou então, assim ele esperava, o bandido planejava arrancar informações dos Kingsley apenas ameaçando-os com esse destino cruel. De qualquer forma, o policial não podia fazer nada a respeito. Estava vulnerável demais, e acabaria virando comida de zumbi ele próprio se agisse impulsivamente. Se não pudesse salvar os Kingsley, talvez ainda conseguisse resgatar as irmãs Miller.

Enquanto Flack se ocupava com seu joguinho cruel, compelindo os Kingsley para o meio do gramado, Dave continuou a se esgueirar em direção a casa. Quando Flack voltasse para a varanda, Dave queria estar à sua espera. Depois de se certificar de que Flack não estava olhando, o policial saiu correndo de trás de uma cerca viva e mergulhou em segurança atrás dos arbustos na lateral da varanda. Então, ergueu os olhos ao ouvir a risada insana de Flack.

Flack tinha conduzido os Kingsley até um ponto no gramado a mais ou menos dez metros do grupo de monstros canibais, e depois empurrara o pai no chão, rindo quando o peso de seu corpo arrastou a esposa e o filho com ele. Amarrados e amordaçados, os Kingsley não podiam gritar, apenas se debater e se contorcer inutilmente enquanto os mortos-vivos avançavam em sua direção. Flack se afastou rindo enquanto observava os mortos-vivos se aproximarem das vítimas.

Em questão de minutos, os Kingsley estavam todos mortos. Os canibais se juntaram em volta deles para rasgar e despedaçar as partes mais vulneráveis de seus corpos — a carne macia do pescoço, dos peitos, dos abdomes. De alguma forma, a ausência de gritos agonizantes tornava as mortes ainda mais horripilantes, pensou Dave, enquanto observava tudo do seu esconderijo na lateral da varanda. Flack subia de costas os degraus, vendo os mortos-vivos disputarem a carne fresca e os órgãos macios dos mortos.

Flack não viu Dave chegando. Não teve tempo de pensar antes que seu crânio fosse rachado em dois com um único golpe de machado. Dave deu um salto para trás, salpicado com o sangue de Flack, ao mesmo tempo que o homem, sem dar um gemido sequer, tombava pelos degraus da varanda. O rifle que ele trazia nas mãos caiu com estrépito no chão. Por cima de Flack, Dave cravou o machado em seu peito, partindo o esterno com um ruído de ossos triturados e fazendo o sangue espirrar dos pulmões perfurados. O segundo golpe foi desnecessário, o homem morrera instantaneamente com o golpe de machado que transpassara seu crânio, mas Dave precisava fazer algo para extravasar, de maneira violenta, um pouco da sua raiva e satisfazer sua sede renovada de vingança.

Dave apanhou o rifle de Flack, preocupado que a arma pudesse ter sido danificada após se chocar contra o chão. Acionou a alavanca algumas vezes e viu os cartuchos serem posicionados e rejeitados — um bom sinal; o rifle provavelmente ainda estava funcionando. O mecanismo de disparo tinha, com sorte, permanecido intacto.

Com o rifle em punho, Dave subiu os degraus da varanda e entrou na casa pela porta da frente, que Flack deixara destrancada. O corpo de Flack continuava no pé da escada, o peito transpassado pelo machado de Dave, a lâmina ainda enterrada fundo em seus pulmões, o cabo do machado erguido no ar.

Dave se viu em um amplo saguão. À direita ficava a sala, e logo à sua frente ele notou um corrimão de madeira e um lance comprido de escadas curvas e atapetadas. Dave ouviu barulhos no andar de cima. John Carter ainda revirava as gavetas da cômoda, saqueando o quarto principal. "É você, Flack?", Carter gritou. "Alimentou os zumbis?"

Dave pôs as mãos em volta da boca e gritou meio de lado, para disfarçar a voz, "Sim! Já cuidei de tudo!" Ele pisou forte, fazendo bastante barulho de propósito enquanto trancava e bloqueava a porta da frente, na esperança de aplacar as suspeitas de Carter ao mostrar que, assim como Flack, ele não tinha medo de fazer barulho. Em seguida, começou a subir as escadas, movendo-se normalmente, sabendo que Carter ouviria seus passos e pensaria que era Flack.

No quarto principal, John Carter estava parado diante de uma mala aberta estendida sobre a cama. A mala estava cheia pela metade com joias, prataria, dinheiro — o que quer que houvesse de valor no quarto e pudesse ser facilmente vendido ou entregue a um receptor. Carter olhava satisfeito para seu espólio. Por um longo tempo, nem sequer se deu ao trabalho de virar a cabeça quando Dave Benton entrou; quando finalmente olhou para a porta, ainda teve tempo de reconhecê-lo com espanto antes que o policial apertasse o gatilho.

O estrondo do disparo ecoou pelo quarto ao mesmo tempo que Carter era jogado contra a janela, estilhaçando o vidro. As grades de ferro forjado impediram que o corpo do homem caísse pela janela no quintal abaixo. Dave atirou de novo, e a bala abriu outro buraco no peito de Carter enquanto ele desabava. O corpo ainda sacudia com a força do impacto quando Dave disparou um terceiro tiro, e o peso morto finalmente atingiu o chão. Dave acionou a alavanca do rifle que pertencera a Flack, ejetando um cartucho gasto e carregando outra bala. Em seguida, aproximou-se do corpo inerte, apontou a boca da arma para a cabeça do criminoso e apertou o gatilho. Outro estrondo ressoou pelo quarto quando a bala se chocou contra o cérebro morto de Carter.

Dave engatilhou o rifle de novo e saiu do aposento, precipitando-se pelo corredor em direção a outro quarto. A porta estava entreaberta. O policial escancarou-a com um chute e, esperando que alguém abrisse fogo, saltou para trás. Como nada aconteceu, Dave entrou lentamente no quarto. Havia duas camas de quatro colunas, e sobre as camas estavam as duas garotas Miller, Ann e Sue Ellen, amarradas e amordaçadas, com os braços e as pernas apartadas do tronco e presas às colunas da cama. Elas levantaram as cabeças a fim de ver quem entrava, e o medo em seus rostos se abrandou quando perceberam que não era nem Carter nem Flack. Dave se curvou sobre Sue Ellen primeiro, porque ela estava mais perto, e tirou-lhe a mordaça. Em seguida se identificou e explicou de forma bem resumida o que tinha acontecido. Antes que ela pudesse recobrar as forças e dizer alguma coisa, o policial perguntou: "Tem mais alguém na casa? Alguém mais além de Carter e Flack?"

"Os Kingsley...", disse Sue Ellen. "Os Kingsley estão presos lá embaixo."

"Mais alguém?", insistiu Dave. "Alguém que pudesse ser uma ameaça para nós?"

Sue Ellen abanou a cabeça, perplexa e amedrontada. "Não... ninguém... Ninguém além de Carter e Flack."

"Eles estão mortos", disse Dave. "Eu os matei. Os Kingsley estão mortos, também. Onde está Billy?"

Dave teve sua resposta quando Sue Ellen enterrou o rosto nas mãos e começou a chorar. Ainda amordaçada, Ann fitava os dois com os olhos marejados de lágrimas. Assim que estivesse desamarrada, pretendia perguntar sobre a irmã, Karen.

CAPÍTULO 24

Um comboio de caminhões, ambulâncias e viaturas trouxe o xerife Conan McClellan e seus homens até o início da estrada privada que conduzia da margem da rodovia até a propriedade dos Kingsley, passando por um trecho de floresta. O xerife desceu de uma viatura e gritou algumas ordens enquanto aguardava seus homens entrarem em formação. Eles pretendiam seguir o resto do trajeto a pé, parando para verificar a residência do caseiro antes de chegar à mansão em si. As ambulâncias e as viaturas ficariam de prontidão caso fossem necessárias. As caminhonetes prosseguiriam até a cidade para reabastecer e providenciar café e comida para os homens cansados e famintos.

Um helicóptero sobrevoava o local, açoitando o ar com suas asas metálicas enquanto mergulhava e pairava aqui e ali, sondando os bosques e prados em busca de sinais de humanoides ou de pessoas precisando de ajuda. Um dos homens do xerife tinha um walkie-talkie amarrado às costas, por meio do qual McClellan e seus homens mantinham contato com o helicóptero e os carros de patrulha.

McClellan usava um lenço sujo e amarrotado para limpar o suor da testa enquanto observava seus homens entrarem em formação no meio da estrada. O bando tinha sido formado às pressas, e muitos de seus membros eram inexperientes e não dispunham do equipamento apropriado para viver na selva. Além do corriqueiro, porém considerável, problema que representava alimentar e abastecer uma força de quarenta ou cinquenta homens, havia também uma miríade de queixas irritantes, comuns aos novatos, como por exemplo bolhas nos pés ou erupções causadas por heras venenosas. Durante todo o tempo, McClellan alternara entre tiranizar e mimar seus homens, para mantê-los em movimento de maneira disciplinada, vasculhando as áreas rurais em busca de todos aqueles que pudessem estar precisando de ajuda ou resgate.

O condado tinha sido dividido em setores, e cada setor seria patrulhado por grupos de voluntários, policiais e tropas da Guarda Nacional. Os objetivos eram restabelecer a comunicação em áreas nas quais as linhas de transmissão estavam cortadas ou em que as centrais elétricas estavam inativas; levar a segurança, a lei e a ordem a vilarejos e comunidades maiores, nos quais a ordem estava ameaçada não só pelas criaturas assassinas, mas por saqueadores e estupradores que se aproveitavam do caos criado em decorrência da situação de emergência; e enviar equipes de resgate a zonas rurais ou localidades remotas onde as pessoas poderiam estar presas em suas casas sem meios de se defender adequadamente ou de pedir ajuda.

O setor de McClellan se havia revelado particularmente perigoso, especialmente assolado por gangues de saqueadores e criminosos violentos. Ele se perguntava se isso se devia talvez ao número atípico de famílias isoladas e ricas naquela região, como os Kingsley, por exemplo. O condado já fora uma área lucrativa de mineração de carvão, e muitos homens haviam feito fortunas a partir das minas, como proprietários e como supervisores. Esses homens tinham erigido mansões e clubes campestres próximos à fonte de sua riqueza, enquanto em volta deles, em contraste, aglomeravam-se os pobres das cidades mineiras — a maioria delas cidades-fantasma agora — e os pobres das fazendas marginais, muitas ainda em atividade graças a homens obstinados como Henry Dorsey e Bert Miller. Gordon Kingsley herdara sua riqueza das minas. Os homens de McClellan não estavam muito ansiosos para ajudar Kingsley ou sua família, já que sentiam, justificadamente ou não, que tinham sido oprimidos durante toda a vida pelo trabalho árduo nas minas ou nas fábricas de Kingsley, ou por duras negociações com bancos e financeiras quando as minas se esgotaram e o condado ficou pobre. Os homens achavam que

Kingsley podia bancar sua própria proteção, e muitos se ressentiam de estar ali e não conseguiam entender por que tinham vindo às suas terras. Porque Gordon Kingsley era tão mão de vaca, eles murmuravam, outros homens — homens comuns — tinham de arriscar suas vidas por ele. Por causa desses sentimentos, McClellan, que sabia que seu trabalho era proteger a todos, ricos ou não, sentia que precisava conduzir os homens com pulso mais firme e vigiá-los mais de perto para garantir que continuassem fazendo um trabalho conscencioso.

As coisas que haviam descoberto na fazenda dos Dorsey, a caminho da rodovia principal que os levaria à propriedade dos Kingsley, tinham ajudado a estimular os homens e refrear alguns de seus resmungos e reclamações. Henry Dorsey se recusara a deixar sua fazenda isolada para se refugiar na cidade; disse que tinha se virado muito bem até aquele momento, com a graça de Deus, e que continuaria a cuidar do próprio nariz fizesse chuva ou fizesse sol. Pediu apenas mais munição para seus dois rifles, depois que McClellan informou-lhe que as linhas de transmissão seriam restabelecidas muito provavelmente até o final do dia, e que famílias como os Dorsey poderiam se comunicar com os bombeiros e a polícia. McClellan disse que a ameaça poderia ser contida antes do que a princípio se acreditava, mas que as coisas ainda seriam difíceis por mais umas duas semanas. Dorsey afirmou que tinha tudo sob controle e acrescentou que se todos tivessem continuado a martelar estacas nos mortos como ele fizera com a própria filha, nada daquilo teria acontecido novamente. Então o fazendeiro contou sobre o policial estadual que ele tinha ajudado, e que fora resgatar as irmãs Miller. De acordo com Dorsey, o policial acreditava que a gangue que sequestrara as garotas se dirigia à propriedade dos Kingsley. Dorsey não mencionou o papel que ele e seu filho haviam desempenhado na morte do outro policial; afinal, se Dave estava morto àquela altura, era possível que ninguém nunca soubesse. Além disso, o corpo de Carl Martinelli não estava mais no gramado; aparentemente tinha sido levado e devorado por um bando de mortos-vivos.

Durante toda conversa com o xerife, que ocorrera na sala de janelas e portas bloqueadas, Henry Dorsey absteve-se de mencionar qualquer coisa a respeito do bebê que a esposa vigiava em um dos quartos do andar de cima. O bebê permanecia quieto, aparentemente dormindo, como fizera desde que tomara aquele pouquinho de leite. A sra. Dorsey estava de olho na criança, certificava-se constantemente de que estivesse bem agasalhada, e pensava que nunca vira um bebê com um aspecto ou comportamento tão estranho. Ainda assim, o pobrezinho tinha sorte de estar vivo. Não tinha? Ela estremeceu e mordeu o lábio diante do pensamento assustador que invadiu sua mente confusa e fez com que seu rosto se contraísse de nervosismo e pânico.

McClellan repassou imediatamente aos seus homens — que estavam cansados e só faziam resmungar — todas as informações a respeito da gangue de saqueadores, das garotas sequestradas e do policial estadual envolvido no caso. Saber que não estavam trabalhando apenas em benefício de tipos como Gordon Kingsley encorajou-os a prosseguir e a se esforçar mais. Eles tinham uma missão de verdade pela frente, na qual podiam acreditar com mais entusiasmo. Alguns homens conheciam Bert Miller e suas filhas. A maioria deles não tinha grande simpatia por Bert enquanto ele estava vivo, mas o respeitavam depois de morto e tinham compaixão pelas garotas como teriam por qualquer um que estivesse órfão e desabrigado. Era mais fácil para eles se importar com os Miller, sendo gente de sua própria classe, do que se importar com Gordon Kingsley. Se tivesse sido oferecida uma recompensa para salvar os Kingsley, aí já seria outra história.

Apesar do extremo cansaço físico que sentia, além dos nervos em frangalhos, o xerife McClellan tinha a impressão de que aquele estado de emergência chegava gradualmente ao fim. O contingente de mortos-vivos era, em certo sentido, finito, reabastecido apenas pelos indivíduos recentemente mortos que ressuscitavam e assumiam o lugar daqueles que eram abatidos. Cada humanoide abatido já diminuía por si só o contingente de mortos-vivos e de suas potenciais vítimas. Era possível retomar o controle da situação ao garantir que todos os cadáveres fossem destruídos. Quando todos os humanoides fossem "mortos", eles não representariam mais perigo algum. Aqueles seres não podiam se reproduzir como humanos; eram criaturas da morte, que deviam continuar mortas por meio da destruição de seus cérebros. O procedimento adotado pelos homens de McClellan era evitar o combate corpo a corpo com os canibais e abatê-los de longe com armas de fogo. Depois, usando ganchos de carne para arrastar as criaturas mortas para uma pilha, eles os encharcavam com gasolina e ateavam fogo. Qualquer um que tivesse tocado em um dos ganchos, ou em qualquer outra coisa que se suspeitasse ter estado em contato com um morto-vivo, lavava as mãos com água e sabão abundantes, e em seguida as esfregava com uma solução concentrada de álcool. Até então essas medidas tinham parecido suficientes para prevenir a infecção. Eram as mesmas medidas adotadas antes, durante o primeiro surto da doença que impedia a morte total e jogava as pessoas umas contra as outras.

CAPÍTULO 25

Flack não pôde ouvir seus braços e pernas sendo arrancados de seu cadáver. Não pôde ouvir os ossos e as cartilagens sendo torcidos e quebrados e separados nas juntas. Não pôde gritar quando os mortos-vivos vorazes arrancaram-lhe o coração, o pulmão, os rins e os intestinos, e cuja tarefa foi facilitada pelo machado que transpassara seu torso, despedaçando o esterno.

Os mortos-vivos brigavam entre si, a unhadas e pancadas, disputando uns com os outros a posse daqueles órgãos ainda frescos. Então, depois de destruírem completamente o corpo de Flack, eles se afastaram, agachando-se em um canto qualquer com sua comida, atentos aos outros mortos-vivos esfomeados que os observavam, aguardando uma chance de apanhar qualquer órgão ou pedaço de corpo humano que os sortudos tinham conquistado. Os mortos-vivos canibais eram como cães, arrastando seus ossos para um canto para roer e mastigar enquanto deixavam os outros salivando.

Vários mortos-vivos, em busca de um lugar tranquilo para comer, onde não tivessem que defender a comida dos outros, encontraram refúgio na mata escura que circundava o gramado esculpido da mansão dos Kingsley. Ali eles se sentaram e comeram, e o ruído de seus dentes mordendo e rasgando carne humana e a respiração ofegante e áspera de seus pulmões mortos se misturava ao chilrear dos pássaros e ao farfalhar das folhas das árvores agitadas pelo vento naquela tarde quente e ensolarada.

. . .

De uma janela na sala da mansão, Dave Benton viu o corpo Flack ser estraçalhado. Viu os mortos-vivos brigando por pedaços de seu cadáver e ficou aliviado quando a disputa e o desejo de fugir com suas presas fez com que as criaturas se afastassem da varanda em frente a casa. Apesar de Flack ter o destino que mereceu, ver aquele desenlace macabro o enojava. Como resultado da morte de Flack e da família Kingsley, os mortos-vivos tinham temporariamente saciado a fome de carne humana, e Dave sentia que era um bom momento para uma tentativa de fuga. Ele tinha as chaves da caminhonete de Carter, que pegara do bolso do líder da gangue. Também tinha armas e munição.

Ann e Sue Ellen ainda estavam em estado de choque por conta de suas experiências nas últimas quarenta e oito horas. Haviam contado a Dave como Billy morrera, servindo de comida aos mortos-vivos enquanto Carter, Flack e Wade Connely asseguravam sua fuga da fazenda dos Miller. Dave tentara ser o mais delicado que podia ao falar sobre a morte de Karen e o nascimento do bebê, agora aos cuidados da família Dorsey.

As duas irmãs estavam sentadas em um sofá na sala dos Kingsley, sem se mexer muito ou falar nada. O alívio que sentiam por serem resgatadas das garras de Carter e Flack era anulado pelos eventos perturbadores dos últimos dois dias e pela ansiedade do que ainda poderia estar por vir. Eles tinham assistido em silêncio a uma transmissão da Defesa Civil que Dave tinha sintonizado na televisão. O comentarista chamara a atenção para o fato de que equipes de resgate estavam tentando chegar àquelas pessoas presas em áreas remotas. Mas os esforços de resgate estavam avançando lentamente, dificultados pelo colapso da lei e da ordem, e pessoas isoladas eram advertidas a não depositar demasiada confiança na possibilidade de resgate; eram encorajadas a empreender tentativas de fuga sempre que possível e a tentar chegar a postos de emergência ou centros de refugiados. O apresentador enfatizou que aqueles que não conseguissem ajuda ou cujas tentativas de fuga fossem malsucedidas corriam um grande risco de em algum momento ficar em desvantagem numérica e ser aniquilados pelos mortos-vivos assassinos.

Dave tinha decidido bater em retirada, aproveitando que os mortos-vivos estavam ocupados com os restos mortais de Flack e da família Kingsley. O policial concluiu que se tinha conseguido dirigir até a propriedade sem muitos problemas, devia conseguir escapar de lá com relativa facilidade também. Podia levar as garotas consigo na caminhonete de Carter, se elas topassem, ou podia ir sozinho e trazer ajuda quando chegasse a um posto de emergência. Ele tinha rifles, pistolas e munição de sobra. Podia deixar armas com as garotas para que se defendessem enquanto ele buscava um lugar seguro. Dave achava que a casa estava bem protegida contra invasões, e que as garotas estariam seguras ali dentro.

Quando a transmissão de TV terminou, Dave desligou o aparelho e confrontou Ann e Sue Ellen. Pacientemente, falando baixo e tentando soar sensato e amável, o policial expôs a situação às garotas conforme seu entendimento. Explicou que os telefones não estavam funcionando; talvez Carter e Flack tivessem cortado as linhas, ou elas estavam simplesmente inoperantes como várias outras por toda a parte. Eles tinham duas opções: aguardar o resgate, que poderia nunca vir, ou arriscar e tentar escapar logo dali. Dave disse que uma possibilidade era ele empreender a fuga sozinho, enquanto as garotas esperavam por ele na casa. Se estivessem dispostas, poderiam ir com ele, mas se perguntava se isso não seria mais perigoso para elas. O policial sugeriu que se ele fosse sozinho e não voltasse dentro de um período razoável de tempo, elas deveriam tentar escapar por conta própria em um dos carros dos Kingsley.

Quanto mais Dave falava, mais se convencia de que devia tentar fazer aquilo sozinho, já que mesmo que não tivesse êxito, Ann e Sue Ellen ainda teriam uma segunda chance. Alguém poderia aparecer para resgatá-las, ou, como já haviam falado antes, elas poderiam tentar fugir e encontrar um lugar seguro por conta própria. Depois de refletirem um pouco, e talvez um tanto induzidas por Dave, ainda que de maneira não intencional, as meninas concordaram com essa estratégia. Ann, mais que Sue Ellen, parecia ter a cabeça no lugar. Dave se viu direcionando seus comentários principalmente para ela, esforçando-se para alertá-las quanto à importância das medidas que precisavam tomar para manter a casa segura em sua ausência e, caso tudo desse errado para ele, como elas deveriam proceder para se salvar sozinhas.

Enquanto Ann permanecia a postos junto à porta desbloqueada da sala, com uma pistola carregada na mão, Dave partiu da casa em direção à caminhonete de Carter. Testou as chaves na ignição e verificou o medidor de combustível. Ainda havia três quartos de gasolina no tanque, e o motor pegou depressa e girou com suavidade. Tudo levava a crer que a caminhonete estava em boas condições, a não ser pelos danos que tinha sofrido na lataria ao atravessar terrenos acidentados e atropelar violentamente humanoides que cruzavam seu caminho. No porta-luvas, Dave encontrou até mesmo os documentos do carro, em nome de John W. Carter. Então, refletiu o policial, a caminhonete não era roubada; fora propriedade legítima de Carter, e Carter era mesmo o verdadeiro nome do criminoso.

Depois de se assegurar que a caminhonete funcionaria e que ele não ficaria preso dentro dela com uma bateria descarregada ou um tanque de combustível vazio e um exército de mortos-vivos se aproximando, Dave deu meia-volta e parou o carro perto da varanda, onde poderia ser facilmente acessado no momento da fuga. Então voltou para dentro para completar os preparativos. Ann e Sue Ellen observaram enquanto ele carregava um rifle e um revólver e verificava o mecanismo de disparo de cada um. Então, deu as últimas instruções às garotas. Em seguida, Ann abriu a porta da frente e ficou de guarda com a pistola que o policial lhe dera enquanto ele descia os degraus da varanda e entrava no carro. Quando o policial foi embora, Ann trancou a porta e pôs as barras no lugar. Da janela, viu o veículo se afastar rapidamente pelo caminho de cascalho e seguir rumo à estrada de terra. Do outro lado do quintal, vários mortos-vivos começaram a se deslocar vagarosamente em direção à caminhonete conforme ela ganhava velocidade.

CAPÍTULO 26

O helicóptero sobrevoava a casa do zelador dos Kingsley, enquanto parte dos homens de McClellan avançava pela trilha que conduzia a essa casa. Um membro do bando acabara de receber pelo walkie-talkie informações de um homem a bordo do helicóptero. O homem dizia que pelos últimos cinco ou dez minutos não houvera sinais de movimentação nas imediações da casa. A vegetação da floresta em volta era espessa e era impossível ver o terreno lá de cima. Se houvesse humanoides escondidos entre as árvores, os homens teriam de adentrar a mata com armas e exterminá-los.

Sob as ordens de um sargento de polícia, os homens se espalharam e se aproximaram da casa do zelador, que ficava numa clareira. Não havia por que correr riscos desnecessários e enviar homens para dentro da mata enquanto não tivessem concentrado esforços para salvar quem ainda estivesse na casa. Com as armas prontas para disparar e os olhos atentos a qualquer sinal de perigo, os homens chegaram a uns cinquenta metros da casa e se esconderam atrás de árvores, sebes e cercas de pedra.

O sargento de polícia gritou ordenando que quem estivesse na casa saísse, enfatizando que ele era um oficial de polícia e viera ajudar. Como era de se esperar, seus gritos não surtiram nenhum efeito. A porta estava escancarada, e as janelas todas quebradas. O lugar dava uma sensação de terror e morte. Com a cobertura dos homens que ficaram atrás, um pelotão avançou e entrou na casa. Encontraram vestígios de uma terrível batalha travada entre os moradores e um grupo de agressores humanoides; uma batalha que os moradores tinham perdido. Havia restos humanos meio comidos em várias partes da casa, como se os mortos-vivos estivessem se fartando e de repente tivessem parado, ou talvez sido expulsos.

McClellan chegou ao local com o restante do bando, recebeu um informe que aceitou resignado, sem nenhum sinal aparente de emoção, e pôs os homens em formação para avançar rumo à mansão dos Kingsley. Os homens se deslocavam a pé, espalhando-se para cobrir a maior área possível em ambos os lados da estrada, enquanto ambulâncias e veículos de emergência seguiam a alguma distância pela estrada de terra. Os homens ainda não tinham avistado nenhum morto-vivo desde que desceram das caminhonetes, à entrada da propriedade, o que os levava a acreditar que encontrariam problemas quando chegassem à mansão em si. Eles também sabiam, desde o relato de McClellan, que precisavam ficar de olho na gangue de saqueadores que tinha capturado as garotas Miller e ido para a mansão com a intenção de roubar os Kingsley ou fazê-los de reféns. O nervosismo entre os homens, especialmente os civis, cresceu até o ponto em que a tensão era perceptível em suas vozes e na cautela de seus passos conforme avançavam pela estrada de terra.

Quando Dave dobrou uma curva e viu um vulto no meio da estrada, pisou no acelerador, atingindo o homem e fazendo-o voar pelos ares. Pouco antes do impacto, Dave vira o homem paralisado de horror com uma pistola nas mãos, e mal teve tempo de perceber o erro que cometera, pois houve um disparo e a bala de um rifle atingiu em cheio seu cérebro. Em seguida, houve uma rajada de tiros, a caminhonete era fuzilada, o vidro estilhaçado e o corpo de Dave sacudia violentamente, crivado de balas. Um projétil penetrou no tanque de combustível, causando uma tremenda explosão que arremessou pedaços flamejantes de metal pelos ares enquanto os membros do bando continuavam atirando freneticamente, abrigados atrás das árvores que margeavam a estrada.

Ninguém foi atingido pelos estilhaços da caminhonete.

Quando o cessar-fogo foi ordenado, os homens permaneceram em suas posições por um bom tempo, visivelmente abalados, enquanto observavam a caminhonete ser consumida pelo fogo. Eles não tinham dúvidas de que haviam matado um dos saqueadores em plena tentativa de fuga.

Um dos homens gritou pedindo uma ambulância enquanto se ajoelhava sobre o homem atingido pela caminhonete. A ambulância avançou lentamente pela estrada em meio aos homens, que receberam ordens de liberar a estrada. Dois médicos desceram da ambulância carregando uma maca e alguns equipamentos de primeiros socorros. O homem atingido pela caminhonete não estava morto, mas em choque, sofrera várias contusões e cortes e também quebrara uma perna. Os socorristas cuidaram do homem, depois o cobriram, puseram sobre a maca e finalmente o transportaram para a ambulância, a qual tentaram virar cento e oitenta graus em um lugar onde mal havia espaço suficiente para executar a manobra.

McClellan murmurou alguns palavrões enquanto observava a ambulância se afastar, escoltada por viaturas na frente e atrás. Por causa de um homem gravemente ferido, os veículos de apoio agora estavam reduzidos a três. E sabe-se lá o que mais os aguardava na mansão dos Kingsley...

O xerife e alguns dos policiais uniformizados orientaram o restante dos homens a contornar o carro em chamas para que a marcha pudesse seguir em direção à casa principal. O homem com o walkie-talkie já tinha feito uma ligação solicitando um reboque para remover os destroços que obstruíam a estrada, de modo que outros veículos de emergência pudessem passar caso se fizessem necessários.

McClellan não sabia quem dirigia a caminhonete em chamas, e não tomava como certo que era um dos saqueadores. Ele pedira uma descrição do incidente a vários homens que estavam por perto na hora, e nada do que eles disseram o levara a descartar a hipótese de que um erro houvesse sido cometido como resultado de um gesto impulsivo por parte do motorista e do pânico dos membros do bando, que já andavam com os nervos à flor da pele. O xerife tinha visto coisas piores acontecerem muitas vezes durante sua longa carreira.

Pouco atrás do ponto onde a caminhonete queimava na estrada, um furgão da polícia parou e um grupo de policiais ficou a postos enquanto o motorista do furgão, também um policial, dava a volta até a traseira do veículo e destrancava as portas. O furgão estava cheio de cães policiais — pastores alemães

— treinados e conduzidos por policiais, que agora colocavam coleiras nos cachorros e saíam para se juntar ao resto dos homens, reforçando o bando.

Ao longe se podia ouvir o zumbido do helicóptero à medida que sobrevoava a mansão dos Kingsley e toda a área ao redor. Os homens no helicóptero transmitiam relatórios por rádio aos homens em terra, informando-os sobre os grupos de mortos-vivos espalhados pela propriedade. Por fim, o helicóptero começou a mergulhar mais baixo e a sobrevoar trechos em que homens com rifles podiam disparar contra os mortos-vivos dentro da segurança da aeronave. Mirar na cabeça era difícil, e o ruído do helicóptero fazia com que os humanoides recuassem e se escondessem em meio às árvores, onde os homens a pé teriam dificuldade de encontrá-los e abatê-los. Em pouco tempo a tática foi abandonada, e o helicóptero ganhou altitude e voltou a sobrevoar a região enquanto os homens em terra avançavam.

Dentro da casa, Ann e Sue Ellen ouviram o helicóptero manobrando sobre a casa e o terreno em volta. O ruído da aeronave as assustou no início, mas depois as encheu de ânimo quando se deram conta do que era. Elas estavam prestes a ser resgatadas! Dave tinha conseguido fugir. Mas então o helicóptero foi embora, e seu zumbido foi ficando mais e mais fraco até que mal se pudesse ouvi-lo. Ann Miller aguçou os ouvidos, observando pelas janelas até que o ronco das hélices se intensificasse de novo. Dessa vez a aeronave parecia estar pairando bem em cima da casa.

"Temos que ir lá para fora", disse Ann. "Não podemos correr o risco de que ele vá embora de novo."

Sue Ellen não respondeu. Ela parecia assustada e mantinha os olhos colados no teto como se pudesse ver o helicóptero através dos tijolos e do gesso da casa.

Ann sabia que Sue Ellen estava apavorada e que se fosse preciso fazer alguma coisa, ela teria de fazer sozinha. "Vou sair para a varanda", falou. "Vou levar o rifle. Você fica na porta vigiando." Ela disse isso encarando a irmã, que não a encarou de volta. Resignada, Ann voltou à janela, afastou a pesada cortina de brocado e olhou para fora. As imediações da casa pareciam livres de perigo. Mas o helicóptero tinha ido embora de novo; estava sobrevoando um grupo de mortos-vivos ao longe, na margem do gramado. Ann viu quando homens no helicóptero abriram fogo contra os mortos-vivos, acertando um e derrubando outro, enquanto os demais fugiam aos tropeços e se escondiam atrás de um grupo de árvores. O helicóptero elevou-se imediatamente, e Ann presumiu que fosse embora, mas em vez disso a aeronave deu meia-volta em direção a casa, sobre a qual pairou mais uma vez, bem acima de suas cabeças. O som ensurdecedor da máquina parecia irradiar para baixo, atravessando o teto.

Ann se afastou da janela e confrontou a irmã. "Sue Ellen... Abre a porta! Eu vou sair!" A garota pegou a irmã pela mão e levou-a até a porta, e ambas começaram a retirar as barras.

O helicóptero continuava sobrevoando e contornando a casa. Ann abriu a porta com cuidado e deu um passo para fora, espiando ansiosa por cima dos ombros para se certificar de que Sue Ellen estava no vão da porta com a pistola, vigiando. Ann olhou para cima, e deslocou-se até a borda da varanda. O helicóptero descreveu um largo círculo, e Ann acenou. Para sua surpresa e deleite, o piloto mergulhou e acenou de volta. Ann sorriu e começou a acenar freneticamente. O piloto descreveu um círculo mais fechado e acenou de novo. Convencida de que os homens no helicóptero sabiam que ela era um ser humano que precisava de ajuda, Ann voltou para dentro da casa e fechou a porta.

"Eles me viram", berrou Ann. "Nós vamos ser resgatadas, com certeza!" Ela abraçou Sue Ellen, e elas começaram a chorar antes de pensarem em proteger a porta. Tudo que precisavam fazer era aguardar pacientemente a chegada da equipe de resgate.

"Mortos-vivos! Mortos-vivos por todo lado!", gritou uma voz, e uma saraivada de tiros cortou o ar.

Outros homens avançaram, correndo e atirando de trás das árvores.

Os cachorros da polícia rosnavam e davam violentos puxões nas correias, odiando o cheiro das criaturas mortas.

O bando avançou em pequenos grupos, abatendo as criaturas mortas com uma rajada de tiros.

Sempre que um morto-vivo caía, um dos homens vinha e separava a cabeça do corpo a golpes de machado, garantindo sem a menor margem de dúvida que a criatura não voltaria a se levantar.

O xerife McClellan e seus homens tinham alcançado o gramado em frente à mansão dos Kingsley e, agachados, continuavam a atirar sem parar, abatendo as criaturas que cercavam o lugar.

"Mirem nos olhos, rapazes!", gritou McClellan. "Como eu disse antes... se vocês mirarem nos olhos, vão acertar a cabeça!" O xerife fez pontaria com o próprio rifle e disparou: uma criatura morta quinze metros à sua frente agarrou o rosto com um movimento convulsivo e caiu no chão com um baque surdo.

Mais tiros foram disparados. E outros dois mortos-vivos caíram pesadamente no chão.

"Venham aqui, rapazes!", gritou McClellan. "Mais três para a fogueira!"

Os homens vieram com os machados e cortaram as cabeças das criaturas mortas com movimentos rápidos e impetuosos.

As rajadas de tiros cortavam o ar numa sucessão constante — crack! crack! crack! — enquanto o bando cercava a casa dos Kingsley.

E, então, silêncio. Aparentemente, todos os mortos-vivos haviam sido abatidos. Os olhos dos homens sondavam a casa e o gramado em volta em busca de novos alvos para atirar.

McClellan soube por meio de uma mensagem de rádio enviada pelos homens no helicóptero que pelo menos uma das garotas Miller estava viva e bem dentro da casa dos Kingsley. Depois que ele e seus homens chegaram mais perto da casa, ele próprio subiu os degraus da varanda e bateu na porta — uma ação que o xerife via como um desenlace estranhamente ordinário para os eventos chocantes e bizarros que tinham acabado de acontecer. Ele esperou enquanto as barras eram removidas, e por fim a porta abriu lentamente. Ann estava parada bem na entrada do saguão, com uma expressão apática no rosto e um rifle nas mãos. McClellan não recuou. A garota empunhava o rifle de forma frouxa e inepta, o que lhe dizia que ela certamente não usaria a arma de nenhuma maneira perigosa. Quando McClellan deu um passo em sua direção, o rifle caiu no chão, pousando suavemente sobre o tapete felpudo, enquanto a garota desmaiava em seus braços. Havia outra garota sentada quietamente no sofá. Uma pistola repousava no chão, entre seus sapatos.

Na floresta circundante, ainda se ouviam tiros esporádicos.

CAPÍTULO 27

Escoltado por uma ambulância e duas viaturas cheias de homens armados, o xerife McClellan dirige-se com Ann e Sue Ellen à fazenda dos Dorsey, onde esperavam buscar o bebê de Karen e levá-lo de ambulância até o hospital mais próximo.

Encontraram o casa dos Dorsey devastada. Ao que parecia, a família tinha sido atacada por uma horda de mortos-vivos sem que tivessem a chance de se defender. As portas da casa tinham sido arrombadas, e as janelas estavam todas quebradas. Não havia nenhum vestígio dos Dorsey. McClellan suspeitou que a família havia sido levada e esquartejada em outro lugar.

Não havia nenhum morto-vivo nas redondezas também. Eles deviam ter feito o estrago que queriam e ido embora com as barrigas cheias.

De pistolas na mão, McClellan e dois de seus homens entraram na casa. O lugar estava mortalmente quieto e silencioso. A sala de estar e a cozinha foram destruídas na batalha final que se travara ali. Havia manchas de sangue, mas nenhum outro sinal do ataque demoníaco. McClellan começou a se perguntar se, nos últimos momentos, a família teria entrado em pânico e fugido da casa. Subiu as escadas, seguido pelos dois homens.

A porta de um dos quartos estava entreaberta. McClellan empurrou a porta e apontou a pistola para dentro. Viu um bebê completamente sozinho sobre a cama. Parecia estar dormindo. O xerife apanhou-o, ainda enrolado no cobertor, desceu as escadas e levou-o até a viatura em que as irmãs Miller o aguardavam.

Ann e Sue Ellen sorriram palidamente conforme viram o xerife se aproximar com o embrulho nos braços. O homem sorriu, ao mesmo tempo que inclinava a cabeça e afastava delicadamente o cobertor do rosto do bebê. As duas irmãs começaram chorar. Ann tomou o bebê das mãos do xerife.

"Vamos providenciar que ele receba todos os cuidados", disse McClellan. "Ou ela, conforme seja o caso. Vamos pedir um check-up completo, para que o bichinho saia do hospital com o pé direito. Caso vocês não se sintam capazes de tomar conta dele, bem, talvez eu e minha esposa..."

"Oh, não!", disse Ann. "Nós *queremos* ficar com o bebê. É tudo o que nos resta da Karen. Ela iria *querer* isso."

A garota olhou para o bebê e tentou sorrir, mas o sorriso não veio. Ela se perguntava por que a criança olhava para ela com os olhos tão arregalados, tão opacos, tão desprovidos do brilho de uma nova vida. Ainda assim, ele continuava a respirar.

THEY WON'T STAY DEAD!

THE LIVING DEAD!!

THE LIVING DEAD!!

R RESTRICTED
UNDER REQUIRES ACC...
PARENT OR ADULT GUA...

QUARTA-FEIRA DE CINZAS DE 2014
"Quem me dera viver pra ver
e brincar outros carnavais"